드래곤
라자

3

이영도 판타지 장편소설

드래곤 라자

3

복수의 검은 손길

황금가지

차 례

일러두기

드래곤 라자 신판에서는 구판에서 활용된 단어 중 일부 단어를 저작권 문제로 인하여 수정하게 되었습니다.

독자분들의 양해 부탁드립니다. 감사합니다.

제5부

복수의 검은 손길

……그러므로 위대하신 루트에리노 국왕께서 말씀하시길, "내 벗의 하루의 슬픔은 나의 백 일의 슬픔이오, 내 벗의 하루의 기쁨은 나의 백 일의 기쁨일 것이다." 하셨다. 그러자 현명한 핸드레이크가 대답하였다. "치료해 드릴까요?"

「품위 있고 고상한 켄턴 시장 말레스 추발렉의 도움으로 출간된, 믿을 수 있는 바이서스의 시민으로서 켄턴 사집관으로 봉사한 현명한 돌로메네 압실링거가 바이서스의 국민들에게 고하는 신비롭고도 가치 있는 이야기」 돌로메네 지음, 770년. 제6권 211쪽.

1

"어어어, 살려줘!"

나도 저랬나! 흠, 아냐. 난 더 심했지. 어쨌든 네리아는 말에서 굴러 떨어져 데굴데굴 굴렀다. 아무리 몸놀림이 좋더라도 날뛰는 말에서 굴러 떨어질 때는 대책이 없겠지. 겨우 몸을 둥글게 만들어 충격을 좀 줄일 뿐이다. 네리아는 땅에 나동그라지더니 그대로 팔을 쫙 펼친 채 큰대자로 누워 헥헥거리고 있었고 샌슨과 나는 날뛰는 말을 붙잡기 위해 뛰어다녔다.

"그쪽이다, 잡아!"

"으아아압!"

말이 말을 할 줄 안다면 내 욕을 무지무지하게 했을 것이다. 내가 말을 잡는 방법은 언제나 그 목에 뛰어들어 매달린 다음, 목을 겨드랑이에 끼고 쓰러뜨려 버리는 것이니까. 콰당! 말은 땅에 나동그라져서 씩씩거리며 날 노려보았다. 자욱한 먼지에 재채기가 난다.

"엣취! 인마. 후욱, 후욱. 나도 죽을 맛이다. 너 정도의 덩치를 눕히는 게 쉬운 줄 알아? 헉, 헉. 에, 엣취! 성깔 좀 그만 부려라."

그 암살자들의 말들 중 네리아의 말을 하나 남겨두고 나머지는 다 풀어주었다. 야생마가 되겠지. 이들이 제대로 훈련받은 말이라면 알아서 자기 마구간으로 돌아갈 테고.

그런데 아무래도 제대로 훈련된 말인 것 같다. 주인이 바뀌니까 엄청난 성깔을 부리는 것이었다. 게다가 네리아가 고른 말은 제일 덩치가 큰 말이었다. 샌슨이나 이루릴이 고개를 가로저었지만 네리아는 무조건 제일 큰 말을 고집했다.

"네 체격을 생각해. 저렇게 큰 말은 네 팔다리에 맞지 않아."

"샌슨 씨의 말이 맞아요. 게다가 이 말은 성격이 사납군요."

그러나 네리아는 고개를 도리도리.

"싫어! 제일 큰 말이 팔아먹을 때도 제일 비쌀 거야. 미래를 생각해야지, 미래를!"

샌슨은 울화통이 터져서 조언을 포기했다.

"차라리 돈자루를 타고 다녀라!"

"어머나, 돈자루도 달릴 수 있어? 그럼 더 좋지. 사료값이 안 들겠네?"

그러고는 네리아는 이렇게 자신과, 자신의 말과, 우리를 동시에 괴롭히고 있는 것이다. 난 그 시커멓고 덩치 커다란 말을 조심스럽게 일으켜세웠다. 말은 용틀임을 하며 일어났으나 내가 왼손으로 고삐를 단단히 쥐고 오른손으로 한 대 칠 듯이 을러대자 도망가지는 않았다. 대신 내 왼손을 물어뜯으려 했다.

"우와랏찻차!"

나는 기겁을 하며 손을 빼서 간신히 물리지는 않았다. 칼은 나무 꼬챙이로 땅에 한 줄을 그었다.

"17번째 시도 실패."

그 옆의 나무에 묶여 있던 운차이가 킥킥 웃었다. 네리아는 누운 채 하늘을 향해 외쳤다.

"그럼, 18번째 시도!"

네리아는 다리를 끌어올렸다가 핸드스프링으로 발딱 일어났다. 정말, 아무리 충격을 줄이며 나동그라진다지만 말에서 17번이나 떨어진 여자가 저렇게 건강하다니 믿어지지 않는데. 말도 대단한 고집이지만 네리아도 엄청난 고집이야.

"요오오오옵!"

"저건 뭐야……?"

샌슨이 얼빠진 모습으로 네리아를 바라보았다. 네리아는 앞으로 텀블링하며 달려오더니 하늘로 솟구쳐올라 원 트위스트 원 서머솔트의 멋진 공중제비를 넘으며 말에 올라탔다.

"짠!"

"거꾸로야."

"……짠! 봐, 후치."

"차마 볼 수가 없어……."

난 눈을 가리며 고삐를 놓았다. 이힝힝힝! 다각, 다가닥, 이히르힝힝!

"사람 살려!"

장장 39번째 시도에서 말은 간신히 네리아의 말을 듣게 되었다. 네리아는 말의 귀를 쓰다듬으며 미소지었다.

"착한 말이야."

말도 기가 막혔을 것이다. 어쨌든 그 동안 계속 말과 씨름하던 나와 샌슨은 완전히 녹초가 되어 땅에 주저앉고 드러누워 숨을 몰아쉬고 있었다. 내가 질문했다.

"후우, 후우, 이름은 뭘로 지을 거죠?"

"이름? 까만색이니까 이거 어떨까? 에보니 나이트호크스 세이

버 위다운 풋스텝.”

‘발자국 없는 칠흑의 쏙독새의 구원자’라……. 난 왜 말 이름을 이상하게 짓는 사람만 만나는 거지?

“약간 긴 것 같은데요.”

“그래? 그럼 어때. 뭐라고 부르든 어차피 못 알아들을 텐데. 꼭 길다면 자르면 되잖아.”

“잘라요?”

네리아는 싱긋 웃더니 말의 정수리 갈기에 손을 얹고 엄숙하게 말했다.

“나 네리아는 성실한 나이트호크로서 널 에보니 나이트호크라 부른다. 넌 나의 모든 작업의 반려이며 나의 도주의 제1지원자로 행동해야 한다. 알았지?”

그게 좀 낫군. 칠흑의 쏙독새라. 칠흑의 밤도적인가? 놀랍게도 말은 고개를 끄덕였으며, 네리아는 그것을 보더니 까르륵 웃으며 그 목을 껴안고 갈기에 얼굴을 묻었다.

“에, 에취!”

저놈 무지무지하게 땅에 쓰러졌지? 갈기에 먼지가 가득하겠지.

그래서 도둑의 말이라기보다는 용사의 말로 훨씬 어울리게 생긴 그 성깔 사납고 덩치 큰 흑마는 에보니 나이트호크라는 이름을 얻게 되었다.

네리아의 요란스러운 말 길들이기 때문에 그날 오후는 그냥 지나갔다. 하지만 어차피 메드라인 고개는 내일 넘을 생각이었으니까 별 상관은 없었다. 우리는 닐 드루카 봉우리 아래에서 야영을 했다.

닐 드루카 봉우리를 왼편에 끼고 메드라인 고개를 넘어가는 길은 중부 대로에서도 가장 바쁜 고개라고 한다. 물론 고개가 바쁠 수는 없고, 거기만 넘어서면 수도 바이서스 임펠이 지척이기 때문에 고개를 넘는 여행자들의 걸음이 바빠진다는 의미이다.

또한 이곳부터는 수도의 치안력이 존재하기 때문에 간혹 돌로 만들어진 바라크가 서 있는 모습도 보였다. 수도에서 파견된 레인저들이 바라크에 근무하며 여행객들의 불편 사항을 돕는다. 식량이 떨어지거나 잠자리가 필요하다는 등의 사소한 것에서부터 조난을 당했다거나, 몬스터로부터 습격당했다거나 하는 경우에 구출 임무도 맡는다고 한다. 그래서 이 근처의 길에서는 몬스터가 출몰하는 경우가 거의 드물며 따라서 안전한 길이기도 한데 레인저들이 자주 근처를 순찰하기 때문이다. 하지만 그들은 페어리퀸 다레니안의 영토를 침범할 수는 없어서 그 이상 서쪽으로 진출하지는 않는다. 그러니 여행객들의 보호라고 해봐야 반밖에 되지 않는다.

우리는 조금 전에도 산악 지형에 적절해 보이는 무장을 한 레인저 대원들과 서로 지나쳤다. 그들은 모두 수염이 덥수룩했고 옷차림도 깔끔하다고 볼 수는 없었지만 우리에게 친절히 인사를 건넸다. 그들은 운차이를 묶고 가는 우리에게 이유를 묻지 않았다. 여행객들에게는 그보다 더 신기한 일도 잘 일어난다나.

멀어져 가는 레인저를 돌아보며 샌슨이 말했다.

"저, 레인저 대원들에게 호위를 요청하면 안 될까요?"

"응? 왜 그러나, 퍼시발 군?"

"그러니까……, 운차이는 적군 포로입니다. 그러니 레인저들의 호위를 받으며 수도로 갈 수도 있지 않습니까?"

"글쎄. 우리들만으로도 운차이 씨의 호송에는 차질이 없지 않은가? 레인저 대원들은 이 근처의 경비 업무만으로도 바쁠 텐데. 그리고 그들의 임무는 국왕께서 정하는 것이지 우리 마음대로 요청하여 쓸 수 있는 것은 아닐세."

"그래도 전범의 호송인데요."

"우리 인원으로 호송이 힘들 것 같은가?"

샌슨은 그냥 미소지어 버렸다.

"아뇨. 괜찮습니다. 그냥 가죠. 어차피 다 왔으니."

운차이를 돌아보니 얼굴이 좋지 않았다. 이제 바이서스 임펠이 얼마 남지 않았으니 도망은 꿈도 못 꾸게 되었다. 샌슨도 그 얼굴을 보더니 말했다.

"이봐. 혹시 도망가더라도 이 근처에서라면 대번에 체포될 테니, 차라리 얌전히 호송당하면 정상 참작의 기회가 많을 거야."

운차이는 이를 박박 갈았다.

"생각해 줘서 정말 고맙군."

"뭐, 천만에."

같은 중부 대로라지만 지금까지와는 비교도 할 수 없이 길이 잘 정비되어 있었다. 확실히 수도 가까이 오니까 훨씬 낫군. 몬스터의 출몰에 대한 걱정도 없이 마음 편한 여행 끝에 우리는 메드라인 고개를 넘었다.

고개를 넘어 평지에 내려서도 별로 눈에 들어오는 것은 없었다. 거대하고 완만한 언덕들과 평야가 넓게 펼쳐져 있을 뿐이다. 하지만 그 가운데로 중부 대로의 유장한 흐름은 계속되고 있었다. 칼은 하늘을 보며 말했다.

"곧 황혼이 내리겠는데. 퍼시발 군. 바이서스 임펠까지의 거리는 어떻게 되는가?"

"예, 전속력으로 달리면 오늘 밤중엔 닿을 수 있을 겁니다."

"그래? 그럼 하루를 더 손해볼 필요는 없겠군."

샌슨도 고개를 끄덕였다.

"자, 이제 달려보자! 오늘 밤 안에는 바이서스 임펠에 도착하고 내일부터 우리의 임무를 시작하는 거지."

"그럼 오늘이 여러분과 마지막으로 함께하는 길이겠군요."

이루릴의 말에 샌슨은 입을 딱 벌렸다.

"어, 후, 후치. 좀 피곤하지 않아? 천천히 갈까?"

여기서 피곤하지 않다고 말하면 내가 살 수 있을까? 칼은 그만 고개를 돌리며 웃어버렸다. 하지만 이루릴이 먼저 대답했다.

"오늘은 편안한 여행이었는걸요. 전 빨리 좀 씻었으면 좋겠어요. 괜찮다면 오늘 중 여관에……."

"예! 물론입니다. 출발!"

"나……, 난 대답 안 했는데."

내 말을 듣지도 않고 샌슨은 달려가기 시작했고 그러자 운차이는 여전히 그 저주스러운 밧줄에 이끌려 꼬리에 불 붙은 고양이 마냥 샌슨을 따라 달리기 시작했다. 이루릴과 칼도 뒤따라 달려가기 시작했고 네리아는 먼저 한마디 선언을 했다.

"자! 에보니 나이트호크. 첫 번째 질주다. 잘해 보자! 이랴!"

에보니 나이트호크는 곧 무서운 속도로 달려가기 시작했다. 정말 덩치에 어울리는 롱 스트라이더의 걸음걸이로 죽죽 앞으로 나가기 시작했다. 네리아는 비명처럼 탄성을 질렀다.

"우와! 너, 눈물나게, 잘 달린다!"

난 뒤질세라 제미니를 출발시켰다.

"하아! 하아!"

"이랴아!"

석양이 내리기 시작했다. 우리 뒤가 서쪽이라 그림자는 우리 앞쪽으로 길게 늘어졌고, 우리는 모든 것이 붉게 타오르는 평야 위로 여섯 개의 그림자를 쫓아 달려갔다. 빛이 있는 시간은 얼마 되지 않을 테고, 그 동안 조금이라도 더 질주해야지.

이윽고 해가 졌다. 우리는 달이 떠오를 때까지 천천히 걷기 시작했다. 사방이 완전히 트인 평야, 그 위로 내린 거대한 어둠 속에서 우리들은 아무런 말도 꺼내지 않은 채 걸어갔다. 한참 후 우리 앞쪽의 동쪽 지평선에서 두 개의 달이 동시에 떠올랐다.

"오! 오늘은 셀레나와 루미너스가 동시에 뜨는 날이군."

멋진 광경이었다. 동쪽 지평선 위에서 크고 작은 두 개의 달이 동시에 하늘로 솟아올랐다. 처음 그것은 마치 거대한 무엇이 땅에서 손톱을 내미는 듯이 보였다. 마침내 솟아오르자, 그것은 똑같은 크기의 보름달이었다.

우리는 두 개의 달을 향해 달려갔다.

지평선 위로, 달빛 아래로, 불빛들이 떠오르기 시작했다. 샌슨이 감격 어린 말투로 말했다.

"바이서스 임펠이야. 드디어 도착이군!"

검은 지평선 위에 바이서스 임펠은 불야성으로 자리하고 있었다. 갈색 산맥이 동쪽으로 달리다가 약간 남동쪽으로 휘어지는 부분에 위치한 이 도성은 밤하늘로 굉장한 불빛을 뿜어올리고 있었다. 희한한데? 그냥 촛불이 많다거나 하는 정도로 저렇게 멀리까지 밝은 빛이 비칠 수 있나?

"마법사들이 많아서 그렇지."

네리아가 말해 줬다.

"마법사?"

"빛의 탑이라는 마법사 길드 건물도 있고. 저 도시 길에는 밤마다 곳곳에 마법의 불이 켜져. 그래서 밤에도 아무런 등불 없이 돌아다닐 수 있어."

"와아!"

우리는 바이서스 임펠을 감싸고 도는 임펠 리버에 이르렀을 때 그것을 구경할 수 있었다.

임펠 리버에는 커다란 아치형의 석조 다리가 놓여 있었다. 열 명이라도 동시에 걸어갈 수 있을 듯한 큰 다리 양쪽에 초소 같은 것이 서 있었다. 초소 건물 위에는 도대체 뭔지 모를 불빛이 비치고 있었다. 횃불은 아니고 그저 밝은 빛 덩어리가 둥둥 떠 있었다. 이루릴은 그것을 보더니 말했다.

"컨티뉴얼 플레임이군요. 초소 건물에까지 저런 마법을 쓰다니, 대단한데요."

"그래요? 그럼 낮에도 빛나요?"

"그렇겠죠. 낮에는 뭘로 덮어두든가 하나 보죠."

초소의 경비병들은 모두 화려한 복장을 걸치고 있었다. 샌슨은 그들의 무구를 보더니 자신의 갑옷과 검을 내려다보며 한숨을 쉬었다. 그들은 모두 하프 플레이트 메일을 완전한 풀 세트로 입고 있었다. 바이서스의 상징인 붉은 독수리 문양이 가슴에 새겨져 있었고 머리에는 멋진 깃털 장식의 투구, 허리엔 화려한 롱소드를 장비하고 있었다. 그들은 우리를 정지시켰다.

"바이서스 임펠에 들어가려 합니까?"

칼이 우리를 대표해서 말했다.

"그렇습니다."

"야심한 밤이라 조사가 필요합니다. 신분을 증명할 수 있습니까?"

칼은 짐 속에서 자신의 서류들을 꺼내주었다. 경비 대원은 그것들을 빠르게 읽었다. 곧 경비 대원들의 동작과 어휘에 약간의 경의가 나타나기 시작했다.

"헬턴트 영지의 전권 대리인이십니까?"

"그렇습니다. 국왕님을 알현키 위해 왔습니다."

경비 대원은 칼 뒤쪽의 우리를 훑어보았다.

"수행 인원이 좀 독특하군요?"

하긴. 샌슨은 좀 초라하지만 수행 무관이라고 할 수 있겠지만 그 외에는 어린애, 엘프, 밧줄에 묶인 남자, 큰 말을 탄 여자니까 영주의 수행 인원이라면 기이하다 하겠다. 칼은 웃으며 말했다.

"여기 엘프분은 저희 여행 동료입니다. 그리고 나머지 분들은 훌륭한 헬턴트의 시민들이죠."

경비 대원은 빙긋 웃으며 서류를 돌려주었다. 아마 깡촌의 영주라 수행 인원도 보잘것없다고 생각하는 모양이다. 쳇. 그렇게 보일 테니 어쩔 순 없군.

"알겠습니다. 옥새는 확실하군요. 국왕의 봉신으로서 당신과 당신 수행원의 통행권은 보장되어 있습니다. 그리고 엘프께서는 우리 국왕님의 친우로서 바이서스의 모든 땅을 마음대로 지나실 수 있습니다. 통과하십시오."

경비 대원은 비켜주었고 우리는 그 옆을 지나 다리로 들어섰다. 엘프는 바이서스의 시민이 아니지만, 따라서 바이서스의 법률에 저촉되지도 않는다. 그래서 경비 대원은 이루릴에게 무례하게 이름이 뭐냐, 목적이 뭐냐 등의 질문은 하지 않았다.

샌슨은 주눅든 모습으로 뒤를 돌아보더니 혼잣말처럼 말했다.

"저게 진짜 '경비 대원' 이야……. 굉장해."

칼은 헛기침을 하더니 농담 삼아 말했다.

"갑옷 말인가, 그 안의 인물 말인가?"

샌슨은 웃으며 고개를 가로저었다.

"칼. 칼은 모르겠지만 말입니다, 저런 갑옷을 입고 저렇게 경쾌하게 움직인다는 것은 대단한 실력을 가진 사람이라는 뜻이죠. 전사로서 존경스럽군요."

그러자 이루릴이 방긋 웃었다.

"대단할 것 없어요. 샌슨이 훨씬 강해요."

"이런……, 과찬의 말씀을."

그러자 네리아도 말했다.

"이런, 샌슨아, 샌슨아! 저 갑옷들에는 경량화 마법이 걸려 있어 대단히 가벼운 거란다. 넌 갑옷 볼 줄도 모르면서 그러니?"

"어? 너 그거 어떻게 알아?"

"저런 갑옷 입은 사람과 사귄 적이 있거든."

"그래? 흐음……. 그래도 대단해. 그런 귀한 갑옷을 입었다는 것은 말이야."

난 이루릴이나 네리아처럼 친절하진 못한 모양이다. 주변을 보기가 더 바빴다.

굉장했다.

임펠 리버를 가로지르는 그 아치형의 돌다리 난간에도 그 컨티뉴얼 플레임이 걸려 있는지 은은한 빛이 비쳐나와 우리는 흡사 빛의 다리를 걷고 있는 것 같았다. 아치형의 다리라 마치 무지개를 밟고 지나가는 느낌도 들었다. 컴컴한 밤중이라 그 광경은 더욱 아름다웠다. 밤에 와서 다행이야! 다리 난간의 빛은 검은 강물을 반짝거리게 만들었다. 강물 위에 보석을 뿌려둔 것 같았다.

그리고 다리를 다 건너자 곧 엄청난 성벽이 다가왔다. 높이가 적어도 150큐빗은 되어 보이는 성벽이 우리를 가로막고 있었다. 돌을 어떻게 저렇게 쌓았을까! 저 무게로 땅이 꺼지지 않나? 그 높은 성벽 위로도 일정하게 무슨 빛이 깜빡이고 있었는데 그건 횃불인 듯했다. 검은 하늘에 규칙적으로 늘어선 불빛은 최면 작용을 일으킬 것 같았다.

그리고 정면에는 20큐빗 정도의 성문이 보였다. 밤이라서 그런지 성문은 닫혀 있었으나 그 옆의 작은 문은 열려 있었다. 그 작은 문을 지키던 경비 대원들은 다리에서 통과시켰으면 상관없다는 듯이 그대로 아무 말 없이 우리들을 통과시켰다. 샌슨은 그들의 복장을 보더니 다시 한숨을 푹 쉬었다.

작은 문을 통과해서 들어가니 곧 눈이 부실 지경이었다.

"우와……!"

넓은 대로가 쭉 뻗어 있었다. 대로 양쪽으로는 30큐빗마다 규칙적으로 기다란 막대기들이 세워져 있었는데 그 꼭대기에도 컨티뉴얼 플레임이 빛나고 있어 대로는 환했다. 그것은 정말 교묘하게 생겼는데, 크기가 조금 차이나는 쇠로 된 반구 두 개를 모아 구 모양으로 만든 다음, 두 개의 구가 겹치는 부분에 쇠막대기를 꽂아 중심축을 따라 움직이게 만들어두었다. 그리고 그 중심축에 컨티뉴얼 플레임이 빛나는 것이다. 그래서 반구를 한쪽으로 겹쳐 모으면 빛이 나오고 반구를 닫으면 완전한 구가 되어 빛이 가려지는 그런 모양이었다.

대로를 따라 많은 사람들이 오가고 있었다. 이런 밤중인데도 저렇게 많은 사람들이? 마치 한낮처럼 사람들은 오가며 이야기하고 물건을 팔았다. 요란한 소리 때문에 정말 낮으로 착각하기가 쉬웠다. 사람들의 옷차림은 모두 가볍고 밝은 색의 옷이었다. 갑자기 내 가죽 갑옷이 칙칙하게 보였다. 가죽 갑옷을 입은 남자들도 많았지만 그들의 가죽 갑옷은 모두 흰색이나 붉은색이고, 간혹 푸른색도 보였다. 희한한 갑옷이군. 게다가 모두들 화려한 망토를 두르고 걸어가고 있었다.

남자들은 대개 아름다운 옷의 처녀들과 함께 걷고 있었다. 처녀들도 모두 빛이 나는 듯했다. 모두 밝은 색 계통의 옷을 입고 있어서 주위의 불빛에 아주 잘 어울렸다. 이렇게 조명이 좋은데 어두운 색깔의 옷을 입을 필요는 없겠지. 하지만 저런 밝은 빛깔 옷이라면 세탁하기가 만만찮겠는데.

칼이 말했다.

"허어……, 참. 저건 갑옷이 아니군."

"예?"

"저렇게 눈에 잘 띄는 색깔이 갑옷일 리가 있나. 아무래도 장식용 갑옷인 모양이군. 축제인가?"

축제? 어, 그럴지도 모르겠군. 저렇게 많은 처녀 총각들이 밤중에 이렇게 데이트라니. 네리아가 칼의 말을 확인해 주었다.

"아, 오늘 보름달 두 개가 동시에 떴죠?"

"그렇소."

"그럼 오늘은 트윈문의 축제군요."

"아! 오늘이……."

그때 내가 끼어들었다.

"보름달이야 원래 두 달에 한 번은 같이 뜨지 않아요?"

"아, 네드발 군. 오늘은 초대 바이서스 임펠의 시장이자 루트에리노 대왕의 셋째 왕자이신 세류델헨 왕자가 이 땅에 수도를 정하게 된 것을 기념하는 날이라네. 전설에 따르면 세류델헨 왕자는 아버지의 명령을 받고 수도로 정할 땅을 찾아 돌아다니다가 두 개의 보름달이 동시에 지평선에 떠오를 때 독수리와 영광의 신 아샤스를 만나셨네. 그리고 아샤스의 명령으로 이 땅을 수도로 정했어요. 그래서 바이서스 임펠에서는 그날을 기려 축제를 가진다네."

아, 그런가? 그래서 이렇게 화려하게 돌아다니는 모양이군.

마차들도 얼마나 많이 오가는지 모르겠다. 말을 타고 다니는 사람은 별로 보이지 않았다. 이 대로는 모두 사람들이 걸어다니기 좋은 대로였지 말이 편자를 따각거리며 걸을 길은 아니었다. 샌슨과 나는 잔뜩 주눅들어서 그 밝은 색 옷차림의 사람들 사이로 말을 몰아갔다. 사람들이 우릴 흘깃흘깃 쳐다보는 듯해서 기분이 좋지 않았다.

그러나 자세히 보니 사람들은 모두 이루릴과 네리아를 보고 있었다. 사람들의 숨죽인 탄성이 들려왔다.

"오, 맙소사……. 엘프인가?"

"저 말 좀 봐! 저 여자, 저런 말을 탔어!"

"이건……, 이건 정말……."

주위의 장대 위의 불빛들이 이루릴의 머릿결을 타고 흘러내렸다. 검은 비단결 같은 머리카락이 어깨 위로 마음껏 흘러내리고 있다. 바이서스 임펠의 처녀들은 모두 금발이나 갈색 머리카락으로 머리를 올리거나 부풀려 한껏 모양을 내었지만 이루릴의 자연스러운 검은머리에 견줄 만한 것은 없다. 그러고 보니 정말 매력적인 흑발 아가씨는 하나도 보이지 않고 모두 칙칙한 금발이나 갈색뿐이군. 그리고 이루릴의 낡은 가죽 재킷에 가죽 바지. 가죽은 낡을수록 그 빛깔이 깊어지고 아름다워진다. 처녀들의 화려하고 섬세한 옷차림을 욕할 생각은 없지만, 이루릴의 가죽옷 앞에선 몽땅 세탁장의 빨래처럼 보일 뿐이다. 저 가죽 바지는 최고야!

그리고 그 옆의 네리아. 남자들도 못 탈 것 같은 엄청난 흑마를 타고 있는 날씬한 아가씨. 가죽 갑옷과 망토까지 입고 있지만 에보니 나이트호크가 워낙 크다 보니 네리아는 작아 보인다. 도발적인 붉은 단발머리를 마구 흐트러뜨리고 당당하게 걸어간다. 아니, 경쾌하다고 해야 할까? 등에는 거대한 트라이던트를 메고 있다. 에보니 나이트호크가 뿜어내는 거대하고 야수적인 매력과 네리아의 발랄하고 청신한 매력은 희한하면서도 매력적인 조화를 이루고 있었다.

내 보기에, 주위의 처녀들은 모두 순식간에 자신의 청년들을 잃는 아픈 경험을 하는 것처럼 보였다. 남자들은 모두 입을 쩍 벌리고 이루릴과 네리아를 바라보고 있었다. 정말, 과장 없이, 대로가 훨씬 조용해졌다.

"킥킥킥……."

불쌍하리만큼 잔뜩 주눅들어 있던 샌슨이 날 바라보았다.

"왜 웃어?"

"아가씨들이 불쌍해서."

"불쌍하다니? 저렇게 아름다운 모습들인데."

"주위를 자세히 봐. 지금 남자들은 그 아름다운 모습에 전혀 눈길을 보내고 있지 않아. 킥킥."

샌슨은 주위를 둘러보았고, 남자들이 모두 침을 질질 흘리면서 이루릴과 네리아를 바라본다는 것을 알게 되었다.

"이상하네. 이루릴은 아름답지만, 화려한 옷은 아닌데. 게다가 아가씨답지 않게 말까지 타고……."

"어이구, 오거야! 주위를 봐. 모두 화려한 옷에 인형처럼 생긴 아가씨들뿐이잖아. 그러니까 이루릴과 네리아는 정말 살아 있는 아름다움을 보여주는 거라고!"

"그러냐? 휴우, 어렵다."

난 그때 친절해지기로 마음먹었다.

"그런데 내가 하나 더 가르쳐줄까?"

"응?"

"여기 수도의 아가씨들은 말이야. 샌슨 같은 완전 오거형의 전사는 처음 보는 것이거든? 장식용의 갑옷을 걸친 샌님들이 아니라 방금 트롤 목이라도 하나 치고 온 듯한 광폭해 보이는 남자는 처음 본단 말이야. 무슨 말인지 알겠어?"

샌슨의 허리가 당장 곧아지고 가슴은 성벽처럼 군건히 펼쳐졌다. 그는 사나운 눈길로 지그시 아래를 쏘아보기 시작했다. 에구. 누가 말리겠냐. 내 농담이었지만 진짜 몇몇 아가씨들은 숨이 멎는 듯한 얼굴로 도시 한복판에서 거친 야성을 풍기는 싸나이 샌슨을 바라보았다. 아가씨들, 정신 차려! 저건 인간이 아니라고!

어쨌든, 수도 시민들에게 사열을 받는 듯한 걸음걸이로(샌슨이 사납게 노려보고 있자 마차 하나는 황급히 길 옆으로 비켜나기까지

했다.), 우리는 여관이 밀집한 거리로 들어섰다.

"칼, 역시 시민들에게 물어볼까요?"

"그게 좋겠지."

난 문득 재미있는 생각이 떠올랐다.

"이봐. 샌슨이 한번 물어봐."

"내가? 알았어."

샌슨은 주위를 사납게 노려보더니 곧 지나가는 아가씨 하나를 눈빛 공격으로 마비시켜 버렸다. 뱀파이어나 메두사라도 지금의 샌슨보다 더 무서운 눈을 하고 있을 것 같지는 않다.

"이봐, 아가씨."

샌슨은 으르렁거리듯이 말했다. 난 말에서 떨어질 뻔했다.

그 불쌍한 아가씨는 완전히 주눅이 들어 발발 떨면서 샌슨의 거무튀튀하고 거대한 실루엣을 올려다보았다. 샌슨은 고개를 비스듬히 들어 어두운 밤하늘의 성좌를 바라보며, 마치 옛노래를 부르는 선원의 구슬픈 음성처럼 애잔한 울림이 있는 거친 목소리로 말했다.

"난 여행자요. 좋은 여관 하나 소개해 주겠어?"

여자는 멍한 얼굴로 샌슨을 보더니 대답했다.

"나, 난 몰라요! 아무데나 가보세요!"

그리고 여자는 부리나케 달아나버렸다. 샌슨은 얼빠진 얼굴로 그 여자의 뒷모습을 바라보았고 난 너무 웃느라 결국 말에서 떨어졌다.

"새, 샌슨! 우히히히! 어, 어떻게 아가씨가 여관에 대해, 헥헥, 잘 알 거라고 생각했지? 우킬킬킬! 저, 저 아가씨가 집 내버려두고 이 여관, 저 여관에서 자겠나? 우헤헤헤!"

"아, 아차!"

"나, 나이 지긋한 아, 아저씨에게 물어봐야지, 에헤헷헤헷! 그, 그래야 여관 주인들도 좀 알 테고, 킬킬킬!"

결국 칼이 물어서 우리는 '유니콘 인'이라는 여관에 들어설 수 있었다. 난 그 동안에도 계속 숨도 제대로 못 쉴 정도로 웃었고 샌슨은 의기소침하여 아무와도 말을 하지 않으려 했다.

수도니까 무조건 비쌀 거라는 내 생각은 오류였다. 수도라서 오히려 물건들이 풍족해서 물가는 별로 비싸지 않았다. 여관비도 그랬는데, 수도라서 여행객들이 많이 들러 그런지 상당히 훌륭한 여관이면서도 여관비는 저렴한 편이었다.

이루릴과 네리아는 지하에 욕탕이 있다는 말을 듣고는 환호를 올리고 지하로 잠적했다. 그리고 두 여자는 욕탕을 점거하고 농성을 벌이는지 전혀 나올 생각을 하지 않았다. 우리는 대충 씻고 먼저 저녁 식사를 주문하여 먹고 나서 홀로 물러났다.

이 도시의 모든 건물이 그런지 모르겠지만, 유니콘 인의 건물 안은 엄청나게 밝았다. 홀 천장에는 거대한 샹들리에가 있었고 벽마다 초가 두 개씩 세워져 있으니 그야말로 앞사람 땀구멍이 보일 정도로 밝았다.

"이건 엄청나군. 그림도 그리겠는데?"

칼은 식후 디저트로 커피를 마시며 주위의 밝기에 감탄했다. 그 동안 나와 샌슨, 그리고 운차이는 곤혹스러운 표정으로 우리 앞의 컵을 바라보고 있었다.

"카아아알……."

"응? 왜들 그러나?"

“저, 이거 주문해 주신 것은 고맙지만, 못 먹겠어요.”

“아니, 왜?”

“슬라임 같아요. 스푼으로 찌르니 물컹거리는 것도 그렇고…….”

“흐음. 자네들 기호엔 젤리가 별로 마음에 들지 않겠군. 여보쇼, 주인장. 맥주 셋.”

“그거예요! 그래요!”

우리는 젤리 컵엔 손도 대지 않고 치워둔 다음 맥주를 마시기 시작했다. 운차이도 훨씬 살 것 같다는 표정을 지었다. 훨씬 낫군. 소화에도 도움이 되고 말이야. 옆의 테이블 손님들이 그런 우리를 보고 슬며시 웃었다. 에라, 웃든지 말든지. 우리 좋아하는 것 먹으며 살기에도 짧은 인생이야!

“음, 맥주 맛은 괜찮군. 좋은 맛이야.”

그때 이루릴과 네리아가 홀로 들어왔다.

아아……, 파격적인 그녀들. 머리도 제대로 말리지 않고 그냥 어슬렁어슬렁 들어섰다. 네리아는 아예 머리에 수건까지 얹어둔 채로 들어섰다. 이루릴은 그 정도는 아니었지만 그래도 검은 머리에 물기가 반짝이는 것이 잘 보였다. 게다가 이루릴의 하얀 볼이 발갛게 물들어 있는 것은 정말 못 봐주겠다.

이루릴은 블라우스의 소매를 팔꿈치까지 걷어올리고 단추는 몇 개 풀어둔 채 남자인지 여자인지 헷갈리는 복장이었고 네리아도 그에 별로 뒤떨어지지 않았다. 가죽 갑옷은 던져두었는지 헐렁한 셔츠 하나만 걸치고 들어섰다. 셔츠는 남자들이 입는 것과 똑같은 것이었고, 그래서 그녀의 목깃 부분은 크게 벌어져 어깨가 보일 정도였다. 내려오기는 또 얼마나 내려오는지 허벅지를 다 덮었다. 그래서인지 네리아는 머플러 같은 천을 허리에 두르고는 옆에서 질끈 묶고 나머지를 늘어뜨렸다. 흠. 그렇게 입으니 그것도 괜찮네.

"여기들 계셨군요."

"식사는 하셨소?"

"예. 식당에 갔다가 여러분이 이미 나가셨다고 해서 먹고 오는 길이에요."

이루릴과 네리아가 우리 테이블에 앉자 당장 주위의 시선이 경멸에서 시샘으로 확 바뀌었다. 날아오는 시선에 뒤통수가 뚫리는 느낌을 받으며 난 네리아에게 질문했다.

"그 옷은 어디 있었어요?"

"응? 이거? 내 옷이지. 편해서 좋아."

"네리아 옷 같지는 않은데요. 너무 큰데. 꼭 남자 옷처럼."

네리아는 날 똑바로 바라보았다.

"너 내가 훔쳤다고 생각하니?"

"그런 생각은 하지 않았어요. 이상하잖아요. 왜 자기한테 맞지도 않는 옷을 가졌어요?"

네리아는 피식 웃더니 의자를 움직여 내게 가까이 다가와서 귓속말로 말했다.

"변장용이야."

"남자로요? 그런 몸으로?"

"할 수 있어. 키 작고 뚱뚱한 남자로 변하는 건 쉬워. 샌슨같이 변하는 거야 불가능하지만 너 정도는……. 그러고 보니 너랑 나랑 키가 비슷하네?"

"무슨 소리! 내가 훨씬 더 커요! 앉은 키가 비슷한 거죠."

"그런가? 에휴. 다리가 짧아서. 나 욕탕에서 이루릴 다 봤지. 정말 다리 길더라. 부러워서."

"……이루릴 다리 긴 건 원래 아니까 그 이야긴 그만하죠."

"아냐. 훌쩍. 나 정말 슬퍼. 치마 입고 다니는 여자는 이 마음 모를 거야. 난 성실한 나이트호크로서 치마를 입지 못한다는 게 너무 슬퍼."

"으하하, 으하, 그만해요, 닭살 돋아요!"

샌슨은 우리 둘이 귓속말을 한참 주고받자 의아한 표정을 지었다. 그러나 그의 눈길은 우리에게 오래 머물러 있지 않았다. 그는 흘끔흘끔 이루릴을 쳐다보다가 얼굴이 붉어졌다.

"저, 이루릴."

"예?"

"사람들이 자꾸 쳐다봅니다."

"왜지요? 아, 제가 엘프라서 그런가 보군요."

"……그런가 봅니다."

샌슨은 아무렇게나 대답해 버리고는 붉어진 얼굴을 가리기 위해 맥주잔을 들어올렸고 네리아는 그런 샌슨을 보면서 배슬배슬 웃었다. 네리아는 맥주를, 이루릴은 와인을 주문한 후, 우리는 홀에 앉은 채 만인의 시선을 한몸에 받으며 내일의 계획을 이야기했다.

"세레니얼 양은?"

"내일 델하파로 출발할 생각입니다."

"그런가요. 혹시 다시 만날 수 있을까요?"

"글쎄요. 여러분들은 여기 얼마나 머물 계획이시죠?"

흠. 그건 나도 알고 싶은 건데. 칼은 머리를 가로저었다.

"못 돼도 2주는 걸릴 겁니다. 어쩌면 한 달 정도는 너끈히 있을 수도 있고."

"그럼……, 제 용무는 그렇게 길지는 않을 것입니다. 2주쯤 후에 수도에 들를 테니, 절 기다려주시겠습니까? 돌아갈 때도 같이 돌아간다면 좋겠군요."

샌슨은 숨을 죽이며 칼을 바라보았다. 칼은 웃으며 말했다.

"좋겠지요."

샌슨의 얼굴은 엄청나게 바뀌었다. 좋아서 죽겠다는 얼굴이다. 나도 좋지. 이루릴은 같이 여행하기에 좋은 동료야. 칼도 잘 쓰고 마법도 잘 쓰고, 일단 눈이 즐겁지. 같이 이야기를 나눌 때는 상식에 대해 다시금 생각하게 해주는 것도 참 좋고. 이루릴은 우리 모두가 찬성하자 고개를 끄덕였다.

"그럼……, 래셔널 셀렉션은 여러분들이 좀 맡아주시겠습니까?"

"걸어가실 생각입니까?"

"전 엘프니까요. 숲을 통해 갈 땐 말보다 훨씬 빨리 갈 수 있어요."

"알겠습니다. 네리아 양은?"

머리에 뒤집어썼던 수건으로 복면을 만들어본다든지 목에 둘러본다든지 팔에 묶어 휘두른다든지 하는 장난을 치고 있던 네리아는 곰곰이 생각하다가 말했다.

"당신들은 어쩔 건데요?"

"우리? 우린 계속 이 여관에 머물면서 수도의 이곳저곳을 돌아다니게 될 겁니다. 대개의 경우, 내가 주로 돌아다니게 될 테고 퍼시발 군과 네드발 군은 좀 심심하겠죠."

내가 끼어들었다.

"우린 따라다니면 안 돼요?"

"글쎄. 난 여러 관리와 귀족가에 들를 생각이네. 사실 말해서 동냥질을 다니는 거지. 그런데 거기서는 별로 실질적인 도움도 되지 않는 예의범절이 까다롭거든. 자네들은 그런 것 잘 모르잖아? 그리고 날 따라다녀 봐야 별로 재미는 없을 텐데. 구걸하는 사람 따라다니는 것도 자존심 상할 테고."

"구걸……이요?"

"몸값을 마련해야잖나."

샌슨과 나는 한숨을 크게 쉬었다. 칼은 10만 셀을 어떻게 장만할 생각일까? 우리도 따라나서서 돕고 싶다고 말했으면 좋겠지만 우리가 수도에 지인이 있나, 친지가 있나?

"흠. 꼼짝없이 여관에 드러누워 천장만 바라보아야 되나?"

"걱정 말게. 자네들에게 도움이 될 만한, 만나서 유익할 만한 분들께는 꼭 데리고 갈 테니."

그러자 네리아가 방긋 웃으며 말했다.

"그럼, 칼 아저씨. 하루에 1셀씩 해서 애 봐주기. 어때요?"

"예?"

"내가 후치랑 샌슨이랑 돌봐줄 테니까 안심하고 돌아다녀요."

"괜찮은 제안 같습니다만. 허허허."

"농담. 난 당장은 별로 할 일이 없어요. 이 근처에서는 통행세 받는 그런 일도 못하고, 또 수도 경비 대원 무서워서 다른 일도 할 게 없고. 뭐, 여기 계속 머물면서 일거리 찾아볼 거예요."

네리아는 수건을 내 목에 걸어 당기면서 말했다. 켁켁!

"혹시 도움이 필요하다면 말씀하시오. 하지만 저……."

"불법적인 일? 됐어요. 그런 부탁 안 해요."

"예. 그럼 퍼시발 군, 네드발 군. 자네들은 내일 오전 일찍 나랑 같이 옷을 사러 가세. 예복을 갖출 수야 없지만 궁궐에 들어갈 테니 옷은 제대로 갖춰야겠지. 그리고 운차이 씨의 신병을 넘기고 국왕 전하를 알현하세."

어? 아주 쉽게 말하시네? 내 생각엔 아랫관리들에게 먼저 요청을 하고 윗관리를 만나 허락을 받고 어쨌든 층층 시하를 밟아가야 알현할 수 있을 것 같은데?

"어, 어? 알현하고 싶다고 마음대로 알현할 수 있어요?"

"우리야 보통의 탄원자 같은 사람은 아니니까 걱정 말게. 우리의 임무는 국왕의 드래곤에 관한 것이니까."

그때 날 마구 당기며 놀고 있던 네리아가 내 귀에 대고 말했다.

"가만히 있어."

그러더니 테이블 아래에서 내 허리를 더듬기 시작했다. 난 질겁했지만 네리아는 내게 윙크하더니 내 벨트에 꽂혀 있는 대거를 뽑아들었다. 뭐지? 이 여자가 갑자기 왜 이래?

그때였다.

"야! 네리아! 오래간만이네?"

2

좀 떨어진 테이블의 남자 하나가 네리아에게 손을 흔들었다. 30대 정도로 보이는 기민해 보이는 털보였다. 네리아는 내 대거를 그대로 수건 틈에 감싸더니 자리에서 일어났다. 다른 사람은 아무도 못 봤을 것이다.

"어머! 오래간만이야. 어머니는 잘 계시니? 저, 여러분. 저기 고향 친구가 있네요. 잠깐 갔다올게요."

그러더니 네리아는 반갑다는 웃음을 지으며 그 남자에게 다가갔다. 다른 사람들은 그러려니 생각하고는 별로 신경 쓰지 않았지만 나는 테이블 옆에 기대어놓았던 바스타드의 끝을 발로 밀어 내 무릎 쪽으로 쓰러지게 만들었다. 난 그 칼자루를 만지작거리면서 그 남자와 네리아를 살폈다. 고향 친구라고? 그 고향에서는 오래간만에 만날 때는 대거를 숨기고 만나야 되나 보군. 따사로운 고향 인심인데?

난 그 남자를 자세히 훑어보았지만, 그저 평범하게 생긴 남자였고 갑옷도 입고 있지 않았다. 그래서 하마터면 그자의 신발을 놓칠 뻔했다. 언뜻 보기엔 보통의 신과 똑같았다. 하지만 자세히 보니 신발 바닥에 털가죽이 붙어 있었다.

걸을 때 소리가 나지 않겠군.

불안하네. 네리아가 알아서 해결하도록 놔두어야 하나? 네리아가 우리 일행에게 알리지 않고 저렇게 한 것은 자기가 알아서 해결하겠다는 뜻일 게다.

그때였다.

왼쪽 눈에 흉터가 있는 남자 하나가 네리아와 그 털보의 옆을 지나쳤다. 그 흉터 남자는 아주 기술적으로 둘을 가렸다. 그러나 난 보았다. 그 흉터가 살짝 가리는 틈을 타서, 털보는 네리아의 손목을 비틀어 대거를 빼어내고는 네리아의 허리를 쿡 찔렀다. 네리아의 몸이 굳는 것이 보였다.

그리고 네리아는 천천히 일어났다. 그 털보는 네리아의 어깨에 어깨동무를 하고 있었다. 약간 떨어져서는 흉터가 벽을 바라보고 있었다. 네리아는 털보와 함께 우리에게로 걸어왔다.

"이봐요, 나, 고향 친구와 잠깐 어디 가서 이야기 좀 하고 올게요."

칼은 고개를 끄덕이며 대답했다.

"그러시오. 늦으시겠소?"

"좀 늦을지도 모르겠네요. 기다리지 말아요."

그리고 네리아는 물러날 채비를 갖췄다. 제길, 안 돼!

"아차, 네리아!"

네리아와 그 털보는 놀라서 날 바라보았다. 난 테이블에서 후다닥 일어나면서 외쳤다.

"그, 그거! 그거 까먹었어요! 이런, 젠장! 네리아가 가지고 있죠? 빨리 좀 와봐요. 아, 잠깐 실례!"

그렇게 말하며 난 네리아의 손을 끌어당겼고 그러자 털보는 할 수 없이 네리아를 놓아주었다. 난 네리아의 손목을 끌고 부리나케 홀을 빠져나갔다. 일행들은 멍한 눈으로 날 봤으나 설명할 새가 없다.

홀을 빠져나와 복도의 벽에 붙어 섰다. 네리아는 그런 내 모습을 보더니 빙긋 웃었다.

"고마워."

"뭐예요? 저 작자들 뭔데요?"

네리아는 시무룩한 얼굴로 말했다.

"골치 아픈 애들이야. 저 녀석들은 나이트호크도 아냐. 파렴치한 사기꾼들이지."

"좋아요. 방으로 올라가죠."

네리아와 난 우리들 방으로 올라왔다. 혹시 누가 본다면 복도에 멍청하게 서 있을 순 없으니까. 우리들은 방에 올라와서 베란다로 나갔다. 이 여관은 2층이 1층보다 면적이 작았으며 그 나머지는 베란다로 만들어져 있었다. 베란다와 방 사이에는 미닫이문이 있어 잘 때는 그것을 닫게 되어 있었다.

우리는 누군가 문 밖에서 들을까 봐 베란다에서 이야기를 나눴다. 여긴 탁 트였으니 감시할 수도 없겠지. 눈앞에 바이서스 임펠의 야경이 펼쳐졌지만 그 기막힌 광경을 감상할 새도 없었다.

"저 친구들이 원하는 것은?"

"날 쓰고 싶대."

"복잡한 이야기는 빼고. 좋아요, 싫어요?"

"싫어. 보수도 많이 준다고 하지만 일 끝나면 나 죽일 거야."

끔찍스럽군. 내용이 아니라 그런 내용을 천연덕스럽게 이야기하는 네리아가 끔찍스럽다는 말이다. 난 잠시 호흡을 고른 다음에 말했다.

"알았어요. 털보와 흉터 두 명뿐입니까?"

네리아는 놀란 눈으로 날 보았다.

"너 흉터도 알아차렸구나? 제법이네. 응. 그 둘이야. 하지만 어딘가 다른 패들이 기다리고 있을 거야."

"돌려보내면 또 올까요?"

"강제로 돌려보낸다면. 아마 여자가 필요한 일거리가 있나 봐."

"길드의 일입니까?"

"아냐. 길드에서 왜 죽이려 들겠어? 저놈들은 길드에서도 추격하는 고약한 녀석들이야. 어쩌다가 저런 놈들을 알게 되었는지……, 칫."

"좋아요. 길드 소속이 아니라면, 저놈들을 요리해도 상관없다?"

네리아는 내 손을 잡아쥐더니 말했다.

"후치. 저놈들은 무서운 놈들이야."

"이렇게 묻죠. 죽을 거예요? 마음에 있는 대로 말해요. 친구니까."

"……살려줘."

"좋아요. 여기서 기다려요. 샌슨을 데려오죠."

난 네리아를 두고 다시 방을 나왔다. 쿵쾅거리며 계단을 내려간 다음 홀로 들어서자 그 남자가 멀뚱히 서서 날 바라보았다. 그 털보는 내 옆에 네리아가 없는 것을 보자 날 사납게 노려보았다. 난 시치미 떼고 샌슨에게 말했다.

"샌슨! 네리아도 모르겠대. 젠장, 그게 어디 있지?"

샌슨은 멍청한 얼굴로 날 바라보았다.

"아니, 뭘 말야? 말을 좀 제대로 해봐. 서두르지 말고."

어떻게 하면 털보가 눈치채지 못하게 저 오거를 데려간다? 난 속이 뒤집힐 것 같았다. 그때 좋은 생각이 떠올랐다.

“그거 있잖아? 성 밖 물레방앗간에는 방앗소리 요란한데…….”

“으으아아가각!”

샌슨은 조건 반사적으로 나에게 돌진했고 곧 운차이와 함께 나동그라지고 말았다. 여전히 발목을 서로 묶어 두었으니까.

“으억!”

“꽥액!”

그러나 샌슨은 곧 벌떡 일어서더니 운차이를 확 들어올려 어깨에 둘러메곤 날 쫓아왔다. 운차이는 땅에 나동그라졌다가 어깨 위로 올라갔다가 하니까 정신이 하나도 없는 모양이다. 무섭군, 무서워.

우리 방에서 간신히 샌슨을 정지시켜 네리아의 위기를 전해 주었다. 쉬운 일은 아니었지만. 샌슨은 곧 침착을 되찾고 고개를 끄덕였다.

“좋아. 알았어. 털보와 홍터는 사기꾼들이란 말이지?”

“맞아. 그놈들은 내가 말 안 들으면 죽이려 들 거야.”

“내려가서 박살내 놓지.”

아이고, 머리야. 난 고개를 가로저었다.

“안 돼. 다른 패거리가 있다잖아?”

“찾아오면 다 박살내지.”

“잘 때 찾아와서 심장에 나이프 하나 꽂아두고 가면 어쩔래?”

“……아래에 있는 놈들 붙잡아서 족친 다음 패거리들도 다 잡지."

"……그건 왠지 마음에 드는데?"

그야 당연하지. 난 헬턴트 토박이니까. 네리아가 근심스러운 얼굴로 나와 샌슨을 바라보더니 말했다.

"너희들은 가장 위험한 계획을 좋아하는구나?"

"다른 계획이 있다면?"

"지금 당장은 모르겠어. 하지만 좀더 생각해 보면……."

"시간 없어. 가자, 운차이, 잠깐 실례."

그리고 샌슨은 운차이의 턱을 올려쳤다. 빠억! 열심히 듣고 있던 운차이는 그대로 기절했다.

"네리아는 운차이를 감시해."

샌슨은 벌떡 일어났다. 네리아는 머리를 휘젓더니 운차이를 침대에 묶기 시작했다.

샌슨과 나는 계단에서 간단히 계획을 세운 다음 쿵쾅거리며 계단을 내려왔다. 홀에 내려오자마자 난 울화통이 터진다는 얼굴로 말했다.

"이런, 빌어먹을! 도대체 되는 게 없어!"

샌슨도 이마를 짚고 쓴 표정을 지었다. 그는 고개를 휘저으며 은근슬쩍 흉터 남자 쪽으로 걸어가며 말했다.

"아이고, 나도 모르겠다! 그런데 화장실이 어디 있지?"

좋아, 지금이다. 난 털보에게 다가섰다.

"앗! 잠깐만."

털보는 당황해서 날 바라보았다. 난 황급하게 말했다.

"당신 배에 파리가 있어!"

퍽! 털보는 복부를 부여잡고 쓰러졌다. 아마 배가 뚫리는 느낌이었을 거야. 내가 끼고 있는 장갑이 뭐냐? 샌슨도 흉터 남자의 어깨를 잡으며 기세좋게 외쳤다.

"어? 오래간만이네?"

빡! 흉터 남자는 턱이 돌아갔다. 샌슨은 그대로 쓰러지려는 남자의 어깨를 붙잡은 채 다시 복부를 호되게 올려치고 말했다.

"야! 이거 정말 반갑네. 네놈들이 도박장에서 내 돈 떼어먹고 달아난 거 생각하면 아직도 이가 갈린다!"

그러자 홀 안에 있던 손님들도 사태를 파악했다는 듯이 고개를 끄덕였다. 난 재빨리 외쳤다.

"이거, 사람들 많으니 방으로 가자."

그리고 난 그 기절한 털보 남자의 뒷덜미를 들어올렸다. 여관 주인이 황급하게 달려왔다.

"이봐요, 손님들! 방에서 소란을 부리면……."

샌슨이 재빨리 10셀짜리 은화 하나를 집어주면서 말했다.

"절대로 조용히 있지요. 만일 우리가 시끄럽다면, 그때 쫓아내십시오. 괜찮겠죠?"

여관 주인은 손바닥의 돈과 샌슨의 체격, 그리고 그 말을 번갈아 생각하더니 고개를 끄덕이며 물러났다.

"소란을 부리면 안 됩니다! 집기를 부숴도 안 되고."

"염려 마십시오."

칼과 이루릴은 대단히 놀란 눈으로 우릴 바라보다가 영문도 모른 채 우리 뒤를 따라왔다. 샌슨이 그 흉터 남자를 끌고 나올 때까지 난 칼에게 빠르게 설명했다.

"이놈들 사기꾼들이에요. 네리아와 아는 사이인데, 네리아를 위협해서 자기 편으로 끌어들이려 하고 있구요."

"아, 그런가?"

샌슨도 흉터 남자를 끌고 나왔다. 기습을 당한 둘은 거의 실신 상태였다. 우리는 둘을 끌고 네리아가 기다리는 방으로 올라갔다. 네리아는 우리가 둘을 질질 끌고 들어가는 것을 보더니 한숨을 푹 쉬었다.

"빚을 졌네……."

"뭔 빚. 괜찮아. 신경 쓰지 마. 돕고 살아야지."

샌슨은 간단히 말한 다음 배낭에서 밧줄을 꺼내어 둘을 묶고 재갈까지 물렸다. 두 남자를 바닥에 앉히고 나서 우린 고민에 빠졌다. 이 친구들에게는 패거리가 있다고 했는데, 어떻게 달래서 패거리들이 우릴 공격하지 않도록 해야 될까?

네리아가 나섰다.

"음……. 이젠 내게 맡겨."

네리아는 둘 중 털보를 먼저 깨웠다. 털보는 눈을 뜨더니 험악한 표정으로 우리들을 바라보았다. 네리아는 어깨를 으쓱하고는 재갈을 풀어주었다.

"자, 문댄서. 내 친구들은 이렇게 세다고. 난 너희들하고 동업할 생각 없어."

문댄서? 괴상한 별명의 그 털보는 침을 뱉더니 말했다.

"……저놈들은 밤이슬 맞는 놈들이 아닌데?"

"이분들은 그런 분들이 아냐."

"흠, 트라이던트의 네리아도 갈 데까지 갔군. 모험가 흉내라도 낼 생각인가?"

"난 열쇠 따기나 함정 해체 같은 것은 할 줄 몰라. 그건 특별히 더 미화된 열쇠 기술자이지 성실한 나이트호크가 아냐. 그리고 이분들은 보물만 있다면 산꼭대기든 땅 밑이든 찾아가는 그런 사람들도 아니고. 우린 그냥 친구야."

문댄서는 사나운 눈길로 우릴 쏘아보았다.

"죽은 친구가 될 거야."

샌슨이 욱 했지만 네리아는 한숨을 쉬고 말했다.

"말을 못 알아듣는구나. 할 수 없지. 후치? 술 한 병만 받아올래?"

술? 갑자기 술이라니? 그 말을 듣자 문댄서의 눈빛이 순간 흩어졌다. 그는 이를 악물면서 말했다.

"난 머저리가 아냐. 그런 장난으로 날 어떻게 할 것 같아?"

"해봐야 알지. 후치. 드래곤의 숨결을 달라고 하면 돼. 그리고 컵은 다섯 개."

뭔 말이지? 어쨌든 나는 방을 나와서 홀로 내려갔다. 주인장을 불러 드래곤의 숨결을 한 병 달라고 하니까 주인장은 날 쏘아보기 시작했다.

"네가 그걸 마시냐?"

"심부름이지요. 그거 무슨 술인데요?"

"……자네들 중에 그걸 마실 사람은 없어보였는데."

"이보세요. 그게 금지 물품이라도 되나요?"

"그건 아니지. ……여기 있다. 가져가라."

방에 돌아와 보니 문댄서라는 그 털보는 의자에 앉아 벽에 등을 대고 있었다. 네리아는 내가 가져간 술병과 컵들을 받아들더니 먼저 다섯 개의 컵을 테이블 위에 일렬로 세웠다. 그리고 밀봉된 술병을 뜯었다.

난 현기증을 느꼈다. 진짜 냄새만 맡아도 기절할 듯한 독주였다. 샌슨도 눈을 껌뻑이더니 말했다.

"후아, 이거, 레너스에서 유스네가 가져왔던 그거잖아?"

아, 그 진짜 엄청난 술? 칼과 이루릴도 어지럽다는 표정을 지었다. 네리아는 다섯 개의 잔을 모두 채우더니 우리들 각자가 가진 대거들을 모았다. 나와 샌슨, 칼은 대거를 가지고 있었고 이루릴은 허벅지에 묶어두었던 망고슈를 건네주었다. 그리고 네리아는 자기가 가지고 있던 대거도 꺼내었다. 네리아는 그 다섯 개의 대거들을 다섯 개의 잔 옆에 역시 일렬로 늘어놓았다. 무슨 대거 전시회 하는 것 같은데? 네리아는 두 손을 깍지 껴서 머리 위로 들어올려 기지개를 켜고는 말했다.

"이봐. 문댄서. 여자가 필요하다는 그게 무슨 일인지는 모르겠지만, 다른 여자를 구해 보면 되잖아. 너희들은 오늘 처음 날 봤어. 그냥 돌아가서 날 잊으면 되잖아."

"너 말고 다른 여자는 안 돼."

"그래? 음, 이렇게 해. 돌아가서 날 쓰지 않는 게 좋겠다고 말해."

"싫어."

"할 수 없지. 여러분, 네리아가 재미있는 거 보여드릴게요."

네리아는 우리에게 허리까지 숙여보이면서 인사했다. 박수를 쳐야 하나? 그 대신 우리는 네리아가 지시하는 대로 침대 위에 앉았다. 네리아는 말했다.

"무슨 일이 있어도 절대로 침대에서 일어나지 말아요. 끼어들지도 말고. 이건 우리 세계의 일이니까 끼어들면 곤란해요. 알았어요?"

우리는 영문도 모르고 고개를 끄덕였다. 네리아는 몇 번이나 더 다짐을 받고 나서야 몸을 돌렸다.

네리아는 먼저 테이블 위의 첫 잔을 들어 문댄서에게 건배하듯이 내민 다음 쭉 들이켰다. 오! 저 엄청난 술을 한 번에 비워? 네리아는 그것을 내려놓더니 눈을 조금 깜빡거렸다.

그러고는 대거를 들어 한두 번 위로 던지면서 무게를 살피더니 휙 집어던졌다.

"아악!"

이루릴의 낮은 비명. 대거는 날아가서 문댄서의 왼쪽 귀 옆에 꽂혔다. 손가락 한두 마디 정도 차이일까? 우리는 모두 기겁해서 네리아를 바라보았다. 네리아는 말했다.

"포기해."

문댄서는 전혀 흔들림 없는 태도였다.

"안 돼."

네리아는 고개를 끄덕이더니 곧 두 번째 잔을 들었다. 이거 말려야 되는 것 아닌가? 네리아는 역시 단숨에 잔을 비우더니 이번엔 두 손으로 얼굴을 확 감쌌다. 그녀는 손가락 사이로 가늘게 한숨을 쉬었다.

"후우우욱. 역시 세네……."

그리고 네리아는 두 번째 대거를 들어올렸다. 역시 한두 번 공중으로 던졌다 받았다 하면서 균형을 살펴보더니 그대로 집어던졌다. 문댄서는 미동도 하지 않았고, 이번에는 그의 오른쪽 귀 옆에서 한 마디쯤 떨어진 벽에 꽂혔다.

"포기해."

"안 돼."

네리아는 별로 신경 쓰는 투도 아니었다. 그녀는 문댄서의 대답을 듣자마자 세 번째 잔을 들어올려 그대로 비웠다. 그녀의 입술에서 턱을 타고 술이 가늘게 흘러내렸다. 그녀는 잔을 내려놓고는 한두 번 휘청거렸다. 그녀는 테이블 모서리를 쥐고 거칠게 숨을 쉬더니 머리를 심하게 흔들며 다시 똑바로 섰다. 칼이 도저히 참지 못하고 일어났다.

"네리아 양!"

"뒤에서 말하지 마! 죽일 거야!"

거침없이 터져나온 폭언에 칼은 굳어버렸다. 그것은 울부짖음이었다. 네리아는 뒤도 돌아보지 않고 세 번째 대거를 들어올렸다. 그것은 이루릴의 망고슈였다.

네리아는 그것을 한두 번 던졌다. 이번엔 그녀가 그것을 놓쳤으며 망고슈는 아래로 떨어져 네리아의 발 앞에 똑바로 꽂혔다. 네리아는 히죽 웃었다.

"칼날이 좋네……."

네리아는 그것을 뽑아들다가 망고슈가 쉽게 빠져버리는 바람에 엉덩방아를 찧고 말았다. "아코코!" 그녀는 씩씩거리며 의자를 잡고 일어났다. 그러고는 크게 심호흡을 하고 다리를 벌린 다음 팔을 뒤로 당겼다. 그때 문댄서가 말했다.

"포기하지."

"난 맺고 끊는 게 확실한 남자가 좋더라."

네리아는 해죽 웃더니 비틀거리며 문댄서에게 걸어갔다. 네리아는 문댄서의 뺨에 키스해 주었지만 문댄서는 꼼짝도 하지 않았다. 우리는 모두 질린 표정으로 네리아와 문댄서를 번갈아 쳐다보았다. 문댄서는 별로 표정의 변화도 없이 시무룩한 얼굴이었고 네리아는 다시 비틀거리며 돌아와 의자에 주저앉으며 자기가 들고 있던 세 번째 컵을 칼에게 내밀었다.

"칼 아저씨. 고함 질러서 미안해요."

칼이 거의 무의식중에 그것을 받아들자 네리아는 술을 채워주었다. 칼은 문댄서를 한 번 보고, 네리아를 한 번 본 다음, 고개를 흔들고는 잔을 그냥 비워버렸다.

"흠, 좋군……."

그리고 칼은 그대로 졸도해 버렸다. 칼은 네리아가 아니니까 저걸 한 번에 비운다는 것은 무리가 있지. 칼은 침대에 쓰러진 다음 그대로 완전히 잊혀진 인물이 되었다.

네리아는 테이블에 놓여 있던 네 번째 잔을 이루릴에게 건네었다. 이루릴은 그것을 받아들지 않고 네리아를 똑바로 쳐다보았다.

"당신이 대거를 잘 던지는지는 모르겠지만, 술을 마신다는 것은 실수를 하겠다는 뜻인 것 같은데요?"

"그래요."

"죽어도 상관없다는 의미였어요?"

"그건 저 친구의 판단이죠. 자기가 죽어도 상관없다면 계속 버텼을 테고, 목숨이 귀하다면 포기하는 거죠. 내가 선택하는 것은 아니죠. 난 상황을 만들 뿐."

"생명과 의지, 둘 중에 하나를 강제로 선택하도록? 하지만 그것은 상대의 자유?"

"정확하네요."

이루릴은 술잔을 받아들었다. 그리고 얌전히 한 모금 마시고 나서 눈을 심하게 깜빡거리기 시작했다.

"후우우, 헉, 헉. 이거 너무 독해요오오오……."

"효과가 빠르죠."

이루릴은 상체를 흔들거리며 흐느적흐느적 말했다.

"……당신은 후치와는 또다르은 의미에서, 후우, 친구를 만드는군요오오. 후우, 강제적이인 서언태액의 요구우. 인간이라안, 이해하기 어려어어……."

네리아는 그런 이루릴을 보더니 배슬배슬 웃으며 다섯 번째 잔을 샌슨에게 내밀었다. 샌슨은 말없이 그것을 받아들었다. 그리고 네리아는 빈 잔 두 개에 술을 채우더니 나에게 하나를 내밀었다.

"아까 들어보니 너 이걸 마셔본 모양이더라? 인생의 새로운 국면을 열어주는 술이지."

난 그것을 받아들었지만 별로 마시고 싶은 생각은 없었다. 네리아는 잔을 들더니 베란다 쪽으로 나갔다.

"바람이나 쐬자……. 혼자 있게 해줘."

그리고 네리아는 베란다 쪽에 가서 난간에 팔꿈치를 괴었다. 난 내 손에 들린 잔을 착잡한 표정으로 바라보다가 문댄서를 보았다. 문댄서는 베란다 쪽을 노려보고 있었다. 난 그에게 다가가 말했다.

"한잔 할래요?"

"놔주기나 해."

"확실히 포기한 것 맞지요?"

"저 여자가 저렇게 믿는 것 보면 모르겠냐?"

"좋아요."

난 술잔을 내려놓고 한손에 바스타드를 뽑아들고 다른 손으로만 문댄서의 밧줄을 풀어주었다. 문댄서는 손목을 문질렀다. 난 거리를 좀 두고 말했다.

"저 남자 밧줄은 당신이 풀어요."

문댄서는 흉터 남자의 밧줄을 풀었다. 둘은 뒤도 돌아보지 않고 문을 쾅 닫은 다음 나가버렸다. 남은 것이라곤 바닥에 흩어진 밧줄과 벽에 꽂혀 있는 두 개의 대거뿐이다. 정확히 사람 머리 하나 들어갈 정도의 간격.

난 고개를 가로저으며 대거를 뽑았다.

돌아보니 샌슨은 잔을 비우고 있었고 이루릴은 몸을 휘청거리면서 칼을 편히 눕히려고 애쓰고 있었다. 그러나 이루릴은 칼의 다리를 들어올리다가 놓치고 침대에 코를 박는 등 악전고투중이었다. 내가 걸어가서 칼을 똑바로 눕히자 이루릴은 방긋방긋 웃으며 테이블에 놓아둔 자기 잔을 들었다. 그녀는 입술을 핥으면서 말했다.

"음냐, 지이인짜 도옥해요. 하아아……."

"괜찮겠어요?"

"그래에도 차암, 맛있어요오오."

그리고 이루릴은 잔을 들고 휘청거리며 일어났다. 난 그녀를 부축했다. 이루릴은 해죽해죽 웃으며 말했다.

"우리 바앙에 좀 데려다줘요오오."

그렇잖아도 그럴 생각이었어. 난 그녀를 부축하여 우리 방 바로 옆에 있는 그녀와 네리아의 방에 데려다주었다. 이루릴은 그 동안에도 홀짝거리면서 술잔을 비워대더니 침대에 앉자마자 모로 쓰러져 잠들어버렸다.

우리 방에 돌아와보니 샌슨은 다시 자기 잔을 따르고 있었다. 난 그의 옆에 앉아서 내 잔을 들었다.

“정말 강한 술이다.”

“나도 좀 마셔볼까?”

난 잔을 코 앞에 가져와 그 냄새를 맡은 다음 한 모금 입에 머금었다. 천천히, 향을 즐기면서. 네리아는 술을 마실 줄 몰라. 좋은 술은 세 단계로 마시는 법. 먼저 코 앞에서 향을 즐기고, 입에 머금어 미각을 즐기고, 마지막으로 목구멍에서 넘길 때의 감각을 즐긴다…… 고 칼은 얘기했다. 그렇게 말한 주제에 벌컥 마시고 뻗어 있다니. 난 피식 웃었다.

“세긴 세네.”

샌슨은 테이블 위에 놓여 있던 대거를 보며 말했다.

“도둑이라는 직업에도 윤리관이 있을까?”

난 고개를 갸우뚱하며 대답했다.

“글쎄? 뭔 직업엔들 규칙이 없겠어. 다른 사람 보기에 좀 이상하게 보일지도 모르지만.”

일반론, 일반론.

“그럴 거야. 음. 포기한다고 한마디 하니까 그냥 놔주는군.”

“문댄서나 네리아나 둘 다 풋내기가 아닌가 보지. 자기 말에 책임을 져야 되는 인물.”

보편적, 보편적. 참 재미없는 말이군. 하지만 샌슨은 고개를 끄덕였다.

“말 된다.”

난 베란다 쪽을 보았다. 네리아가 보이지 않았다.

“어? 네리아 어디 갔어?”

“응. 조금 전에 공중제비를 넘더니 옆의 베란다로 넘어갔어.”

“헤에. 술 마시고 공중제비?”

"깔끔하게 넘어가던데."

샌슨의 말에 고개를 끄덕이다가 난 갑자기 한 가지 사실을 깨달았다. 난 입을 쩍 벌리고 샌슨을 바라보았다.

"아……! 그럼?"

샌슨은 빙긋 웃으며 대답했다.

"아까 취한 척한 것은 연극이었지. 그 여자 정말 술 세군."

이루릴은 우리들과 악수를 나누었다.

그녀는 어젯밤에 그 드래곤의 숨결인지 트림인지를 마셔서 좀 피곤한 상태였다. 오늘 아침엔 네리아가 그녀가 죽은 줄 알고 기겁하는 소동도 있었다. 알고 보니 그녀는 술에 완전히 취해 버려 아무런 감각도 없이 호흡을 매우 느릿하게 하고 있는 것이었다. 네리아가 그녀를 들춰업고는(그래도 다리가 질질 끌렸다.), 욕탕으로 들어간 지 한 시간 만에 이루릴은 간신히 평상시의 모습으로 돌아왔다.

이루릴은 인간처럼 푸스스해지거나 속이 뒤집히거나 머리가 깨질 듯이 아픈, 그런 식의 숙취는 없는 모양이다. 하지만 대신 평소에 보기 힘든 좀 피곤해진 모습을 보여주고 있었다. 레너스시의 지하 감옥에서 그 고생을 했을 때도 단정하고 침착하던 모습이었던 그녀가 그 술 한 잔에 이토록 피곤한 모습을 보이다니. 음, 정말 엄청난 술이다.

"두 주 후에 뵐게요."

"조심하세요. 그리고 부탁 하나 할게요. 조심하세요."

이루릴은 내 농담에 방긋 웃었다. 그리고 그녀는 운차이에게도 손을 내밀었으나 운차이는 본체만체했다. 옆에서 보고 있던 네리아가 눈썹을 곤두세우며 험악한 표정을 지었지만 이루릴은 오히려 고개를 꾸벅이며 사과했다.

"아, 불쾌하게 해드려 죄송해요."

그러고 나서……, 그녀는 우리들의 말에게도 인사를 시작했다. 우리는 미소 이외에는 합당한 표정이 없어서 미소를 지은 채 그 광경을 구경했다. 이루릴은 말들의 콧등을 쓸면서 말했다.

"슈팅스타, 광활한 황야의 노예. 이 돌의 도시는 네게 갑갑하겠지만 주인을 잘 모셔요. 트레일, 끝까지 걷는 끈기 있는 구도자. 네 주인의 중요한 임무를 잘 헤아려 성심 성의껏 보필하렴. 제미니, 쾌활한 주인을 좋아하지? 넌 주인과 함께라면 어디서든 행복하겠지. 앰뷸런트 제일, 사랑하는 주인과 헤어지겠지. 유피넬께 다시 만나게 해달라고 기원해요. 에보니 나이트호크, 패할 수 없는 용맹의 화신. 그래서 오히려 아름다운 숙녀에게 항복한 너. 넌 유니콘을 닮았구나."

오. 우리 말들이 그렇게 대단한가? 말들은 이루릴의 말을 알아듣는 건지 얌전히 이루릴을 바라보고 있었다. 심지어 가장 사납고 거친 에보니 나이트호크도 얌전히 이루릴이 쓰다듬는 대로 서 있었다. 마지막으로 이루릴은 자신의 말 래셔널 셀렉션의 콧등을 쓰다듬었다.

"래셔널 셀렉션. 난 돌아와요. 나와 함께했던 시간이 즐거웠다면, 날 기억하고 기다려줘요."

"푸르릉, 히힝, 히힝힝힝!"

놀라워. 자기 주인을 닮았는지 우리 말들 중 가장 조용하고 온화한 말 래셔널 셀렉션이 갈기를 마구 휘저으며 이루릴에게 대답하듯이 머리를 움직였다. 래셔널 셀렉션은 이루릴의 말을 확실히 알아듣는 모양인데?

그리고 이루릴은 말들에 대한 인사도 마치고 우리에게 돌아왔다.

"그럼, 귓가에 햇살을 받으며 석양까지 행복한 여행을."

우리들 중 칼이 대표로 대답했다.

"웃으며 떠나갔던 것처럼 미소를 띠고 돌아와 마침내 평안하기를."

그리고 이루릴은 가볍게 몸을 돌려 바이서스 임펠의 중앙 대로를 따라 걸어가기 시작했다. 가볍게, 마치 바람을 밟아가듯이. 그녀는 걸을 때 다리를 쭉쭉 뻗는다. 그렇게 이루릴은 바이서스 임펠 시민들의 뜨거운 시선을 받으며 멀어져 갔다.

"자, 우리도 가볼까?"

칼의 말에 따라 우리는 말에 올랐다. 먼저, 이루릴과 작별하기 위해 데리고 나왔던 래셔널 셀렉션을 여관의 마구간에 도로 데려다놓은 다음 우리는 도시 중심가로 들어섰다.

가게들이 밀집한 장소에서 우리는 옷가게를 찾았다. 칼은 네리아에게 말했다.

"네리아 양. 골라보시겠습니까? 네리아 양이 돈을 돌려준 덕분에 편안한 여행을 할 수 있게 되었으니 옷 한 벌쯤 선물하는 것 어렵지 않아요."

"헤에, 칼 아저씨도. 자꾸 부끄럽게 하시네. 전 옷 필요없어요. 응응, 여러분은 이대로 왕궁에 가실 거죠?"

"그렇소."

"전 왕궁이라면 두드러기가 나요. 돌아다니면서 일거리나 찾아볼래요. 축제라서 일거리 찾는 게 쉬울지 모르겠네. 오래간만에 수도에 왔으니 친구들도 만나보고……. 밤에 여관에서 봐요."

"아, 예. 편하실 대로."

그리고 네리아는 그대로 에보니 나이트호크를 걷게 했다. 흠. 네리아도 정말 이루릴만큼이나 이목을 집중시키는군. 네리아는 엄청난 흑마에 올라타고 등에는 희귀한 창 트라이던트를 걸쳐 메고 있다. 그런데 오늘은 가죽 갑옷도 입지 않고 그냥 편한 대로 걸친 남자 셔츠라 가냘픈 몸매가 더욱 두드러진다. 에보니 나이트호크 위에 있다면 어차피 커 보이긴 힘들겠지만 더 작아 보이는 것은 간단하지. 주위의 시민들은 탄복한 눈으로 네리아를 바라보았다. 킥킥. 네리아가 에보니 나이트호크를 고른 건 오로지 팔아먹을 때 비쌀 거라는 이유에서였지?

우리는 가게 안으로 들어섰다. 딸랑딸랑.

"어섭셔!"

쾌활하고 싹싹한 주인이 우릴 맞이했다. 주인은 산더미 같은 옷 속에서 헤엄쳐 나오듯이 하면서 우리 앞에 나섰다. 칼은 우리에게 말했다.

"마음에 드는 걸 골라보게. 하지만 우린 예절을 차려야 하는 자리에 간다는 것을 명심하고."

난 잠깐 고민한 다음 검은 셔츠와 검은 바지, 그리고 검은 재킷을 골랐다. 검정색은 때가 안 타니까. 우히히. 아무리 궁궐에 들어가기 위해 구입하는 옷이라 해도 옷이 한 번 입고 말 물건인가? 칼도 원래 점잖은 옷이라 회색 망토 하나만 골랐다. 그런데 문제는 샌슨이었다.

"어, 팔이 안 들어가는데?"

"윽, 목이 좁아."

"수, 숨 막혀서……. 이건 안 되겠는데?"

샌슨의 팔에 달려 있는 좀 끔찍스러울 정도의 이두박근 때문에 웬만한 옷의 소매에는 팔이 들어가지 않았다. 게다가 머리는 별로 크지 않지만 목 둘레에 뭉쳐진 승모근 때문에 목구멍이 맞는 것도 없었다. 게다가 삼각근은 왜 저렇게 발달했는지 가슴 둘레는 웬만한 여자도 못 따라올 지경이다.

"손님, 도대체 지금 입고 계신 옷은 어디서 구했습니까?"

"이거요? 우리 영주님 지급품이죠."

"그쪽 영주님은 덩치가 얼마나 크시길래?"

"아, 아뇨. 우리 경비 대원들이 모두 덩치가 좋아요."

하긴 그렇지. 우리 고향에 가면 샌슨보다 더 큰 해리 같은 경비병도 있다. 그래서 경비병 제복은 모두 보통 사람의 두 배에 가까운 옷감이 든다고 한다. 이유는 간단하다. 체격이 빈약하고 약한 경비병은 오래 못 살아남는다. 그래서 아예 처음부터 그런 사람은 잘 받아들이지 않는다. 설령 그런 사람이 들어와 살아남는다 해도 끔찍한 현실과 치열한 훈련 때문에 몸에 근육이 엄청나게 달린다.

"손님은 천생 옷을 맞춰 입어야겠군요. 점잖은 옷을 찾으신다고 했죠? 점잖은 옷에는 그렇게 커다란 옷이 없습니다. 모험가들이나 입을 옷이나 작업복 등에는 그렇게 큰 것도 있습니다만."

칼은 고민했다.

"어쩌지?"

"뭐, 상관없습니다. 칼. 전 경비 대원이니까 경비대 제복이 정복이죠."

"……국왕 전하 앞에서 갑옷을 걸칠 수 있는 것은 국왕 전하의 근위병이 아니라면 전장에서뿐이네."

"그런가요? 그럼 가죽 갑옷만 벗죠."

그럼 그냥 셔츠 차림인데. 칼은 간단히 해결했다.

"망토 큰 거 하나 주시오."

그래서 샌슨은 셔츠 위에 망토를 두른, 좀 희한한 모습이 되었다. 하지만 근사한 체격이 있으니 그렇게 걸쳐놔도 보기 흉하지는 않았다. 운차이는 우릴 보며 입술을 깨물었다.

"번쩍번쩍하는군. 이제 날 진상할 준비가 다 된 건가?"

샌슨은 턱을 쑥 내밀면서 말했다.

"네가 무단으로 우리나라에 들어와 그 따위 쓰레기 같은 짓을 할 때부터 너에게 배정되었던 장소로 데려갈 준비가 끝난 거다. 억울하다는 식으로 말하진 마."

아니! 저렇게 긴 말을 하다니! 운차이는 잇소리를 내었다.

"……별로 할말은 없다."

"그럼 가지."

우리는 궁성으로 용감하게, 대책 없이 찾아갔다. 용감한 건 샌슨이고 대책이 없는 것은 나다. 칼은 우리에게 어떤 행동을 주의하라든가 무슨 말을 하라든가 하는 이야기를 전혀 해주지 않았다. 이것, 참. 우리나라에서 가장 존귀한 집으로 갈 때는 도대체 어떻게 행동해야 되는 거지?

길가에 주욱 늘어선 그 불장대는 모두 둥근 구 모양으로 닫혀 있었다. 아마 우리가 낮에 왔더라면 왜 거리에 장대를 세우고 쇠공을 얹어놓았는지 이상하게 여겼겠지. 대로에 사람들은 또 왜 이렇게 많은 거야? 정신이 하나도 없군. 하지만 아가씨들은 모두 참 예뻐!

성이 보였다.

이미 도시를 둘러싼 훌륭한 외성이 있는데도 궁성은 전투용 성이었다. 그러니까 궁전이라든가 하는 것과는 거리가 멀었다. 첨탑과 해자, 도개교, 높은 석벽과 총안. 어느 산꼭대기나 험악한 고개 등에 세워놔도 손색이 없을 모양이었다. 규모가 상당히 크긴 했지만. 난 칼에게 물었다.

"이상하네요. 국왕의 궁전이라면 그냥 아름답게 만들어도 될 텐데 왜 이렇게 전투용 성처럼 만들어뒀죠? 우리 영주님 성보다 더 전투적이네요?"

칼은 빙긋 웃으며 대답했다.

"루트에리노 대왕은 뼛속까지 무골이었으니까. 핸드레이크가 그것 때문에 골치가 많이 아팠다더군."

"그래요? 흠. 그래도 이건 정말……."

웃기는 노릇이다. 난 그렇게 말하고 싶었다. 이 도시 바깥에 벌써 엄청난 장벽이 있지 않은가? 그것을 돌파할 정도의 적이라면 이 성으로 뭘 막겠는가. 칼은 말했다.

"좋은 의미도 있지. 저 성은 국왕이 기사도의 제1수호자라는 것을 상징하거든. 루트에리노 대왕의 명언이 있지. 기사들은 추운 북풍 맞아가며 성 위에 서고, 기사 중의 기사, 만인의 종복인 국왕은 궁전의 비단 쿠션 위에서 뒹굴면 개도 웃을 노릇이라고 하셨네."

샌슨은 그 말을 듣고는 엄청난 감동을 실은 눈길로 성을 바라보았다. 하지만 난 여전히 우습다는 생각이 들었다.

"그래도 품위라든가 위엄 같은 문제도 있을 텐데요? 나라의 국민이 모두 자기와 똑같은 생각을 할 것이라고 믿는 것이야말로 바보 같은 왕 아닐까요? 완전 무골인 국왕을 원하는 사람도 있을 테고, 위엄 있는 국왕을 원하는 사람도 있을 테니, 그걸 다 포용할 줄 알아야 하지 않을까요?"

칼은 대견하다는 얼굴로 날 보며 말했다.

"바로 그것 때문에 핸드레이크가 골치 아팠다는 걸세. 하지만 핸드레이크의 조언이라면 벌거벗고 바이서스 임펠을 달리는 일이라도 세 번쯤은 생각해 보고 나서야 반대하겠다던 루트에리노 대왕도 그 일에서는 고집을 피우고는 궁전 대신 궁성을 세웠다더군."

"흠."

"그리고, 사실 나쁘지는 않아. 국왕 전하께서 저렇듯 성에 살고 있으니 그 아래 신하들이 무슨 배짱으로 화려한 집을 짓고 호화로운 별장을 짓겠는가?"

"그건 맞군요. 괜찮네요."

어쨌든 루트에리노 대왕 덕분에 궁성 임펠리아에 들어가는 것은 우리 고향의 영주 저택을 찾아가는 것만큼이나 평범한 일이 되어버렸다. 우리가 도개교를 따라 들어가자 궁성 수비대로 짐작되는 인물들이 우릴 막아섰다.

"이곳은 국왕의 성 임펠리아입니다. 무슨 용건이십니까?"

칼이 온화한 얼굴로 말했다.

"안으로 연락해 주시오. 국왕의 드래곤 캇셀프라임의 일을 보고드리러 헬턴트 영지에서 사람이 왔다고."

"알겠습니다. 잠시만 기다리십시오."

우리는 도개교 위에서 기다렸다.

잠시 후, 몇 명의 무관들을 동행한 남자가 나왔다. 수도 경비

대나 궁성 수비대 모두 화려한 플레이트를 입고 있었지만 지금 나온 남자는 간단한 푸른 무늬의 흰색 무관 제복을 입고 있어 대단한 인물로 생각되었다. 우리는 어쩔까 하다가 말에서 내렸다.

그 남자는 반백의 머릿결과 그와 잘 어울리는 반백의 수염을 가진 늙은이였으나 아직 꼿꼿한 체격을 유지하고 있었다. 그는 우리를 둘러보더니 고개를 갸우뚱하며 말했다.

"궁성 수비 대장 조나단 아프나이델입니다. 귀하들은?"

아프나이델? 어? 샌슨과 난 동시에 서로 쳐다보았다. 그러나 칼은 선선히 품에서 서류를 꺼내어 건네주었다. 조나단 아프나이델이라는 이름의 궁성 수비 대장은 서류를 빠르게 읽어 내려갔다.

"헬턴트 영지의 전권 대리인이라. 그렇군. 아무르타트라는 블랙 드래곤 때문에 할슈타일 가의 캇셀프라임을 요청한 그 영지군요?"

"그렇습니다."

"따라오시죠. 보고는 먼저 국왕 전하께 드려야 하니까."

오, 칼의 말이 맞군. 국왕 전하의 드래곤이라는 이유로 그냥 일사천리인데? 우리는 조나단의 뒤를 따라 들어갔다. 들어가면서 조나단은 궁성 수비 대원에게 지시하여 우리 말들을 마구간에 데려가도록 했다.

성의 마당으로 들어가니 그래도 국왕의 집다운 맛이 느껴졌다.

마당은 사람들이 걸을 수 있는 길에는 포석이 깔려 있었고 그 외의 지대는 모두 잔디와 풀이 돋아 있었다. 관목과 정원수들이 멋진 조화를 이루고 있었다. 밖에서 보던 것과는 딴판이군. 무엇보다도 많은 나무와 꽃들의 모습이 인상적이었다. 본성 건물을 타고 오르는 담쟁이 덩굴에서부터 성벽 곳곳에 서 있는 나무들과 만발한 꽃들이 퍽이나 아름다운…….

잠깐! 꽃이라고? 이 가을에?

샌슨과 나는 다시 서로 쳐다보았다. 이럴 수가? 어떻게 이 계절에 꽃이 피어 있는 것이지? 여기가 별로 따뜻하거나 특별한 기후인 것은 아닌데?

우리는 그게 무지 묻고 싶었지만 칼이나 조나단 모두 엄숙하게 걸어가고 있어 우리 같은 졸병들이 뭐라 말할 분위기가 아니었다. 나는 기회가 되면 물어보기로 하고 꾹 참고서 걸어갔다. 칼은 도중에 조나단에게 말했다.

"궁성에 감옥이 있을까요? 어떻게든 감금 시설이면 됩니다."

"무엇 때문이십니까?"

"저희가 호송해 온 인물은 자이펀의 간첩입니다."

조나단의 얼굴이 크게 바뀌었다. 그는 황급히 운차이를 돌아보았다.

"저자가……?"

"그렇습니다."

"아, 그럼 저자의 신병을 일단 구속해 두겠습니다."

그리고 운차이는 궁성 수비 대원들에게 끌려갔다. 흐음, 드디어 안녕이군. 조금 씁쓸한 것 같기도 하다.

운차이는 끌려가면서 뒤를 돌아보지 않았다.

본성 건물의 입구에 도달하자 조나단은 뒤로 물러났고 대신 다른 인물이 나타나서 우릴 맞이했다. 그는 궁내부장 리핏 트왈리전이라는 사람으로, 궁내부장은 말하자면 우리 영주님 저택의 하멜 집사 같은 일을 담당하는 사람인가 보다. 그는 우리들을 응접실로 데려가 앉히더니 잠시 기다리라고 말했다.

우린 그렇게 궁성의 응접실에 앉아서 기다리기 시작했다.

주위는 모두 하얀 벽이다. 벽에는 장식 삼아 방패와 검 등이 걸려 있었는데 아무리 봐도 먼지 한 톨 떨어져 있지 않다. 청소를 잘하나 보지. 가운데에는 우리 엉덩짝을 가져다대기 황송스러울 정도의 소파들이 둥글게 놓여 있었다. 화려하거나 하진 않았지만 우린 어차피 땅바닥에서 뒹굴던 몸이라 소파라면 좀 떨떠름한 것이다.

잠시 후 시녀로 짐작되는 인물이 얌전히 나타나더니 뭘 드시겠냐고 물어보았다. 골치 아프네. 맥주 한 잔! 이렇게 말하면 웃길텐데. 샌슨은 잔뜩 긴장했는지 무의식적으로 말했다.

"맥주 있어요?"

……미치겠다. 시녀는 휘둥그레진 눈으로 샌슨을 바라보더니 말했다.

"전하를 알현하러 오신 손님들 아니신가요? 술을 드시고 알현하실 생각이십니까?"

"아, 아차! 실수. 물이나 주세요."

시녀는 공손히 고개를 끄덕였다. 난 주스를 부탁했고 칼은 여전히 그 괴상한 커피를 주문했다. 저걸 마실 수 있다니, 칼은 정말 존경해도 괜찮을 거룩한 인물이야.

마침내 거룩하신 물 한 잔과 주스 한 잔과 커피가 다 비워져버렸고 우린 몸이 근질거려 꼼지락거리기 시작했다. 음. 인내, 인내를 배우자. 아무리 심심해도 지금 샌슨이 하는 것처럼 컵을 빙빙 돌려본다든가 하는 저런 추태를 부려서는 안 된다. 이윽고 리핏 트왈리전이라는 그 궁내부장이 다시 나타났다. 샌슨은 허둥거리다가 컵을 떨어뜨릴 뻔하고는 얼굴이 빨개졌다.

"절 따라오십시오."

복도를 따라 걸으니 정말 위압스러웠다. 천장이 왜 이리 높지? 바닥에 깔린 카펫은 또 왜 이리 푹신푹신하고 벽에 늘어선 창문들은 또 왜 이리 큰지. 흠. 이윽고 우리는 어떤 방문 앞에서 멈춰 섰다. 리핏 트왈리전이 먼저 방문을 노크했다.

"들어와요."

안에서 들려오는 소리에 리핏 트왈리전은 옆으로 물러났다. 뭐지? 우리가 문 열고 들어가란 말인가? 아무래도 그런 뜻인 것 같아서 칼은 문을 열었다.

우리는 방 안에 들어섰다.

방에는 벽이 없었다. 벽 대신 전부 책장이었다. 아무래도 무슨 서재인 것 같은데? 가운데는 소파와 테이블이 놓여 있었고 한쪽엔 책상이 있었다. 빛이 들어올 곳이 없는데도 안은 환했다. 천장을 보니 천장이 빛을 내고 있었다. 임펠 리버의 그거나 거리의 불장대처럼 마법을 걸고 영구화시킨 모양이다.

책상 귀퉁이엔 한 남자가 걸터앉아 있었다.

무명 셔츠에 무명 바지. 위 아래로 통일이 잘된 옷을 입고 있는 그 젊은이는 대략 20대 후반이나 30대 초반으로 보였다. 잿빛 머리카락의 그 남자는 그때까지 책을 읽고 있었던 모양인지 우리가 들어가니 책을 책상 위에 내려놓았다. 그는 그대로 책상 귀퉁이에 앉아 다리를 흔들면서 우릴 바라보았다.

칼은 잠시 당황한 듯 그 남자를 멀거니 바라보았다. 그러자 그 남자도 똑같이 멀거니 칼을 바라보았다. 그러다가 그 남자가 먼저 자기 머리를 딱 쳤다.

"아, 실례. 거기들 앉으시죠. 미안해요."

우리는 일단 시키는 대로 앉았다. 그 남자는 책상에서 풀쩍 뛰어내리더니 이젠 우리 맞은편의 소파 귀퉁이에 앉았다. 귀퉁이를 참 좋아하나 보군.

"날 만나러 오셨다고요?"

순간 칼은 고슴도치라도 깔고 앉은 듯이 벼락치듯 일어났다.

"저, 전하. 에, 처음 뵙겠습니, 아, 아냐."

"어? 어, 그럼 의미가 없어요."

"예?"

"여러분들을 서재로 불러들인 의미가 없잖아요. 편하게 이야기를 나누려 했는데."

아이고 맙소사!

저, 저분이 우리 국왕이야? 샌슨과 나도 튕겨나듯이 일어났다. 그러고 보니 길시언과 비슷하기는 하다. 아니, 길시언을 어디 도서관 같은 곳에 가두고 한 3년쯤 묵혀두면 저렇게 될 것 같다. 국왕 전하께서는 멀뚱히 우릴 보더니 황급히 손을 저어 우리를 앉혔다.

"앉아요, 앉아요들."

"저, 전하, 에, 그러니까……."

무릎을 꿇어야 되겠는데 앞에는 테이블 때문에 방해가 되는군. 그러면 소파 뒤로 돌아가야 되나? 우리가 허둥거리자 국왕은 아주 간단히 우리 문제를 처리하셨다.

"앉아요. 어명이오."

"옙."

우린 일어났을 때와 거의 비슷한 속도로 주저앉았다. 국왕 전하께서는 콧잔등을 긁적거리시며 말씀하셨다.

"나 국왕 닐시언 바이서스입니다. 그쪽은?"

"칼 헬턴트, 헬턴트 영주 대리이자 전권 대리인입니다."

"샌슨 퍼시발, 헬턴트 경비 대장입니다."

"후치 네드발, 헬턴트 초장이 후보입니다."

"예?"

"아, 아니, 헬턴트 시민입니다."

"아, 예. 그렇군요."

닐시언 전하께서는 머리를 갸웃하셨고 난 궁성에도 쥐구멍이 있을지 의심하기 시작했다. 있다면 들어가고 싶은데. 닐시언 전하는 두 손을 모아 손가락을 부딪치며 말씀하셨다.

"캇셀프라임에 대한 이야기를 가져오셨다고요?"

칼은 심호흡을 하고는, 앉아서 이야기하니 너무나도 송구스럽다는 태도로 천천히 말하기 시작했다.

"예. 지극, 지존, 지고, 지인, 지애로우신 우리의 국왕 닐시언 바이서스 전하께서 그 어린 백성이자 나날이 우리의 국왕 닐시언 바이서스 전하를 흠모하는 정을 되새기는 헬턴트 영지의 주민들이 극악, 간교, 포악, 잔혹, 무도한 창조의 실패물 블랙 드래곤 아무르타트의 부적합하며 몰가치적이며 무목적이며 야수적이며 비탄스러운 폭력에 의해 그 지극, 지존, 지고, 지인, 지애로우신 우리의 국왕 닐시언 바이서스 전하의 사랑으로부터 멀어지고 있음을 안타깝게 여기사……."

닐시언 전하는 고귀하신 하품을 하신 다음 말씀하셨다.

"오늘중엔 끝납니까?"

"예?"

"아, 혹시 내일까지 계속된다면, 내일 일정을 좀 조절해야겠군요."

불쌍한 칼은 그만 허둥거리기 시작했다. 닐시언 전하는 두 손을 깍지 껴 뒤통수를 받치고는 소파에 기대었다.

"간단히 말해 주십시오. 그것도 어명으로 할까요?"

"예. 캇셀프라임은 아무르타트에 패했고 휴리첼 백작은 아무르타트에 포로로 잡혔습니다."

"……차라리 긴 게 나을 뻔했군. 젠장."

아아아니! 젠장이라니? 지금 전하께서 '젠장'이라고 하셨잖아?

"골치 아프군. 캇셀프라임을 써먹을 곳이 있었는데. 흠, 용건은 그게 답니까?"

"예?"

"내가 불같이 진노했고, 당신은 용서를 빌었고, 그래서 은혜로운 내가 용서했다고 기록해 두면 되겠죠?"

"예, 예?"

"없다면, 이만."

그리고 닐시언 전하는 소파 귀퉁이에서 일어나 또 다른 귀퉁이, 책상 귀퉁이로 옮겨갔다.

이거 뭐야? 사람 무시하는 건가? 아, 그러고 보니 정식으로 접견실로 불러들이지 않고 이렇게 서재로 불러들인 것 정말 괘씸한데? 젠장! 우리가 고작 서재에 불려와 이런 취급이나 받으려고 새옷 사입고 가슴 두근거리며 왔나? 난 그렇지 않아도 아직 길이 들지 않아 거북한 옷을 확 벗어던지고 싶은 기분이 들었다. 우릴 뭘로 취급하는 거지? 아무리 국왕이라 해도……. 그런데 돌이켜 생각해 보니 세상에서 그 '아무리'라는 말이 절대로 붙을 수 없는 사람이 국왕이긴 하다. 난 어금니를 사리물며 꾹 참았다.

칼은 당황해서 말했다.

"아, 그 외에도 보고드릴 일이……."

"뭡니까?"

"저, 저희들은 이 성스러운 성도로의 복된 여행 도중 모처에서 벌어진 어떤 불민한 사태에 봉착하여 그 사건의 배후를 조사하던 중, 국왕 전하께 크게……."

"짧게 하시오. 어명이오."

"간첩을 잡았습니다."

닐시언 전하의 눈에서 빛이 반짝였다.

"그건 좀 길게 말해 봐요. 하지만 궁정 사집관들이나 좋아하는 그런 수식어는 빼고."

칼도 이젠 조금씩 얼굴에 안 좋은 기색을 띠고 있다.

거창한 환영식을 기대하며 그 먼 거리를 달려온 것은 아니지만 이건 도대체 뭐냐? 백성으로서 나라의 가장 큰 어른께 어려움을 말하러 왔는데 자기가 필요한 말만 듣겠다는 식의 저런 태도는 뭐지? 최소한의 관심을 보여주며 그대들의 어려움을 가슴 아파한다는 식의 말 정도는 해줄 수도 있는 것 아냐? 그게 어렵나? '이러이러하게 기록해 두면 되겠지? 그럼, 이만.', '그건 좀 들어야겠다. 길게 해봐.' 라고?

그러고 보니 서재로 불러들인 것 생각할수록 정말 기분 더럽군. 칼은 헬턴트 영지의 전권 대리인이다. 헬턴트 영지는 국왕에 대한 충성의 의무를 가지지만, 그러므로 국왕은 헬턴트 영지에 대해 그 충성에 합당한 명예로운 대우를 해주어야 한다. 그런데 뭐야, 이건?

칼은 되도록 감정이 드러나지 않는 태도로 이야기를 했다.

그 이야기는 아무런 감상도 없는 단순한 사실의 나열이었고, 그 일들을 같이 겪었던 나에게도 낯설게 들릴 정도였다. 우리가 그랬나? 흠, 왜 그랬지? 이런 생각이 자꾸 들었다. 특히 50명의 꼬마를 맡게 된 펠레일의 이야기는 너무나 가식적인, 마치 못된 귀족들이 고아들 끌어모아 자칭 후견인이 되는 그런 이야기로까지 느껴졌다. 하지만, 하지만 그건 그런 게 아니었어. 그걸 그런 식으로 말할 순 없어.

여기가 다른 자리였다면 나나 샌슨은 벌써 몇 번은 끼어들었을 것이다. 하지만 칼은 국왕 전하께 말씀드리고 있는 것이니만큼 끼어들 수가 없었다. 비록 여기는 서재고, 국왕 전하는 우릴 '공식적'으로 만나줄 생각도 없는 것처럼 행동하고 있지만, 그렇다고 똑같은 사람이 되긴 싫다. 쳇!

이윽고 칼은 그 보고서를 전하에게 건네주었다. 전하는 그것을 빠르게 읽어내렸다.

"굉장하군요! 그런데 혹시 실험 개요서나 설명서는 없습니까?"

실험 개요서? 설명서? 내 옆에 앉아 있던 샌슨이 꿈틀하는 것이 잘 느껴졌다. 칼의 얼굴에서는 엄청난 혐오감이 드러났다.

"……아쉽게도 구하지 못했습니다."

굳어버린 칼의 얼굴을 보던 닐시언 전하는 너털웃음을 터뜨렸다.

"아, 혹시 내가 그 세이크럴라이즈를 흉내내어 보고 싶어한다고 생각하진 마십시오. 증거가 뚜렷해야 자이펀을 공박하기 쉽지 않겠습니까? 증거가 불확실하면 허튼 소리다, 흑색 선전이다라는 말을……."

말 돌리기는. 지금 칼의 눈빛은 거의 운차이의 살기 어린 눈빛에 맞먹을 정도였다. 닐시언 전하는 그 눈빛에 움찔했다. 칼은 나직이, 점잖은 그 어투 그대로 말했다.

"……자이펀을 공박하기에 앞서 칼라일 영지의 주민들의 비극에 대해 먼저 생각해 주시면 안 되겠습니까?"

닐시언 전하의 얼굴에 눈에 띄게 당황하는 표정이 떠올랐다. 칼은 조용한 어투로 못박듯이 말했다.

"물론, 하해로운 성총의 힘입음으로 칼라일 영지의 비극은 역사의 장에서만 취급되는 비극으로 탈바꿈될 것으로 믿어 의심치 않습니다."

어렵군. 닐시언 전하는 헛기침을 좀 한 다음 말했다.

"그 영지에 대해서는, 강구될 수 있는 모든 조력이 함께할 것입니다."

"성은이 망극하옵니다."

칼은 온화한 어투로 말했다. 하지만 상대를 기분좋게 하는 온화함은 아니었다. 상대가 개라고 해도 난 인간처럼 굴겠다는 식의 온화함이었다. 어쨌든 칼의 이야기는 계속 진행되어 이윽고 갈색 산맥에서 길시언과의 만남까지 접어들었다. 닐시언 전하의 눈빛이 흔들렸다.

"길시언? 그 모험가는……."

칼은 아무런 표정도 찾아볼 수 없는, 그야말로 가면 같은 얼굴로 말했다.

"전하의 형님이라고 주장하더군요."

"……다 아는 모양이군. 계속하세요."

칼은 계속 무감각한 어투로 이야기했다.

길시언이 암살자들에게 쫓기는 바람에 우리가 죽을 뻔한 그 이야기도 칼은 대수롭지 않게 이야기했다. 칼은 '암살자들'이라는 말 대신 '정체 불명의 괴한들'이라는 말을 사용했다. 칼의 태도는 마치 그것이 무슨 산적들의 습격 정도로, 그 배후나 음모에 대해 생각해 볼 여지도 전혀 없는 하찮은 사건인 것처럼 이야기했다. 하지만 닐시언 전하는 바보가 아니었다.

"암살자군요."

"어떤 증거도 없습니다."

"'국왕 전하 만세!'라고 했다면서요?"

"한 개인이 죽을 때 무슨 말을 할지는 자기 마음대로입니다. 어쩌면 그자는 평소에 만인을 두루 살피시는 전하의 덕을 남몰래 흠모해 왔기 때문에 그 죽음의 순간에 전하의 만세를 기원한 것일 수도 있지요."

칼은 그야말로 냉기가 묻어나는 어투로 말했다. 닐시언 전하는 결국 더 이상 참을 수 없다는 듯이 입술 끝을 올렸다.

"내가 당신들 대하는 태도가 마음에 들지 않습니까?"

"저는 전하의 성은에 힘입어 술 빚고, 빵 사며, 책을 읽는 독서가입니다. 전 그것을 감사히 여기고 있습니다. 엄격히 정의한다면 그것은 이 나라 바이서스에 대한 사랑이겠죠. 그러나 전하께옵서는 바이서스라는 이 국가를 개인으로서 대신할 수 있는 분이십니다."

닐시언 전하는 은근한 어투로 말했다.

"터놓고 이야기합시다. 당신, 말하는 투로 보아하니 촌구석에서 올라와 자기 고장의 일로 한 국가의 장인 날 귀찮게 만들 정도의 위인은 아니군요. 당신은 다 알고 있을 겁니다. 길시언 형님은 전란으로 혼란스러운 이 나라에서 쿠데타를 일으킬 수 있는 가능성이 가장 많은 분입니다. 쿠데타를 일으킬 만한 세력의 앞잡이가 되기에는 가장 훌륭한 대외 명분감입니다."

칼은 닐시언 전하를 똑바로 쳐다보았다.

"전하. 제가 알기로, 국왕은 어느 변두리 시골의 촌로가 키우는 수탉이 여우에게 잡혀가도 그에 대한 책임을 지셔야 되는 분인 것 같습니다."

닐시언 전하의 눈빛이 흔들렸다. 칼은 엄숙한 태도로 말했다.

"'촌구석에서 올라와 자기 고장의 일로 한 국가의 장인 전하를 귀찮게 한다…….' 고 말씀하셨습니까? 그런 귀찮은 일이 싫어서 우리를 이런 장소로 불러들여 간단히 끝내기로 마음먹으신 겁니까? 저희들이 전하께 찾아온 목적은 캇셀프라임의 패퇴 소식과 이에 따라 저희 영지에 대해 끼쳐질 해악에 대해 상의드리러 온 것입니다. 그런데 전하께서는 그것은 도외시하시고 길시언 폐태자에 대한 일을 말씀하시는군요."

"아, 그건, 아무르타트가 10만 셀을 원한다고요? 알겠습니다. 내가 마련하죠. 그건 그렇고……."

"감사하신 말씀입니다. 전하의 확언으로, 어리석은 촌부인 전 커다란 안심을 느낍니다. 그럼 성총에 대한 무한한 감사를 드리며, 전하의 귀중한 시간을 더 이상 방해하지 않도록 물러남을 허락해 주십시오."

"젠장, 이보십시오!"

닐시언 전하는 테이블을 쾅 내리쳤다. 나와 샌슨은 움찔했으나 칼은 꼼짝도 하지 않고 바라보고 있었다.

"내가 어쩌란 말입니까! 지금 자이펀과의 전쟁만 해도 숨가쁘

단 말입니다! 내 머릿속에는 그 전쟁에 대한 일로 꽉 들어차 있습니다. 전쟁과 상관없는 일은 눈에도 들어오지 않습니다. 그러니 당신들의 일에 시간을 뺏길 수는 없단 말입니다! 난 지금도 어전 회의를 잠시 중단시켜 놓고 시간을 낸 겁니다!"

칼은 묵묵히 닐시언 전하를 바라보았다. 닐시언 전하는 팔까지 휘두르며 말했다.

"끊임없는 어전 회의가 매일 계속됩니다. 당신 영지에 대해서는 미안하지만, 지금 웨스트 그레이드의 어느 외딴 영지에 대해서까지 신경 쓸 수는 없을 만큼 시급한 현안들이 쌓여 있습니다. 내 형님인 길시언의 일도 그중 하나입니다만 그 밖에도 산적한 문제가 끝도 없습니다. 이 지역의 병탄은 전략적으로 어떤 이점을 주는가, 저 장군의 아들을 강등시키는 일은 그 장군에게 어떤 영향을 줄 것인가, 내 여동생은 과연 예쁜가!"

마지막 말에 우리 셋은 한방 맞은 표정을 지으며 닐시언 전하를 바라보았다.

"예에?"

닐시언 전하는 한숨을 푹 쉬고 나서 말했다.

"우습습니까? 내 여동생, 이 임펠리아에 꽃을 피어나게 할 정도로 재주 좋고 상냥한 내 여동생을 과연 헤게모니아 국왕의 빈으로 보내는 것으로써, 헤게모니아가 장악한 북부 대로에서 우리 상인들이 자유롭게 통과할 수 있게 하여 원활한 상거래로 소금값의 안정을 가져와 전쟁 이전의 비율로 물가 성장률을 억제시키는 것이 가능한가라는 긴 물음을 간단히 줄인 겁니다."

난 그 말을 곰곰이 생각하려 했지만 벌써 앞부분은 가물가물, 도대체 생각이 나지 않았다. 어떻게 저 긴 말을 한 문장으로 말하는 거지? 생각나는 것은 이 성에 꽃이 피는 것은 닐시언 전하의 여동생이 재주가 좋아서라는 것뿐이다.

칼은 묵묵히 듣고 있다가 간단히 대답했다.

"안 됩니다."

"예?"

"그것은 불가능합니다."

"뭐가…… 말입니까?"

칼은 한숨을 푹 쉬더니, 들려주기 아깝기 그지없지만 국왕이니까 얘기해 준다는 식의 표정으로 이야기를 꺼내었다.

"북부 대로를 통해 소금을 운반하는 상인은 독과점 영업이 가능할 겁니다. 실제로 그 정도의 상단을 조직할 수 있는 상회나 재벌은 드뭅니다. 북부 대로는 험악한 곳인데, 전시이기 때문에 인력이 부족하니까요. 정부의 규제를 아무리 강화한다고 하더라도 군대에 납품하게 되는 소금에 대해서는 규제가 불가능합니다. 결국, 북부 대로의 통행권을 원활하게 하는 것은 새로운 독과점을 육성시키는 것에 지나지 않습니다. 대규모 상단에 의해 공급되는 소금으로 현재의 소규모 소금 채취 업자들은 모두 도산하게 될 것이며, 현재 군대에 소금을 납품하며 생계를 잇는 영세 업자들의 잇따른 도산이 예상됩니다."

닐시언 전하는 입을 쩍 벌리고 칼을 바라보았고 샌슨과 나는 여전히 감명 깊다는 식의 표정밖에 짓지 못했다. 책 좀 읽었어야 했는데……. 칼은 계속 유수처럼 말했다. 졸음이 올 지경인걸?

"전시가 아니라면, 소규모 생산 업자들도 공정한 경쟁을 통해 북부 대로의 소금 수송에 뛰어들 수 있습니다. 그러나 지금은 안 됩니다. 게다가 그런 대규모 상회에 의해 소금이 매점매석되게 된다면 바이서스 내부에 소금 채취 산업이 더욱 피폐해져 전후에도 지속적으로 수입된 소금에 의존할 수밖에 없는 사태도 야기될 수 있습니다. 소금은 향신료 등의 상품이 아닙니다. 필수품이죠. 따라서 절대로 그런 사태를 일으켜서는 안 될 것입니다."

"그럼 어떻게 해야 되겠습니까? 물가가 치솟는 대로 내버려둘까요?"

닐시언 전하는 바삐 물어왔다. 칼은 손가락을 깍지 껴 무릎에 얹고는 소파에 등을 기대며 말했다.

"어전 회의에서 상의해 보시죠."

졸음이 확 달아났다.

샌슨도 아마 그럴 것으로 짐작된다. 나는 머릿속으로 '교수대의 밧줄이 목에 감길 때의 기분은 어떨까?' 등의 생각을 하기 시작했다. 아악, 칼! 우, 우릴 죽일 생각입니까? 난 숨소리도 크게 내지 못했다. 새로 산 옷의 불편함이 더욱 고통스럽게 느껴져 왔다. 아마 내 감각이 엄청나게 긴장해서 그런 모양이지?

닐시언 전하는 무서운 눈으로 칼을 바라보았다.

"국왕 모독은 사형이라는 것 아십니까?"

"모독을 느낄 줄은 아십니까? 전하의 머릿속엔 전쟁에 대한 생각뿐이실 텐데."

칼은 아예 본격적으로 비아냥거리는 표정을 지었다. 오, 맙소사! 난 항상 샌슨은 몰라도 칼은 헬턴트 사나이의 규격 미달이라고 생각해 왔다. 그런데 지금 보니 전혀 그렇지 않잖아? 칼은 완전한 헬턴트식 배짱을 부리고 있다. 그러니까 '네가 날 죽이는 것 말고 더 뭘 하겠냐? 하지만 내 목숨은 내 것이고, 내 마음대로 종말 처리하는 것이다. 따라서 네가 날 죽이는 것이 아니라 내가 원해서 죽는 것이니 넌 사실 날 죽일 수조차도 없다. 멋대로 해봐!' 라는 식의 배짱 말이다.

닐시언 전하가 헬턴트식 배짱을 아는지는 모르겠지만 분명한 것은 화를 삭이느라 엄청나게 고생중이라는 것이다. 그는 소파 가장자리를 꽉 쥐면서 말했다.

"당신은……."

닐시언 전하는 입술을 한 번 적시고 다시 말했다.

"어전 회의에 가봤자 지금 들은 것보다 더 명료한 의견을 들을 것 같지 않습니다."

이건 항복 선언인 것 같은데?

"고견이 있다면 들려주십시오. 겸허히 수용하겠습니다."

항복 선언 맞군. 교수대 밧줄아, 안녕! 난 숨통이 트이는 느낌을 받으며 샌슨을 바라보았고 샌슨도 죽었다 살아난 표정을 짓고 있었다. 그러나 칼은 닐시언 전하를 삐딱하게 바라보며 말했다.

"고견이요? 글쎄요. 제 생각엔, 전쟁이 끝난다면 물가에 대해서는 걱정할 필요가 없을 것 같습니다."

닐시언 전하는 칼의 말이 농담인지 아닌지 구분이 되지 않아 의심스러운 눈으로 칼을 볼 뿐 다른 말을 하지 않았다. 칼은 계속 말했다.

"그리고 전쟁을 끝내는 것에 대해서인데, 제가 칼라일 영지에서 만났던 펠레일이라는 젊은 마법사가 들려준 이야기가 생각나는군요. 조금 전 저희들의 여행에 대해 말씀드릴 때에도 언급한 바가 있습니다만, 그 마법사는 지형, 풍토, 기후 등에 관심이 많습니다."

그래. 펠레일은 정말 지형을 잘 읽었지. 그러고 보니 기억난다. 칼라일 영지를 떠나올 때, 펠레일은 칼에게 무언가 귓속말을 했지. 그 이야기인가?

"그는 말했습니다. '12월까지 루펠만 해안을 차지하면 전쟁이 끝날 것이다.'."

"루펠만 해안?"

닐시언 전하는 어처구니가 없다는 표정을 지었으며, 따라서 샌슨과 나도 참으로 근심스러워졌다. 칼은 느긋하게 말했다.

"루펠만 해안은 일스 공국에 소재한 해안입니다."

"아, 그, 그렇습니까?"

모른다는 말이군.

"예. 일스 공국에 있는 이 루펠만 해안은 볼품없는 장소죠. 일사량이 모자라고 백사장도 없어 염전을 할 만한 곳도 아니고, 어패류 채취도 역시 기대되지 않습니다. 항구로 쓸 수 있는 장소도 못 됩니다. 아마 군사 지도에는 '전략적 성과가 기대되지 않음.'이라고 적혀 있을 겁니다. 하지만 펠레일은 대륙을 주유하던 중 루펠만 해안에 잠시 머물렀고, 거기서 놀라운 발견을 했나 봅니다."

"예?"

"루펠만 해안은 오세니우스 걸프스트림이 대륙에 가장 가깝게 접근하는 장소지요."

"거, 걸프스트림?"

칼은 아주 부드러운 미소를 지었다. 왠지 교활해 보이는 미소다.

"오세니우스 걸프스트림에 대해서 영향력을 행사할 수 있게 될 경우 생기는 이점에 대해서는 전하께서도 짐작하실 수 있을 것입니다. 펠레일은 그래서 더 이상 설명하지 않은 것입니다."

닐시언 전하의 얼굴이 크게 붉어졌다. 거의 비슷한 속도로 나와 샌슨의 얼굴이 다시 창백해지기 시작했다. 닐시언 전하는 굴욕적인 표정으로 말했다.

"거, 걸프스트림이 무엇입니까?"

칼은 입을 딱 벌리더니 어떻게 유피넬과 헬카네스 양쪽의 총애를 받는 인간으로서 이다지도 무지할 수 있느냐는 식의 표정으로 닐시언 전하를 쳐다보았다. 아마 저 표정의 상당 부분은 복수의 쾌감을 위한 것일 게다. 그런데 걸프스트림이 정말 뭐지?

"참으로 죄송스럽습니다. 이런, 저 간악한 자이펀을 패퇴시키기 위한 불세출의 전략을 짜내시느라 공사다망하신 전하께 그런 사소한 것은 관심 밖일 것이라는 것을 미처 짐작하지 못했습니다. 용서하십시오."

칼은 아주 간곡한 태도로 사과했고 따라서 우리 얼굴에선 핏기가 싹 빠져나갔다. 제발, 제발 그만하세요, 칼! 그 정도면 됐어요! 일단 사는 게 중요하다고! 칼도 이 정도면 충분하다고 생각했는지 더 이상 비꼬지는 않았다.

"촌부의 무례를 용서하십시오. 우리나라는 해양업이 그다지 발달하지 않은 나라입니다. 그래서 오세니우스 걸프스트림에 대해서 알고 있는 분은 드물 것입니다."

닐시언 전하는 헛기침을 하며 굴욕을 삼키는 듯했다. 칼은 여전히 부드러운 어투로 말했다.

"전하. 자이펀은 현재 우리나라와 교전 상태이므로 중부 대로를 이용할 수가 없습니다. 그러한 나라에서 어떻게 수출입이 가능하겠습니까?"

"그야, 자이펀에는 강력한 해군이 있지 않습니까. 하지만 우리나라는 해양업과는 별로 상관이 없는 나라라서 그 강한 해군력으로도 우리에게 해를 입히지는 못한다는 것이 다행스럽지요."

"예. 그 점은 참으로 다행스러운 일입니다. 어쨌든 자이펀에서는 그 해군력 덕분에 우리나라와 교전 상태임에도 불구하고 아무런 영향 없이 수출입을 계속할 수 있습니다. 하지만 그들이 그 해군력을 사용하지 못할 경우 어떻게 되겠습니까?"

닐시언 전하는 펄쩍 뛰어올랐다. 농담이 아니다. 정말 소파에서 1큐빗은 뛰어올랐다. 덩달아 샌슨과 나도 소파에서 뛰어오를 뻔했다. 닐시언 전하는 그야말로 하얗게 질린 얼굴로 말했다.

"그, 그게 가능합니까?"

"가능합니다. 적어도 12월까지 바이서스가 루펠만 해안을 이용할 수 있게 될 경우 그것이 가능해집니다."

"12월? 그게 무슨 뜻입니까?"

"12월에 접어들면 대륙의 동쪽 해안에는 계절풍의 영향으로 배들은 거의 북진 항해를 할 수가 없습니다. 하지만 오세니우스 걸프스트림을 이용하면 얼마든지 항행할 수 있습니다. 바꿔 말하자면, 12월에 접어들면 배들은 어쩔 수 없이 루펠만 해안 바로 근처를 지나야 된다는 이야기입니다."

"거, 걸프스트림이 무엇이길래?"

"세계에서 가장 큰 해류입니다. 오세니우스 해 전체를 주유하는 거대한 해류지요. 게다가 속도가 거의 6, 7노트에 가까운 초고속 해류입니다."

난 엄청나게 출세했다.

왜냐하면 난 현재 닐시언 전하, 즉 우리나라의 국왕과 똑같은 입장이기 때문이다. 어째서 그렇냐고? 지금 칼은 교사가 되어 닐시언 전하와 샌슨, 그리고 나에게 해류에 대해 설명해 주고 있었기 때문에 우리 세 명은 똑같은 학생 입장인 것이다. 에헤헤.

해류란, 칼의 설명에 의하면 바닷물이 흐르는 길이란다. 도저히 이해가 안 된다. 똑같은 물인데 그중에서 다르게 흐른다고? 내가 그렇게 질문하자 닐시언 전하도 몹시 궁금하던 차에 내가 질문해서 다행이라는 얼굴을 했다. 정말 똑같은 입장이지 않은가? 칼은 설명했다.

"똑같은 공기 중에도 바람이 흐를 수 있지 않습니까?"

간단한 설명! 하지만 이해는 쉽군. 칼은 좋은 교사였고 닐시언 전하도 아주 착실한 학생이었다. 궁내부장 리핏 트왈리전이 점잖게 들어와서 어전 회의의 각료들이 기다리고 있음을 알리자 닐시언 전하는 간단히 처리했다.

"어명이오! 각료들은 모두 대가리를 테이블에 박고 있으라고 전하시오!"

"예?"

"젠장! 아, 아닙니다. 이렇게 전하십시오. 어전 회의를 마칠 테니 모두 자택으로 돌아가 근신하고 있으라고 전하시오!"

"예?"

"몇 달 간에 걸쳐 하루도 빼지 않고 어전 회의를 가졌으면서도 이분이 가져오신 것의 반만큼이나 귀중한 정보를 이야기한 각료가 없잖습니까! 고작 한다는 이야기가 내 여동생을 헤게모니아에 보내 소금값이나 내려보자는 의견뿐이지 않았습니까! 그러니 무슨 어전 회의를 계속하잔 말입니까! 조속히 어명을 시행하지 못하겠습니까?"

리핏 트왈리전은 황급히 고개를 숙이며 나갔다.

"성은이 망극하옵니다."

닐시언 전하는…… 길시언을 도서관에 넣어 3년쯤 묵힌 것처럼 생겼지만 속으로는 비슷한 성격을 가졌나 보다. 길시언은 조금 더 외향적이라서 뛰쳐나왔고 닐시언 전하는 조금 더 내성적이라서 왕이 되었다는 차이뿐인가 보다. 아무래도 형제니까 비슷하겠지. 아니, 어쩌면 그것은 루트에리노 대왕의 핏줄을 이은 왕족의 공통된 성격이 아닐까? 날 보라. 우리 아버지와 참으로 비슷한 성격……, 오, 맙소사. 내가?

어쨌든 칼은 계속 설명했다.

그 해류라는 놈을 잘 알면, 바람이 적어도 배를 움직일 수 있단다. 그리고 그런 해류들 중에서도 가장 큰 해류가 오세니우스 해를 일주하는 오세니우스 걸프스트림이다. 그런데 12월에 들어서면 대륙의 동부 해안에서는 북풍이 불기 때문에 배들이 북진 항해를 할 수가 없다. 역풍도 이용하려 들면 이용할 수는 있지만 자이펀의 군함들이나 상선 같은 거대한 배는 역풍 항해가 거의 힘들단다. 허어? 배가 역풍을 타고도 움직일 수 있다는 것은 처음 알았는걸?

어쨌든 이 시기 동안은 대륙 동편에서 북진하는 해류인 오세니우스 걸프스트림을 이용하지 않으면 자이펀에서는 항해가 불가능하다. 돛을 다 접어버리고, 해류를 타고 올라가는 것이다. 그리고 내려올 때는 걸프스트림에서 살짝 벗어난 다음 북풍을 타고 내려온다. 간단하다.

그런데 여기서 루펠만 해안의 중요성이 등장하는 것이다.

지도에서 보면 루펠만 해안은 대륙에서 오세니우스 해를 향해 툭 튀어나온 뿔처럼 생겼다. 그리고 걸프스트림은 오세니우스 해를 일주하다가 루펠만 해안에서 가장 해변에 가깝게 흐른다. 따라서 이때 루펠만 해안에 마법사들과 노포, 기타 장거리 공격 부대를 잔뜩 주둔시켜 지나가는 자이펀 배를 박살내어 버린다. 배가 아무리 빠르다 해도 결국 배다. 바람이 없으니 그 해류 이외엔 달리 이용할 것이 없어 도망도 못 가고 꼼짝없이 두드려 맞게 된다. 자이펀 배들이 상륙해서 해안을 공격할 걱정을 할 필요도 없다. 루펠만 해안은 전혀 항구로 쓸 만한 장소가 아니기 때문이다.

그런 식으로 배들을 두드려잡으면 자이펀으로서는 해상 무역이 단절되므로 대단히 곤란한 처지에 빠진다는 것이다. 물론 봄이 되면 다시 바람이 불기 때문에 걸프스트림에서 벗어날 수는 있지만 이 겨울 동안만 해도 충분하다. 원래 자이펀은 사막이 많은 나라라서 생필품의 고갈은 쉽게 찾아올 것이다.

닐시언 전하는 거의 발작에 가까운 흥분 상태였다.

"그, 그러나 루펠만 해안은 분명히 일스 공국의 땅인데……."

"여기서, 그 운차이라는 간첩의 증언이 필요해집니다."

"예?"

"일스 공국은 분명히 우리와 자이펀의 전쟁에 대해 중립을 지키고 있습니다. 일스 공국에서는 장미와 정의의 오렘의 총본산이 있으며 일스 대공 자신도 정의를 사랑하시는 분으로 그분의 기사단인 일스 기사단의 이름을 저스티스 기사단이라 칭할 정도입니다. 그분을 직접 뵙진 않아 정말로 정의로운 분인지는 모르겠습니다만, 그것은 중요하지 않겠지요?"

칼의 말에 나와 샌슨은 어리둥절해졌지만 닐시언 전하는 교활하게 웃었다.

"중요하지 않지요. 정의로운 분이라고 알려져 있다는 것이 중요하지요. 사실 그자는 지금 어느 쪽에 더 승기가 있느냐를 따지고 있을 겁니다."

그러자 칼도 빙긋 웃으며 말했다.

"어쨌든 대외적으로 그분은 우리와 자이펀, 어느 한쪽에 편드는 것이 정의롭지 못하다고 생각했기 때문에 중립을 지키는 것입니다. 하지만 운차이의 증언과 그 실험 보고서를 일스 대공께 제출한다면 어떻겠습니까? 정의를 수호하시는 일스 대공의 반응은 어떠해야 될까요?"

"아샤스여……."

닐시언 전하는 탄식 비슷하게 바이서스 왕족을 지켜준다는 독수리와 영광의 아샤스의 이름을 불렀다. 칼은 미소를 지으며 결론을 내렸다.

"전 외교에 대해선 잘 모릅니다만, 위의 두 가지가 있을 경우 외교에 능숙한 각료라면 쓸모없는 땅인 루펠만 해안의 임대와 군대 주둔을 부탁하는 것은 어렵지 않을 것으로 생각됩니다."

닐시언 전하는 계속된 흥분에 탈진해 버렸다. 뭐 그 정도 가지고 그러시나. 샌슨과 나는 죽었다 살았다를 계속해서 지금 쓰러질 정도로 지쳐 있는데. 어쨌든 닐시언 전하는 칼에게 말했다.

"당신은……, 당신은 도대체 누구입니까. 당신은 대마법사 핸드레이크의 현신입니까?"

칼은 고개를 가로저었다.

"저는 전하의 성은에 힘입어 술 빚고, 빵 사며, 책을 읽는 독서가입니다."

3

"칼. 미리 이야기를 좀 해주시지 그랬어요?"

"이야기?"

"그러니까, 그 전쟁을 끝장낸다는 계획 말이에요. 미리 이야기를 좀 해줬다면 덜 놀랐을 것 아닌가요?"

"흐음. 미안하게 됐군. 하지만 나로서도 어쩔 수 없었다네. 국왕 전하를 직접 만나뵙고 말씀드릴 때까지는 입을 조심하자고 생각했거든. 언짢다면 용서하게나."

"아니, 뭐, 생각해 보니 이야기해 줘봐야 어쨌겠어요. 잘하셨어요."

우리는 국왕의 서재를 나와 걷고 있었다.

칼의 말이 맞다. 칼이 그걸 내게 이야기해 봐야 뭐 어쨌겠는가? 이 이야기가 필요한 사람은 우리 국왕님이니까 다른 사람들이 들을수록 비밀의 낭비다. 그렇지 않아도 닐시언 전하는 이 이야기를 다른 누구에게도 말하지 말 것을 명령했다.

"명심하십시오. 이 이야기는 극비입니다."

"잘 알고 있습니다. 전쟁의 승패가 달린 문제를 함부로 말하지는 않을 것입니다."

그리고 닐시언 전하는 무조건적으로 이유 붙일 필요 없이 궁성에 머무르라고 말했다. 국왕의 가장 귀중한 손님으로 대우하겠다면서. 하지만 칼은 아직도 좀 화가 덜 풀린 모양이다. 나라도 그렇겠다. 처음에는 시골에서 수도까지 올라와 징징 우는 소리나 하며 국왕을 귀찮게 하는 상소꾼으로 취급하더니, 전쟁을 끝장내는 계획을 말해 주자마자 사근사근하게 군다면 누가 예쁘다 그럴까.

그러나 칼은 점잖게 말했다.

"동행이 있습니다. 그리고 저희들은 궁성에 머무를 필요는 없습니다. 필요한 말씀은 다 드렸으니, 이제 현명하신 전하의 처분만 있으면 될 듯합니다. 저, 그런데 아무르타트가 요구한 몸값은……."

"걱정 마십시오. 보석으로 준비하라고 했지요? 보석을 갑자기 모으기는 힘들지만, 준비되는 대로 연락드리겠습니다."

"성은이 망극할 따름이옵니다."

"전혀. 내 백성의 일인데요."

뻔뻔하시군. 내 백성의 일이라고? 언제는 귀찮다며? 칼은 굳이 그런 말까지는 하지 않고 점잖게 물러났다.

하지만 칼은 내심 꽤나 기뻤던 모양이다. 그는 더 이상 입을 다물고 있을 수 없다는 표정으로 말했다.

"여보게들. 어떻게 생각할진 모르겠지만……. 나로선 전쟁에서의 확실한 승기를 잡을 수 있는 전략을 말씀드렸다는 것보다는, 아무르타트에게 줄 몸값을 쉽게 마련하게 된 것이 훨씬 기쁘다네."

샌슨은 뒤통수를 긁으며 웃었다. 나도 그렇다. 우리 아버지를 구하는 것이다. 전쟁? 미안하지만, 우리 일이 아니다. 제기랄, 닐시언 전하가 먼저 '당신들의 일.'이라고 말했다. 마치 자기가 바이서스의 모든 백성을 책임져야 할 국왕이 아닌 것처럼. 그렇다면 나도 바이서스와 자이펀의 전쟁은 '닐시언 전하의 일.'이다! 죄책감 없이 기뻐해 버릴 테다! 입 밖에 내어 말할 수는 없지만.

다시 궁성의, 그 길 잃어먹기 딱 적당한 길을 리핏 트왈리전의 안내를 받아가며 나갔다. 리핏 트왈리전 궁내부장은 도저히 치솟아오르는 호기심을 억누를 수 없다는 듯이 우리를 바라보았지만, 함부로 질문을 하거나 하는 것은 품위에 어긋난다고 생각하는가 보다. 궁금하면 그냥 묻지.

"이쪽입니다."

엥? 어라? 바깥이 아니네?

우리가 안내된 곳은, 정확히 뭐하는 공간인지는 알 수 없지만 척 보기엔 집무실 비슷해 보이는 공간이었다. 벽면 가득한 창문으로 실내는 환했다. 닐시언 전하의 서재도 꽤나 밝았지만 여기는 자연광이라서 한결 좋군. 한쪽 옆에는 커다란 책상과 책장이 있었고 중앙에 있는 테이블 위에는 꽃이 꽂힌 수반이 있었다. 벽에는 태피스트리, 몇 개의 장식물이 있었다. 한귀퉁이에는 몇 개의 무기들과 용도를 알 수 없는 물건들이 보였다.

지금 창문 앞에는 웬 남자가 뒷짐을 지고 서 있었다. 그는 우리가 들어가자 몸을 돌렸다. 조나단 아프나이델이라는 그 궁성 수비 대장이었다.

"어서 오십시오. 알현은 잘 마치셨는지요."

칼은 멀뚱히 조나단 아프나이델을 바라보다가 말했다.

"유익한 대화를 나누었습니다만……."

조나단 아프나이델은 고개를 끄덕이며 말했다.

"그랬을 것으로 짐작됩니다. 전하께서는 제가 책임지고 여러분을 호위하라고 하시더군요. 상당히 당황했습니다."

우리 전하는 좀 조증 아닌가? 조나단은 테이블 옆의 의자를 가리키며 앉으라고 말했다. 우린 일단 죽 둘러앉았다. 조나단은 자신의 감정은 '상당히 당황했습니다.'라는 한마디로 끝내고는, 필요한 것만을 물어오기 시작했다.

각자의 이름, 현재 머물고 있는 여관, 얼마나 머물 것인가, 아, 걱정 마시오. 그 여관 주변을 경계하기 위해서입니다. 궁성 수비 대원을 파견하겠습니다. 예? 누가 우릴 죽인답니까? 그렇다기보다는, 귀하들에게 국왕의 가호가 함께한다는 것을 보여드리기 위해서입니다. 칼의 눈꼬리가 올라갔다.

"헬턴트 영지에서 이 영광스러운 성도까지 올 수 있었던 것은 이미 국왕 전하의 가호 덕분이었습니다. 전하의 가호가 항상 함께하는데 구태여 다시 그런 것을 바라지는 않습니다."

"하지만 이젠 여러분은 궁성 임펠리아를 방문한 인물입니다. 궁성은, 간단히 보자면 하나의 장소일 뿐입니다만 하나의 장소로만 볼 수는 없는 장소이기도 합니다. 그리고……, 꼭 언짢게 생각하지는 마십시오. 그저 여러분들이 바이서스 임펠을 구경하시고 싶다거나 명사들의 저택이라도 방문하고 싶다면, 저희들이 그 편의를 돌봐드릴 수 있지 않겠습니까?"

칼은 피식 웃었다.

"궁성 수비 대원을 시종으로 쓰기라도 하라는 말씀입니까?"

"얼마든지 그렇게 쓰십시오."

조나단의 대답에 칼이 오히려 놀라버렸다.

실제로 바이서스 임펠 자체가 훌륭한 외성을 가지고 있으므로,

궁성 수비 대원이라면 궁성을 수비한다기보다는 국왕의 경호원 같은 인물들 아닌가? 국왕의 경호원을 우리 시종으로 쓰라고? 칼이 뭐라고 이야기하려 했는데 노크 소리가 들렸다.

"들어와."

문이 열리며 플레이트 메일을 멋지게 차려입은 병사가 들어왔다. 샌슨은 자꾸 주눅든다는 표정이었다. 병사는 조나단 아프나이델에게 경례를 딱 붙였는데, 갑옷이 별로 소리도 나지 않았다. 경량화 갑옷이라서 그런가? 아니면 소리가 별로 나지 않게 만들었나?

"제4분대. 출동 준비를 마치고 대기중입니다."

"느려터진 놈들! 얼마나 걸린 거야!"

"시정하겠습니다."

"흐음. 밖에 있나?"

"예, 그렇습니다."

조나단은 일어나더니 우리들에게도 일어나라고 손짓하며 창가로 걸어갔다. 그러고 보니 창을 열면 베란다가 나오도록 되어 있었다. 베란다로 나가니 밖에 도열한 병사들의 모습이 보였다.

샌슨은 완전히 의기소침해져 버렸다.

4열 횡대로 늘어선 40명의 병사들이 바닥에 금을 그어놓고 선 것처럼 잘 맞춰서 서 있었다. 모두 붉은 독수리 모양의 문양이 들어 있는 풀 플레이트를 걸치고 있었고 손에 손에 번쩍거리는 핼버드를, 역시 공중에 줄 매어놓고 맞춘 것처럼 정확히 비껴들고 서 있었다. 눈이 부셔서 제대로 쳐다볼 수도 없는 장관이었다.

조나단은 멋있지 않느냐는 듯이 바라보며 푸근하게 말했다.

"여러분을 모실 궁성 수비 대원입니다."

맙소사.

나는 기가 막혀서 그것을 바라보고 있었고 칼도 당황해서 어쩔 줄을 몰랐다. 저 번쩍이는 40명의 궁성 수비 대원을 우리 시종으로 쓰라고? 차라리 우리 세 명이 저들 중 하나의 시종이 된다면 훨씬 어울리겠다. 너무 당황스러운 친절이라 말도 제대로 나오지 않는다. 나는 칼을 바라보았다. 쓰자구요! 끝내 주네. 저들에게 내 발을 닦게 할까요? 젠장. 끔찍스러워서 못하겠네.

그런데 칼의 표정이 점점 이상해졌다.

칼은 눈을 가늘게 뜨기 시작했다. 그리고 입을 꽉 다물어 입술이 하얗게 바뀌었다. 조나단은 그 표정을 보더니 놀라서 그 궁성 수비 대원들이 뭐 잘못된 것이 있는지 다시 살펴보았다. 칼은 조용히 몸을 돌려 조나단을 바라보며 말했다.

"죄송합니다만 저들을 데려가진 않겠습니다."

"예?"

"전하께 이렇게 전해 주십시오. 촌부께 내려주신 하해와 같은 성총을 감당할 수 없으니 부디 거두어달라고. 그럼, 이만 저희들은 물러가겠습니다."

"아, 저……?"

칼은 그대로 고개를 숙이더니 문 쪽으로 걸어가 버렸다. 나와 샌슨도 어쩔 줄을 모르고 일단 칼을 따라나왔다. 밖에 나오자 당장 어디로 가야 할지 몰라 헷갈려버렸지만 칼은 무턱대고 걷기 시작했다.

칼의 얼굴은……, 말을 걸면 내 혀를 뽑아버릴 듯한 얼굴이었다. 칼이 저렇게 화난 얼굴을 하는 것은 처음 보겠군. 칼라일 영지에서 운차이의 턱을 걷어찰 때도 침착한 얼굴이었지 않나?

하지만 아무리 화가 났다고 해도 사람이 갑자기 없던 능력이 생겨나진 않는다. 칼은 계속 걷다가 그만 울화통이 터져버렸다.

"도대체 어디가 나가는 길이야!"

샌슨이 조심스럽게 말했다.

"이쪽입니다."

그러자 칼은 성큼성큼 걸어가기 시작했다. 샌슨의 기억이 정확했는지, 우린 곧 정문을 찾을 수 있었다. 지나가던 궁내부원들이나 시녀들이 우릴 보고 놀랐지만 칼은 거기에 눈길도 주지 않고 걸어갔고 우리 둘도 칼을 따라가느라 주위에 신경을 쓰지 못했다.

뛰쳐나왔다는 것이 적합할 듯한 동작으로 칼은 정원으로 나왔다. 정원으로 나온 칼은 당장 하늘을 보며 크게 심호흡을 했다. 뭐가 저렇게 화가 난 거지? 나와 샌슨은 말도 못 걸고 아주 불쌍한, 그러니까 무슨 이유에서인지 화가 잔뜩 난 수탉을 피해 다니는 병아리 모양으로 조심스럽게 칼에게서 떨어져 있었다. 칼은 자신의 분노를 억제하듯이 한참을 후후거리더니 나직이 한마디 했다.

"빌어먹을 놈……."

당황해서 '죄송합니다.' 라고 말할 뻔했다. 샌슨이 물었다.

"누구 말입니까?"

"닐시언이라는 놈 말고 누가 있겠어."

목소리는 높이지 않았다. 칼도 어느 칼에 맞아죽을지 모르는 그런 말을 함부로 고함지르지는 않았다. 하지만 샌슨과 나는 소름이 돋아 말도 제대로 못했다. 샌슨은 재빨리 주위를 둘러보았고 나도 황급하게 둘러보았다. 저 멀리 아까의 그 40명의 궁성 수비 대원들이 보였지만 거리가 충분히 멀었다. 아무도 못 듣겠다.

샌슨은 일단 안심하고 나서 허옇게 질린 얼굴로 칼을 바라보았다.

"카, 칼. 저, 무슨 일로 화가 나신 건지 모르겠습니다만, 화를 좀 가라앉히시고……."

"가라앉히시고? 대거라도 입에 물고 닐시언을 찾아갈까?"

나도 더 못 참게 되었다.

"칼! 제발. 왜 이러세요!"

칼은 이를 드러내며 웃었다. 그는 노래하듯이 말했다.

"제기랄 놈, 대가리는 여물어서 형의 자리를 꿰찰 정도는 됐겠지. 하지만 더러운 근성은 어찌할 수 없었군. 젠장, 루트에리노 대왕의 핏줄에 저렇게 비열한 자손이 나왔다는 것이 불가사의하군."

"카, 카아아아알!"

"아무도 안 듣잖아!"

이게 정말 칼 맞나? 칼은 아무도 안 듣는다고 이렇게 누굴 험담할 사람이 아닌데? 도대체 얼마나 화가 났길래 이러는 거지? 그때 누군가가 말했다.

"내가 듣는데요?"

죽었구나.

돌아보니, 정원수 뒤에서 한 아가씨가 나타났다.

20대 중반쯤? 꺽다리 아가씨로 상당히 훤칠했다. 이루릴 정도로 키가 크지만 몸이 좀 가냘프다. 아니, 그것보다는 이루릴처럼 잘 짜이지 않은 평범한 몸매라고 해야겠다. 이루릴은 키가 큰데도 몸이 잘 짜여 있어 키가 크다는 느낌이 별로 없지만, 이 아가씨는 키에 어울리는 몸매를 하고 있어 훤칠하다는 느낌이 바로 온다. 잿빛 머리에는 머릿수건을 쓰고 가슴까지 올라오는 작업복을 입고 손에는 전정 가위를 들고 있었다. 작업복의 커다란 주머니에는 밧줄 오라기, 작은 가위, 칼 등이 가득 들어 있었다. 정원사인가?

칼은 당황했다. 흠, 죽게 되었다는 것을 이제야 알았나?

"누구십니까?"

"데미 바이서스. 원래는 데밀레노스 바이서스지만 데미라고 불러요. 데미 전하는 이상하죠?"

"공주님이시군요……."

칼은 맥이 탁 풀린다는 음성이었다. 이제 죽게 되었으니 갈 데까지 가보자는 심정인지 무릎도 꿇지 않고 태평한 모습이다. 뭐, 난 재빨리 무릎을 꿇으려 했지만, 칼이 이렇게 나오니 나만 무릎을 꿇는 것도 어째 치사스러운 것 같아 무릎을 꿇지 않았다. 샌슨도 멍하니 서 있었다.

데미 전하도 별로 신경 쓰지 않는 얼굴로 정원수의 가지 하나를 잘라내더니 우리에게 다가왔다.

"당신은?"

"칼 헬턴트. 공주님의 오빠를 알현하고 가는 길입니다."

"국왕 전하를 욕하시던데요?"

"욕 먹어도 싸니까 욕했습니다."

지금이라도 무릎을 꿇을까?

"왜죠?"

"공주님의 오빠는 자기가 루트에리노 대왕, 제가 핸드레이크, 이런 식으로 꾸미려 했습니다. 제게는 일언반구도 하지 않고 저

마저 속여넘기려 했지요."

이게 무슨 말이야? 나와 샌슨은 멍하니 칼을 바라보았고 데미 전하도 의아한 얼굴로 바라보았다.

"무슨 말이죠?"

칼은 고개를 돌리더니 멀리 떨어져서 이제 해산하고 있는 궁성 수비 대원들을 가리켰다.

"저들이 왜 나왔는지 아십니까?"

"어떤 귀중한 손님을 호위하기 위해서라더군요. 그래서 나도 나무 뒤에 숨었죠. 내가 시종도 동행하지 않고 나무를 손보면 시끄럽거든요."

"그 귀중한 손님이 바로 저올시다. 황송스러워 견딜 수 없을 정도군요."

데미 전하는 머리를 갸웃거리는 것이 이해가 되지 않는다는 표정이었다.

"무슨 말인지……."

"우릴 보십시오."

"예?"

"우리가 어디 귀중한 손님처럼 보입니까?"

"아니오. 전혀."

"40명이나 되는 궁성 수비 대원이 호위에 나설 인물로 보입니까?"

"그렇지 않군요."

"그러니까 더 좋죠. 우리는 시골 구석에서 올라왔습니다. 운이 좋아서 공주님의 오빠에게 우리나라와 자이펀과의 전쟁에서 크게 이득이 될 수 있는 조언을 할 수 있었습니다. 공주님의 오빠도 기뻐하더군요."

칼은 끝까지 국왕 전하라 부르지 않고 공주님의 오빠라고 말하는군. 데미 전하는 그것을 아는지 모르는지 그냥 말했다.

"고마운 일이군요. 그런데요?"

"음유 시인들의 노랫거리가 됩니다. 전 그 생각을 못했습니다만, 공주님의 오빠는 했나 봅니다. 황야에 숨어 있던 은자가 표표히 나타나서 국왕을 도와 대륙을 질타한다는 식의 이야기 말입니다. 대마법사 핸드레이크도 그랬지요. 루트에리노 대왕은 핸드레이크를 만나서 비로소 바이서스를 건국할 수 있었고, 핸드레이크는 루트에리노 대왕을 만났기에 비로소 그 웅대한 위력을 드러낼 수 있었다 하지 않습니까?"

"그럼, 국왕 전하는 당신을 숨겨진 은자로 만들 생각이란 말입니까?"

"실제로 촌구석에서 방금 올라왔으니까. 그러고는……, 아마 이렇게 되겠지요. 아무도 알아보지 못했던 저의 진면목을, 오로지 공주님의 오빠만이 알아보고는 저에게 과분한 은혜를 내리는 겁니다. 세상 사람들은 놀라지만, 제가 드린 조언에 따라 전쟁을 승리할 경우에는 이렇게 말하겠지요. 아아! 우리의 국왕만이 그를 알아보았구나! 루트에리노 대왕과 핸드레이크의 만남의 재현이로다. 이해가 되십니까?"

칼은 그 내용을 전혀 듣지 않아도 그 어투만으로도 충분히 비아냥거리고 있다는 것을 알 수 있게 말했다. 젠장, 난 지금 죽을 걸 생각하느라 정신이 없었다. 어쩌면 죽을 때까지 감옥에 가둘 수도 있겠지? 그럴 바엔 차라리 깨끗이 죽여달라고 부탁해……. 어헛, 제기랄! 내가 뭘 잘못했다고! 칼 때문에 나까지 죽을 순 없어! ……치사스럽군.

데미 전하는 고개를 갸웃거리다가 말했다.

"그게 싫으십니까?"

"싫습니다. 이게 뭡니까? 광대를 만드는 겁니까? 저렇게 번쩍번쩍하는 병사들로 호위시켜서 가공의 천재 전략가를 만들어내어 뭘 어쩌겠다는 말입니까? 공주님의 오빠는 처음엔 우릴 제대로 맞이하지도 않았습니다. 공주님의 오빠는 잠깐 시간 내어 서재에서 우릴 만나고 쫓아버릴 계획이었죠. 그런 무례한 경우를 당했지만 그래도 전 꾹 참고 모든 것을 이야기해 주었습니다. 그런데 제가 그 계획을 말씀드리자마자 번쩍거려서 쳐다볼 수도 없는 40명의 궁성 수비 대원을 보내어 절 가공의 은자로 만들어 자기 위엄까지 높이려 드는군요. 치사하다고 생각되지 않습니까?"

데미 전하는 '저놈의 목을 쳐라!' 라고 말하는 대신 빙긋 웃었다.

"그렇게 생각되는군요. 그래서 당신을 가공의 은자로 만들려는 그 계획을 따르지 않겠다는 겁니까?"

"절 제대로 대해 주지 않은 것에 대한 복수의 의미만은 아닙니다. 그건 거짓이기 때문에 따를 수 없습니다."

"백성들에게 희망을 줄 수 있지 않을까요?"

"예?"

"황야에 숨어 있던 지혜로운 은자가 홀연히 나타나 국왕을 돕는다면, 백성들은 안심하지 않겠습니까?"

그럴듯하네? 그러나 칼은 고개를 가로저었다.

"그렇지 않습니다. 전 지혜로운 은자도 아닐 뿐더러, 이 이상의 조언을 하고 싶은 생각도 없습니다. 능력도 없지만서도. 제가 공주님의 오빠에게 말한 전략도 제 생각이 아닙니다. 제가 여행길에서 만난 어떤 지혜롭고 선량한 젊은이의 생각이었습니다. 차라리 그 젊은이에게 그 역할을 주면 어울리겠군요. 어쨌든 거짓은 곧 들통날 것입니다. 백성들이 기만당했다는 것을 알게 된다면 왕가에 대한 신뢰가 얼마나 떨어지겠습니까?"

글쎄. 펠레일은 말했잖아? 칼은 전령 노릇이나 할 사람은 아니라고. 펠레일의 짤막한 말 한마디로 칼은 그것을 다 알아들어 버렸으니까, 내가 보기엔 칼은 핸드레이크의 역할을 해도 될 것 같은데.

그때였다. 멀리서 누가 부르는 소리가 들려왔다.

리핏 트왈리전이라는 그 궁내부장이었다. 그는 몇 명의 궁내부원과 함께 황급하게, 그러나 품위를 잃지 않을 정도의 속도로 우리에게 걸어왔다.

"아, 데밀레노스 전하도 여기 계셨군요. 이분들과 환담을 나누셨습니까?"

"예. 몹시 재미있는 이야기를 들었습니다."

재미있는…… 재미있는…… 재미있는…….

"글라디올러스의 구근을 재배할 때의 주의점에 대해 말씀해 주셨습니다. 감사합니다, 칼."

칼은 싱긋 웃으며 말했다.

"천만에요, 공주님."

공주님은 그리고 고개를 끄덕이며 말했다.

"영광의 창공에 한 줄 섬광이 되어."

응? 저게 무슨 말이지? 그런데 칼은 능숙하게 대답했다.

"그 날개에 뿌려진 햇살처럼 정의롭게."

그리고 데미 전하는 다시 정원수로 걸어가 버렸다. 저게 무슨 인사말이지? 어쨌든 고마운 공주님. 아샤스의 축복이 3년이 세 번씩 세 번 지나갈 때까지 공주님께 계속되길.

리핏 트왈리전은 순간적으로 시종도 없이 정원을 돌아다니는 공주를 붙잡아야 될지, 안내도 없이 돌아다니는 궁성의 손님인 우리를 붙잡아야 될지 갈등을 느끼는 모양이다. 결국, 항상 그러하듯, 손님이 먼저다. 바이서스의 왕가는 바이서스 기사도의 총본산이니까.

"돌아가시려는 겁니까?"

"그렇습니다. 말이 어디 있는지 모르겠군요."

"절 따라오십시오."

그리고 리핏 트왈리전은 궁내부원을 불러 말을 데리고 오도록 했다. 우리는 되도록 서두른다는 느낌을 주지 않을 정도의 속도로 점잖게 궁성을 나온 다음, 부리나케 걸어가기 시작했다(어떻게 그럴 수 있었냐고 묻지는 마라. 우리들은 분명히 '부리나케 걸었다'. 다시는 그렇게 못할 것이다.).

"헉헉, 목숨이 10년은 짧아졌을 거야."

"헉헉, 난 20년은 짧아졌을 거야."

"……아무래도 내 목숨이 30년은 짧아진 것 같은데?"

"……안녕, 이제 죽나 봐."

"……커험, 흠. 죽을 뻔하게 만들어 미안하구만, 친구들."

수도 대로를 따라 돌아왔다. 여러 번이나 죽을 뻔한 고비를 지나고 나자 제일 먼저 생각나는 것은…… 밥이었다. 얼마나 감미로운가! 살아 있는 것의 확인이 아닌가. 그래서 우리는 축제로 요란한 바이서스 임펠의 대로에서도 다른 생각을 떠올리지 못했다.

"수도의 요리를 먹자, 응? 후치 네 솜씨보다 나은지 볼까?"

"비교할 걸 비교해! 난 조악한 재료로 거의 몸부림에 가깝게 만들었단 말이다!"

"네게 재료를 충분히 공급했다면?"

"……할말 없음."

할말 없지. 내가 다룰 줄 아는 재료의 범주 내에서라면 난 자신이 있다. 하지만 정말 고급 요리에 사용되는 재료라면 난 구경도 못 해봤다. 특히 난 해산물 요리라면 절대적으로 몰지각하다. 내가 구경한 물고기는 민물고기뿐이니까.

"자네들의 위장에 경탄을 보내도록 하지. 죽을 뻔했는데 밥 생각이 나는가?"

"긴장했으니까 배가 고프지요."

우리는 그래서 축제 풍경보다는 식당을 구경하며 돌아다니기로 했다. 뭐, 양쪽 다 겸사겸사.

"샌슨. 지리서에 여기 특산물이 뭐라고 나와 있어?"

"어, 바이서스 임펠에 대해서는 워낙 길게 적혀 있어서 끝까지 다 안 읽었는데."

"흐음. 이번에도 시민들에게 물어볼까?"

"네가 물어!"

"알았어."

그래서 난 지나가던 풍채 좋은 아저씨를 붙잡아 물어보았다. 그 풍채 좋은 아저씨는 사람 좋은 미소를 지으며 우리를 바라보았다.

"실례합니다. 바이서스 임펠 최고의 요리를 맛보려면 어디로 가면 될까요?"

"어, 자네 정말 재수 좋았어. 우리 집으로 오게!"

"……예, 물론 안주인의 음식 솜씨가 훌륭할 것은 믿어 의심치 않겠습니다만……."

"아, 아니. 우리 집이 식당이네! 우리 주방장은 바이서스 최고의 수플레를 만들고 스테이크 뒤집는 솜씨 하나가 정말 일품이지! 난 하트 브레이커로 바이서스 임펠 시장의 트로피도 받았다네."

"하트 브레이커가 뭐죠?"

"자네가 마셔보고 정의를 내려보는 건 어떻겠나?"

흠, 좋은 상술이군. 그래서 우리는 그 이름이 래디라는 아저씨를 따라 '스트레이트 헤븐'이라는 펍으로 가게 되었다.

스트레이트 헤븐은 작고 아담한 펍이었다. 식사 때는 지났고 아직 술 마시러 오는 사람은 없어 손님은 우리 셋뿐이었다. 하긴 축제 기간이니 이런 작은 펍엔 손님이 없겠지. 테이블은 전부 여섯 개였고 반지하 건물이라 낮에도 조명이 필요했다. 그래서 테이블마다 조미료통과 함께 촛대가 세워져 있었다. 그런데 그 초의 밝기라는 게 정말 기가 막혀서 초 이외에 다른 조명이 필요없었다. 나는 한숨을 푹 쉬고 말했다.

"어디 가서 내가 초장이라는 말 하면 무진장 웃겠군. 이건 도대체 뭘로 만든 거야?"

주인장 래디가 말해 주었다.

"경뇌유로 만든 거야."

"경뇌유……?"

"말향고래의 머리에서 채취하는 기름이야. 델하파 특산품이지."

나는 샌슨의 옆구리를 찌른 다음 귓속말로 물었다.

"말향고래가 무슨 몬스터지?"

"나도 모르겠는데……. 희귀한 몬스터인가 봐."

흠, 다음에 언제 그 말향고래라는 몬스터가 델하파 어디에 살며 잡기 쉬운지도 좀 알아봐야겠군. 정말 고운 빛을 내면서 타는데? 말로만 듣던 고래 기름 양초가 이럴까? 하지만 샌슨이나 칼은 초의 밝기를 감지하지 못하는지 무덤덤한 표정이었다. 어이구, 보면 모르냐? 이렇게 빛깔이 고운데?

그러고 보니 샌슨과 칼은 그 바이서스 최고의 수플레를 만든다는 주방장의 스테이크 뒤집는 솜씨에 홀딱 반해 있었다. 어디 보자. 오? 정말 멋있는데?

그 주방장은 프라이팬과 뒤집개를 멋지게 이용하고 있었다. 마치 방심하고 있는 듯한 무덤덤한 시선과 귀찮다는 듯이 놀리는 손. 그런데 스테이크는 철푸덕 떨어져서 기름을 튀긴다거나 하는 일이 전혀 없고 눌어붙는 일은 상상도 할 수 없다. 부드럽군.

역시 어떤 기술이든 달인이 되면 그 몸놀림이 대충대충 하는 것처럼 바뀌어버리는 모양이야. 완전히 손에 익어버리니까. 우리 아버지가 양초틀에 기름 붓는 것을 보면 기름을 흘리든 말든, 넘치든 말든 상관하지 않고 대충대충 붓는 것처럼 보인다. 하지만 절대로 흘리는 일도, 넘치는 일도 없다. 반면 내가 양초틀에 기름 부을 때 보면 그야말로 구도의 자세가 따로 없다. 산속에 틀어박혀 수련을 하는 성직자들 못지않은 진지한 자세가 되어버린다. 그런데도 흘리거나 넘치거나 하는 일이 가끔씩은 일어나거든?

어쨌든 멋진 솜씨로 스테이크 세 개가 접시에 놓이고 깔끔하게 단장되어 우리 앞에 나왔다. 흠, 멋지군. 포크를 대기가 송구스럽군.

그러나 샌슨, 오, 나의, 으윽, 오거여…….

샌슨은 대충대충 먹어치워 버린 것이다……. 그도 달인인가 보다.

두 번째 코스로 잘 부풀어오른 수플레와 함께 바이서스 임펠 시장님의 트로피도 받았다는 그 하트 브레이커를 시음하게 되었다.

하트 브레이커는 일종의 칵테일인가 본데, 얼핏 보기엔 브랜디와 진을 다 사용하는 모양이다. 허어. 나야 칵테일에 대해서 잘 아는 것은 아니지만, 저렇게 강한 술을 두 개나 사용해서 칵테일을 만들 수 있을까? 이윽고 래디는 우리 테이블에 하트 브레이커를 내려놓았다.

"자, 하트 브레이커입니다!"

"유리잔이닷!"

"……."

래디 씨에겐 대단히 죄송스러웠지만, 우린 유리잔에 더 감탄해 버렸다.

"이야, 정말 투명하다."

"으아아, 후우치! 넌 OPG 벗고 잡아! 유리잔은 잘 깨진대!"

"아, 그래, 맞아맞아."

우리 둘이 이런 난리를 치는 가운데 칼은 빙긋빙긋 웃으며 하트 브레이커를 들어올렸다. 나와 샌슨은 손가락에 힘을 주면 깨질까 봐, 그러나 힘을 주지 않으면 미끄러질까 봐 너무 조심스러웠다. 처음엔 맛도 제대로 느끼지 못했다. 그러나 한 모금 마시고 잔을 내려놓는 순간, 촛불이 두 개로 보이기 시작했다.

우와, 이거 이빨이 뽑혀나갈 정도로 센데?

"화끈하다아……."

"차가운데에……?"

"화끈하다니깐."

"아냐, 역시 시원해."

우리는 서로 좀 으르렁거린 다음, 다 마셔보고 다시 한번 감상을 말하기로 했다. 다 마시고 나서도 서로 감상이 통일되지 않는다면, 한잔 더 마시지 뭐.

샌슨은 잔을 비우더니 바지춤을 붙잡고 주춤거리며 일어났다.

"야, 따라와."

"응? 어딜?"

샌슨은 잠시 풀린 눈으로 날 보더니 자기 머리를 딱 쳤다.

"이런, 항상 운차이를 발목에 묶어다니던 것 때문에……. 버릇이 됐군. 아냐. 화장실에 좀 다녀올게."

"음, 그래."

운차이는 지금 감방에 들어가 있겠지? 흠. 에잇, 잊자! 잊어! 간첩은 감방에, 우리는 술집에. 운차이, 간수한테 살기를 마구 뿜어봐요. 혹시 알아? 살기에 겁먹고 좋은 대접을 해줄지.

하트 브레이커는 첫맛은 도대체 뭐라 말할 수 없이 강하고, 여운은 상당히 오래 가는 칵테일이었다. 그것도 꽤나 진한 여운이 남았다. 심장이 깨져나가는 듯한? 어쨌든 샌슨과 나의 감상은 통일되지 않았지만, 한 잔 더 시켜본다는 데에는 의견 통일을 보았다. 그래서 우리는 한 잔 더 주문한 다음 좀 느긋하게 마시기로 했다. 그때까지도 칼은 첫잔도 비우지 않고 있었다. 그는 거의 10분에 한 모금씩의 느린 속도로 마시고 있었다.

샌슨은 탁자를 또각거리며 흥얼거리듯이 말했다.

"이루릴은, 이루릴은……."

"그래서?"

"그걸로 끝이야. 음……."

"그렇구나. 어쩔 수 없지……."

샌슨과 난 서로 말도 되지 않는 말을 나누면서 완전히 취해 버린 채 의자에 기대어 앉아 있었다. 칼은 멍청히 손등에 턱을 얹고 천장을 바라보는 것이 흡사 깊은 생각에 잠겨 있는 것처럼 보인다.

샌슨은 다시 흥얼거리며 말했다.

"후치. 노래나 불러봐. 성밖 물레방앗간이 어쩌고 하는 건 빼고……."

"……그럼 뭘 부르지?"

"아이야 이켈리나의 구두장이 믹 더 빅. 난 그게 좋아."

난 벽 쪽으로 몸을 옮긴 다음 벽에 기대어앉았다. 등이 서늘한 게 기분좋았다. 그리고 의자의 등받이에는 팔을 올려놓고 다른 팔은 테이블에 기대었다. 그런 삐딱한 자세로 앉아 다리를 쭉 뻗었다. 구두장이 믹 더 빅은 꽤나 긴 노래니까 편한 자세가 좋겠지. 또한 구두장이 믹 더 빅은 흥겨운 노래다. 난 발뒤꿈치로 땅을 두드리며 박자를 맞추었다.

아이야 이켈리나. 미치광이의 마을에,
그래, 용감한 구두장이 믹 더 빅!
오른손에는 망치, 왼손엔 작은 못.
용감하고 쾌활한 구두장이 믹 더 빅!
구두장이치고도 너무나 용감한 사내였지만,
창밖에 리틀 브리짓. 산책을 나서면,
그날은 왼발만 두 개씩, 이야히호!
창밖에 리틀 브리짓. 산책을 나서면,
그날은 오른발만 두 개씩, 이야히호!
그래서 착한 리틀 브리짓. 언제나
산책은 반드시 두 번씩 다녔지.
그래서 아이야 이켈리나. 미치광이의 마을엔
할아버지도, 꼬마도, 새침한 아가씨도.
구두는 모두 두 켤레씩 있었다지?

칼은 키들거리기 시작했고 샌슨은 벙긋거리며 따라부르려 했다. 하지만 노래가 워낙 길어서 샌슨은 중간에 모르는 부분이 많았다. 그래서 샌슨은 노래가 막히면 웃으며 듣고, 아는 부분이 나오면 다시 따라부르며 즐겼다.

결국 나는 최고의 구두용 가죽을 구하겠다고 드래곤 사냥에 나선 용감한 믹 더 빅이 거의 장난에 가까운 모험 끝에, 구두 수선용 작은 못으로 드래곤을 때려잡는 모험 장면과 봄맞이 축제에 나선 수줍은 리틀 브리짓이 믹 더 빅이 만든 드래곤 가죽 구두를 신고 춤추는 장면까지 감동적으로 불러젖혔다.

"이야히호!"

주인장 래디와 그 멋드러진 주방장도 우리 테이블로 다가와 같이 술을 마시며 벌겋게 된 얼굴로 함께 노래를 부르며 '이야히호!'라는 구두장이 믹 더 빅의 독특한 후렴을 함께 고함질렀다.

대낮부터 쾌활하게 들려오는 노랫소리에 바이서스 임펠의 시민들은 스트레이트 헤븐을 기웃거리기 시작했고 잠시 후엔 여섯 개의 테이블을 꽉꽉 채우고도 모자라 선 채로 손에 술잔을 들고 노래를 부르는 손님들로 가득 차 버렸다. 작고 아늑한 펍이라도 함께 노래 부르고 즐길 수 있는 사람들로 가득 채운다면 궁성이 부러울까, 빛의 탑이 부러울까.

내 노래는 많은 박수를 받았고 곧 새로 들어온 손님이 노래를 부르게 되었다. 우리들만의 축제……, 왠지 그런 말이 어울리겠군. 바이서스 임펠 곳곳에 축제가 벌어지고 있지만, 여기 작고 아늑한 펍에서는 사람들이 몸 부대끼며 노래와 술뿐인, 그렇지만 신나는 축제를 열고 있었다.

어느새 황혼이 되었는지, 새로운 손님이 문을 열어젖혔을 때는 지면 높이에 있는 문으로부터 반지하의 펍 안으로 황금색의 노을빛이 쏟아져 들어왔다. 손님은 잠시 실루엣으로 서 있다가 주인을 불렀다.

"주인장, 계시오?"

"어, 주인장, 계십니까?"

새로 들어온 손님은 두 번은 점잖게 부르고 세 번째는 악을 쓰다시피 불렀다.

"주인장 계시냐고!"

래디는 벌겋게 된 얼굴로 고개도 돌리지 않고 고함질렀다.

"보시다시피, 손님. 테이블 아래에 들어가거나 천장에 매달리지 않고서는 더 이상 손님 못 받겠는데요?"

그러자 그 시커먼 손님의 그림자는 투덜거렸다.

"이런. 하트 브레이커를 바를 수……, 아냐! 마실 수 없다면 수도에 온 즐거움이 하나 사라지는데?"

래디는 벼락 맞은 듯이 몸을 돌렸다.

"오, 이런. 길시언!"

누구라고? 난 노래를 부르는 사람에게서 새로 들어온 사람으로 시선을 옮겼다. 샌슨과 칼도 놀라서 입구 쪽을 바라보았다. 건장한 체구와 잿빛 머리가 보였다. 무엇보다도 왼손을 허리의 칼자루에 올려놓은 자세.

"정말! 길시언!"

"어라? 후치! 오, 여러분들, 벌써 와 있었군요?"

4

"오래간만입니다. 래디. 그 동안 바람은 많이 피워……, 끼어들지 마! 에, 그 동안 잘 지냈습니까?"

래디는 길시언을 잘 아는 건지 그의 괴상한 말에도 화내거나 하지는 않았다. 그는 그저 길시언과 악수를 나누며 크게 웃을 뿐이었다.

"반갑습니다! 그래, 이게 얼마 만입니까? 왕자님이 리치몬드를 잡겠다고 떠난 게."

"리치몬드는 잡았습니다만, 대신 선더라이더가 사춘기……, 젠장! 선더라이더가 저주에 걸렸습니다. 임마! 좀 닥치란 말이다! 웃지 마!"

전혀 변함없는 모습이다. 길시언은 머리를 가로저으며 래디와 몇 마디 더 나누고는 우리 테이블로 왔다. 내가 테이블 위로 올라가 앉기로 해서 자리를 겨우 만들었다. 나는 닐시언 전하처럼 테이블 귀퉁이에 앉았다.

칼은 한쪽 귀를 막고 고함질렀다(주위가 너무 시끄러웠으니까.).

"언제 바이서스 임펠에 오셨습니까?"

"지금 오는 길입니다. 오자마자 하트 브레이커나 한잔 바르려고……, 아냐! 에, 마시려고 찾아왔습니다. 흠, 이거 엄청난 열기군요. 이 스트레이트 헤븐은 항상 지옥 같은……, 아니! 푸근하고 조용한 편이었는데, 아무래도 여러분 소행인 것 같습니다?"

길시언은 그렇게 말하며 껄껄 웃었다. 칼도 웃으며 말했다.

"건강하신 걸 보니 기쁩니다."

그리고 샌슨도 고함질렀다.

"그건 그렇고 이렇게 시끄러우니 칼자루를 놔도 될 텐데요?"

"그렇게 생각합니까?"

길시언은 빙긋 웃더니 칼자루를 놨다. 와르릉! 와르릉! 와르릉!

유리컵 깨지는 줄 알았다……. 주위에서 노래부르던 사람들이 모두 크게 놀랐다. 문 쪽으로 뛰어가 밖의 날씨를 살피는 사람도 있었다. 잠시 후, 어쨌든 원래의 분위기로 돌아가 다시 노래부르며 난장판이 되어버렸지만.

샌슨은 기가 막힌다는 표정으로 말했다.

"정말 성능 좋은 마법검입니다."

길시언은 씨익 웃고는 계속 칼자루를 쥔 채 말했다.

"그래, 국왕 전하는 알현했습니까?"

칼은 조금 슬픈 듯이 미소지으며 고개를 끄덕였다. 길시언은 칼의 얼굴을 보더니 고개를 갸우뚱했다.

"어, 뭐가 잘못되었습니까?"

"아뇨. 잘됐습니다. 저희들이 바라는 것 이상으로 잘되었지요. 몸값 마련하느라 애쓸 필요도 없게 되었고."

"그런데 표정은 개 핥은 죽사발……, 죄송합니다. 야! 조용히 못해! 주인을 이렇게 바보 만들래? 뭐야! 에, 음. 어쨌든 칼 씨의 얼굴은 좋지가 않습니다?"

칼은 그저 미소만 지었고 테이블 귀퉁이에 앉은 내가 말했다.

"길시언. 전하에 대해 어떻게 생각하지요?"

길시언은 고개를 갸웃거리더니 말했다.

"국왕 전하 말이냐? 왜, 뭐 기분 나쁜 일이 있었어?"

"글쎄요."

말을 하려고 들면 뭔 말을 못하겠느냐만, 백성된 자로서 국왕을 모욕하는 것은 자기 아버지 욕하는 것과 비슷한 일이고, 게다가 앞에서 듣고 있는 사람이 그 형이니 뭔 욕을 할 수 있나. 길시언은 불안한 얼굴로 말했다.

"뭔가 좋지 않은 느낌을 받은 것 같군. 내가 알기로 그는 좋은 사람이다. 조금 우유 부단한 면이 있지만, 좀 조용히해! 에, 그건 오히려 따스한 성품에서 나오는 것이었고, 어쨌든 인간미가 있는 사람인데?"

"……마지막으로 본 게 언제였죠?"

"그야 6년 전이다."

"우린 세 시간쯤 되었군요. 6년 사이에 뭐가 바뀌어도 많이 바뀐 모양이에요. 최소한 따스한 성품에서 나오는 우유 부단은 빼도 될 것 같군요. 이해 득실을 냉혹하게 따지며……."

"네드발 군. 입 조심하게."

칼이 나지막하게 끼어들었다. 하긴, 조금 전에 교수대 밧줄의 감각을 궁금하게 여겼던 주제에 다시 이런 망발이라니. 취했나 보군.

길시언은 내 말에 몹시 근심스런 표정을 지었다. 그는 갑자기 프림 블레이드의 칼자루를 꽉 쥐면서 말했다.

"지금부터 30분만 조용히해라. 그러지 않으면 널 당장 대장장이에게 데려간다. 그리고 검신에다 수다쟁이 칼이라고 새기게 할 거다. 여기는 바이서스 임펠이니까, 마법검에 글자를 새길 수 있는 기능공을 찾는 것은 간단한 일이다. 알았지?"

그리고 길시언은 칼자루를 놔버렸다. 프림 블레이드가 그 협박에 겁을 먹었는지 아니면 분위기 때문에 입을 다물기로 했는지는 모르겠지만 프림 블레이드는 웅웅거리거나 하지는 않았다.

"도대체 무슨 말입니까, 칼? 국왕이 당신에게 무슨 짓을 한 겁니까?"

"별로……. 대단할 것 없습니다."

그리고 칼은 절대로 말하지 않겠다는 뜻이 강하게 내비치는 표정을 지었다. 길시언은 근심스러운 얼굴이 되더니 말했다.

"알겠습니다. 그런데 여러분들은 이제 고향으로 돌아가시는 겁니까?"

"아뇨. 국왕 전하께서 아무르타트에게 줄 몸값을 마련해 주실 때까지는 기다려야겠지요. 뿐만 아니라 세레니얼 양과 만나기 위해서라도 2주 동안은 수도에 머무를 계획입니다."

"그 엘프 아가씨 말입니까? 어디 갔습니까?"

"그분은 수도가 아니라 델하파의 항구에 용무가 있습니다. 그래서 그곳에 들른 다음, 2주 뒤에 이곳으로 돌아오시기로 했지요."

"2주? 흠…… 좋습니다. 여러분들이 계신 여관은 어디입니까?"

"유니콘 인이라고, 여관 거리에 있는 곳입니다만."

"거기 묵을 만합니까?"

"괜찮은 곳입니다만."

"그럼 저도 거기 묵도록 하겠습니다. 좀 안내해 주시겠습니까?"

칼은 고개를 갸웃했다. 그거 이상하네? 길시언은 레브네인 호수 옆에서 분명히 말했다. 자신과 함께 있으면 우리도 위험할 것이므로 함께 있을 수 없다고. 길시언도 우리가 왜 의아하게 여기는지 깨달은 모양이다.

"아, 걱정 마십시오. 수도에서는 안전합니다. 외딴 황야에서 죽는다면 모험가답게 죽은 것으로 여기게 만들 수도 있지만, 내가 수도에서 죽는다면 그 혐의가 누구에게 돌아가겠습니까? 여기서는 조금만 조사해도 내가 누군지 당장 알 수 있습니다."

아, 그런가? 칼은 고개를 끄덕였다.

"기꺼이 안내하겠습니다."

나는 앰뷸런트 제일을 이끌고는 머리를 끄덕거리며 걸어갔다.

앰뷸런트 제일은 자신의 주인이 없어진 것을 어떻게 느끼는지 모르겠다. 녀석은 그냥 내가 이끄는 대로 따라왔다. 이놈을 팔아야 되겠지. 여관 주인에게 여관비 대신 줘버릴까?

해가 지고 다시 불장대가 켜지기 시작했다. 불장대 앞의 건물에 사는 사람들이 고리 달린 긴 막대기를 들고 나오더니 불장대의 구를 회전시켰다. 불장대의 구가 반구로 바뀌자 안에서 컨티뉴얼 플레임이 빛나기 시작했다.

"흠, 저 사람들은 아침 저녁으로 저런 일을 해야 되는가 보군."

"맞다."

길시언의 대답이었다. 하지만 인간이란, 공공 복리를 위한 자신의 노동에는 인색한 법이다.

"그래요? 그럼 불장대를 열고 닫는 일로 시청에서 돈을 받나요?"

"불장대? 아, 가로등 말이니?"

"가로등이라고 하나요?"

"응. 그런데 돈을 받거나 하지는 않는다. 자기 집 앞에 가로등을 설치하는 것은 집에 퍽 도움이 되거든? 일단 밝은 데다가 선전이나 집의 품격에도 도움이 된다. 그래서 사람들은 자기 집 앞에 설치해 달라고 시청에 요청서를 많이 낸다. 그리고 기꺼이 저런 일을 하는 거다."

"아하."

내가 그 불장대, 아니, 가로등을 재미있게 본 것만큼이나 재미있는 시선이 우리들에게 쏟아지고 있었다.

나와 샌슨은 취해 버려서 말 위에서 휘청거리고 있었지만 수도 시민들의 놀란 시선을 받게 된 것은 그것 때문이 아니었다. 축제 기간이라 그런지 주정뱅이의 모습은 희귀한 것이 아니니까. 우리가 시선의 집중을 당하고 있는 것은 우리 둘 앞에서 황소를 타고 걸어가는 전사 때문이다. 전사는 분명 체격도 좋고 멋진 검에 방패도 가졌고 갑옷도 훌륭하지만, 그것보다는 그 황소 때문에 수도 시민들의 정신없는 시선을 받고 있었다.

어쨌든 열렬한 시선 속에 유니콘 인으로 돌아왔다. 몇몇 아가씨들은 우리들을 끝까지 따라오면서 잡담을 나누기도 했다. '정말 용감하다아?', '저 남자, 네 취향 아냐?', '뭐야, 농담하지 마!' 등으로. 할 일이 퍽이나 없나 보지. 취향이 아니면 왜 끝까지 따라오며 구경하냐고?

유니콘 인의 말구종도 갑자기 황소를 만나게 되자 퍽이나 당황했다.

"거, 건초를 먹이면 됩니까?"

"그냥 말 먹이는 대로 귀리나 보리 먹이면 돼. 원래 말이다."

"예?"

"저주에 걸려서 그렇게 된 거다."

길시언은 간단히 설명한 다음 선더라이더를 건네주었다. 말구종은 그 황소가 모둠발로 걷는 것을 보고 더 놀랐다.

"진짜 말인가 봐?"

우리가 홀로 들어서자 벌써 돌아와 테이블에 앉아 있는 네리아가 보였다. 네리아는 길시언을 보더니 반가운 표정을 지었다.

"아, 황야의 왕자!"

"안녕하십니까, 발 빠른 레이디."

"여기 오셨군요? 반가워요. 우리랑 함께 머물 거예요?"

네리아는 대단히 기쁜 표정을 지었다. 어라? 왜 저렇게 기뻐하지? 혹시 아직도 프림 블레이드를 슬쩍할 야욕에 빠져 있나? 샌슨과 나는 속도 좀 차릴 겸 맥주를 주문하며 의자에 앉았다. 길시언은 친절하게 네리아에게 대답했다.

"예. 그럴 생각입니다만."

네리아는 희색이 만면해서 말했다.

"좋네요. 그런데 칼 아저씨? 가셨던 일은 잘 되었어요?"

칼은 웃으며 그냥 고개를 끄덕이는 것으로 대답했다. 네리아는 뭔가 긴 설명을 기다리고 있다가 대답이 너무 간단하자 고개를 갸우뚱거렸다.

"애개? 궁성에 다녀온 사람 치곤 너무 대답이 짧네요? 난 당신들이 앞으로 평생 동안 그 이야기를 자랑해 댈 줄 알았는데. '이봐, 내가 궁성에 들렀을 때 말이야…….', 이런 식으로."

네리아는 칼의 목소리를 우스꽝스럽게 흉내내었다. 칼은 빙긋 웃을 뿐 별다른 말은 하지 않았다. 뭐, 자랑하려 들면 끝이 없다. 우린 국왕도 만났고, 공주 전하도 만났고, 여러 번 죽음의 고비도 넘겼고, 기분도 엉망이다. ……자랑할 게 없군. 네리아는 자기 혼자서 뭐가 마음에 드는지 고개를 끄덕이며 말했다.

"흐흠, 당신들 역시 예사롭지 않아요. 이라무스에서 내가 제대로 봤지."

"과찬의 말씀이군요."

저녁 식사가 끝나고 우리는 칼과 나, 샌슨이 묵는 큰 방으로 올라왔다. 운차이가 없어 침대는 하나 비어 있었고, 그래서 길시언은 그냥 우리 방에 머무르기로 했다. 여관 주인장은 새로 온 손님이 다른 손님과 함께 방을 쓴다고 투덜거렸지만 길시언은 우리 대신 두둑하게 여관료를 줘버려 입을 다물게 만들었다.

"허어, 이런 신세를."

"됐습니다. 나 때문에 여러분이 죽을 뻔하지 않았습니까? 난 수전노라서……, 젠장! 에, 보답을 해야 된다고 생각했습니다."

네리아는 이루릴과 둘이서 쓰던 방을 혼자 쓰려니 심심하다고 우리 방에서 함께 술이나 마시다 물러나기로 했다. 그녀는 내 목을 껴안고는 흥얼거렸다.

"흥흥, 둘이서 지내다가 혼자 맞이하게 되는 밤은 쓸쓸할 거야. 나도 여기서 자면 안 될까?"

난 그녀의 팔을 떼어 낼 생각은 하지 않았다. 떼어 내려 하면 더 달라붙기 때문이다. 우웃! 등 뜨겁다!

"여긴 침대 더 없어요."

"후치 씨 침대에서 함께 자면 안 될깡?"

"칵!"

정말 성격 이상하네……. 애 데리고 노는 게 그렇게 재미있나? 난 화를 내면 네리아의 뜻에 맞게 행동하는 것임을 알았지만, 그래도 화를 낼 수밖에 없었다. 목덜미가 벌게질 지경이거든. 네리아는 까르르거리면서 대단히 재미있어했다.

한편 길시언과 칼은 선더라이더의 저주에 대한 말을 나누고 있었다.

"그래, 어느 신전에 가볼 생각입니까?"

"그랜드스톰에 가볼 생각입니다. 코스모스와 폭풍의 에델브로이의 총본산인 데다가, 대대로 왕가와 깊은 관련을 가진 신전이죠. 나도 어릴 적에 거기 많이 들렀습니다."

"오호……. 그렇습니까? 그럼, 함께 들러도 될까요? 견문을 넓히는 좋은 기회가 될 듯합니다."

"그러시죠."

샌슨이 옆에서 갑옷을 벗다가 말했다.

"그랜드스톰? 에델린이 자라난 그 신전이오?"

길시언은 고개를 돌려 샌슨을 바라보았다.

"어라? '치료하는 손' 에델린을 아주 친근하게 말씀하십니다?"

그리하여…… 그날 밤은 술과 우리들의 여행 이야기로 흠뻑 젖은 밤이 되어버렸다. 나는 대낮부터 너무 마셔버려서 일찌감치 곯아떨어져 버렸다.

아버지는 아무르타트에 깔려 있었다. 아버지는 대충대충 하듯이 말씀하셨다.

"아들아. 파라핀 양초의 제조법에 대해 말해 보아라."

아무르타트는 수다스런 마법검 때문에 나에게 신경을 쓰지 못하고 있었다. 나는 아무르타트에게 들키지 않도록 조심스럽게 말했다.

"파라핀 양초는……, 저주 걸린 말의 머리에서 짜내는 경뇌유로 만듭니다. 이때 하트 브레이커를 섞어 경뇌유를 완전히 돌아버리게 하는 것이 중요합니다."

"옳거니! 역시 내 아들이다. 그리고?"

"불장대의 커버를 벗긴 다음 기름을 붓고 커버를 닫습니다. 그리고 밤이 올 때까지 놔둡니다. 밤에 커버를 벗기면 찬란한 빛이 나옵니다."

"불장대가 아니라 가로등이다."

"앗! 그렇군요. 어쨌든 그 다음에 걸프스트림 가까이 피워둡니다."

"이유는?"

"그래야 자이펀 인들의 낙타가 제대로 다닙니다. 자이펀 인들의 낙타는 밤눈이 어둡거든요."

"그렇지. 그래서 데미 공주를 시집보내야 하는 것이다."

"잘 알겠습니다."

그때 아무르타트가 마법검의 칼자루를 놓았다. 와르릉! 아무르타트는 날 내려다보더니 외쳤다.

"우하하! 100만 셀! 100만 셀에 마법검을 팔겠다."

그러자 내 목을 껴안고 있던 네리아가 외쳤다.

"필요없어! 훔치면 되지."

네리아는 내 목을 더 바싹 끌어당겼다.

"캑캑! 이거 놔요!"

우르릉, 우르릉!

"우으음……."

아이고 머리야. 하트 브레이커가 아니라 헤드 브레이커다. 천장이 이상하게 보였다. 비스듬한 모습이…… 아무래도 내가 비스듬히 누워 있는 모양이군. 천장은 아침 햇살 때문에 반쯤 환하고 반쯤은 어두워 바라보고 있자니 더욱 현기증이 났다.

난 아픈 머리를 휘저으며 몸을 일으키려 했지만 일어나지지 않았다. 뭐야, 이건? 난 내 가슴에 팔이 하나 올라와 있다는 것을 깨달았다. 그 팔을 쭉 따라가보니 시트 위쪽으로 선명한 빨간 머리의 일부가 보였다.

"흐어억?"

난 조심스럽게 시트를 내려보았다. 입가에 침 흘린 자국이 가득한 네리아의 얼굴이 보였다. 맙소사! 내가 제일 먼저 시트 아래로 손을 집어넣어 내 아랫도리를 더듬어봤다 해도 어쩔 수 없는 노릇이지 않은가?

"휴우……, 다행이다."

망할! 정말 내 침대에서 같이 잤군. 난 조심스럽게 네리아의 팔을 치우고 밖으로 나왔다. 네리아는 몇 번 몸을 뒤척였지만 여전히 쌕쌕거리면서 잘 잤다. 난 네리아에게 시트를 덮어주고 침대 밖으로 나왔다.

아침 햇살에 두드려맞는 기분이었다. 으윽!

난 휘청거리며 주위를 둘러보았다. 칼은 자신의 침대에서 평온한 모습으로 잠들어 있었다. 그런데 샌슨과 길시언의 모습은 보이지 않았다.

챙! 채챙! 탕!

뭔 소리야? 난 창문 쪽으로 다가가 아래를 내려다보았다. 흐음? 샌슨과 길시언이 여관 뒤뜰에서 대무를 펼치고 있었고 그 주위에는 바쁜 아침 시간인데도 아랑곳없이 여관 하인들이 구경하고 있었다. 그들은 박수를 보내거나 응원하고 있었고, 자세히 보니 여관 뒤뜰에 면한 골목길에도 화사한 나들이 옷을 차려입은 아가씨들과 청년들이 샌슨과 길시언의 대무를 구경하고 있었다. 얼래? 마차도 한 대 멈춰 서서 구경하고 있었다.

난 세수를 하고 정신을 좀 차린 다음 아래로 내려갔다.

홀에는 아무도 없었다. 전부 뒤뜰로 나가버린 모양이지? 그때 여관 주인이 기지개를 켜면서 홀로 들어섰다. 그는 날 보더니 아는 척했다.

"으하암……. 잘 잤냐?"

저 여관 주인 이름이 뭐더라?

"아, 예. 리테들 씨. 그런데 뒤뜰로 가는 길이 어디죠?"

"응? 거긴 왜?"

"지금 하인들이 다 거기 가 있거든요."

"뭐야?"

리테들 씨는 놀라서 어느 복도로 달려갔고 난 느긋하게 그 뒤를 따랐다. 내가 바깥으로 나가기도 전에 맞은편에서 하인들이 우르르 달려 들어왔다. 흠. 그리고 그 뒤에선 리테들 씨의 고함소리가 들려왔다.

"이 게으름뱅이 자식들아! 10분 내로 아침 준비하지 않으면 우리 집 망하는 줄 알아!"

그리고 리테들도 달려 들어왔다. 난 피식 웃고는 뒤뜰로 나갔다. 뒤뜰로 나가니 칼 부딪히는 소리가 더 크게 들려왔다.

"합!"

"하앗!"

샌슨과 길시언은 모두 기합을 가볍게 끊는 버릇이 있는 모양이다. 하긴 기합이 길어봐야 뭐에 좋겠나. 어쨌든 샌슨은 롱소드 하나를 양손으로 잡고 있었고 길시언은 프림 블레이드와 방패를 들고 있었다. 샌슨은 양손으로 들고 있어서 속도에 훨씬 자신이 있다는 투였고 길시언은 방패가 있어 방어는 걱정 없다는 투였다. 그래서 대무는 주로 샌슨의 공격으로 이루어져 있어 샌슨이 더 유리해 보였다. 하지만 길시언도 침착한 동작으로 잘 막아내고 있었다.

난 뒤뜰 구석의 나무에 가서 나무 아래 기대어 앉아 구경했다.

확실히 샌슨의 공격이 더 빨랐다. 방어가 아무리 좋아도 결국 공격이 없으면 소용이 없는 법이지. 공격이 최고의 방어라고 하지 않나. 게다가 방패 든 손과 칼 든 손은 결국 같은 몸에 연결되어 있는 것이다. 방패로 막으며 칼로 친다는 것은 쉬운 일이 아니다. 방패의 충격이 반대쪽 팔까지 간다. 더구나 저 오거의 쌍수로 쥔 롱소드에 맞는다면 더욱 힘들 것이다. 길시언은 손을 들어 잠시 떨어질 것을 요구했다.

"후우……. 역시 당신 말대로 방패 들고 싸울 만한 상대가 아니군요."

"방패를 놓으시겠습니까?"

길시언은 고개를 끄덕이더니 곧 몸을 돌렸다. 그는 나를 발견하더니 인사를 건네고는 곧바로 나에게 직업을 주었다.

"방패 좀 맡아줘."

그리하여 나는 기사의 종자 비슷하게 길시언의 방패를 들고 두 사람의 대무를 구경하게 되었다.

방패를 놓은 길시언은 팔을 한 번 휘두르더니 역시 프림 블레이드를 쌍수로 쥐었다. 길시언은 신중한 중단 겨누기의 자세로 롱소드를 허리 앞에 세워들었고 샌슨도 똑같은 자세를 취했다. 양자 모두 같은 자세이니 허점이 잘 나오지 않는 모양이다. 두 사람은 모두 섣불리 덤벼들지 못하고 검끝을 서로 맞댄 채 신중히 노리기만 했다.

"허엇!"

샌슨이 먼저 공격에 들어갔다. 샌슨은 검끝으로 길시언의 검끝을 쳐내린 다음 그대로 찌르기에 들어갔다. 하지만 길시언은 뒤로 물러나며 샌슨의 검을 쳐올렸다. 그러자 샌슨도 빠르게 물러나며 자세를 바로잡았다. 다시 대치. 길시언은 감탄했다는 표정으로 말했다.

"좋은 기술입니다."

"감사합니다."

길시언은 빙긋 웃더니 오른발을 들었다.

"얍!"

길시언은 오른발을 들어올리며 그대로 머리를 칠 자세를 취했다. 샌슨은 롱소드를 들어올려 머리 위를 막으려 했으나 길시언은 오른발로 땅을 밟으며 동시에 샌슨의 허리를 치고 지나갔다.
탕!

샌슨의 등 뒤에서 길시언이 외쳤다.

"한 대!"

"허어, 이런."

샌슨은 머리를 가로저으며 몸을 돌렸다. 검 옆면으로 쳤나 보다. 주위에서 박수가 터져나왔다. 골목길에서 여관 뒤뜰을 구경하던 사람들이었다. 샌슨은 싱긋 웃으며 말했다.

"방패를 놓으니 확실히 빨라지는군요."

"어? 이런, 두 번은 못 써먹을 모양입니다?"

길시언도 미소를 지으며 다시 대치 자세를 취했다. 샌슨은 롱소드 끝을 빙빙 돌리더니 공격해 들어갔다.

"이얍!"

샌슨은 앞으로 뛰며 그냥 무식하게 오른쪽 위에서 대각선 치기로 들어갔다. 길시언은 칼을 들어 막아내었으나 그것은 속임수. 샌슨은 대각선 치기에서 갑자기 자세를 바꾸었다. 길시언의 칼에 걸린 자신의 칼을 당기면서 왼발을 내딛어 왼쪽 팔꿈치로 친 것이다. 부우웅!

팔꿈치는 길시언의 코앞에서 멈추었다. 길시언은 눈을 껌뻑거리다가 한숨을 쉬었다.

"엄청난 기술입니다?"

"한 대입니다. 실전에서 나오는 거죠."

다시 박수소리가 요란했다. 흠, 두 사람 정말 행복하겠군. 에라, 나도 바스타드 들고 내려와서 대무나 하자고 해볼까? 관둬라. 내가 샌슨이나 길시언과 싸웠다간 박수보다는 조롱이나 동정을 더 많이 받게 되겠지.

흠. 그러고 보니 저 마차 아직도 있네. 거 참 요상하네. 마차를 타고 간다면 어디 갈 일이 바쁘다는 말일 텐데 왜 가지 않고 저렇게 구경하고 있지? 마차 안을 슬쩍 훔쳐보자 20대 중반 가량의 젊은 남자의 모습이 보였다.

남자는 입을 쩍 벌리고 샌슨과 길시언의 대무를 바라보고 있었다. 침 떨어지겠다아! 옷 입은 품새로 보아 귀족가의 청년인가 보다. 화려한 윗도리의 모습이 잘 보였다. 마차 창문 밖으로 거의 몸을 내밀듯이 하고 구경하고 있었으니까 잘 보이는 거지. 흠. 젊은이, 황야에서 방금 트롤 두세 마리쯤 잡고 온 듯한 남자들의 싸움은 처음 보시지?

난 다시 고개를 돌려 두 사람을 바라보았다.

"허업!"

"얍!"

둘은 한참 동안 자신들의 밑천을 다 드러내듯이 보여주었다. 정말 멋진 기술들이 많았다. 특히 샌슨은 여러 가지 볼 만한 기술을 많이 보여주었다. 샌슨이 수직 내려치기를 한 다음 되돌려치기를 할 때는 길시언도 크게 놀랐다. 샌슨은 왼발을 내딛으며 수직 내려치기를 한 다음 오른발을 왼발의 왼쪽으로 보내며 완전히 돌아 수평 뒤돌아 베기로 들어갔다. 오른쪽으로 돌던 길시언은 갑자기 옆에서 날아오는 칼날에 기겁했다.

"아악!"

골목길에서 비명소리가 터져나올 정도였다. 샌슨은 검날 옆면으로 길시언의 어깨를 가볍게 치고는, 질려버린 길시언에게 웃으며 설명해 주었다.

"한 대입니다. 오른손잡이를 상대할 때 오른쪽으로 도는 것은 검사의 상식이죠? 하지만 그런 상식도 고정화되면 위험합니다."

"허, 아무리 그래도 뒤돌아 베기가 들어올 줄은 몰랐습니다."

"그렇습니까? 후치 저놈은 나보다 더 엄청난 기술을 가지고 있죠. 저놈은 수직 올려치기를 두 번씩이나 하는 무식한 놈입니다."

길시언은 새삼 감탄했다는 표정으로 날 바라보았고 난 머쓱해져 버렸다. 그때였다.

"아아아악!"

고막이 터질 듯한 비명소리가 들려왔다. 이윽고 앙칼지고도 구성진 함성이 들려왔다.

"나가! 나가라고! 멀쩡하게 생겨서!"

"네리아잖아?"

나와 샌슨, 길시언은 부리나케 뛰어들어갔다. 계단을 몇 단씩 건너뛰며 우리 방문을 열어젖혔다.

퍼억! 뭐야? 윽. 베개에 맞았군. 네리아는 시트로 온몸을 감싼 채 베개를 집어던졌고 칼은 방구석에서 두 손을 휘젓고 있었다.

"아, 아니오. 네리아 양, 오해가……."

그 순간 길시언과 샌슨은 차마 형언할 수 없는 표정으로 칼을 바라보았고 칼의 얼굴은 흙빛이 되어버렸다. 네리아는 계속 구성지게 외쳤다.

"음흉하게! 누굴 건드리려는 거야앗!"

칼은 못 참겠다는 듯이 고함을 질렀다.

"나, 난 네드발 군인 줄 알았단 말이오! 그래서 일어나라고 시트를 벗겼을……."

네리아는 터무니없는 소리 하지 말라는 표정으로 씩씩하게 외쳤다.

"후치? 말이 되는 소리를 해앳! 내 방에서 후치는 왜 찾아!"

윽! 아이고 맙소사. 샌슨은 한숨을 쉬며 말했다.

"네리아……. 여기 우리 방이야."

네리아는 눈을 크게 뜨더니 주위를 둘러보았다. 네리아는 침대 수를 세더니, 그 다음 천장의 무늬를 보고, 그 다음 우리 얼굴을 천천히 둘러보더니, 기어코 시트 속으로 파고들어가 버렸다. 네리아는 시트 속에서 머리를 감싸고 웅크린 자세로 외쳤다.

"나 세 개 던졌어요! 세 대만 때려요!"

"커허험! 흠, 흐흐흠!"

어쨌든 우린 그 소란 끝에 아침 식사하러 내려올 수 있었다. 칼은 내 침대에 누워 있는 네리아를 나로 착각해서 점잖게 시트를 들추었고, 네리아는 시트가 들추어지자마자 칼의 얼굴이 보여서 기겁해 버린 모양이다.

"죄송해요."

"뭐, 실수였잖소."

칼은 힘들게 미소지으며 네리아를 용서했다. 샌슨은 네리아에게 '너 정도의 용모로 칼을 유혹하는 것이 가능할 것 같냐?' 등의 말을 하다가 발등을 찍히고는 펄쩍펄쩍 뛰었다.

아침 식사를 하며 샌슨과 길시언은 조금 전에 나누었던 기술들에 대해 토의했다. 두 사람이 하는 이야기를 옆에서 훔쳐듣자니 샌슨은 변칙과 임기 응변에 능하고 길시언은 정통파의 기술이란다. 그냥 칼 휘두르는 데 정통이 있고 변칙이 있나? 길시언은 빵을 쪼개면서 말했다. 프림 블레이드는 그 짧은 시간이라도 길시언이 칼자루를 놓자 당장 울어젖히기 시작했다. 웅웅웅.

"칼 휘두르는 데는 정통과 변칙이 따로 없다. 어떤 무기라도 기본은 모두 주먹 쓰기에서 파생되는 것이니까 똑같다."

"샌슨에게 들었던 말이군요. 그런데……?"

"다만 어떤 때 어떤 기술을 사용하느냐, 거기서 정통과 변칙의 차이가 나오는 거지. 그리고 그것에 대해 묻지는 마라. 설명하려면 한 달은 걸린다."

샌슨은 웃으며 수프를 떠먹었다. 그는 갑자기 주위를 둘러보더니 말했다.

"이거, 발목이 묶이지 않고 식사하니 그것도 참 희한하군."

"그새 미운 정이 들었나 보지?"

"그런가 봐. 그래도 동고동락하던 사이였으니까."

"하긴, 진짜 동고동락이다."

우리는 식사를 마치고 이를 쑤시면서 홀로 갔다.

"응?"

샌슨이 날 돌아보았다.

"왜 그래?"

"저 사람……."

홀 한귀퉁이에 앉아 있는 젊은 남자의 모습. 아까 골목길에서 마차를 세운 채 샌슨과 길시언의 대무를 구경하던 바로 그 남자였다.

그는 단정한 자세로 홀 한쪽 끝의 테이블에 앉아 있었고 그 옆에는 일행으로 보이는 마부의 모습이 보였다. 마부는 탄탄한 몸집의 중년 남자로 마치 경호원 비슷한 자세로 청년의 옆에 앉아 있었다. 등에 롱소드 하나를 메고 있는 것도 꼭 그렇게 보였다.

청년은 우릴 보더니 자리에서 일어났다. 그 마부도 기민한 동작으로 청년을 뒤따랐다. 분명히 우리에게 걸어오고 있는 것이라 우리는 가만히 서서 그 청년을 바라보았다.

"실례하겠습니다."

이런 고약한 경우를 봤나. 우리 일행이 다섯인데 다섯 명을 향해 한꺼번에 말을 걸어오니 누가 대답할지 순간적으로 당황해 버렸다. 칼은 길시언을 바라보았지만(왕자니까.), 길시언은 칼을 바라보았다(최연장자니까.). 그래서 청년은 자신의 인사말에 대한 대답을 받지 못할 뻔했다.

"누구세요?"

딱 부러지는 음성으로 네리아가 물었다. 휴, 다행이다. 우리는 네리아의 그 질문에 대한 답이 몹시 궁금하다는 얼굴로 청년을 바라보았다. 그러고 보니 청년은 귀족가의 자제답게 그런 대로 준수한 얼굴이었지만 지금은 뭔가 깊은 수심이 있다는 듯이 안색이 좋지 않았다.

"전 넥슨 휴리첼이라고 합니다."

휴리첼? 휴리첼이라. 칼이 먼저 대답했다.

"혹시, 휴리첼 백작의……?"

"제 아버님 되십니다."

기사 휴리첼, 제9차 아무르타트 정벌군의 사령관. 수도에서 캇셀프라임을 호송하여 우리 마을에 왔던 그 백작. 흠, 나야 그 사람 멀리서밖에 못 봤지. 넥슨 휴리첼은 바로 그 휴리첼 백작의 아들이라고 했다.

"어제 임펠리아에 들렀다가 아버님의 소식을 가져온 분이 계셨다는 말을 들었습니다. 전 아직 젊고 세력도 없는 사람이라 그 보고에 대해 더 많이 듣지는 못했습니다만, 간신히 그 보고를 가져오신 분이 여기 계시다는 말은 듣게 되었습니다."

"그래서, 직접 들으시려고 오셨습니까?"

"예. 이 여관으로 오는데 뒤뜰에서 대무하시는 모습을 보게 되었습니다. 대번에 저분들이구나 하는 생각이 들었습니다."

샌슨과 길시언은 동시에 머쓱한 표정을 지었다. 그러나 칼은 진중한 표정으로 넥슨을 바라보았다.

"젊고 세력이 없어 듣지 못했다고 하셨습니까?"

넥슨은 얼굴을 조금 붉히더니 대답했다.

"예. 하지만 그렇다고 제가 세력이나 지위를 이용하여 제 소관도 아닌 정부의 중요 문건이나 정보를 마음대로 주무르는 그런 사람이라고 생각하지는 마십시오. 원래 공식 발표가 있을 때까지 기다리는 것이 마땅한 일이라는 점은 잘 알고 있습니다. 하지만 그분은 제 아버지입니다. 도저히 기다릴 수가 없더군요."

"이해합니다."

칼은 고개를 끄덕였다. 뭐, 나도 아버지 소식이 궁금해서 하멜 집사의 회의에 고집 부려 참가했던 입장이므로 넥슨의 심정은 이해가 간다.

칼은 어떻게 말할까 고민하는 표정이었다. 그러나 넥슨은 더 기다릴 수 없다는 듯이 물어왔다.

"고민하실 필요도 없고 위로할 말을 생각하실 필요도 없습니다. 병사들이 달려온 것이 아닌 바에야 승전보는 아니겠지요. 패했다는 것은 짐작할 수 있습니다."

칼은 무거운 시선으로 넥슨을 바라보았다. 넥슨은 얼음장 같은 얼굴로 말했다.

"아버님의 생사만 말씀해 주십시오. 아버님께서는 명예롭게 전사하셨습니까?"

뭐? 명예롭게 전사?

칼과 샌슨은 모두 얼떨떨한 표정이 되었다. 특히 칼은 황당할 것이다. 명예롭게 '전사'했냐고 물어온다면, 불명예스럽게 '생존'해 계신다고 대답해야 하나? 이런, 제기랄. 질문이 처음부터 엉망이잖아? 어떻게 대답해도 불유쾌한 대답밖에 할 수가 없는 질문이잖아? 그러나 칼은 능숙했다.

"기쁘게도 춘부장의 명예와 목숨, 모두를 보존하게 되었습니다."

넥슨은 얼빠진 얼굴이 되었다.

"예? 이겼다는 말씀이십니까?"

"아니오……. 저 회색 산맥의 공포 아무르타트는 춘부장의 위용에 대한 솔직한 경탄으로, 몸값을 받고 춘부장을 돌려보내 주기로 했습니다. 자신이 다스리거나 죽여버릴 수 있는 범용한 인물이 아님을 깨달은 것이겠지요."

넥슨의 얼굴이 굳어버렸다.

"포로가 되신 겁니까?"

"아무르타트의 보호를 받고 계시는 것이지요."

"외교 용어를 쓰시는군요. 외교관 일을 하셨습니까?"

칼은 고개를 가로저었다. 넥슨은 입술을 꾹 깨물더니 말했다.

"몸값은 얼마입니까?"

"걱정할 필요 없습니다. 전하께서는 춘부장의 몸값을 마련해 주실 것을 약속하셨습니다."

"닐시언 전하께서요?"

"그렇습니다."

넥슨은 입술 끝을 실쭉거렸다. 저건 무슨 의미지? 넥슨은 테이블에서 일어났다.

"아버님의 소식을 전해 주셔서 대단히 감사드립니다. 수도에서 뭐든 도움이 필요하시다면 휴리첼 가문이 성심껏 도와드리겠습니다. 바람 속에 흩날리는 코스모스를."

어랏? 어디서 많이 듣던 인사다? 칼은 넥슨을 바라보다가 말했다.

"폭풍을 잠재우는 꽃잎의 영광을. 에델브로이의 신자셨군요?"

"재가(在家) 프리스트입니다."

넥슨은 그렇게만 말하고 몸을 돌렸다. 곧 이어 그 마부도 몸을 돌려 넥슨을 따라나갔다. 그러고 보니 저 마부는 지금까지 한마디도 하지 않았네?

난 칼에게 물어보았다.

"재가 프리스트가 뭐죠?"

"아, 그건, 프리스트이긴 한데 신전에 머물지 않고 집에서 머무는 프리스트를 말하는 거야, 네드발 군."

"집에서? 집에서 뭐하는데요?"

"그러니까 일종의 명예직에 가까운 것일세. 흠. 그러니까 평신도보다 조금 높은 신도라고 생각하면 되겠지. 프리스트가 될 정도로 신앙이 깊어 디바인 파워를 쓸 수도 있지만, 교단의 제재에서는 조금 자유로운 프리스트라네. 귀족의 경우 신전에 들어가면 가문을 이을 수 없지 않는가? 그래서 재가 프리스트가 되는 거야."

"어, 디바인 파워를 쓴다고요? 에델린처럼?"

"아마 그 정도까진 아닐 거야. 하지만 최소한 잔병치레하는 일은 적겠지. 그리고 시시한 몬스터들은 접근하기 어려울 테고."

듣고 있던 길시언이 말했다.

"그리고 그런 재가 프리스트가 많은 교단은 확실히 패싸움할 때 유리……, 으윽! 아니, 위세가 높다."

난 퍼뜩 어제의 데미 공주를 떠올렸다. 난 역시 민첩해.

"그럼, 왕족들은 아샤스의 재가 프리스트겠군요?"

길시언은 고개를 끄덕였다.

"그런 사람이 많지."

난 칼을 바라보았다. 칼은 고개를 끄덕이며 말했다.

"그래. 아마 데미 공주님은 아샤스의 재가 프리스트겠지. 어제 인사말 기억나는가?"

길시언이 빙긋 웃었다.

"내 누이를 만나셨군요?"

"예."

"어떻던가요, 건강합니까?"

"예? 예. 제가 뵙기에는 건강해 보이던데요."

그때 네리아가 끼어들었다.

"그런데 말이죠. 난 저 사람 마음에 들지 않아요. 딱딱하게 구는 것도 싫고, 무엇보다 아버지가 살아 있다는데 기뻐하는 구석이 전혀 없네요?"

어, 그건 나도 마찬가지다. 왜 기뻐하지 않는 거야? 포로로 잡혀 있는 것이 수치다, 뭐 그런 말인가? 웃기네! 길시언이 말했다.

"그는 그럴 수도 있지."

우리는 의아한 표정으로 길시언을 바라보았다. 길시언은 말했다.

"그의 가문에는 씻을 수 없는 불명예가 있습니다. 그래서 그런 말을 했겠지요."

"씻을 수 없는 불명예라고요?"

"그 말씀은 드리고 싶지 않습니다. 내가 입이 개구리만큼…… 그만둬! 어, 남의 가문의 불명예를 거론하고 싶지는 않습니다."

"그런가요? 흠."

네리아는 입술을 삐죽거렸다.

"그래도 마음에 안 들어."

우리는 피식 웃어버렸다.

어쨌든 우린 밖으로 나섰다. 네리아는 오늘도 수도를 돌아보겠다고 하면서 가버렸고, 우리 세 명은 별로 할 일도 없어진 참이라 그랜드스톰으로 가는 길시언을 따라갔다. 여전히 황소를 바라보며 놀라는 수도 시민들의 당황스러운 시선을 한몸에 받으며.

시 외곽으로 빠져나오자, 난 누구에게 묻지 않아도 대번에 그랜드스톰을 알아볼 수 있게 되었다.

"우……와!"

샌슨은 입을 쩍 벌렸다.

언덕 위에 날아오를 듯이 우뚝하게 서 있는 장엄한 건물이 보였다. 아래쪽에서 여러 번 굽이지는 길을 따라 올라가면 곧 깎아지른 듯한 절벽 같은 건물의 벽이 보였다. 벽에는 곳곳에 창문이 뚫려 있었다. 그러나 반대쪽으로 돌아가 보니 몇 층에 걸쳐 정원과 마당들이 한눈에 들어왔다. 2층 정원, 3층 마당, 이런 식으로. 그리고 현아한 계단들과 난간들, 우아한 담장과 다리들이 건물 내의 층층과 곳곳을 서로 잇고 나누고 하고 있었다. 엄청난 위용이었다.

우리가 정문에 도달하자 곧 어린 수련사들이 나섰다. 수련사들은 고개를 꾸벅이며 우리에게 인사했다.

"바람 속에 흩날리는 코스모스를."

"폭풍을 잠재우는 꽃잎의 영광을."

길시언은 그렇게 대답한 다음 말했다.

"하이 프리스트를 뵈러 왔습니다. 선약은 없지만, 길시언이 찾아왔다고 말씀드려 주시겠습니까?"

수련사들의 얼굴에 놀란 빛이 떠올랐다. 그 어린 수련사들은 길시언의 얼굴을 뚫어져라 바라보다가 황급히 우리들을 안으로 데리고 들어갔다.

"예엣? 뭐라고 하셨습니까?"

길시언은 펄쩍 뛰어올랐다. 덕분에 테이블에 있던 찻잔이 쏟아질 듯이 흔들려 나와 샌슨이 부리나케 찻잔을 붙잡아야만 했다. 길시언은 눈이 튀어나올 듯이 하이 프리스트를 바라보고 있었다.

하이 프리스트는 귀가 아프다는 표정을 지으며 귀를 후비더니 말했다.

"두 번 말한다고 해서 뭐 바뀔 건 없네."

"그럼 안 됩니다!"

"……하늘을 향해 해가 동쪽에서 뜨면 안 된다고 고함을 질러보게. 내일은 해가 서쪽에서 뜨는지 두고 보겠네."

하이 프리스트는 담담하게 말했다. 하긴 '그럼 안 됩니다.'라니. 우습지 않은가?

주위에는 지나가던 수련사들이 우릴 흘끔흘끔 쳐다보고 있었다. 길시언의 고함 소리가 하도 커서 그랜드스톰이 울릴 지경이다.

우린 지금 그랜드스톰의 후원에 와 있었다.

안으로 들어서니 확실히 멋진 건물이었다. 회랑과 문설주의 기둥들이 모두 아름다운 대리석으로 만들어져 있었고 하다못해 바닥도 석재로 포장되어 있었다. 부지도 대단히 넓어서 커다란 마당과 분수들이 몇 개씩이나 보였고 건물 내에 구역을 나누는 담장들이 여러 군데 서 있을 정도였다. 우리는 그런 담장을 몇 개나 지나서 하이 프리스트가 있는 이 후원까지 안내되어 왔다.

하이 프리스트는 후원 한귀퉁이의 정자에서 우릴 기다리고 있었다.

흰색의 단순한 모직 로브를 입고 있는 중늙은이 모습을 한 그랜드스톰의 하이 프리스트는 보슈왈이라고 자기를 밝혔다. 성미를 짐작하기 어려운 얼굴이었다. 그는 우리와 가볍게 환담을 나누다가 우리 일행이 에델린을 만나서 칼라일 영지의 저주를 풀었다는 이야기를 듣자 크게 기뻐했다. 물론 우리는 그것이 자이펀의 흉계였다는 것까지는 밝히지 않았다. 그것은 현재는 국가 기밀에 해당하니까. 왕실에서 그것을 잘 가다듬어 외교적으로 써먹을 수 있을 때까지는 함구하라고 들었다. 그래서 우리는 그것은 그저 알 수 없는 저주였고, 에델린과 협력하여 병자들을 구출했다고만 말했다.

"오호……. 다행한 일이로군요."

칼은 정중하게 대답했다.

"에델브로이의 은총에 힘입었음입니다. 하이 프리스트."

칼은 존칭을 사용했다. 나나 샌슨이 먼저 입을 열었다면 큰일 날 뻔했군. 흠. 에델린은 그냥 이름을 불렀지만 하이 프리스트는 경칭을 사용해야 하나 보지?

어쨌든 길시언은 대단한 인내심을 발휘하며 우리의 이야기를 잠자코 들은 다음, 선더라이더에 대해 조심스럽게 이야기를 꺼내었다. 그리고 하이 프리스트는 선더라이더를 살펴본 다음 길시언을 펄쩍 뛰게 만든 것이다.

길시언은 절망적인 얼굴로 말했다.

"리, 리치몬드는 제가 죽였단 말입니다!"

"자랑하는 것인가?"

"아닙니다. 하지만 저주의 주체만이 풀 수 있다니요! 그 밖에 다른 방법은 없습니까?"

"지금으로선."

"예? 지금으로선이라고 하셨습니까? 그럼 무슨 방법이……."

하이 프리스트는 이마를 긁적이더니 말했다.

"저주를 푸는 건 원칙적으로 저주의 힘의 근원을 없애는 것이야. 대개의 경우 저주의 시전자가 죽어버리면 저주가 풀리는 것도 그것 때문이지."

"그럼, 선더라이더는……?"

"끝까지 듣게. 그런데 해괴한 수단이나 독특한 방법을 사용하면 문제가 까다로워져. 프리스트들 중에 타락한 자들이 쓰는 방법으로 신의 이름으로 저주를 내리는 방법이 있네. 이때는 성직자를 죽여봐야 아무 소용이 없고, 신과의 계약을 나타내는 증거물을 파괴해야 되지."

나와 샌슨은 동시에 눈을 마주쳤다.

그렇다. 칼라일 영지의 세이크럴라이즈는 그 게덴의 디바인 마크를 회수함으로써 해제되지 않았는가? 펠레일은 그 디바인 마크가 '의식의 상징'이라고 말했다. 하이 프리스트는 '신과의 계약을 나타내는 증거물'이라고 하시는군. 하이 프리스트는 계속 말했다.

"이해가 되는가? 그럼 선더라이더를 볼까? 잘생긴 황소군. 허, 인상 풀게. 어쨌든 리치몬드라는 그 마법사를 죽였는데도 저주가 풀리지 않았다는 것은 리치몬드가 뭔가 다른 것에 걸고 저주를 내렸다는 것이 되지. 자네 머리엔 힘들겠지만, 이해되나?"

하이 프리스트는 왕자에게 아주 자연스럽게 농담을 던지고 있었고 그래서 우리는 조금 놀랐다. 길시언도 대수롭지 않은 얼굴로, 아니, 아주 구겨진 얼굴로 대답했다.

"차라리 이해 못하면 좋겠군요."

"이해했군. 좋아. 그런데 마법사니까 신의 이름으로 저주를 내리지는 않았을 거야. 마법사들이 사용하는 방법에 대해선 잘 모르겠네만, 어쨌든 내 디바인 파워로 해제가 안 되는 것을 봐서 보통 하는 식으로 마나를 집중시키는, 그런 방법은 아닌가 보네."

"그럼?"

하이 프리스트는 턱으로 어느 방향을 가리키며 말했다.

"빛의 탑으로 가보게. 아무래도 마법사끼리는 서로 잘 알 테지. 혹 다른 사람의 수법을 알아볼 수도 있을 테고 말이야."

길시언은 입을 딱 벌렸다.

"빛의 탑으로 가라고 하셨습니까? 제 말 듣지 못하셨습니까? 제가 리치몬드를 사랑한단……, 아니! 죽였단 말입니다."

"아무래도 자랑하고 싶은 모양이군?"

"아니오. 마법사를 죽인 제가 빛의 탑으로 가라니요. 그게 말이나 됩니까?"

"글쎄. 리치몬드는 다크메이지라고 하지 않았나?"

"다크메이지든 어쨌든 마법사입니다. 저에게 뭐라고 하지는 않겠지만 정중히 섹스를 요구……, 죄송합니다. 제발! 내가 지금 하이 프리스트와 이야기하고 있는 것 모르겠어? 입 좀 닥쳐엇! 그리고 그런 말을 하고도 네가 숙녀냐! 아아악! 웃지 말고 내 말을 들으란 말이다!"

길시언은 프림 블레이드를 뽑아들고는 검신에 침을 튀겨가며 바락바락 악을 써대고 있었다. 흠. 저 짓을 6년 동안이나 했다고? 미치지 않은 것이 다행이다. 하이 프리스트는 참으로 보기에 즐거운 광경이라는 듯이 길시언의 모습을 감상하다가 호기심이 동한다는 표정으로 길시언에게 말했다.

"그거 나도 한번 쥐어보면 안 될까?"

길시언의 얼굴이 허옇게 되었다. 그는 주춤주춤했지만 거절할 명분이 떠오르지 않는지 머리를 절절 흔들다가 프림 블레이드에게 말했다.

"하이 프리스트께 무례하게 굴지 마."

길시언은 그렇게 말하면서 프림 블레이드를 건네었다. 하이 프리스트는 점잖게 프림 블레이드를 쥐다가 어깨를 흠칫했다.

이윽고 하이 프리스트는 히죽히죽 웃기 시작했다. 지나가던 수련사들은 그들의 하이 프리스트가 롱소드를 들고서 히죽거리는 것을 보고는 크게 놀랐다. 개중에는 황급히 디바인 마크를 꺼내들고 에델브로이를 부르며 기도를 올리는 수련사도 보였다. 하이 프리스트는 말했다.

"오냐, 그래. 너 참 귀엽구나. 응? 글쎄다. 아름다운 숙녀가 될 것 같구나. 하지만 여자를 모르는 늙은 프리스트 말을 얼마나 믿을 수 있겠니, 응? 떽. 늙은이를 놀리다니."

남녀를 안 가리고 좋아하는 검이라……. 이제 보니 노소도 가리지 않는가 보군. 하이 프리스트는 프림 블레이드를 길시언에게 되돌려주며 말했다.

"귀여운 검이구먼. 자넨 퍽 즐겁겠네?"

"농담이라도 그런 말씀은 마십시오. 지옥이 따로 없습…… 으악!"

길시언은 귀를 틀어막으며 비명을 질렀다. 하이 프리스트는 껄껄 웃으면서 말했다.

"가보게. 그들은 요즘 돈이 모자라는 모양이더군. 자네가 제시하는 것처럼 그런 커다란 일거리는 크게 반길 거야."

길시언은 고개를 갸웃거렸다.

"돈이 모자라다니요? 마법사들이요? 그게 말이 됩니까?"

"말이 안 될 건 또 뭐겠나."

"항상 마법 물품들을 만들어내는 사람들이 왜 돈이 모자라겠습니까?"

"에끼. 이 사람아. 그런 건 만들기 쉬운가? 재료비는 또 얼마나 드는데."

길시언의 얼굴에 조금 희망이 떠올랐다.

웅장한 담장과 소문을 몇 개 지나서 간신히 그랜드스톰을 다시 빠져나오게 되었다. 아무래도 길 잃어먹기 딱 알맞은 곳이군.

아마 수련사들은 간혹 길을 잃겠지. 그리고 그들은 어쩔 줄을 몰라 하다가 그만 제자리에 무릎을 꿇고 디바인 마크를 꺼내들어 목청껏 '에델브로이여, 길을 열어주소서!'라고 외치겠지. 그럼 밖에서 듣는 사람들은 참으로 신심 깊은 수련사들이 모인 곳이라고 생각을 하겠지. 음.

우리는 수련사들이 대기시켜 둔 각자의 말을 타고 나왔다. 난 엉뚱한 생각을 하느라 등자에서 발이 두 번이나 미끄러졌다.

수도의 쾌청한 전경이 눈앞에 펼쳐졌다.

그랜드스톰은 수도 외곽의 가장 높은 언덕에 위치했고 외성에 바로 접해 있는 곳이다. 그래서 아래로 넓고 규칙적으로 늘어선 시가지의 모습과 저 멀리 반대쪽 외성 바깥의 검붉은 황야까지 굽어보였다. 황야에는 은실 같은 강물이 지평선을 향해 달리고 있었다. 임펠 리버인 모양이다. 우리는 느긋한 걸음걸이로 언덕길의 굽이진 길을 따라 내려왔다.

"그래, 어쩌시렵니까. 빛의 탑으로 가보시겠습니까?"

칼의 질문에 고민에 잠겨 있던 길시언이 한숨을 쉬었다.

"어렵겠습니다. 아무리 다크메이지였다 해도 리치몬드는 마법사였고, 따라서 마법사를 죽인 나 같은 백정……, 그만해! 나 같은 전사에게 잘 대해 주리라고는 생각되지 않습니다. 그들은 희귀한 사람들이고, 그래서 동아리 의식이 남다릅니다."

"그런데, 어차피 마법 칼집을 구하러 마법사 길드에 간다고 하지 않았습니까?"

길시언은 푸우 하는 한숨을 쉬며 말했다.

"그것도 꽤나 호된 가격을 부를 테지요."

"허어. 어쨌든 방법이 없으니 그곳에 들러보아야겠습니다?"

"그렇겠지요."

그래서 우리는 언덕을 내려와 빛의 탑을 향해 걸어가기 시작했다.

우리는 수도에서도 꽤나 유명해져 버렸다. 정확하게는 우리가 아니라 길시언이었지만. 황소를 탄 채로 돌아다니는 중무장의 모험가라는 것 때문이다.

그래서 우리는 지금 자신의 입 넓이를 과시하는 사람들 사이로 이상한 사열식을 하고 있었다. 혹은 자신의 눈 크기를 자랑하는 사람들도 있었다. 길시언은 그런 데 별로 신경 쓰지 않았다. 신경을 모두 프림 블레이드에 집중하고 있었기 때문이다. 하지만 그 뒤를 따라가는 우리들로서야 상당히 신경 쓰이는 일임에 틀림없다.

길시언은 갑자기 고개를 들었다.

"아, 저기가……, 응? 왜 그리 늦으십니까?"

"아, 아닙니다. 말씀하시지요."

칼은 대답하기 위해 목소리를 조금 높여야 했다. 우리는 일행으로 보기에는 의심스러운 정도의 거리를 유지하며 길시언을 따라가고 있었으니까. 길시언은 고개를 갸웃거리며 우리가 다가설 때까지 기다렸다. 왕자님, 친절하시군요. 왕자님과 보조를 맞추기 위해서는 어디 가서 돼지라도 구해 와서 타고 다녀야 하는 것 아닐까?

"이제 다 왔습니다. 빛의 탑입니다."

길시언은 말했다. 그래서 샌슨과 나는 어리둥절해졌다.

"빛도 없고 탑도 없는데요?"

우리가 서 있는 곳은 그야말로 보통의 건물들이 모여 있는 길거리였다. 주위를 둘러봐도 무슨 커다란 광장이나 분수대는커녕 상점들이 다닥다닥 붙어 있는 보통의 기다란 길일 뿐이다. 뭐가 빛의 탑이라는 거지? 그러나 길시언이 가리킨 곳을 보고 나와 샌슨은 입을 다물어버렸다.

옆의 건물들 중 하나의 입구 오른쪽에 고풍스러운(좋은 말로 그렇고 더 직설적으로 말하면 촌스러운) 현판이 두 개 붙어 있었다. 그중 큰 것은 '커웨인 대서소'라고 적혀 있었고 그 옆에는 보다 작은 현판이 붙어 있었다.

'빛의 탑-2F'

아이고 맙소사. 샌슨은 딸꾹질을 시작했다. 역시 단련된 전사답군. 나는 딸꾹질할 기운도 안 나는데?

그 건물은 우리가 묵고 있는 유니콘 인보다 별로 좋을 것도 없는 보통의 2층 목조 건물이었다. 게다가 건물이 얼마나 오래되었는지 박공 형식으로 된 지붕 중 일부는 조금씩 무너져 있었다. 바람이라도 심하게 불면 지붕에 얹어둔 널들이 그냥 쏟아질 것 같다.

그 건물은 양옆의 건물보다 훨씬 오래되었을 것 같았지만 그렇다고 더 장엄해 보인다는 말은 절대 아니다. 오래되었다는 것에서 좋은 의미는 다 빼고 나면 남는 것, 오로지 낡아빠진 건물일 뿐이다. 그런데 거기서 모자라 2F라고? 그렇다면 2층만 쓴다는 말인가? 칼은 얼빠진 얼굴로 말했다.

"퍽…… 유서 깊어 보이는…… 건물입니다만."

흠, 역시 칼이군. 표현을 잘하시네. 나와 샌슨은 반쯤은 뭔가 속았다는 기분을, 반쯤은 우스꽝스러운 기분을 느끼며 '빛의 탑'을 바라보았다. 길시언은 황소에서 뛰어내리더니 입구 옆에 세워져 있는 말뚝에 선더라이더를 묶었다. 우리들도 일단은 그렇게 했다.

난 기가 막힌 심정 때문에 길시언에게 말했다.

"저, 한꺼번에 네 명이 올라가도 괜찮을까요?"

"계단이 좁긴 하지만……."

"아니, 무너지지 않을까요?"

길시언은 빙긋 웃으며 그냥 들어섰다. 아무래도 무너질 것 같은데. 샌슨은 밖에서 기다리는 것이 낫지 않을까? 칼은 고개를 가로저으며 길시언을 따라 들어갔다. 그래서 할 수 없이 나와 샌슨도 따라 들어갔다.

안으로 들어서니 더 답답했다. 채광이 어떻게 되어먹었는지 안으로 들어서자마자 마치 이불 속에라도 들어온 듯한 느낌이었다. 간신히, 왼쪽에 붙은 문과 위로 올라가는 계단이 보였다. 왼쪽에 붙은 문에는 바깥에 붙어 있는 것을 그대로 줄인 듯한 '커웨인 대서소'라는 명판이 붙어 있었고 계단은……, 아이고 맙소사.

저게 계단이면 우리 영주님이 타고 나간 그것도 전차가 맞다. 용감한 길시언은 계단을 올라가기 시작했다. 삐이……걱, 삐이……걱.

"한 번에 한 사람씩 올라가죠. 예?"

내 간절한 말에 칼은 고개를 끄덕이기까지 했다. 먼저 칼이 올라서고 나서 내가 조심스럽게 발을 얹었다. 삐이……걱. 뼈 긁는 소리를 내며 계단이 울어젖혔다.

어쨌든 간신히 2층까지는 올라갔다. 2층에 도달하니 역시 아래와 같은 문이 붙어 있었다. 문에는 역시 명판이 붙어 있었다.

'빛의 탑—마법사들의 길드'

그리고 그 아래에는 조금 작지만 더 화려한 글씨가 적혀 있었다. 눈이 별로 좋지 않은 칼은 코를 바싹 붙이고서야 그 글을 읽어내었다. 저렇게 눈이 안 좋은데 활은 어떻게 그렇게 잘 쏘시지? 하긴 창문도 없는 곳이라 엄청나게 어두워서 나도 그 글을 읽기 쉽지 않았다.

‘유피넬과 헬카네스가 저울과 저울추를 만들었다면, 나는 저울 눈을 속이겠다.’

흐음. 대단한 자존심이 엿보이는 글귀군. 나는 칼을 흘긋 바라보았고, 칼은 턱을 만지작거리다가 말했다.

“핸드레이크의 말이로군.”

길시언은 우리가 충분히 구경하고 나자 문을 두드렸다. 쾅쾅. 안에서 가느다랗지만 카랑카랑한 목소리가 들려왔다.

“들어오시오.”

안으로 들어서자 휑뎅그렁한 공간이 나타났다.

2층 전체가 하나의 방인 모양인데, 무슨 가구나 기타 등등은 전혀 보이지 않고 오로지 맞은편 벽에 문이 하나 있고 그 문 옆에는 책상과 의자가 하나씩 놓여 있었다. 이상하군. 이 방 넓이로 보니 2층엔 거의 남은 공간이 있을 것 같지 않은데, 반대쪽의 저 문은 뭐지? 그 문의 옆에 놓인 책상 뒤에는 커다란 초상화가 걸려 있었다.

초상화는 젊은 남자의 얼굴이었다. 약간 지친 듯이 머리를 방만하게 하늘 저편 어딘가로 기울인 자세로 허공을 응시하고 있는 남자. 보통 초상화에서 흔히 그러하듯이 태풍이 불어도 머리카락 하나 날리지 않을 정도의 경직성을 띤 몸 위에 어색한(물론 곧은 자세이지만 너무 곧아서 어색한) 머리가 달려 있고 그 머리에서는 타오르는 안광이 앞을 노려보고 있는……, 그런 초상화와는 달랐다. 그것은 그야말로 자연스러운 초상화였다. 젊은이의 얼굴은 무슨 밤을 새운 작업이라도 끝내고 뿌옇게 밝아오는 새벽 하늘을 보고 있는 듯한 표정이었다. 피곤한 기색이 알게 모르게 드러나 있지만 그 눈빛에는 뿌듯한 감정이 가득해 있었다.

핸드레이크의 초상화인가? 마법사의 길드에 걸려 있는 초상화니까 그것 이외에는 생각할 게 없다. 흐음. 핸드레이크가 저렇게 생겼나?

초상화 아래의 의자에는 '인간이 여길 찾아온 것은 수천 년 만이군…….' 하는 식의 옛날 이야기에 잘 나오는 말을 해도 썩 어울릴 듯한 노인이 하나 앉아 있었다. 위의 생기 있는 젊은이의 얼굴에 비해 볼 때, 처음에는 앉은 채 죽은 시체로만 보이던 그 노인이 입을 열어서 난 크게 놀랐다.

"마법사는 아닌 듯한데, 용건이 뭐요?"

길시언이 말했다.

"마법적인 일에 대한 상담을 원합니다."

"규칙은 아오? 자격을 보이시오."

길시언은 고개를 끄덕이고는 품속을 뒤지더니 가죽 주머니 하나를 꺼내었다. 그러고는 주머니에서 보석을 꺼내어 책상에 올려놓았다. 와! 방이 열 배는 밝아진 것 같다. 보석은 자그마한 것이지만 꽤나 아름다웠다. 노인은 뼈마디가 툭툭 불거진 손가락으로 보석을 집어들더니 관찰하기 시작했다. 그러곤 보석을 도로 내려놓았다.

"가져가시오."

길시언이 그것을 다시 집어들었다. 저건 뭐야? 돈을 얼마나 가지고 있는지 보이라는 건가? 노인은 말했다.

"들어가 보시오."

"알겠습니다."

가라니? 어디로? 길시언은 노인의 책상 옆에 있는 문을 열고 안으로 들어갔다. 아무래도 저 뒤에는 그저 벽장 정도의 공간밖에 없을 텐데? 칼이 들어가고 나서 샌슨도 들어서……려고 했다. 그러나 샌슨은 문을 쾅 닫아 버렸다.

"왜 그래?"

샌슨은 얼빠진 얼굴로 날 바라볼 뿐이었다. 난 의아해서 앞으로 나서서 문을 열었다. 그러곤 나도 역시 문을 쾅 닫아버렸다.

"문 부서져!"

노인이 고함을 빽 질렀다. 할 수 없어서 우린 다시 문을 열고 들어섰다. 하지만 들어가자마자 샌슨과 나는 부리나케 도로 튀어나올 수밖에 없었다.

"어, 이거, 잠깐. 여긴 그 방인데?"

"……두 가지 중의 하나야. 샌슨도 그걸 본 모양이니 난 안 미쳤어. 아니면 샌슨과 내가 동시에 미친 거야."

노인은 우리를 험악하게 노려보고 있었고, 그래서 샌슨과 나는 도로 들어갈 수밖에 없었다.

하지만 이건 말이 안 되는데?

우리가 문을 열고 들어선 곳에는 아래로 길게 계단이 놓여 있었다. 벽도 없고 아무것도 없이 그저 계단만 놓여 있었다. 계단은 저 아래의 평야까지 뻗어 있었다.

하늘은 주황 색조였다. 평야에서 조금 멀리로는 탑이 하나 솟아 있었다. 그리고 주위는 그저 넓은 공간뿐이었다. 사방으로 지평선이 보였고 우리가 서 있는 계단은 허공에서 그냥 끝나 있었다. 그리고 계단 꼭대기에 우리가 들어온 문 하나만 서 있었다.

아무래도 발걸음이 안 떨어져 나와 샌슨은 우리가 들어온 문을 다시 노려보았다. 그건 그냥 공중에 서 있는 문이었다. 몸을 옆으로 돌려 문 뒤쪽을 보니 허공이었다. 하지만 문을 여니까 다시 아까의 그 어두운 방과 우리를 째려보는 노인의 모습이 보였다.

"왜 자꾸 문을 여닫는 거야!"

노인이 고함을 빽 지르는 바람에 우리는 황급히 문을 도로 닫았다. 샌슨은 결정짓는 듯한 단호한 어조로 말했다.

"둘 다 미쳤다고 생각하는 것이 이해하기 쉽겠어."

"존경스러워, 샌슨. 샌슨은 참으로 똑똑한 거 같아……. 내가 왜 샌슨을 오거라고 생각했지?"

우리는 히죽히죽 웃으며 그 말도 안 되는 계단을 내려가기 시작했다. 웃음밖에 안 나왔으니까.

계단을 다 내려서자 아름다운 평야에 서 있게 되었다. 주위는 산 하나도 볼 수 없는 완전한 평야였다. 들판 곳곳에 피어 있는 꽃들에 황금 잎사귀가 피어 있는 것이나, 머리 위 하늘을 날고 있는 몇 개의 양탄자는 별로 괴상할 것도 없다. 지금 내 왼쪽에서 코를 드르렁거리며 졸고 있는 드래곤도, 그 드래곤의 꼬리를 베고 잠들어 있는 노인도, 그 노인의 다리를 베고 잠들어 있는 블링크 도그의 모습도 있는데 뭐. 블링크 도그는 졸면서 껌뻑거리고 있어 보고 있기가 어지러웠다.

난 그 드래곤을 보고는 다시는 드래곤을 무서워하기 어렵겠다는 생각이 들었다. 도대체 저건 뭐야? 왜 드래곤이 저고리와 바지를 입고 있는 거지? 도대체 저 바지는 어떻게 만들었지?

"꼬리 구멍은 내놓았군."

샌슨은 고개를 끄덕였다.

"다행이야."

나는 뭐가 다행인지 되묻지 않았다. 말할 기분이 아니니까.

길시언과 칼은 탑 앞에 서서 우리를 기다리고 있었다. 길시언은 평온한 모습이었지만 칼은 경탄스러워 어쩔 줄 모르는 표정으로 주위를 둘러보았다. 길시언은 말했다.

"정식으로는 이게 빛의 탑입니다."

빛의 탑? 나 같으면 뒤죽박죽 탑이라고 하겠다.

탑에 창문들이 제멋대로 달려 있다는 것도 별로 내 눈을 잡아놓지는 못했다. 탑은 층마다 크기가 다 다른 모양이다. 아니, 층이라는 것이 별로 없는 것 같았다. 중간중간에 아무렇게나 튀어나오고 들어가 있었다. 심한 경우 탑 벽에 새로운 방을 몇 개씩 달아둔 것도 보였다. 아무래도 생각나는 대로 크기가 각자 다른 방을 하나씩 둘씩 마구 쌓아올린 탑 같았다. 중간에 아무렇게나 튀어나와 있는 베란다나, 그 베란다 끝에 매달린 거대한 새장에 새 대신 스크롤이 들어가 있는 것도 별로 놀라고 싶은 광경은 아니다.

칼은 이 빛의 탑에 대한 단순 명쾌한 감상을 말했다.

"허…… 허…… 허…… 허……."

칼의 비평은 참으로 날카로운 데가 있군.

정문으로 들어서자 넓은 홀이 보였다. 그리고 홀 주위에는 예상대로 들쭉날쭉한 벽 중간에 뚫려 있는 통로, 높이가 제멋대로인 천장에 수직으로 뚫려 있는 통로 등이 보였다. 통로라기보다는 방을 마구 쌓아올리다가 중간중간에 생긴 틈처럼 보였다. 정상적으로 걸어다니는 사람이라면 여기서 더 이상 탑의 다른 곳으로 갈 방법이 없겠는걸. 어쨌든 그 넓은 1층 홀에는 둥글고 약간 낮은 바닥이 있었고 그 중앙에 2큐빗 정도의 기둥과 그 위에 얹힌 수정구가 보였다.

길시언은 수정구에 손을 얹고 말했다.

"마법 물품의 구입과 마법적 저주에 대한 상담을 원합니다."

그러자 어디선가 맑은, 남녀를 구분할 수 없는 목소리가 들려왔다.

"구입하시려는 마법 물품은 어떤 종류입니까?"

우와흐하흐하……. 소름이 돋을 정도로 간드러진 목소리다. 길시언은 대답했다.

"마법 검집입니다. 사일런스 주문이 걸린 검집의 제작을 원합니다."

한참 동안 아무런 대답이 없었다. 그러다가 대답이 다시 들려왔다.

"피리자니옵스 님께서 여러분을 맞이하실 겁니다. 그 후 마법적 저주에 대한 상담을 해주실 분을 수배하겠습니다."

피리자니옵스? 발음하는 건 어렵지 않은데 별로 품위가 없는 이름이군. 우리는 그 피리자니옵스라는 사람이 나타나길 기다렸다.

"으아아아아!"

꽝! 천장에 뚫린 틈 중 하나에서 웬 노인이 하나 떨어져 홀 바닥에 쫙 엎어졌다. 두 다리와 두 팔을 완전히 펼친 안정감 넘치는 자세였다. 우리들은 놀라서 그 노인에게 다가갔다. 노인은 심한 타박상을 입은 채 기절해 있었다.

"크, 큰일이다. 의사! 의사 없어요?"

다시 그 간드러지면서도 우아한 목소리가 대답했다.

"의료적 상담을 추가하시겠습니까?"

"……사람이 떨어졌어요!"

그때 우리의 고함소리에 정신을 차린 듯이 노인이 눈을 떴다. 노인은 끙끙거리더니 눈을 감고 뭔가 캐스팅을 하는 눈치였다. 노인은 곧 몸을 툭툭 털면서 일어났다.

"이런, 젠장. 내 방을 수직 통로 옆으로 옮겼던가?"

칼이 얼빠진 목소리로 질문했다.

"괘, 괜찮습니까?"

노인은 허리가 쑤신다는 듯이 뒤로 좀 젖혔다가 대답했다.

"괜찮소. 끄응. 그런데 무기에 대해 상담을 요청한 것이 당신 일행이오?"

칼은 황망한 얼굴로 길시언을 바라보았고 길시언도 아직 충격에서 벗어나지 못했는지 얼떨떨한 얼굴로 고개만 끄덕였다. 그러자 노인은 말했다.

"그럼, 내 방으로……."

노인은 말을 멈추고는 구멍과 틈이 숭숭 뚫린 천장을 바라보았다. 그러다가 노인은 불쾌한 표정을 지으며 말했다.

"내가 어디서 떨어졌지?"

"……저긴데요?"

"에잇! 올라가기 귀찮군. 루! 내 방을 1층으로 옮겨줘!"

그러자 다시 고막이 녹아내릴 듯한 그 목소리가 들려왔다.

"피리자니옵스 님. 당신은 이번 달에만 벌써 방을 네 번 옮기셨습니다. 길드장 님의 요구에 따라 더 이상의 방의 이동은 허용되지 않습니다."

피리자니옵스는 입을 쩍 벌리더니 외쳤다.

"거짓말! 난 세 번 옮겼어!"

"뮤테온 님이 유니콘-페가수스 교배 실험을 하던 당시 주무시는 데 방해가 된다고 옮기신 것이 네 번째 이동입니다."

……유니콘과 페가수스를 교배하면 그건 뭐라고 불러야 하지? 유니서스? 페가콘? 난 잠시 머리에 뿔이 나고 등에 날개가 달린 말을 생각해 보았다. 나쁘지 않은데? 선더라이더와 싸워도 뿔싸움이 볼 만하겠군.

"아차! 젠장. 잠결에 옮겼지. 그래서 내 방이 수직 통로 옆에 있었군! 젠장. 알았어, 알았어!"

피리자니옵스는 역정을 내었다. 그리고 그는 손가락을 입에 꺾어넣더니 휘파람을 불었다. 휘이익! 곧 수직 통로에서 뭔가 불그스름한 것이 밑으로 떨어졌다. 그것은 둘둘 말린 양탄자였다.

피리자니옵스는 양탄자를 펼치더니 그 위에 올라서면서 우리에게 말했다.

"올라서시오."

우리는 쭈뼛거리며 양탄자에 올라섰다. 우리가 다 올라서자 그는 말했다.

"내 방으로 올라가자."

양탄자는 둥실 떠올랐다. 나는 무릎이 덜덜 떨리는 것을 느꼈다.

양탄자는 그대로 천장에 뚫린 구멍으로 올라갔다. 구멍 옆 벽은 마치 여러 개의 방을 쌓아올린 사이의 틈처럼 보였다. 들쭉날쭉한데다가 기다란 틈도 있었고 통로도 있었고 문도 보였다.

잠시 후, 다른 건물이라면 대략 3층 정도로 느껴질 높이까지 올라왔을 때 양탄자는 멎었고 우리 앞에는 문이 하나 있는 것이 보였다. 피리자니옵스는 그 문을 열더니 안으로 훌쩍 뛰어들어갔다.

난 양탄자가 출렁이면 어쩌나 싶었지만 양탄자는 단단하게 굳은 바닥 같았다. 그래서 우리 일행도 모두 쉽게 방으로 들어섰다. 흠, 요런 구조니까 문 열다가 그대로 아래로 곤두박질쳤군. 건망증이 심하면 비명 횡사하겠는걸?

방 안은 창문이 몇 개 있었지만 그 창문이라는 것이 별로 소용이 없었다. 창문 바깥은 또 다른 방의 벽이 막아서 있기 일쑤였기 때문이다. 다행히 방 천장에 뭔지 모를 빛나는 공을 붙여두었기 때문에 방 안은 밝았다.

피리자니옵스는 벽 한쪽의 책장에서 어린애 장난감처럼 보이는 테이블 하나와 의자 다섯 개를 꺼내들더니 등 뒤로 휙휙 던졌다. 그러자 테이블과 의자는 거대해졌다. 이젠 말할 기분도 들지 않는다. 그래서 샌슨과 나는 묵묵히 의자를 만져본 다음 털썩 주저앉았다. 피리자니옵스는 술병과 잔을 들고 와서 테이블에 놓으며 말했다.

"이건 여기서도 만들 수 없는 거란 말이야."

칼은 의아한 표정이었다.

"예?"

"여기선 뭐든 되지만 제대로 된 술은 안 되지요. 허허."

칼은 곧 진지한 얼굴이 되었다.

"이런 놀라운 기적들은 이 공간에서만 가능하다는 말씀이십니까?"

"그렇지."

"하긴……. 이런 말씀 뭣합니다만, 밖의 공간에서도 가능했다면 바이서스는 예전에 마법 왕국이 되었겠군요."

피리자니옵스는 놀란 눈으로 칼을 바라보았다.

"날카로우시군? 하긴, 이런 일들이 저 바깥에서도 가능했다면 예전에 우리 마법사들은 세계를 지배했을지도 모르지. 하지만 걱정 마시오. 여기는 가장 깊은 꿈의 뿌리와 가장 선량한 거짓말의 파편으로 만들어진 공간이오. 한마디로 말하자면 총체적 환상이지."

"실제가 아닙니까?"

"바깥의 사람들이 보기엔 실제가 아니지. 하지만 댁은 지금 여기 앉아 있지 않소?"

"무슨 말씀인지 알겠습니다."

칼의 푸근한 대답에 피리자니옵스는 더욱 놀란 표정을 지었다.

"허허……. 오늘 잘못하다간 크게 물어뜯기게 생겼군. 핸드레이크의 백일몽에 타이거가 한 마리 들어왔구려."

"가당찮은 말씀이십니다."

결국 길시언 또한 갈데없는 칼잡이가 되어버려, 나와 샌슨과 더불어 역시 감명 깊은 대화라는 듯한 표정으로 두 사람의 대화를 바라보고 있어야 했다. 간신히 피리자니옵스는 용건을 물어보았고 길시언은 별로 설명하지도 않고 프림 블레이드를 피리자니옵스에게 건네었다.

"으랏차, 와차와차앗!"

피리자니옵스는 대단히 희한한 비명을 지르며 프림 블레이드를 테이블에 던졌다. 프림 블레이드는 웅웅거리기 시작했고 피리자니옵스는 간신히 정신을 차렸다. 그는 눈을 번쩍번쩍 빛내면서 프림 블레이드를 바라보았다.

"오오! 이, 이건! 이런 엄청난 마법검이……. 혹시 당신은?"

"길시언 바이서스입니다."

피리자니옵스는 눈을 크게 뜨더니 곧 길시언에게 목례했다.

"역시! 미욱한 마법사가 전하를 뵙소. 그렇다면 이건 장물이구먼?"

피리자니옵스는 짓궂은 표정으로 길시언을 바라보았지만 길시언은 담담하게 대답했다.

"장물은 아닙니다. 난 왕자고, 궁성은 내 집입니다. 가출한 셈이지만. 어쨌든 내 집의 창고에서 꺼내온 것이 장물이 될 순 없지 않겠습니까?"

"헛, 알겠소. 그런데 저에게 뭘 원하시오, 왕자님? 이런 엄청난 마법검에 제가 뭘 더 추가할 수는 없는데?"

"검이 아니라 검집의 문제입니다. 저게 하도 시끄러워서 그러는데, 내 검집에 사일런스 주문을 영구히 걸어주시겠습니까?"

피리자니옵스는 고개를 갸웃거렸고 그래서 길시언은 좀더 설명했다. 하루 종일 칼자루를 쥐고 말을 들어줘야 하며, 말을 들어주지 않으면 끊임없이 울어젖힌다는 식으로. 피리자니옵스는 난처한 웃음을 지었다.

"그게…… 거 참. 왕자님은 이런 말씀 들어보셨소? 자연력은 한곳에 비정상적으로……."

"마력이 집중되는 것을 거부한다."

사람들이 모두 날 쳐다보아서 난 어깨를 으쓱거렸다. 난 피리자니옵스에게 말했다.

"아, 제가 아는 마법사 한 분이 들려줬습니다."

"그런가? 좋아. 들으셨소, 왕자님? 마력이 계속 한 장소에서 위력을 발휘하게 하는 것은 자연력에 위배되는 일이기 때문에 대단히 어려운 일이오."

"그런데요?"

"영구히 효과를 나타내는 마법검이 비싼 이유가 바로 그것이지. 그러니 검집 하나에 사일런스 주문이 계속 작용하게 하는 것도 쉬운 일은 아니라, 이런 말이지."

"안 됩니까?"

"차라리 새로 만드는 게 낫소."

길시언은 고개를 끄덕이면서 말했다.

"그럼 그렇게 해주십시오. 모양은 아무렇게나 해도 좋지만, 방음은 확실히 되어야 됩니다. 그리고 나머지는 보통 좋은 검집이 가져야 할 조건을 그대로 따르면 됩니다."

"그래요? 흠……, 잠깐."

피리자니옵스는 뭔가 생각하는 표정을 짓더니 천장에 대고 말했다.

"루, 내 스톡에 아다만틴이 얼마나 남아 있지?"

곧 어디선가 그 착착 달라붙는 목소리가 들려왔다.

"없습니다."

"뭐야? 없어? 그럼 미스랄은?"

"3파운드 가량 남아 있습니다."

"엇? 3파운드라고? 이런……, 내화석은?"

"2파운드 가량 남아 있습니다."

피리자니옵스는 눈이 휘둥그레져서 천장을 쳐다보았다.

"어떻게 된 거야? 그럼, 다른 마법사들 중에 혹시 창고에 여유분 남아 있는 사람 없나?"

"여유분으로 취급된 품목은 남아 있지 않습니다."

피리자니옵스는 놀라는 표정이 되었다. 그는 갑자기 책장으로 달려가더니 수정구를 꺼내왔다. 그러고는 수정구를 향해 외치기 시작했다. 그러니까 이런 식이다.

"어이, 케이지. 어, 혹시 아다만틴이 남아 있는 것 있나? ……뭐, 없어? 미스랄도, 아무것도 없다고? 이런 젠장. ……시몬슬, 시끄러, 너 말고 진짜 시몬슬을 데려와! 클론과 이야기할 거 아냐. 그래, 시몬슬, 혹시 아다만틴이나 미스랄…… 없다고? 아, 고맙네. ……한, 한! 좀 일어나! 제길, 또 정신 동결에 들어갔군. ……키뤼시나! 오, 내 사랑. ……뭐야? 없다고! 이런, 알았네."

피리자니옵스는 한참 동안 정신없이 이야기를 나누다가 포기해 버린 얼굴이 되었다.

"이거 정말 마법사란 족속은 재료 아낄 줄을 모르고 써댄다니까. 그 귀한 금속들을 무슨 진흙이나 모래 정도로 여기고 실험을 해대니, 거 참. 안 되겠군. 길시언 왕자님. 내일 다시 들러주시겠습니까? 아무래도 회색 산맥이나 갈색 산맥에 연락을 좀 해봐야겠습니다."

길시언은 어처구니없다는 얼굴로 피리자니옵스를 바라보았다.

"재료가 없다는 말씀이십니까? 빛의 탑에?"

피리자니옵스는 턱을 쓸면서 말했다.

"그러게 말입니다. 이 마법사란 동물이 죽었다 깨어나도 자기가 잘못했다고 생각하지 않고 재료가 불순해서 실험이 실패한다고 믿는 동물이거든. 그래서 실험 한 번 할 때마다 희귀 금속 수십 파운드씩을 날려버리는 놈들이라서. 걱정 마십시오. 내일까지는 재료를 충분히 구해 놓고 견적도 낼 수 있을 거요."

피리자니옵스는 마치 자신은 마법사가 아닌 것처럼 마법사에 대한 험담을 퍼부었다. 길시언은 눈썹을 찡그리면서 뭔가 생각에 잠기는 표정이었다. 그는 잠시 후 의자에서 일어서며 말했다.

"알겠습니다. 내일 언제쯤이면 되겠습니까?"

"지금 이 시간 정도라면 되겠습니다. 이거 정말 미안합니다."

"아니, 누가 잘못한 일은 아니잖습니까. 그럼 내일 뵙겠습니다."

우리는 피리자니옵스에게 인사를 보내고는 다시 그 양탄자를 타고 1층까지 내려왔다. 그 동안 길시언은 계속해서 뭔가 생각에 잠긴 얼굴이었다. 1층 홀에 도달하고 나서 길시언은 우릴 둘러보더니 말했다.

"갑시다."

"예? 선더라이더의 저주는……."

"그것도 어차피 재료가 없어서 못한다고 할 겁니다. 몇 가지 확인할 것이 있습니다."

그리고 길시언은 별다른 설명도 하지 않고 빛의 탑 바깥으로 나왔다. 난 아쉬워서 계속 뒤를 돌아보며 일행의 끄트머리를 따라 걸었다.

정말 기막힌 경관이다. 바람을 따라 황금 꽃잎이 수천 개씩 흩날리는 모습도, 까마득한 주황색 하늘 아래에 하얀 점이 되어 날고 있는 해오라기들의 모습도, 졸면서 껌뻑거리고 있는 블링크 도그나 그 목 위에 다리를 얹어놓았다가 발뒤꿈치를 물리고 펄쩍 펄쩍 뛰는 늙은 마법사의 모습도.

계단을 다 올라가 문을 열고 원래의 공간으로 나왔다.

숨막혀.

앞이 잘 보이지 않을 정도였다. 컴컴하고 냄새 나는 도시 건물의 2층이었다. 어쩐지 눈물이라도 흐를 것 같은 기분이 든다. 우리는 진저리를 치며 길시언을 따라 아래로 내려왔다. 하지만 바깥에 나왔어도 여전히 꾀죄죄하고 냄새가 난다. 도시니까.

하늘 빛깔 하나만이 봐줄 만했다. 푸른색이었다.

길시언은 깊은 생각에 잠겨 프림 블레이드가 웅웅거리는 것도 거의 듣지 못하는 표정이었다. 그러자 프림 블레이드는 끔찍한 소음을 내었고 길시언은 화다닥 칼자루를 쥐었다.

"이봐, 이봐! 나 지금 대장간에 가는 길이다. 그래도 계속 떠들래?"

그리고 길시언은 칼자루를 놓았으며 프림 블레이드는 고요해졌다. 칼이 물었다.

"대장간에 가신다고요?"

"대장간이나…… 보석상 몇 군데 돌아봐야겠습니다. 길드도 몇 군데 돌아봐야겠습니다. 여러분들은 계속 따라다니기 힘드시다면 돌아가셔도 좋습니다."

"어, 저희는 상관없습니다만."

"그러신가요. 그럼."

그리고 우리는 길시언을 따라 대장간 순례에 들어갔다.

길시언은 조그만 대장간에는 들르지 않았다. 커다란 무기 공방이라고 불릴 만한 곳에 주로 들렀으며, 책임자 정도 되는 사람들에게 질문을 던졌다. 요즘 귀금속 시세가 어떠냐는 질문이었다. 대답은 대개 요즘 귀금속 구하기가 하늘에 별따기라는 대답이었다. 길시언은 상인 길드나 상회에도 몇 군데 들렀다. 찾아간 곳마다 대접하는 방식이 모두 달라서 나는 별별 종류의 차를 다 얻어마시게 되었다. 하지만 커피를 내놓는 곳에서는 마시지 않았다.

마지막으로 길시언은 보석상들을 돌아다니게 되었고 그때는 이미 해가 서쪽을 향한 첫걸음을 내딛는 시간이었다. 샌슨은 당연히 하루 중 이 시간에 가져야 할 중대 행사를 생각하며 안절부절 못하고 있었고 길시언도 그 생각이 든 모양이다. 그래서 우리는 스트레이트 헤븐으로 찾아갔다.

"여! 어서 오시오!"

샌슨은 고함을 질렀다.

"스테이크 5인분! 수플레 10인분!"

샌슨은 산더미 같은 음식을 먹어치우고는 배에 손을 얹어둔 채 더없이 행복하다는 표정을 지으며 수플레를 씹고 있었다. 그리고 그 앞에는 칼과 길시언이 나란히 앉아 있었고 나는 조심스러운 태도로 하트 브레이커를 마시고 있었다. 길시언은 하트 브레이커를 한 모금 마신 후에 말했다.

"내 생각이 틀렸습니다. 난 마법사 길드에서 날 괴롭히려고 재료가 없느니 하는 말을 꺼냈다고 생각했습니다. 그래서 직접 돌아다녀 봤습니다."

길시언은 말을 꺼내고는 심각한 표정을 지었다.

"그런데 아무래도 바이서스 임펠에서 귀금속이 진짜 동이 난 것 같습니다. 이건 예삿일이 아닌데요."

칼은 심각한 표정으로 말했다.

"이유가 뭘까요?"

"글쎄요……. 철이라면 모르겠지만 귀금속이 품귀 현상을 보이다니, 이해가 가지 않습니다. 철이라면 전쟁에 꼭 필요한 금속입니다. 그리고 귀금속이라도 금이나 은 같은 것이 품귀를 일으킨 것은 이해가 갑니다. 결제 수단으로 사용되는 물품이니까요. 하지만 아다만틴이나 미스랄 같은 마나 메탈마저도 품귀 현상이라니. 그건 너무 귀중한 금속이라 마법사 말고는 아무도 쓸 일이 없습니다. 그런 것들이 전장으로 갈 일은 없을 텐데요."

나와 샌슨은 칼과 길시언의 대화를 열심히 들었다. 프림 블레이드마저도 호기심을 느끼는 건지 아직 겁을 먹은 것인지는 모르겠지만 잠자코 듣고 있었다.

"그렇지요. 전쟁은 양산의 다툼이라는 말이 있습니다."

"'누가 더 과격하게 소모해 버리고도 버틸 수 있느냐.' 라는 뜻이지요. 전략 전술이라는 것은 그 다음 문제입니다."

"예. 그렇기에 양산과 관련이 없는 그런 물품이 품귀를 일으킨다라……, 글쎄요. 혹 채굴 인원이 모두 전장으로 나갔기 때문이 아닐까요?"

길시언은 고개를 가로저었다.

"그렇지는 않을 겁니다. 그런 귀금속들은 드워프들만이 캐낼 수 있습니다."

"드워프만이?"

"예. 그것은 채굴의 난이도의 문제라기보다는 카리스 누멘의 허락에 대한 문제입니다. 결국 두 가지 경우를 생각해 볼 수 있겠습니다. 드워프들이 채굴을 못한다거나, 혹은 중간 상인 누군가가 반출을 하지 않고 있는 경우가 있습니다. 최소한 드워프들은 매점매석으로 자신들의 광물의 물건값을 올리는 일은 하지 않으니까 그들이 광물을 반출하지 않는다고 생각할 수는 없겠습니다. 두 번째가 조금 가능성이 높겠군요. 전쟁의 특수 경기를 노리는…….”

길시언은 말을 끝내지 않고 대신 눈썹을 더욱 찌푸렸다. 그는 잠시 후에 다시 입을 열었다.

“난 특히 여러분들이 걱정스럽습니다.”

칼은 놀란 표정을 지었다. 길시언은 말했다.

“여러분들은 아무르타트에게 보석을 지급해야 되지 않습니까? 국왕 전하가 보석을 준비해 주겠다고 말씀하셨다고 들었습니다만, 오전에 들러보셔서 아시겠지만 바이서스 임펠에서 귀금속뿐만 아니라 보석도 구경하기가 하늘에 별따기가 아닙니까?”

앗! 어, 억? 그런가? 그게 그렇게 되나? 칼은 입을 크게 벌리고 길시언을 바라보았다. 길시언은 낮고 침울한 목소리로 말했다.

“내 의견을 말하자면, 여러분들은 무작정 국왕 전하만 믿고 기다려서는 안 될 것 같습니다. 대비책이 있어야겠습니다.”

“허나 무슨 대비책이 있겠습니까? 보석이 정말 모자란다면 저희들로서도 대책을 강구하기는 어렵지 않겠습니까?”

길시언은 잠시 고민하다가 결심을 굳힌 듯이 말했다.

“이유를 알아보도록 해야겠습니다. 이것이 전쟁의 특수 경기를 노린 상인의 매점매석인지, 아니면 뭔가 불가항력적인 이유가 있는 것인지 알아보겠습니다. 만일 어느 거상의 농간이라면 그것은 용납할 수 없습니다.”

길시언은 비장한 어조로 말했다. 덩달아 우리도 비장해져 버렸다.

“우리가 전선에 있지 않다 해서 전쟁이 우리 일이 아닌 것은 아닙니다. 그것은 우리 형제의 일이며 우리 아버지의 일이며 우리 아들의 일입니다. 그런 자들의 피의 값으로 지켜내는 이 나라의 평화를, 한낱 상인의 이익 증대를 위해 양도할 수는 없습니다."

음, 상거래의 부정은 용납할 수 없음이다! 그것은 저 남부의 열사의 뙤약볕 아래에서 목숨을 걸고 싸우는 병사들에 대한 모독이다! 그들은 일부 거상들의 부의 증대를 위해 싸우고 있는 것이 아니다! 게다가 그런 작자들 때문에 우리 아버지의 몸값을 마련할 수 없게 되는 것은 절대 용납 못해!

길시언은 엄숙한 표정으로 단호하게 말했다.

"자! 여러분!"

우리는 모두 진지한 표정으로 길시언을 바라보았다.

"어떻게 해야 되겠습니까?"

"……."

이 왕자님 좀 싱거운 데가 있군. 엄숙하게 말하기에 무슨 방법이 있는 줄 알았더니.

한참 고민 끝에 칼이 의견을 내놓았다.

"첫째로, 물건을 고가에 구입하겠다는 소문을 유포시키는 방법이 있겠습니다. 통상 가격의 열 배나 스무 배로 구입하겠다고 말한다면 매점매석의 경우 물건을 내놓지 않겠습니까? 하지만 이 방법은 우리 스스로가 무슨 거상이거나 하지 않기 때문에 신빙성이 떨어질 거라는 문제점이 있습니다."

"그렇겠군요."

"둘째로, 창고들을 조사해 보는 겁니다. 정말 바이서스 임펠의 모든 귀금속을 모조리 수거했다면 그 부피는 엄청날 겁니다. 창고 영업을 하는 사람들을 조사해 보면 대충 윤곽이 나올 듯합니다. 하지만 이 방법의 문제는, 우리가 창고 영업자들의 장부를 조사할 권한이 없다는 점이겠지요. 혹 개인 창고를 가진 상회의 경우라면 아예 조사가 안 될 겁니다."

"세 번째는?"

"……전 세 가지 방법이 있다고는 말씀드리지 않았는데요?"

길시언은 머쓱한 표정이 되었다.

"아, 보통은 세 가지 아닙니까? 그리고 보통은 세 번째가 가장 기가 막힌 방법인데."

"글쎄요. 지금 당장은 더 이상 생각나는 방법이……, 아! 네리아 양!"

"예?"

칼은 손가락을 튕기며 말했다.

"네리아 양은 우리도 알고 있는 어떤 직업에 종사하고 있습니다. 그리고 귀금속이나 보석류의 정보라면 어떤 부류의 사람들이 가장 빠르겠습니까?"

그러네? 달아나는 귀중품을 쫓으려면 레인저에게, 달아나지 않는 귀중품을 쫓으려면 도둑에게 맡기라고 했던가? (달아나는 귀중품이란 발이 달린 것, 즉 중요 인물을 말한다.) 길시언은 고개를 끄덕이며 말했다.

"역시 세 번째가 있고, 항상 그렇듯이 세 번째 방법이 가장 적당할 것 같습니다."

그래서 우리는 스트레이트 헤븐을 나와 우리 여관으로 돌아왔다.

5

여관에 돌아오는 것이 좀 일렀다. 점심 식사를 마치고 돌아오는 것이기 때문이다. 아직 해는 많이 남아 있었고, 샌슨과 길시언은 식후 운동을 빙자하여 또 뒤뜰에서 어울려버렸다. 그리하여 유니콘 인의 모든 하인들은 우르르 뒤뜰에 나와서 두 사람을 구경했다. 칼은 우리 방에서 또 책을 꺼내들었고 난 그냥 홀에서 죽치고 앉았다.

심심하군. 대낮의 여관 홀이라는 장소는 거의 아무것도 할 일이 없는 장소다. 샌슨과 길시언 대무하는 것이나 구경할까? 에이, 관둬라. 그냥 나 혼자 나가서 수도 구경이나 할까? 음, 안 되겠어. 길을 제대로 찾을 수 있을지 자신이 없다.

뒤뜰 쪽에서는 칼 부딪히는 소리가 요란했다. 치챙! 챙! 티캉! 흠. 두 사람은 재미있겠군. 박수소리와 한숨소리, 탄성도 요란했다. 아마 뒷골목은 또다시 야외 극장 비슷하게 바뀌어 있겠지.

"지루우하다아……."

난 테이블 위를 긁적거리기 시작했다. 삐이걱. 손님이 들어오나? 난 입구를 바라보았다.

입구로 들어선 사람은 셋이었다. 먼저 덩치가 좋은 남자 두 명과, 그 뒤로 옷을 잘 차려입은 소녀. 척 보기에도 숙녀와 그녀를 호위하는 두 명의 전사처럼 보인다. 누구라도 남자 둘과 그들을 보호하는 소녀 하나라고 생각하지는 않겠지. 난 잠시 엉뚱한 생각을 하다가 웃음을 터뜨릴 뻔했다.

남자들은 모두 옷을 깔끔하게 차려입었고 검집에는 똑같은 문장이 들어 있는 것이 보였다. 소녀는 나보다 두세 살 어릴 것 같은데 꽤 화려해 보이는 외출복을 입고 있었다. 이상하네. 저렇게 옷을 잘 차려입은 소녀가 여관을 이용할 리가 없는데. 누가 여행을 보냈는지 모르겠지만 친척집이나 친구 집에 편지를 써줬어야 정상일 듯한데.

그 소녀는 홀 안을 이리저리 둘러보았다. 마치 생전 처음 여관이라는 곳을 구경한다는 태도였다. 그 소녀는 홀에 앉아 있는 유일한 사람을 바라보았다. 물론 그건 나다. 나도 물끄러미 그 소녀를 바라보았다.

소녀는 자신의 옆에 있던 거한 중 하나에게 뭐라고 말했다. 거한은 내게 걸어와서 말했다.

"꼬마야. 여기서 일하느냐?"

"당신, 눈치가 없군요. 내가 여기 종업원이면 '어서 옵셔!' 라고 말했을 텐데요?"

거한은 당황한 표정으로 날 보았다. 그 뒤를 힐끗 보자 웃고 있는 소녀의 모습이 보였다. 거한은 말했다.

"어, 그러냐? 이거 무슨 여관이 손님이 왔는데 종업원 하나 나오지 않는 거지? 그럼 미안하지만 말 좀 묻자. 여기 헬턴트 영지에서 오신 사절단 일행이 묵고 있다고 들었는데, 그러냐?"

"사, 사절단? 푸헤헤헤헤."

거한은 내가 폭소를 터뜨리자 의아한 표정으로 날 바라보았다. 난 눈물을 닦고 말했다.

"그래요. 그렇긴 합니다만. 그래, 무슨 용무로 오셨습니까?"

"네가 그것은 왜 묻냐?"

"나도 그 사절단 일행이니까요."

거한은 매서운 눈으로 날 쏘아보았다.

"버릇이 없구나. 말구종이나 하인과 더불어 이야기하려는 것이 아니다! 네 주인을 모셔오너라."

"내 주인? 흠. 좋지. 잠깐만 기다리시죠. 어이, 후치! 누가 너 부르는데? 응. 그래, 알았어. 자, 무슨 용무이십니까?"

거한은 어리둥절한 표정으로 날 바라보았다. 난 설명해 줬다.

"내 주인은 나니까."

거한의 얼굴이 붉으락푸르락했다. 난 귀를 후비며 말했다.

"이것 보쇼. 우리 일행들은 지금 좀 바쁘긴 하지만 손님을 만나지 못할 정도로 바쁜 것은 아닙니다. 하지만 이왕이면 그 손님이 이름이라도 알려주며 공손하게 대화를 요청하면 더 기쁘게 만날 수 있을 텐데?"

거한은 주먹을 부르르 떨면서 말했다.

"괘씸한 놈! 아랫것이 분수도 모르고 설치는구나! 네놈의 고향에서 굴러먹던 예절을 어디다 들이미는 거냐!"

"거 참. 나 내 입으로 단 한 번도 내가 하인이라고 말한 적 없는데. 당신이 멋대로 내가 하인일 거라고 짐작하지 않았어요? 저 뒤의 소녀는 나보다 더 어리네. 그렇다고 나 저 소녀가 당신들 하녀일 거라고 생각하지는 않는데. 그렇잖습니까?"

아아! 내 입이여! 축복받을지어다. 거한은 논리 정연한 내 말에 말이 막혀버린 모양이다. 난 적당히 하자고 마음먹고는 친절하게 말했다.

"여기 앉아서 기다리시죠. 우리 일행을 데려올 테니까."

거한은 황망한 눈길로 날 바라보았지만 난 신경 쓰지 않고 2층으로 올라갔다. 그리고 칼을 불러왔고, 뒤뜰로 가서 누가 보면 원수라고 착각하기 알맞게 싸우고 있는 두 사람도 불러들였다.

'헬턴트 영지의 사절단 일행'이 집합하자 두 거한과 소녀는 더욱 어리둥절한 표정이 되었다. 그 사절단이라는 것이 중늙은이 얼굴에 허허 웃는 중년 하나, 오거에 옷을 입혀둔 듯한 전사 하나, 그리고 머리에 새집이 만들어지지 않은 것이 신기한 소년 하나니까. 칼은 미소를 지으며 말했다.

"저희를 찾아오셨다고요? 전 칼 헬턴트. 헬턴트 영지의 전권대리인입니다."

거한은 당황하면서 소녀를 소개했다.

"아, 예. 할슈타일 가문의 에포닌 아가씨입니다."

할슈타일? 어라?

에포닌은 얌전히 목례하면서 칼의 앞에 앉았고 두 사람의 거한은 에포닌의 뒤에 시립했다. 흠, 나와 샌슨도 칼 뒤에 시립해야 되는 거 아닐까? 에구, 관둬라. 대신 회담은 전적으로 칼에게 맡겨두고 우리는 관계치 않는다는 자세를 취하기로 했다. 그래서 나와 샌슨, 길시언은 조금 떨어진 테이블에 몰려앉아 함께 맥주를 마시면서 회담을 구경했다. 샌슨과 길시언은 조금 전 나누었던 기술에 대해 토의하고 싶어 몸살이 날 지경이라는 얼굴이었지만 조용히 입을 다문 채 회담을 방해하지 않았다.

칼은 말했다.

"할슈타일 가문이라면……."

에포닌은 얌전한 어투로 말했다. 예의범절이 몸에 밴 듯한 아가씨다. 갑자기 제미니가 그리워지는군.

“저희 가문의 한 사람이 드래곤 라자로 있는 드래곤 캇셀프라임이 귀 영지에 파견된 것으로 알고 있습니다.”

“그 소공자 말이오?”

“제 동생입니다.”

칼은 놀란 표정으로 에포닌을 바라보았다. 그는 믿을 수 없다는 얼굴로 말했다.

“어, 저, 이거 죄송한 질문입니다만, 그 소공자가 할슈타일 가문의 적자였습니까?”

에포닌의 볼에 살짝 홍조가 올랐다.

“아시는군요. 예. 저와 제 동생은 할슈타일 가문에 입양되었습니다. 전 드래곤 라자의 자질은 없습니다만 동생 덕분에 함께 귀족가에 입양될 수 있었습니다.”

칼의 얼굴에 동정의 빛이 떠올랐다.

“그래요…….”

에포닌은 고개를 가로저으며 말했다.

“오전에 넥슨 휴리첼 님을 뵈었습니다. 듣자니 캇셀프라임이 아무르타트에게 패했다고요.”

“……그렇습니다.”

“디트리히는……, 어떻게 되었습니까?”

그 드래곤 라자 꼬마의 이름이 디트리히였나?

어? 잠깐.

그러고 보니 우리들은 그 꼬마의 일은 전혀 신경 쓰지 않았잖아? 어떻게 된 거지? 왜 우리는 그 꼬마의 생사에 대해서는 아무런 생각도 못했던 것이지? 왜 마치 알 필요가 없는 일인 것처럼 생각했던 것이지?

그렇군. 나는, 아니 우리 전부가 그랬는지 모르겠지만 우리는 모두 캇셀프라임과 그 디트리히라는 꼬마를 하나로 보고 있었다. 캇셀프라임이 패했다는 말은 곧 디트리히의 죽음과 마찬가지이다. 그것은 하나의 관념이다. 칼도 그렇게 말했다.

"에포닌 아가씨도 아시겠지만 드래곤이 사망할 경우 드래곤 라자의 생존 가능성은 거의 희박합니다."

에포닌은 주먹을 꼭 쥐면서 말했다.

"확실한 겁니까?"

"아니오. 죄송합니다만 할슈타일 공의 생사는 확인되지 않았습니다."

에포닌은 분노에 찬 얼굴로 칼을 바라보았다.

"확인하지 않았다는 말씀이십니까?"

"아, 저……."

칼은 어쩔 줄 몰라했다. 에포닌은 독기 어린 말투로 말했다.

"확인하지 않으셨군요!"

"……그렇습니다."

에포닌은 입술을 부들부들 떨면서 칼을 바라보았다. 갑자기 에포닌의 입에서 말들이 폭포수처럼 쏟아져 나왔다.

"그렇겠지요. 결국 중요한 것은 캇셀프라임일 뿐이죠. 어차피 드래곤 라자는 아무런 일도 하지 않는 존재니까요. 드래곤에 따라다니는 부속물 같은 것이죠. 드래곤과 대화하기 위해 어쩔 수 없이 있어야 되는 귀찮은 존재일 뿐이죠. 캇셀프라임이 이미 죽었다면 드래곤 라자는 아무데도 쓸모없는 존재, 신경 쓸 가치가 없겠죠!"

나는 에포닌의 말에 소름이 돋는 것을 느꼈다.

그렇다. 그거였군. 드래곤만이 중요할 뿐이다. 드래곤 라자는 아무런 일도 하지 않는다. 드래곤 라자는 드래곤과 인간의 매개물. 드래곤이 인간의 명령을 듣게 되는 계약을 나타내는 일종의 상징물……. 제미니에게 들려줬던 말이었던가? 그러니 그런 상징물에 신경을 쓰지는 않았던 것이다.

에포닌은 눈을 부릅뜬 채 외쳤다.

"그래서…… 당신들은 디트리히의 생사 따위는 전혀 알아볼 생각도 하지 않고……, 오로지 캇셀프라임의 패배 소식만을 가지고 허겁지겁 수도로 달려오셨군요. 하긴 캇셀프라임이 패했다면 드래곤 라자가 무슨 가치가 남아 있겠습니까! 아무런 소용이 없지요! 그러니 전하께는 그 소식만 전해 드리면 되고요!"

칼은 고개를 푹 숙였다.

"죄송합니다. 부정하지는 않겠습니다."

에포닌은 자리에서 벌떡 일어섰다. 그녀는 입술을 바르르 떨면서 말했다.

"사과하실 필요 없습니다. 오히려 제가 죄송합니다. 무가치한 제 동생의 생사를 묻다니, 귀하신 분들의 시간을 뺏어서 정말 죄송하군요! 후작님도 그 소식에는 관심이 없으실 테니 안심하시죠!"

후작님이 관심 없다니 그게 무슨 말이지? 칼은 뭐라고 말하려 했지만 에포닌은 그대로 목례하고는 밖으로 뛰쳐나가 버렸다. 두 명의 거한도 부리나케 그녀를 따라나갔다. 칼은 멍한 얼굴로 여관 정문을 바라보고 있었다.

우리는 칼의 테이블로 옮겨갔다. 칼은 침통한 표정으로 고개를 푹 숙이고 있었다.

"칼."

"후우우. 네드발 군. 나란 존재가 싫어지는군. 그 어린 소년의 생사에 아무런 신경을 쓰지 않았다니."

"우리 모두 그랬어요. 캇셀프라임이 패했다는 말은 결국 그 꼬마가 죽었다는 말과 같은 걸로 생각한 거죠. 칼의 잘못이 아니에요."

칼은 고개를 가로저었다. 그는 고통에 찬 음성으로 말했다.

"잘못일세. 잘못이야. 캇셀프라임을 제외해도 그 디트리히는 디트리히여야 했어. 왜 캇셀프라임이 없어지면 아무도 그 소년에게 신경을 쓰지 않아도 좋다는 말인가. 펠레일이 지금 날 보면 얼마나 꾸짖을까……."

나는 말문이 막혀버리고 말았다. 펠레일, 펠레일이 지금 날 보면!

펠레일. 저 먼 적국의 간첩들의 농간으로 부모를 잃은 꼬마들을 위해 정착해 버린 선량한 마법사. 그는 적국과 고국을 구분하지 않고 그것을 어른이 아이들에게 저지른 죄로 보았지. 그래서 어른으로서 대신 그 죗값을 갚으려 했지. 그런데 우리는 캇셀프라임이 패했다는 이유 하나만으로 그 드래곤 라자 꼬마에게 더 이상 신경 쓰지를 않았지. 아아, 부끄럽다!

네리아는 의아한 표정으로 우리를 바라보았다.

"칼 아저씨, 웃어보세요. 이렇게. 이히이……."

네리아는 손가락으로 입술을 좌우로 잡아당기며 괴상한 웃음을 지어보였지만 칼은 미동도 하지 않았다.

칼은 오늘 작정을 해버린 모양이다. 우리 테이블 옆에는 맥주통이 통째로 옮겨져 있었고 칼은 내게 맥주통 뚜껑을 뜯어버리게 한 후 잔을 그냥 집어넣어 퍼마시고 있었다. 주인장 리테들은 맥주통이 박살나는 것을 보고 눈살을 찌푸렸지만 맥주통 값까지 다 계산하겠다고 달래놓아서 방해하지는 않았다.

칼은 아주 해괴한 모습으로 취하고 있었다.

"인간은 간악하도다. 대지를 거부한 그의 몸은 두 발로 섰도다. 보라, 교만한 그 얼굴은 목 위에 똑바로 서 하늘을 바라보는구나. 순한 성품의 모든 동물이 대지를 바라보는 머리를 가졌으되 인간만이 목 위에 머리를 얹고 하늘을 주시하며 창조를 희롱하는도다. 그러나 그 죄많은 몸이 대지에 누울 때를 기다리고 있음을 왜 모른단 말이더냐……."

절대로 고함은 아니다. 차라리 속삭임에 가깝다. 하지만 끊임없이 저렇게 중얼거리고 있다. 누군가 말을 걸면 친절하게 대답까지 하고는 다시 중얼거리고 있다. 그래서 우리는 칼을 내버려두고는 각자 따로 취하기로 했다.

나도 기분은 정말 지저분했다. 내가 그 꼬마였다면, 드래곤 라자의 자질을 가졌다는 이유만으로 부모와 생이별하고, 귀족 가에 끌려갔다가, 자신은 잘 알지도 못하는 전쟁터에 내보내지고, 그러고는 아무도 신경을 쓰지 않았다면……, 젠장!

우리들 중 그 전투를 직접 겪었던 샌슨은 오히려 침착했다.

"전쟁에서 누가 누구를 신경 씁니까. 자기 목숨 하나 챙기기도 바쁩니다. 그것도 제대로 못하니까 전사자들이 생기는 것 아닙니까."

칼은 친절하게 대답했다.

"옳은 말일세. 퍼시발 군. ……허나 인간은 간교하도다. 주체로서 세상을 보며 세상을 자신의 종속물로 생각하니 모든 것은 그의 도구요, 가치 기준은 오로지 내재되어 있을 뿐. 그 억지스러운 가치 기준을 이해시킬 생각도 하지 않으며 무조건적인 복종만을 바라니……."

샌슨은 포기해 버리고 맥주잔을 기울였다. 그런데 길시언은 오히려 칼의 말을 열심히 듣고 있었다. 마치 세상에서 가장 지혜롭고 소중한 말을 듣게 되어 기쁘다는 듯한 얼굴이었다.

그래서 끊임없이 중얼거리는 남자, 열심히 듣고 있는 남자, 포기해 버린 남자, 화나고 부끄러워하는 남자. 이렇게 네 명의 남자가 우울한 술판을 벌이고 있는 가운데 네리아가 돌아온 것이다. 네리아는 뒤통수를 긁적거리며 말했다.

"도대체 왜들 이러는 거야? 이해가 안 되네. 무슨 일이 있었기에 모두 이 모양이지?"

칼은 거의 맥주를 입에 쏟아붓듯이 마신 다음 빈 잔을 맥주통에 집어넣어 퍼올려 다시 입에 퍼부었다. 마치 불난 집에 물 끼얹는 듯한 꼬락서니다. 네리아는 그만 화가 나버린 모양이다.

그녀는 칼의 맥주잔을 뺏어들었다.

"칼 아저씨! 그만 하시고 내 말 좀 들어보세요!"

"아, 네리아 양. 말씀하십시오. 듣겠습니다. 부글부글……."

마지막은 맥주잔을 빼앗긴 칼이 머리를 통째로 맥주통에 처박았기 때문에 나는 소리였다. 샌슨과 길시언이 기겁해서 칼의 상체를 잡아당겼다. 맥주통에서 건져낸 칼은 푹 젖은데다가 거의 인사불성이었다. 네리아는 펄쩍 뛸 듯이 놀라서 칼의 뺨을 찰싹찰싹 때렸다. 그러자 칼은 눈을 게슴츠레하게 뜨고는 말했다.

"이 죄인에게 내리는 형벌로는 너무 약하오. 더 세게 쳐주시오."

"아악! 정말 못 말리겠네!"

네리아는 맥주잔을 도로 돌려주고는 칼을 내버려두었다. 그녀는 그래도 제 정신을 유지하고 있는 듯한 사람, 즉 샌슨에게 질문했다.

"도대체 왜 이러셔?"

샌슨은 잠깐 머릿속으로 정리하는 듯한 표정이더니 말했다.

"간단히 말하자면, 어떤 꼬마가 전쟁에 나갔다. 그리고 그 꼬마의 생사에 대해 알려고 들지도 않았다. 그보단 더 중요한 다른 것에 신경을 썼을 뿐이다. 그런데 오늘 그 꼬마의 누나가 찾아와서는 꼬마가 살았냐고 물어왔다. 모르니까 해줄 말이 없었다. 그래서 미안하고 부끄럽다. 이렇지 뭐."

"퍽 간단하네. 그래서 이렇게?"

"요약하지 마!"

내 고함소리인 것 같다. 네리아와 샌슨, 길시언이 모두 날 쳐다보았으니까. 난 계속 뭐라고 떠드는지도 모르는 채 고함을 질렀다.

"빌어먹을! 그딴 식으로 요약하지 마! 그럼 샌슨은 뭐야? 태어나서, 살다가, 죽겠지? 샌슨의 삶을 요약하면 그것밖에 더 돼? 네리아는! 태어나서, 살다가, 죽겠지! 루트에리노 대왕은? 태어나서, 살다가, 죽었지! 빌어먹을, 빌어먹을! 그딴 식으로 다른 사람 인생을 간단하게 말하고 대수롭잖게 취급하지 마! 디트리히, 오, 제기랄! 그 꼬마는 드래곤이 걱정되어 한밤중에 산을 탔었지. 그 애는 너무 큰 백마 위에서 부들부들 떨면서 나타났었어. 왜 그런 이야기는 하지 않아!"

"쟤 왜 저래?"

네리아의 질문에 샌슨이 대답한 것 같았다.

"칼과 비슷해. 여기까지 오면서도 그 아이 생각을 단 한 번도 떠올리지 못해서 미안해서 그럴 거야."

"웃기네. 누가 다른 사람을 일일이 신경 써? 바보 아냐?"

"나쁜 거 아니니까 핀잔하진 마."

"나쁜 거야. 사람은 그런 동물이 아냐. 사람한테 환상을 가지면 평생 살기가 괴로워. 후치는 아무래도 이루릴에게 물이 든 모양인데?"

"글쎄."

"우어어어억!"

샌슨과 네리아가 대화를 나누는 사이에 칼은 포효하며 다시 맥주통 속으로 잠수를 시도했던 것 같다. 튕겨져 오르는 맥주 방울이 공중을 수놓는 것이 보였다. 황금색 방울방울. 그리고 난 나가떨어진 모양이다. 천장이 기울어보였다.

시간 관념이 서지를 않는다.

빙빙 도는 머리를 다잡으며 눈을 뜨려 했지만 눈까풀이 잘 떠지지 않았다.

누군가가 내 뺨을 쓰다듬는 것이 느껴진다. 여자 손길……. 네리아인 모양이군. 그녀는 내 베개를 손보고는 시트를 가슴 위로 끌어올려 주었다.

"후치. 괜찮아?"

대답을 했는지 안 했는지 모르겠다. 아마 고개를 끄덕였던 것 같다. 네리아는 말했다.

"샌슨에게 다 들었어. 그건 누구 한 사람의 비극이 아니란다."

눈시울이 축축해지는 것 같다. 네리아의 손가락이 내 눈까풀을 살며시 훑고 지나갔다.

"물론……, 디트리히는 자신의 의도와 상관없이 오로지 드래곤 라자의 자질을 가졌다는 이유만으로 전장으로 내몰렸지. 네가 가슴 아파하는 것도 아마 그것 때문이겠지? 그런 불행한 소년에게 눈길 한 번, 관심 한 번 주지 않았다는 것 때문이겠지?"

네리아의 손이 내 가슴을 다독거리기 시작했다. 안온했다.

"하지만, 모든 사람을 다 사랑할 수는 없단다."

네리아의 손은 따스했다.

"우리는 인간이야. 엘프가 아니지. 인간의 아이는 10년만 지나면 어른이 돼. 너도 어른이 되어야 해. 안 될 수는 없으니까."

네리아의 손에서 느껴지는 것인지, 아니면 내 맥박인지, 어쨌든 맥박 뛰는 것이 느껴졌다.

"서글픈 일이지만, 그렇게 될 수밖에 없어. 우리 사는 세상은 모든 이가 행복할 기회를 가지고 있지는 않아. 반드시 누구 하나는 불행한 쪽에 있게 돼. 그러니 그걸 보고 견딜 줄 알아야 되지."

그때 쭉 침울하던 네리아의 말투가 갑자기 조금 익살스러워졌다.

"하지만 말이야……. 어쩌면, 어떤 인간은 영원히 어린아이로 남을 수도 있을 거 같아."

네리아는 실실 웃으며 말했다.

"흠. 가능성이 있어. 칼 아저씨를 봐. 까르르……. 상상도 못했어. 그렇게 근엄한 얼굴을 하고 엄숙하게 말하던 분이, 속마음은 그렇게 순진했다니. 믿어지지가 않아. 넌 그분의 닮은꼴인 것 같다."

그리고 어머니가 말했다.

"후치. 착한 후치야."

"엄마, 엄마."

"엄마……."

"엄마? 엄마!"

"가지 마! 가지 마, 엄마! 나는 없어, 나는 없어!"

"나는 엄마가 없어. 나는 아버지가 없어. 난 고아야. 아무르타트가 내 아버지를 가져갔어. 난 고아야! 펠레일이 돌보는 50명의 꼬마와 같아. 다를 게 없어."

"내 발로 걸어야 해. 내 발로 걸어야 해. 왜 보지 않지? 왜 듣지 않지? 함께 걸어가면서, 왜 따돌리지? 내 발로 걸어야 해. 아냐! 함께 걸을 수 있어. 함께 걸어야 해."

"그렇지 않아요."

이루릴의 말이었다. 이루릴은 웃었다.

"손을 내밀어도 돌아보지 않는 슬픔. 글쎄요. 누굴 위해서 손을 내미는 건가요?"

"이루릴. 틀려요."

"틀려요, 그렇지 않아요! 난 엄마가 없어. 난 외로움을 알아. 손을 내밀어주고 싶어. 함께 걷고 싶어요! 난 외로움을 알아. 난 다른 사람의 외로움도 알아. 다른 사람과 싸우기 싫어서, 버릇없는 아이라는 말을 듣기 싫어서 손을 내미는 것이 아니야! 난 다른 사람의 외로움을 알기 때문에 손을 내밀어! 내 손을 잡고 외로움을 털기를 바라요. 그것 때문이야!"

"당신은 디트리히에게 손을 내밀지 않았어요."

"그, 그건……, 그건 잊어먹었을……. 아니야……, 아니야!"

"아무도 다른 사람의 외로움을 알 수는 없어요."

곤란한 꿈이다…….

"네리아."

"응?"

"나, 깨어 있어요?"

"뭐야? 어, 그런 것 같은데?"

"확실해요?"

"궁금하니?"

"으아가가각!"

난 네리아에게 쥐어뜯긴 코를 부여쥐고 펄쩍 뛰었다. 오, 맙소사! 하필이면 침대 위였잖아? 맞아. 난 침대 위에 누워 있었어. 자신의 상태를 잘 알지 못한 죄로, 난 발을 헛디디고는 침대 옆의 방바닥에 얼굴을 들이박았다. 샌슨은 감명 깊은 표정으로 날 바라보고 있었다.

"그건 네드발식 기상법이냐?"

"난 원래 독특한 것을 추구하는 경향성을 가졌거든."

헛소리를 하며 몸을 일으켰더니 낮이었다.

주위는 훤한데다가 창문으로 들어오는 햇살을 보니 벌써 늦은 아침이라고 부르기에도 늦어버린 시간이다. 허 참. 밤 하나와 아침 하나가 누가 베어먹은 것처럼 내 인생에서 사라져버렸군. 칼은 자기 침대에 앉아 커피를 마시고 있었다. 난 주위를 둘러보았다.

"길시언은?"

"빛의 탑에 들러본다고 나갔다. 속은 좀 괜찮냐?"

"괜찮아. 고마워."

"됐다. 욘석아."

샌슨은 빙긋 웃으며 내게 냉수 컵을 건네었다. 난 냉수를 들이켰다. 우어어어! 뱃속에서 무시무시한 소리가 난다. 뱃속의 진동 때문에 온몸이 떨릴 지경이다.

"이, 이거 냉수 아니지?"

"드래곤의 숨결을 조금 섞었어. 냉수보단 나을 거다."

"으응. 그렇구나. 오에에엑!"

나는 화장실로 달려갔다. 방에서 샌슨의 말이 들려왔다.

"칼, 사실 말하자면 그 커피에도……."

"그런가? 음. 어쩐지 오늘따라 커피향이 좋더……, 우으으읍!"

네리아는 오늘 나가지 않았다. 그녀는 숙취로 나가떨어지다시피한 칼과 나를 돌봐주고 있었다. 미안하다는 말에 네리아는 불평 반 웃음 반으로 말했다.

"아니. 나가봐야 할 일도 없는데. 너어무 재미없어. 수도가 수도 같지가 않아."

"무슨 말이죠?"

"반짝반짝 예쁜 물건 구경을 못해. 흥. 원래 수도에서는 한 시간만 돌아다니면 모자 속에 숨겼든 치마 속에 숨겼든, 어쨌든 반짝거리는 패물을 가지고 다니는 아줌마들이 있다고. 그걸 보면 얼마나 좋은데. 그리고……."

샌슨은 짓궂은 표정으로 말했다.

"살금살금 다가가서, 슬쩍?"

"할 수도 있지. 최소한 전쟁 벌어진 나라에서 그런 것 자랑하고 싶어서 주렁주렁 달고 나오는 꼴은 못 봐주니까."

네리아는 당당하게 말했고 그래서 샌슨은 피식 웃어버렸다.

"그렇다고 내가 요 며칠 동안 그런 거나 하려고 돌아다녔다고 생각하지는 말라고. 단기 고용직 좀 없나 싶어서 여러 군데 알아봤는데 전혀 안 보여. 히잉. 아무래도 수도를 떠나야 할 거 같아."

그때 칼이 쉰 목소리로 말했다.

"금붙이가 보이지 않는다라……. 그거 참."

우리는 칼을 바라보았다. 칼은 두통으로 이마를 찌푸리면서 말했다.

"네리아 양. 그러니까 어떻다는 말입니까? 이상하다 싶을 정도로 금붙이가 안 보인다는 말입니까, 아니면 뭔가 이유가 있어서 안 보인다는 말입니까?"

네리아는 눈을 동그랗게 뜨더니 말했다.

"글쎄요? 왜요, 칼 아저씨. 나랑 동업하시려고요?"

칼은 빙긋 웃었고 네리아는 말했다.

"이상하다……고 보는 것이 좋겠어요. 금, 은, 사파이어, 루비, 오팔, 다이아몬드. 반짝반짝 예쁘고 비싼 것들이 모조리 사라졌어요. 뭐, 아까 말씀드린 대로 '전쟁이라 온 국민이 검약을 실천해야 되는 시점에서 그런 것 달고 나올 만큼 배짱이 큰 사람은 없다!'고 볼 수도 있지만, 내가 보기엔 그런 정도도 아니에요. 아줌마들이 그런 것 따지면서 보석 달지는 않거든요. 완전히 수도에 귀금속이 씨가 말랐다고 보는 게 좋겠……."

네리아는 제스처까지 써가면서 명랑하게 말하다가 갑자기 덜

컥 하는 표정을 지었다.

"자, 잠깐. 여러분들은 수도에 귀금속을 구하러 왔죠? 그러니까 그 드래곤에게 줄 보석을 구하러?"

칼은 한숨을 깊이 내쉬었다. 네리아는 눈을 크게 떴다.

"어머나……. 그럼 안 되네? 보석이 있어야 되는데?"

"어떻게 되겠지요. 국왕께서 약속한 일이니까."

"약속은 약속이고 안 되는 건 안 되는 거예요. 큰일이네. 나가서 좀 알아봐야겠어요."

그때 다른 목소리가 들렸다.

"그럴 필요 없습니다. 내가 설명하지요."

길시언이 문을 열고 들어서면서 한 말이다. 그는 방 안으로 들어오더니 의자를 끌어당겨 앉으면서 말했다.

"우선 말씀드릴 것은, 골치 아프게 되었다는 말입니다."

과연 골치가 아프기 시작했다. 음……. 마루에 떨어진 충격 때문만은 아닌 것 같다.

길시언은 먼저 프림 블레이드를 테이블 위에 풀어놓고는 입 다물고 있으라고 협박한 다음 나직하고 분명한 어조로 설명을 시작했다.

"빛의 탑에 갔더니 난리도 아니더군요. 어제 그 피리자니옵스라는 마법사가 소란을 떠는 통에 마법사 길드 자체에서도 조사에 나선 모양입니다. 정말 마법사답게 조사를 했더군요. 그들은 수십 명의 마법사들과 제자들을 동원해서 디텍트 주얼마법으로 수도 전체를 훑어본 모양입니다. 덕분에 많은 수의 마법사들이 지쳐 쓰러졌다고 합니다."

길시언은 미소를 지었지만 칼은 침울한 표정이 되었다. 길시언은 계속 미소를 지은 채 말했다.

"어쩐지 우습다는 생각이 듭니다. 저희들처럼 그냥 돌아다니며 물어보면 될 것을, 그렇게 마법으로 조사를 하다니. 보통 사람에게서 한쪽이 비상하게 발달하는 대신 다른 쪽이 엉망이 되면 그것이 천재라는 선인들의 말씀이 맞나 봅니다. 어쨌든 그들이 알아낸 바는 저희들이 알아낸 것과 같습니다. 수도에는 현재 보석류나 귀금속이 품절을 일으킬 지경입니다."

"이유도 알아냈답니까?"

"그걸 알아내려면 상인에게 묻는 것이 낫겠지요. 그래서 난 몇몇 상인들을 찾아가 보았습니다. 누군가가 보석을 사들이느냐고 물어보았습니다만 전혀 그렇지 않았습니다."

길시언은 턱을 쓸면서 말했다.

"어제 우리는 두 가지 경우를 생각했었습니다. 첫째, 누군가가 보석을 사들이고 있다. 이것은 이해하기 쉬운 일입니다만 알아본 바로는 그것은 아니었습니다. 둘째, 공급이 되지 않는 것이다. 이건 있을 수 없는 일이라고 보았었지만 그게 사실인 것 같습니다. 공급이 안 된다는 것이 상인들의 대답이었습니다."

칼은 의아한 표정을 지었다.

"공급이라니오? 보석이 소비재는 아닌 만큼 원래 있던 것은 그대로……."

길시언은 고개를 가로저었다.

"물론 보석은 소비재가 아닙니다만, 이곳은 바이서스 임펠, 빛의 탑이 있는 곳입니다. 마법사들에게는 보석과 귀금속이 소비재입니다. 그들의 실험 하나에 들어가는 금액이 얼마나 되는지 아십니까? 웬만한 가정의 1년 생활비를 한순간에 날려버리는 사람들입니다."
"아아. 그렇군요."
"예. 그래서 공급원들 중 어느 곳이 막혔는지를 물어보았습니다. 사실, 물어볼 필요도 없는 일입니다. 그런 금속을 채취할 수 있는 자들은 하나뿐이니까요."
"드워프들이?"
"그렇습니다. 아무래도 드워프들이 반출을 하지 않는 것 같습니다. 그쪽이 막힌다면 이런 소동이 일어나는 것도 당연합니다. 뭐, 일반인들에게는 아무 문제가 되지 않으므로 조용합니다만, 보석을 필요로 하는 이들에게는 엄청난 소동입니다."
우리는 얼빠진 얼굴로 서로를 쳐다보았다.
다른 때라면 우리들도 보석 따위, 비싸기만 한 물건이 품절을 일으키든 말든 상관없다. 그런 먹지도 못할 물건 따위, 하등 쓸모없는 물건이다(내가 샌슨이 된 것 같아…….). 하지만! 하지만 지금은 안 된다. 우리는 몸값을 마련해야 된다. 왜 하필 지금 이런 괴상한 일이 일어난단 말이야!
길시언은 계속 말했다.
"거기에 관련해서 마법사, 어제의 그 피리자니옵스가 말해 준 정보가 있습니다."
"무엇입니까?"
"피리자니옵스는 회색 산맥과 갈색 산맥에 연락을 해본 모양입니다. 그는 마법으로 연락을 하다가 지쳐버린 모양입니다만 어쨌든 중요한 정보를 알아내었습니다."
길시언은 잠시 뜸을 들였다가 말했다.

"드워프들의 노커가 움직이기 시작한 모양입니다."

노커? 난 길시언에게 물었다.

"아니, 문에 다는 노커가 움직이다니오?"

"그 노커가 아니다. 후치. 드워프들의 노커란 것은 두드리는 자, 신성한 카리스 누멘의 모루를 처음으로 두드리는 자를 말하는 것으로 우리의 국왕과 비슷하다. 물론 드워프들은 노커를 섬기지는 않고 노커라고 해서 다른 드워프들을 강제할 수는 없으니까 국왕과는 좀 다르지만, 어쨌든 가장 큰 발언권과 가장 중대한 회의의 주최권을 단독으로 가진 자야. 설명하려면 한이 없으니까 간단히 말해서 가장 존귀한 드워프라고 생각하면 돼."

그런가? 흠. 길시언은 계속 말했다.

"드워프들의 노커는 무슨 일인지는 모르지만, 아마도 지금의 보석 반출 중지를 조사하기 위해 나섰답니다. 그리고 조사가 끝나는 대로 수도에도 들를 모양입니다. 국왕 전하를 만나 이 사건에 대해 설명하기 위해서입니다."

칼은 말했다.

"언제 출발했습니까?"

"9월 말입니다."

"예? 벌써 10월 하순인데, 아직 조사가 끝나지 않았답니까?"

"그건 잘 모르겠습니다만, 그 노커가 늦어지는 이유는 나도 짐작할 수 있습니다."

"왜지요?"

길시언은 빙긋 웃었다.

"두 다리로 걸어오고 있을 테니까요."

윽. 맙소사.

아무리 말을 탈 수 없다고 해도, 세상에 가장 존귀하신 드워프께서 걸어서 수도까지 오고 있다고? 조랑말이나 나귀라도 타고 오지 않고? 길시언은 내 표정을 보며 말했다.

"드워프들이란 이상한 일에 고집을 부리곤 합니다. 그들이 보기엔 두 다리가 있으면서 말을 타는 우리가 괴상한 종족일지도 모릅니다. 어쨌든 그 드워프들의 노커 엑셀핸드 아인델프는……뭐, 뭐야?"

길시언은 내가 펄쩍 뛰어오른 것을 보고 놀랐다. 그러곤 잠시 후에 샌슨이 펄쩍 뛰어오르는 것을 보고는 더 놀랐다. 샌슨과 나는 서로 눈길을 주고 받고는 털썩 주저앉았다.

"가장 존귀한 드워프래……."

"응. 그렇대……."

"그럼 우리도 가장 존귀하게 탈옥하신 건가?"

"응, 그럴 거야."

칼은 하늘을 바라보았다. 아니, 천장이다.

"허어……, 이런."

6

"그분을 만나셨다고요?"

칼은 한숨을 쉬었다.

"만난 정도가 아닙니다. 그분이 아니었다면 우린 수도에 도달하기는커녕 생사 불명이 될 뻔했습니다. 그렇지만 이토록 투미했다니."

"투미하다니요. 그 드워프, 노커 님이라고 해야 하나? 어쨌든 그런 몰골을 하고 있는데 누가 가장 존귀한 드워프라고 생각했겠어요?"

샌슨은 내 말에 고개를 끄덕였다.

"맞아, 후치. 길시언이 말한 우리의 국왕과는 좀 다르다라는 말을 정말 잘 이해하겠군요."

네리아가 폴짝 끼어들었다.

"몰골이 어떤데에?"

샌슨은 아주 신랄하게 엑셀핸드의 모습을 묘사했다. 샌슨의 묘사는 좀 지나쳐서, 엑셀핸드는 완전히 어느 뒷골목에서 일주일쯤 술 마시다가 방금 대로로 기어나온 드워프 정도로 의심받게 되었다. 좀 심하군. 그래서 나도 끼어들고 칼도 끼어들어 간신히 엑셀핸드의 위상을 좀 높여놓았다. 네리아는 고개를 끄덕였다.

"소탈하다는 말이네? 당신들처럼?"

으잉? 이건 또 무슨 반응이야? 샌슨과 칼과 난 서로 쳐다보았다. 우리가 소탈한가? 하긴, 저 먼 웨스트 그레이드의 헬턴트 영지에서 방금 올라왔으니 촌스러워 보이는 거야 당연하지. 흠. 네리아는 촌스럽다는 말을 좀 고상하게 하시는군.

길시언은 말했다.

"그럼, 그때가 정확히 언제였습니까?"

"10월 초였는데……. 아마 4일 아니면 5일이었던 것 같습니다."

길시언은 곰곰이 생각해 보더니 고개를 끄덕였다.

"그럼 아마도 갈색 산맥에 벌써 도착하셨겠군요. 그렇다면 조만간 수도에 도착하실 것 같습니다. 그분이 도착하면 보석 공급이 중지된 이유도 밝혀지리라 생각됩니다."

"그럼 그분이 도착할 때까지 마냥 기다려야 하나……. 아니지. 여보게, 퍼시발 군. 우리가 헬턴트 영지로 돌아갈 기간, 아니, 아무르타트가 있는 끝없는 계곡까지 가야 하니까 그 기간까지 모조리 계산해 보고 우리가 언제까지 수도를 출발해야 하는지 좀 알아봐 주게."

"알겠습니다."

샌슨은 테이블 위에 지리서를 펼쳐놓고는 종이와 잉크, 펜 등을 꺼내서 계산을 시작했다. 그러자 네리아와 길시언도 끼어들어 자기가 아는 길을 가르쳐주며 같이 토론했다. 두 사람 모두 미드 그레이드 지방에 대한 지식은 충분했고, 미드 그레이드를 벗어나면 우리 고향까지는 거의 일직선에 가깝다. 중요한 것은 보급과 잠자리를 어디어디에서 설정하느냐다.

나는 핑핑 도는 머리를 다잡으며 세 사람의 스케줄 짜는 모습을 구경했다. 한참 후, 샌슨은 머리를 긁적거리며 말했다.

"에……, 저희들이 수도까지 오는 데 걸린 시간은 총 27일입니다. 하지만 그중 레너스 시에서 3일, 칼라일 영지에서 3일을 허비했으니까 21일이면 충분합니다. 하지만 돌아갈 때는 좀더 빠르게 돌아간다고 보고, 몇 개의 루트도 변경해 보면 약 18일 정도까지 줄일 수 있을 것 같습니다. 그리고 헬턴트 영지에서 끝없는 계곡까지는 도보로 10일 거리지만 말을 탔을 경우라면 약 4일까지 줄일 수 있습니다. 그러니 총 22일이 됩니다. 12월 31일까지 도착해야 하므로 늦어도 12월 9일까지는 출발해야 하는군요."

"좋네. 오늘은 며칠이지?"

"10월 26일입니다."

칼은 미소를 지었다.

"그럼 한 달하고 좀 남는군. 퍼시발 군의 계산이 거의 정확하군 그래."

그렇군. 샌슨은 언젠가 여유 일자가 한 달 보름 정도라고 말했지. 거의 정확한데 그래? 칼은 고개를 끄덕였다.

"그럼 일단은 안심해도 되겠군. 아인델프 님께서 도착하는 것은 며칠 내일 테니까……."

"그럼 며칠 동안 할 일 없이 기다려야 되는군요?"

"그런 셈이지."

"쇼핑해요!"

내 외침 소리에 칼은 놀란 눈이 되었고 네리아는 깔깔거리기 시작했다. 칼은 마음을 진정하기 위해서 엄숙하게 말했다.

"뭐 필요한 거라도 있는가, 네드발 군?"

"예. 우선, 나 읽을 책. 나도 책 좀 사줘요. 여행하는 동안 내

내 책이 있었으면, 책 좀 읽었으면 하고 생각했다고요. 수도에서는 책 구하기 훨씬 쉽겠죠?"

칼은 기쁜 표정으로 말했다.

"그건 참으로 갸륵한 소망이군."

"그리고 또! 우선 제미니한테 기념 선물, 이루릴한테 약속한 손수건, 칼라일 영지의 슈에게 약속한 선물, 메리안한테 사다줄 선물……."

칼은 점점 얼굴을 굳혔고 그와 비례해서 샌슨과 네리아의 얼굴은 점점 밝아졌다. 칼은 헛기침을 한 다음 말했다.

"허흠. 퍼시발 군. 우리 여비가 충분히 남아 있는가?"

"뭐, 충분합니다만……. 후치, 요녀석아. 이건 공금인데? 엄밀하게 따지자면 내가 가지고 있는 돈은 우리 출장비란 말이다. 네가 주워섬긴 그런 물건이 우리의 공무와 무슨 상관이 있냐?"

"이이이잉!"

네리아는 깔깔 웃으며 말했다.

"어머나? 후치 씨는 여자도 많네에. 대륙을 가로지르는 동안 연애만 했나 봐?"

"여자들이 날 가만두지 않으니까. 이건 공정함과 조화로움을 바라는 유피넬의 은총이죠."

"그게 무슨 말이니?"

"세상에 샌슨 같은 오거도 내었으니 나 같은 미소년도 내어야 조화를 이룰 수……"

딱! 으음……, 이 기분. 오래간만이군.

뭐라고 떠들든 샌슨은 날 따라나왔다. 샌슨이니까. 칼도 다른 쇼핑에는 관심이 없지만 내가 들먹인 '책'이라는 말에는 비상한 관심을 보였다.

"그렇군. 그 생각을 못했어. 수도까지 왔으면서 책을 구한다는 생각을 못했다니. 허허, 워낙 정신적으로 압박되는 일이 많아서 그랬나 보군. 일깨워 줘서 고맙네, 네드발 군."

길시언은 어제만 해도 죄책감에 죽을 둥 살 둥 몰라 하던 사람들이, 게다가 구하고자 했던 보석이 품절을 일으키는 엄청난 위기까지 닥친 데에도 불구하고 희희낙락하면서 쇼핑을 나서는 모습이 참으로 이해하기 어렵다는 모습이었다. 흠, 황야의 왕자님. 그건 헬턴트식 배짱의 또 다른 표현이올시다.

길시언과 네리아도 털레털레 따라나왔다. 길시언과 네리아가 타는 말들(?)은 수도 시민들에게 너무 놀라움을 선사하기 때문에 우리는 모두 걸어가기로 결정했다.

그래서 이번에는 길시언과 네리아가 마치 우리 일행이 아닌 것처럼 멀찌감치 떨어져서 걷기 시작했다. 왜냐하면 걷느라 마음이 들뜬, 그러니까 말 위에 올라 있어 다른 사람의 시선을 신경 쓰던 것과 달리 다른 사람과 함께 걷기 때문에 마음이 풀어져버린 샌슨과 내가 난리를 피웠기 때문이다.

"와아! 샌슨! 저, 저 아가씨 드레스 가슴 판 것 좀 봐!"

"윽! 이 녀석 눈 좀 보게!"

"씨이……. 내 눈이 뭐가 어때서?"

"저건 아가씨가 아니라 아주머니잖아!"

"어, 그런가?"

"우와! 후치! 저, 저 건물 좀 봐! 유리창에 색칠도 했어!"

"아냐! 저건 색유리야."

"어? 그런가?"

뭐……, 요 모양 요 꼴이다. 아무리 우리가 이렇게 난리를 피운다 해도, 칼! 어떻게 당신이! 우리와 멀찌감치 떨어져 길시언과 동료인 척하는 겁니까! 어쨌든 그 소동 끝에 길시언의 안내를 받아 책방 골목을 찾을 수 있었다.

길시언은 감개무량한 어투로 말했다.

"6년 전과 똑같군요. 어린 시절, 내가 밤중에 임펠리아를 빠져나와 미친 살쾡이처럼……, 그만해! 에, 어쨌든 바람난 암말처럼……, 그만하라니까! 어쨌든 돌아다니던 그 시절과 같군요. 하하. 이 골목엔 주로 레드북을 구하기 위해 오곤 했습니다."

"레드북이 뭐죠?"

내 질문에 길시언은 빙긋 웃었다.

"도색 서적."

"우와! 그런 거 구할 수 있어요? 어디서 파는……. 어, 흠. 그만 노려봐요!"

칼은 나와 길시언의 대화를 열심히 듣고 있던 샌슨에게도 한심하다는 표정을 지어보였다. 샌슨은 머쓱해져서 눈길을 돌렸다. 칼은 말했다.

"그런 책 읽을 시간이 있거든 양식이 되는 책을 좀 읽을 생각을 해야지. 그런 책들은 그릇된 성의식이나 성에 대한 편견, 오해밖에는 일으키지 않는다네."

그때 네리아가 말했다.

"그래도 읽을 때는 재미있는데에……."

"네리아 양!"

칼이 씩씩거리자 네리아는 실실 웃으며 길 옆에 있던 책방으로 쪼르르 달려갔다. 책방 앞의 가판대에는 많은 수의 서적이 쌓여 있었다. 마치 짐더미처럼 쌓여 있는 서적을 보며 네리아는 탄성을 질렀다.

네리아는 책 한 권을 뽑아들더니 말했다.

"이거 봐! 제목 멋있네?『우리 시대를 살아가는 지식인들 모두로부터 인정받는, 사회의 귀감이 될 만한 고상한 교양과 학식의 소유자 에리드리네스가 고찰, 분류한 상사병의 종류와 증상, 치료법』이라. 에리드리네스 씨의 교양은 좀 이상한 방향으로 발달했군. 누구 상사병 걸린 사람?"

샌슨은 킬킬 웃으며 책더미를 뒤지기 시작했고, 잠시 후 더 웃기 시작했다.

"우하하. 이것도 정말 괜찮네.『사해 동포들의 충만한 안녕과 보장된 번영을 기원하는 사람들의 모임에서 취합, 분류하여 동시대를 살아가는 모든 여성 동지들에게 고하는, 머리카락 땋는 방식의 복잡 미묘한 테크닉과 변형 일체-도해 첨부』라는데? 네리아. 혹시 머리 땋을 일 없어?"

네리아는 단발머리를 찰랑거리며 해죽 웃었다.

왜 글을 쓰는 사람들은 이상한 필명을 사용하거나 단체명을 사용하는지 모르겠다. 에리드리네스라고? 허, 그것 참. 우리는 킬킬거리며 제각기 흩어져 책을 뒤적거리기 시작했고, 가끔 폭소를 터뜨릴 만한 제목이 나오면 서로 보여주며 웃었다.

칼은 책방 주인에게 중노동을 시키기 시작했다. 그는 아무도 찾지 않는 책에 대해서 물어보았고, 책방 주인은 가장 으슥한 귀퉁이나 책장 높은 곳에 올라가 있는 책을 꺼내기 위해 고생해야 했다. 길시언은 예전 버릇이 나오는지 주로 도색 서적만을 뒤적거렸고 그래서 난 길시언 주위만을 맴돌았다. 네리아는 책에는 별로 관심 없었고 주로 제목을 보며 목젖이 보이도록 웃는 일에만 심취했다.

얼마가 지났을까, 갑자기 샌슨이 말했다.

"어라? 이것 좀 봐?"

책방 주인을 끝없이 괴롭히고 있던 칼을 제외하고 나머지 사람들이 모두 모였다. 샌슨은 굉장히 오래되었을 법한 책을 한 권 보여주었다. 검은 표지에 두꺼운 책으로 제목은 그렇게 길지 않았다.

『마법 입문』.

"허, 그것 참 독특하게 제목이 짧네. 그게 오히려 비정상적으로 보인다는 것이 우습긴 한데……."

"아니, 제목 말고 저자명을 보라고. 여기 아래에 있잖아?"

저자명? 난 샌슨이 가리키는 부분을 보았다. 검은 표지라서 저자명이 잘 보이지 않았지만 자세히 보니 읽을 수 있었다. 타이번.

어랏? 타이번? 이게 타이번이 쓴 책인가? 우와! 타이번이 책도 썼나? 샌슨은 책을 펼쳐 읽을 태세를 취했다. 그러더니 곧 낭패한 표정이 되었다. 샌슨은 책을 바라보며 주춤거리듯이 말했다.

"이런……. 무슨 말인지 도통 모르겠는데?"

어? 룬어인가? 난 궁금해져서 샌슨이 펼쳐든 페이지를 보았다. 룬어도 아니잖아? 그런데 왜 못 읽는다는 거야? 난 샌슨의 옆에서 소리내어 읽어보기 시작했다.

"대저 마법이라 함은 마나의 집합과 이산, 변형과 전이에 작용하는 시전자의 의지의 발현에 지나지 않음이라는 상기의 진술에 대한 가장 비근한 예로 시전자의 순수 의지 이외의 부수적인 요건들, 즉 시약의 적절한 사용과 주문의 영창 등의 제반 사항은 본질적으로 시전자의 의지 발현을 돕는 매개체로서만이 그 의미를 찾을 수 있다는 가이너 카쉬냅의 언명을 들어 상기의 진술의 이해가 더욱 공고해질 수 있겠으나 가이너 카쉬냅의 언명이 나름대로 주목할 만한 의미를 찾을 수 있다는 점을 인정한다 하더라도 그 언명의 주창에서 파악되는 비본질 매체, 시약과 주문에 대한 파격적인 축소 해석이 마법 입문자들에게 있어 무익한 선입견으로서 작용할 수 있음은 재론의 여지를 남기지 않음이니…….”

쓰러지겠군. 네리아는 어지럽다는 표정을 지었고 샌슨은 얼떨떨한 표정으로 말했다.

“이거 사볼까? 그런데 읽지도 못할 책을 산다는 것은…….”

그때 책방 주인과 씨름하던 칼이 다가왔다. 칼은 우리가 뭣 때문에 몰려 서 있는지 물어보고는 그 『마법 입문』을 샌슨에게서 받아들었다.

“이게 타이번 씨의 저술이라고? 어디 보세.”

칼은 몇 페이지를 뒤적거리더니 진지한 표정으로 읽어내려갔다. 칼은 한참 읽다가 빙긋 웃었다.

“허어, 동명 이인이 아닐지도 모르겠군. 이 책은 마치 타이번 그 어르신의 말투처럼 정말 쉽게 씌어졌는데? 마법책치곤 상당히 쉬워.”

난 칼을 존경해 버릴 거다! 칼은 대충 훑어보더니 말했다.

“하지만 이 책은 교양 서적보다는 전문 서적에 가깝군. 마법 배우는 사람에게만 쓸모 있는 책이겠는걸? 어디 보자…… 응?”

책을 훑어보던 칼이 갑자기 어리둥절한 표정을 지었다. 난 물어보았다.

"왜 그러시죠, 칼?"

"이 책 발간년도가 246년인데?"

엥? 246년이라고? 그럼 몇 년 전인가, 근 70년 전이잖아?

"타이번 씨는 여든 살 가량으로 보이던데……. 설마 열 살 때 마법 입문서를 쓰시지야 않았을 텐데?"

칼은 어처구니없다는 얼굴로 말했다. 샌슨도 고개를 가로저으며 말했다.

"그건 말이 안 되는군요. 동명 이인인가? 아! 12인의 다리를 만들었다는 타이번 하이시커! 그 사람은……."

칼은 고개를 갸웃거렸다.

"이루릴의 말에 의하면 그 사람이 다리를 만든 것은 200년 전이라고 하지 않았나. 퍼시발 군. 그것도 차이가 너무 많이 나는데?"

그럼 타이번이라는 사람이 세 명이나 있었나? 그것도 전부 마법사?

"같은 이름을 가진 세 명이 모두 같은 직업을 가졌다라……. 그것도 희귀하기 짝이 없는 마법사라는 직업을. 그거 정말 신기한 일이군."

그때 우리들의 대화를 잠자코 듣고 있던 길시언이 끼어들었다.

"여러분들이 무슨 이야기를 하는지 잘 모르겠습니다만?"

"아, 예. 우리 고향에 타이번이라는 마법사가 계십니다. 우리가 고향을 떠나기 조금 전에 마을에 들르신 분입니다. 그런데 이 책은 약 70년 전에 발간된 책이군요. 이 책의 저자의 이름도 타이번이군요. 퍽이나 신기한 일입니다. 그런데 저희들이 휴다인 고개에서 보았던 12인의 다리를 만들었다는 사람도 타이번 하이 시커입니다. 그 다리는 200년 전에 만들어졌다고 하더군요."

길시언은 눈을 동그랗게 떴다.

"그럼 현재, 70년 전, 200년 전에 각각 활약했던 세 명의 타이번이라는 마법사가 있다는 말입니까?"

"아마 그런 모양이군요. 허허. 타이번이라는 이름이 마법사들에게 꽤나 사랑받는 이름인가 봅니다?"

"글쎄요. 그렇게 유명한 이름이라면 나도 알 텐데. 난 타이번이라는 이름을 별로 들어보지 못했습니다. 12인의 다리를 만들었다는 마법사의 이야기는 들어보았지만……."

"들어보셨습니까?"

"예. 하지만 그저 어느 마법사가 만들었다는 식으로밖에 알지 못합니다. 그 다리를 만든 사람이 타이번 하이시커라고 합니까?"

나와 샌슨은 믿을 수 없다는 얼굴로 길시언을 바라보았다.

길시언은 저 긴 말을 한 번도 실수하지 않고 말했다. 그 말은 곧 프림 블레이드가 그를 방해하지 않았다는 말이다. 이게 어떻게 된 일이지? 길시언은 나와 샌슨이 놀라서 바라보자 의아해하다가 곧 자신도 그 사실을 알아차린 모양이다. 길시언 역시 크게 놀란 얼굴이 되더니 말했다.

"야, 네가 드디어 철이 들었구나! 이런 기쁠 데가……, 응?"

길시언의 얼굴이 구겨졌다.

"네가 그럴 리가 없지……. 조용히 해! 젠장. 이 녀석도 신기한 말을 들어서 방해하는 것을 잠깐 잊었던 모양입니다."

에구, 사람하고 똑같군.

난 희희낙락하며 책을 쓸어보았다. 내가 산 책은 이제 나에게 가공할 지식을 전수함과 동시에 선현의 경험들을 간접 체험할 수 있는 기회를 줄 것이다. 제목도 얼마나 좋은가?

『따사로움과 즐거움이 가득한 주방을 위한 요리 100선』.

우헤헤. 난 콧노래를 부르며 책을 펼쳐보았다.

"걸을 땐 책 읽지 마!"

샌슨의 주의가 날아왔다. 흠. 하지만 궁금한걸. 난 아쉬움을 삼키며 책을 덮었다. 칼이 산 책은 내 것보다 월등히 커다란 것으로 이루릴의 방패만 한 마법책에 버금갈 만한 것이다. 하지만 저런 책을 왜 보시지?

『서지학의 발달과 전승에 대한 고찰』.

서지학이면 책에 대한 학문인데, 그것 정말 우습잖아. 책에 대한 학문을 다시 고찰한 학문이라니. 도대체 어느 게 먼저고 어느 게 나중이야? 내가 보기엔 정말 쓸모없는 학문 같은데 말이야.

그래도 무협 소설을 뽑아든 샌슨보다는 품위 있다고 해야 하나? 샌슨은 나보고 걸으면서 책 읽지 말라고 해놓고선 자기는 책을 읽고 있다.

"우히힛히히!"

"으윽……, 제발! 걸을 땐 책 읽지 마!"

내 고함소리에 샌슨은 겸연쩍은 표정으로 책을 덮었지만 그래도 우스운지 낄낄거리고 있다.

"너무 웃긴다. 이 책."

흠, 나는 무협 소설이 왜 우스운가에 대해서 질문하지는 않았다. 선원이 항해에 관한 소설을 보면 얼마나 웃겠는가. 비슷한 거지. 샌슨은 계속해서 자기가 사든 책에 나오는 주인공이 악당들에게 외치는 길고도 엄숙하며 장엄한 대사를 뇌까리며 킬킬거리고 있었다. 그렇게 우스우면 왜 사! 게다가 칼 뽑아들고, '내 목숨은 한 개! 그래서 비싸지! 유니크하거든?' 이라고 외치는 주제에!

네리아는 책에는 관심이 없어서 아무 책도 사들지 않았고 길시언도 책을 사들지 않았다. 자기 짐에 책 들어갈 공간이 있다면 거기다가 물이나 한 통 더 넣겠다는 것이 길시언의 주장이었다. 길시언은 모험가니까, 뭐.

칼은 엄숙한 표정으로 말했다.

"손수건을 산다고 했는가, 네드발 군?"

"예. 그런데 칼이 골라주시게요?"

"내가 무슨. 네리아 양에게 부탁하고 싶은데……."

그러자 네리아는 까불거리며 앞으로 나섰다.

"그래요. 나 따라와요."

네리아가 우리를 이끌고 간 곳은 여성용 액세서리를 파는 가게였다. 네리아는 거침없이 가게 안으로 들어섰고 그 외 남자들은 좀 우물쭈물거리며 네리아를 따라 들어갔다.

주인으로 짐작되는 아주머니는 처음에 네리아를 보고 반색을 하다가 곧 우락부락한 네 명의 남자들도 함께 따라 들어오자 의아한 표정을 지었다. 네리아는 활기차게 주인장에게 말했다.

"이봐요, 손수건. 손수건 좀 볼까요?"

주인장 아주머니는 싹싹한 표정으로 구석에 있는 나무 궤짝을 가리켰다. 네리아는 궤짝을 열어젖혔다. 그 안에는 각양각색의 손수건이 들어 있었다. 네리아는 몇 개의 손수건을 꺼내어 들어보더니 그중 하나를 자기 목에 둘러보이며 말했다.

"자, 심사 위원 여러분? 각자 점수를 말해 주세요."

뭐야, 이건? 무슨 가축 품평회라도 되나? 아니면 채소 전시장이라든가. 어쨌든 난 갑자기 축제에서 벌어지는 그런 대회를 떠올리게 되었다. 난 빙긋 웃으며 말했다.

"10점 만점에 9점! 머리카락 색깔과 어울리지 않아서."

"손수건은 9점, 그리고 손수건 안에 있는 것은 5점……, 아니 4점?"

샌슨의 말에 네리아는 혀를 날름 내밀었고 칼을 바라보았다. 칼은 웃으며 말했다.

"10점 드리지요."

길시언은 주춤거리다가 미소지으며 말했다.

"나보단 이놈이 훨씬 안목이 있겠지요. 이 녀석은 7점이라는데요?"

"애개, 짜다."

네리아는 히히거리며 계속해서 손수건을 바꾸어 우리들이 점수를 매기게 만들었다. 한참 동안 점수를 불러주었지만 결국 네리아의 결정에 따라 난 이루릴에게 선물할 손수건을 고를 수 있었다. 그리고 난 슈에게 갖다줄 파란 리본과 메리안에게 선물할 브로치, 제미니에게 선물할 팔찌도 골랐다. 뭐, 속마음으로 말하자면 향수나 보석 반지를 고르고 싶었지만……, 헤헤. 그것들을 다 고르고 나서 나는 샌슨의 허리를 찔렀다.

"안 골라?"

"응?"

"어헛! 결혼 반지."

샌슨의 얼굴이 벌겋게 되었다. 뭐, 사실대로 말하자면 난 샌슨 때문에 여기로 왔다. 겸사겸사 내 선물거리도 장만하면 좋고. 칼도 그 말에 함박웃음을 지으며 말했다.

"오. 성밖 물레방앗간에는……."

"카아아아알!"

샌슨은 처절한 비명을 질렀다. 칼도 저 노래를 알고 있었군? 난 확실히 너무도 천부적인 음악적 소양을 타고난 모양이야. 네리아는 눈이 동그래져서 질문했다.

"결혼 반지?"

샌슨은 인간의 한계를 넘어선 얼굴 색깔을 보여주었다. 난 흐느적거리는 유려한 어투로 설명해 주었다.

"말하자면……, 샌슨은 결혼식장에서 끌려나온 신랑과 마찬가지……. 그의 가슴에 맺혀 있던…… 그날 아침의 향기는…… 잊혀질 수 없는 약속의 증거…… 이루어져야 하는 사랑의……."

"그, 그만해!"

샌슨은 내 목을 비틀기 시작했고 네리아는 얼빠진 얼굴로 우리들을 바라보다가 곧 손가락을 튕겼다.

"아하? 고향 언덕에서 황혼을 등진 채 검어져 가는 지평선을 하염없이 바라보는 어떤 아가씨?"

"오, 좋은, 켁켁! 표현, 한 번 더, 케에엑! 말해 봐요. 까먹었어."

결국 네리아는 멋진 반지까지 골라주었고 샌슨은 완강히 거부하는 듯한 몸짓으로 그것을 받아들었다(연구 대상이야, 완강히 거부하듯이 받아들다니. 역시 샌슨인가?).

쇼핑을 마치고 나자 노을이 하늘을 물들이기 시작했다. 유니콘인으로 돌아오는 발걸음은 가볍고 경쾌했다. 샌슨은 가끔 주머니

속의 무언가를 만지며 헤벌레 웃음지음으로써 주위 사람들을 웃게 만들었다.

네리아는 불그스름한 하늘빛 아래에서 깡총깡총 뛰었다. 네 명의 남자는 그것을 구경하며 웃으며 따라갔다. 네리아는 두 팔을 벌리고 큰 동작으로 몸을 돌리며 말했다.

"선물받는 것도 좋지만, 선물할 사람이 있다는 건 더 좋은 일이에요."

난 웃으며 말했다.

"기쁜 마음으로 받을 테니 나한테 선물해요."

"이건 어때?"

네리아는 키스를 날렸다. 난 질겁하면서 샌슨의 뒤에 숨어버렸다. 네리아는 깔깔 웃으며 다시 빙글 돌아 깡총거리며 뛰어갔다. 왼쪽으로 뛰었다 오른쪽으로 뛰고, 경쾌하게 좌우로 뛰었다가 뒤로도 뛴다. 그때마다 네리아의 단발머리가 석양의 빛으로 더욱 붉게 찰랑거렸다.

그때 이상한 광경이 보였다.

저기 길 앞쪽에서 건장한 말들이 끌고 있는 쌍두 마차가 보였다. 정말 화려한 마차로군. 네리아는 마차가 달려오자 길 옆으로 폴짝 뛰었다. 그런데 그 마차가 네리아 옆에 멈추더니 마부석에 있던 남자가 내렸다.

그 마부는 체격이 좋은 남자로 가죽 갑옷을 입고 손엔 말채찍을 들고 있었다. 그 남자는 네리아에게 다가가고 있었다.

"야, 거기."

네리아는 멈춰 섰다. 그녀는 눈살을 찌푸리며 대답했다.

"왜?"

으음. 네리아답군. 남자는 험악한 표정이 되더니 말했다.

"너 몇 살이야?"

네리아의 어깨가 꿈틀거리는 것이 보였다.

"뭐 이런 녀석이 다 있어?"

남자는 놀란 표정이 되었다. 네리아의 대답이 어처구니없다는 듯한 얼굴이었지만 내가 보기엔 저 남자의 태도가 어처구니없다. 남자가 뭐라고 대답하기 직전, 우리들은 재빨리 네리아의 등 뒤에 나란히 섰다.

남자는 네리아 하나뿐인 줄 알았다가 갑자기 네 명의 남자가 그 뒤에 서자 약간 놀란 표정이었다. 특히 네 명 중 세 명이 검을 둘러메고 있으니 더욱 위축되는 표정이었다. 하지만 네리아는 우리들 쪽은 돌아보지도 않고 말했다.

"야이, 자식아. 내 나이가 너랑 무슨 상관이야? 그리고 어디서 봤다고 보자마자 틱틱 반말지거리야, 엉?"

남자는 더욱 황당한 얼굴이 되었다.

"이 천한 것이 미쳤나……."

그때였다.

"훈트. 입 조심하라."

마차 안에서 들려온 목소리였다. 훈트라는 그 남자는 찔끔한 표정이었다.

난 마차를 흘긋 보았다. 마차는 무슨 귀족의 것인지(하긴 귀족이 아니면 누가 마차를 타고 다니겠는가.), 화려한 장식으로 치장되어 있었고 마차 문에는 문장이 그려져 있었다. 낯익은 문장인데? 문에 달린 창문으로는 웬 남자의 옆얼굴이 보였다.

남자는 나이가 거의 칼 정도 되는 것 같았다. 하지만 밤색 머리카락에는 희끗희끗한 새치가 보였다. 아무래도 저 남자가 말한 것이겠지만 그는 날카로운 표정으로 앞만 바라보고 있었다. 난 의아스러운 생각이 들었지만 그때 훈트가 말했다.

"젠장. 나이만 말해 주면 돼. 그럼 얌전히 보내주지."

네리아가 뭐라고 대답하기 전에, 샌슨이 먼저 나섰다.

"난 이렇게 말해 주지. 공손한 태도로 레이디께 실례를 사과하면 얌전히 보내주겠다. 알았냐?"

"레, 레이디?"

네리아는 입을 콱 틀어막았다. 웃음이 터져나와서 못 견디겠다는 투다. 그리고 훈트도 얼빠진 얼굴이 되었다. 그러나 곧 그는 눈에 불을 켜더니 말했다.

"이 자식이 감히 어느 면전이라고!"

훈트는 으르렁거리며 말채찍을 들어올렸다. 그 순간이었다.

쉬식.

훈트는 꼼짝도 못하고 굳어버리고 말았다. 샌슨이 빠른 손놀림으로 롱소드를 뽑아 훈트의 목젖에 가져다댄 것이다. 흠, 멋있는 장면이군. 난 팔짱을 끼고 그 광경을 감상했다.

훈트는 퍼렇게 질리더니 말했다.

"이, 이놈! 감히 누구에게, 이, 이 안에 계신 분이 누군지 아느냐!"

샌슨은 콧방귀를 뀌며 마치 마차 안의 인물에게 들으라는 듯이 말했다.

"누군지 모르겠지만 하인을 보니 상전의 인품도 대충 짐작하겠군."

훈트는 그야말로 어처구니가 없다는 표정이었다.

"너, 너 이 녀석. 모르는구나! 그래서 이렇게 무례하게……."

"훈트!"

마차 안에서 일갈이 터져나왔다. 그리고 마차 문이 열리더니 그 안의 중년 남자가 내렸다.

밖으로 나온 얼굴을 보니 확실히 날카로운 얼굴이다. 샌슨은 일단 롱소드를 거두었지만 남자는 그에 신경 쓰지 않고 훈트에게 다가갔다. 그러더니 곧 훈트의 뺨을 갈겼다. 철썩!

훈트는 무릎을 꿇었다.

"후, 후작님. 죄송합니다. 하지만 저놈이 너무나 무례하여……."

"닥쳐라. 훈트."

훈트는 고개를 푹 숙였다. 그 남자는 잠깐 눈살을 찌푸리며 훈트를 노려보더니 몸을 돌려 샌슨에게 말했다.

"아랫것의 잘못을 사과하오, 젊은이."

"……교육을 좀 잘 시켜야겠습니다."

샌슨은 퉁명스럽게 대답했다. 맙소사. 도대체 저 인간은 머리 양편에 귀라고 불리는 고귀한 기관이 있다는 것을 아는지 모르는지. 조금 전에 후작이라고 했잖아! 그 후작 씨는 샌슨의 말에 별로 개의치 않는다는 투로 말했다.

"실례를 범한 이유를 설명하겠소. 나는 어떤 아가씨를 찾고 있습니다. 그 아가씨는 붉은 머리를 하고 있지요. 그리고 나이는 대략 10대 후반쯤입니다. 그래서 혹시 이 아가씨가……."

그 후작 씨는 말을 맺지 못했다. 네리아가 걷잡을 수 없이 웃기 시작했기 때문이다.

"까르르르! 와, 와! 후치, 지금 이 말 들었니?"

“핏. 당연하죠. 그렇게 깡총거린데다가 60대 노파라도 10대 소녀처럼 보이게 만들 수 있는 석양빛의 마력이 더해졌으니까.”

“어어랏? 심술궂은 말이네. 이봐요, 후작님. 딸이 없으시죠?”

네리아의 발랄한 말에도 불구하고 그 후작은 무뚝뚝한 표정으로 네리아를 바라보았다. 네리아는 재미없다는 투로 웃으며 말했다.

“나 10대 아니에요. 겉모습은 그렇게 보이겠지만.”

샌슨은 네리아의 말에 피식 웃었고 그래서 네리아는 샌슨을 흘겨보았다. 후작은 여전히 별 표정의 변화도 없이 고개를 끄덕였다.

“미안하오. 실례를 용서하시오. 그럼.”

후작은 간단히 말하고 마차에 올라탔다. 그러자 훈트도 허겁지겁 일어나더니 마부석에 올랐다. 그는 사나운 눈길로 샌슨을 노려보았지만 샌슨은 그냥 무표정하게 그 눈길을 마주보았다.

“이랴!”

훈트는 마치 말에게 화풀이하듯이 채찍질했다. 마차는 빠르게 출발했다.

나는 다시 한번 마차 안에 타고 있던 그 후작을 바라보았다. 그런데 그때 그 중년 남자도 나를 바라보았다. 왠지 잊혀지지 않을 듯한 날카로운 눈이다. 마차가 빠르게 출발해 버리는 바람에 오랫동안 보지는 못했지만 그 눈빛은 강렬한 인상을 남겼다.

네리아는 10대로 보였다는 사실이 너무도 기쁘다는 듯이 해죽거렸다. 그게 그렇게 좋나? 네리아는 깔깔거리며 말했다.

“헤헤. 후치랑 같이 걸으면 나 후치 동생으로 보일지도 모르겠네?”

"으악! 내가 그렇게 늙어 보이지는 않을 텐데!"

"야야! 조금 전에 엄밀한 상황 증거가 나타난 것 보고도 모르겠어? 지나가는 사람 붙잡고 물어볼까? 이봐요! 아저씨!"

네리아는 정말 지나가는 중년 남자를 붙잡았다. 정말 못 말리겠다! 네리아는 내 팔을 끌어당기며 물었다.

"내가 누나일까요, 이 사람이 오빠일까요?"

난 최대한 귀엽게 보이려고 애쓰기 시작했다. 내가 네리아보다 키가 크기야 하지만 나에게는 아직껏 세월의 손길이 닿지 않은 청초한 얼굴이 있다! 길시언과 샌슨, 칼도 팔짱을 끼고 미소를 지은 채 구경하기만 했다.

남자는 피식피식 웃더니 말했다.

"글쎄. 네 아빠 아니니?"

어어억! 이 남자 혹시 장님 아냐!

네리아는 저녁 내내 그 사실을 가지고 나를 놀려대었고 난 그 남자가 농담한 것이라는 사실을 입증하기 위해 애써야 했다. 물론, 당연히, 입증되지 않았다. 망할.

난 간신히 네리아를 그녀 방으로 쫓아내고 나서 책을 펴들 수 있었다. 샌슨도 자기 침대 위에 드러누워 곧 킬킬거리기 시작하다가 칼의 헛기침 소리에 입을 다물었다. 그렇지만 샌슨은 계속 웃어대었고, 그래서 칼은 의자와 촛대를 들고서 베란다로 나가버렸다.

10분쯤 후, 시퍼렇게 질린 칼이 들어왔다. 헤에. 야경이야 멋있겠지만 10월의 찬바람 속에서 책을 읽는다는 것이 쉬운 일은 아니실걸. 칼은 별말 없이 침대 속에 들어갔고 샌슨은 웃음을 좀 참으며 책을 읽었다. 마침내 평화로운 독서 분위기를 맞이하여 『따사로움과 즐거움이 가득한 주방을 위한 요리 100선』을 읽을 수 있게 되었다. 아아, 행복해라.

음, 설명만 보아도 정말 입에 군침이 도는군. 애개? 이렇게 배합해서 맛이 죽지 않나? 어엉? 가재를 사용하라고? 그 조그만 가재 벗기고 다듬고 할 게 뭐 있나? 그냥 구워먹으면 되지. 난 칼에게 물어보고 나서야 바다에 사는 가재는 민물 가재보다 훨씬 크다는 것을 알게 되었다.

"이힛히히힛!"

으악! 제미니다! 아니, 샌슨인가?

"좀 그만두지 못해!"

"어, 미안해. 나도 모르게 그만."

난 진저리를 치며 베란다로 나갔다. 칼은 '못 버틸 텐데.' 하는 눈초리로 날 바라보았지만 뭐, 그 정도를 못 버티랴? 칼보다야 내가 훨씬 젊은데 말이야아아아……, 춥다!

"어흠! 흠, 험! 시원하군!"

"어랏?"

옆에서 이상한 목소리가 들려왔다. 옆을 보니 베란다 난간에 다리를 올리고 엉거주춤하게 서 있는 네리아의 모습이 보였다. 네리아는 위아래로 시커먼 옷을 입고 있어 잘 보이지 않았지만 등에 멘 그 커다란 트라이던트는 잘 보였다. 난 놀라서 뭐라고 말하려 했지만 네리아는 입술에 손을 가져갔다. 난 옆쪽 베란다에 가까이 다가갔다.

"조금 전엔 칼 아저씨가 나오더니, 넌 또 왜 나오니?"

네리아는 낮은 목소리로 물었고 그래서 나도 낮게 질문했다.

“그런 복장으로 어딜 가려고요?”

“으음. 뭐, 좀 알아볼 게 있어서.”

“위험한 거 아닙니까? 무장도 하고?”

“괜찮아. 아무 일도 아냐.”

그렇다고 내가 아, 그렇습니까? 잘 다녀오세요. 라고 말할 수는 없지. 더 이상 사람들에게 관심 끊고 살지는 않겠다. 완전히 잊어버린 것은 디트리히 하나로 충분하다. 난 팔짱을 끼고 말했다.

“여긴 수도에요. 나이트호크가 함부로 돌아다닐 곳이 아닐 텐데.”

“그것 참……. 너완 상관없는 일이야.”

“그때 기억나요?”

“응?”

“죽을 거냐고 물었을 때. 뭐라고 대답했죠?”

“……살려줘.”

“뭔 일인지 모르지만, 같이 가죠.”

네리아는 입술을 깨물더니 말했다.

“샌슨이나 길시언, 칼 아저씨는 안 돼. 알았지? 그 사람들은 절대로 안 돼. 조용히 나와. 밑에서 기다릴 테니까.”

내가 뭐라고 대답하기도 전에 네리아는 밑으로 훌쩍 뛰어내렸다. 대단하네. 난 안으로 들어와서 말했다.

“잠깐 산책 좀 하고 올게요.”

“산책?”

“베란다에서 바라보니 야경이 너무 좋아서. 잠깐 돌아보고 올게요.”

"산책 나선다면서 검은 왜?"

"그냥, 몸조심해야지요. 나처럼 남장 여인으로 오해받기 쉬운 얼굴의 미소년은 원래 몸조심을……."

"잘 다녀오게."

칼은 고개를 끄덕였고 샌슨은 책을 읽느라 정신이 없었다. 길시언이 함께 가주겠다고 제의했지만 난 고즈넉하게 혼자 걷고 싶다고 말해 버리고는 밖으로 나왔다.

여관 밖으로 나오니 네리아는 여관 벽에 기대어서서 돌멩이를 툭툭 차고 있었다. 네리아는 날 보더니 말했다.

"내가 그냥 나가면 뭐 밤도둑질이나 하려고 한다고 생각할까봐 데려가는 거야. 하지만, 절대 조용히 따라오고 함부로 나서면 안 돼. 알았지?"

"위험한 일이군요?"

"위험한 일이면 너 하나 데려가겠니? 여자와 어린애는 괜찮으니까 데려가는 거지."

우와! 어린애라니. 역시! 난 청초 가련형 동안이 확실해! 네리아는 그렇게 말하고는 곧 내 팔짱을 끼더니 활발하게 걷기 시작했다. 뭐야, 이건. 정말 밤산책이라도 다니는 꼴이잖아?

난 네리아에게 물었다.

"이러고 다니면 연하를 건드리는 여자 소리 들을 겁니다."

"아빠 따라나온 딸네미가 아니고?"

"그건 그만! 아빠 따라나온 딸네미가 그런 무시무시한 창을 등에 메고 다녀요?"

"무인 집안이라고 생각하겠지. 너도 등에 바스타드 메고 있잖아?"

우린 이렇게 실없는 소리를 하면서 그야말로 산책이라도 다니듯이 편하게 걸어갔다. 주위의 시선은 아무래도 연하를 데리고 다니는 여자를 바라보는 시선은 아닌 듯했다. 아아……, 헬턴트의 햇살이 웬수로다! 그러고 보니 이라무스에서도 난 감쪽같이 청년으로 통했지. 물론 변장을 하긴 했지만.

한참을 걸었다.

네리아는 길을 잘 아는 듯이 주위를 둘러보거나 하지도 않고 마구 걸어갔지만 주위가 점점 이상하게 바뀐다는 느낌이 들었다. 나는 무턱대고 걸어갔다. 네리아가 이끄는 대로 따라갔더니 곧 주점과 사창굴이 밀집한 장소가 나왔다. 어, 이런……. 고약한 장소에 왔는데 그래?

주위에는 입었다기보다는 벗었다에 더 가까운 옷차림의 여인네들이 추파를 던지고 있었다. 난 네리아와 함께 걷고 있어서 그런 추파의 대상은 되지 않았지만, 대신 욕설과 비아냥의 대상이 되었다.

"헤에. 털도 안 벗겨진 걸 남자라고 데리고 다니네?"

"도련님 뼈 녹겠네?"

"뻿뻿해서 못 쓸 텐데, 내가 먼저 좀 튀겨줄까?"

별의별 욕설들. 차마 다 기억도 못하겠다.

어지러울 지경이다. 화는 나지 않았다. 그녀들은 왜 욕을 하는가. 난 그녀들에게 잘못한 것이 없다. 그녀도 나에게 원한이 없다. 저것은 무슨 의미로 나오는 욕설인가. 그냥, 그냥이겠지. 한마디 튕겨주지 못하면 배길 수 없는 심정 때문에. 그리고 그때 내가 여기 있기 때문에. 그러니 저건 눈 감고 던지는 돌멩이와 같다. 날 향한 욕설도 아니다. 네리아는 조용히 말했다.

"어른이 되어볼래?"

"그거 무슨 뜻입니까?"

내가 정색을 하고 바라보자 네리아는 빙긋 웃었다.

"쓸데없는 생각 마. 지금부터 무조건 입 다물고 어떤 말에도 대답하지 마. 무조건 내 뒤에 서 있고, 그리고 등 뒤를 조심해. 내가 지키겠지만 완전할 수는 없어. 급하면 나 버리고 튀어. 내 몸은 내가 빼낼 수 있으니까 네가 엉겨들어 귀찮게 굴면 나만 골치 아파. 알겠어?"

심상찮은 분위기로군. 난 고개를 끄덕였다. 네리아는 한숨을 포옥 쉬더니 갑자기 내 멱살을 확 끌어당겼다.

그녀의 눈이 이글거리고 있었다. 난 숨을 멈출 수밖에 없었다. 그녀는 쉿소리를 내며 나지막하지만 사납게 말했다.

"잘 들어두라고. 넌 이미 내게 멍청한 모습을 보였어. 너와 아무 상관도 없는 꼬마 때문에 목놓아 울어젖히는 모습을 보였다고, 이 얼간아. 만일 내가 위험해지면, 너 살 궁리나 하고 튀란 말이야. 알았어!"

내가 대답을 했는지 모르겠다. 그녀는 대답을 듣지도 않고 몸을 돌려버렸기 때문이다. 네리아는 그대로 거리에 늘어선 지저분한 술집 가운데 한 건물에 들어섰다. 그 건물은 양쪽의 건물들 사이에 간신히 우겨넣은 듯이 자리잡고 있었다.

삐이이걱.

안으로 들어서자 매캐한 연기와 숨막힐 듯한 악취가 풍겼다.

내가 말쑥하다고 생각했던 적은 별로 없지만, 지금 이곳에서라면 난 귀족가의 외아들이라고 해도 믿어주겠군. 덥수룩한 수염, 흉터, 문신, 붕대, 안대, 괴상한 액세서리들. 남자들은 모두 날

한 번씩 바라보고는 피식 웃었다. 그걸로 끝. 더 이상 신경 쓸 가치도 없는 놈이 되어버렸다. 남자들은 모두 자신의 우울과 고독으로 돌아갔다. 매캐한 연기 속으로 돌아가 나와 무관계해지는 남자들이 거기 있었다.

일곱 겹쯤의 벽이 주위에 둘러지는 느낌이다.

네리아는 주위에 시선을 보내지 않고 곧장 바로 걸어갔다. 나 또한 매캐한 연기를 헤치고 네리아를 따라갔다. 안개 속을 걸어가는 기분이 들었다.

그리고 그 칙칙한 안개 속에 언뜻언뜻 보이는 것은 남자들. 날 선 칼날 같은 남자들이 몰려앉아 있었다. 침침한 듯하지만 싸늘한 시선들이 번뜩였다. 기가 죽는 느낌이다. 술을 들이켜다가 그대로 굴러 떨어지는 남자도 보였다. 아무도 신경 쓰지 않았다. 구석자리에서 웬 여급 하나를 붙잡고 장난치고 있는 남자의 모습도 보였다. 얼굴 뜨거워지는군. 남자는 테이블 아래로 손을 내려 무슨 망측한 짓을 하고 있었고 여자는 심드렁하게 교태 어린 한숨 소리를 내어주고 있었다. 난 얼굴을 돌렸다.

"뭐야?"

바텐더는 입에 물고 있는 파이프 때문에 발음이 뒤었다. 나는 묵묵히 네리아 뒤에 섰고 네리아는 나에겐 전혀 신경 쓰지 않는 모습으로 말했다.

"문댄서를 만나고 싶어."

남자는 파이프를 바에 털더니 다시 입에 던져넣으며 말했다.

"그런 술은 없어."

"장난칠 서열이야? 아닐 텐데."

"넌, 누구야?"

"슬로드의 관뚜껑을 내가 덮었지."

"난 슬로드 몰라."

"기억력이 나쁜 건 자랑이 아냐."

바텐더는 침을 탁 뱉더니 걸레를 들어 묵묵히 바를 닦기 시작했다. 네리아는 바 앞에 앉아서 턱을 괴고는 멍하니 천장을 바라보기 시작했다.

이건 뭐지? 난 그저 묵묵히 네리아의 등 뒤에 서 있었다.

바 전체를 닦고 나서 바텐더는 턱으로 홀 한쪽의 문을 가리켰다. 멍하니 천장을 바라보던 네리아는 일어나서는 그 문 쪽으로 걸어가기 시작했다. 난 네리아를 따라갔다. 매캐한 연기에 기침이 나올 것 같다.

네리아는 거침없이 문을 열어젖혔다.

안은 어두웠다. 홀의 불빛이 닿는 바닥에 밝은 사각형이 그려질 뿐, 안의 모습은 전혀 보이지 않았다. 네리아는 말했다.

"문 닫고 기대서, 후치."

문을 닫으니 완전히 컴컴했다. 네리아는 손을 뒤로 뻗어 내 손을 쥐었다. 그녀는 내 손을 꼬옥 쥐었다. 마치 내게 무언의 다짐을 받는 듯한 손길이었다. 그리고 그 자세 그대로 말했다.

"나야."

"뒤쪽은 누구야?"

들어본 목소리다. 문댄서라는 그 남자다.

"까불지 마."

"용건은?"

"불 켜, 빌어먹을 자식아."

잠시 후, 탁탁거리는 부싯돌 소리가 나더니 주위가 으스름하게 밝아졌다. 자세히 보니 방 가운데 놓인 테이블 위에 램프가 하나 놓여 있었다.

그 램프 뒤쪽으로는 한 남자가 의자에 앉아 있었다. 언젠가 보았던 문댄서의 얼굴이 희미하게 떠올랐다. 그의 눈빛이 잠시 내 얼굴에 머물렀다. 네리아는 그대로 서서 말했다.

"날 찾는 이유를 말해 봐."

"마음 바뀌었어?"

"바뀔지도 몰라."

"단검 집어던질 때는 언제고."

"일이야, 일. 쓸데없는 소리 끼우지 말아."

"빨강머리가 필요해."

네리아는 고개를 끄덕이며 말했다.

"빨강머리 10대 후반의 아가씨를 찾는 놈들이 있더군."

"손잡을 건가?"

"설명부터."

미동도 하지 않던 문댄서가 의자 등에 몸을 기대며 꿈지럭거리기 시작했다. 몸을 뒤로 기울이자 얼굴이 잘 보이지 않았다. 네리아는 전혀 움직이지 않고 그대로 서 있었고, 그래서 나는 네리아와 문 사이에 끼여 서 있었다.

문댄서의 얼굴이 있을 만한 장소에서 빨간 빛이 반짝였다. 담배를 피우나? 문댄서는 연기를 뿜었다. 램프의 검붉은 빛 때문에 붉은 뱀들이 허공에 꿈틀거리는 것 같았다.

"어떤 귀족이 잃어버린 딸을 찾고 있어."

"후작이지?"

"그래."

"잃어버린 지 꽤 되나 보지?"

"아기일 때 잃어버린 모양이야."

"빨강머리와 나이만으로 찾는다면 정말 힘들 텐데."

"그것뿐이야. 다른 증거도 있을 텐데, 그건 알아내지 못했어."

"재산?"

"서류야."

"그래서 가능하다는 것이군?"

"응."

"생각해 보고 대답하지."

"젠장, 서툰 수작 하지 마."

"누구한테 하는 말이지?"

"……내일까지."

"넌 깨끗하게 구는 게 마음에 들어."

그리고 네리아는 몸을 돌렸다. 나가자는 신호인 것 같아서 나는 문을 열려고 했다. 갑자기 네리아가 내 손을 쳤다. 네리아는 사납게 말했다.

"밖에 떨거지들 치워."

"아무 일 없을 거야."

그러자 네리아는 날 밀어내고 문을 열었다. 문 밖에는 두 명의 남자가 좌우에 서서 무심한 표정으로 네리아를 쳐다보았고 네리아는 별 표정 없이 밖으로 나갔다. 나 역시 네리아를 따라나왔다.

홀 안의 아무도 우릴 쳐다보지 않았다.

네리아는 거침없이 바깥으로 나섰다. 밖으로 나오니 숨이 탁 트이는 것 같았다.

네리아는 그 골목을 빠져나올 때까지 별말이 없었다. 그래서 나도 멍청히 그녀를 뒤따라갔다. 주위에선 여전히 욕지거리들이 들려왔지만 별로 신경 쓰이지 않았다. 골목 밖으로 나오자 네리아는 다시 팔짱을 끼고는 방긋거리기 시작했다.

"좋은 밤이지?"

"아까 그 대화, 물어보면 화낼 건가요?"

네리아는 대답 대신 내 팔에 뺨을 붙였다. 난 그저 멍청히 걸었다. 새로 산 검정 재킷이 네리아의 볼에 부딪혀 부스럭거리는 소리가 들려온다.

네리아는 말했다.

"너 머리 좋잖아. 무슨 말인지 짐작할 텐데?"

"……아까 저녁 무렵에 봤던 그 귀족은 빨강머리 소녀를 찾고 있었죠."

"계속해 봐."

"그 문댄서는 사기꾼이라고 했어요. 아마 빨강머리 소녀, 잃어버린 딸이라죠? 어쨌든 그 소녀를 찾고 있는 귀족 집안에 당신을 대신 들여넣을 계획이겠군요."

"계속해."

"그래서 당신은 그 잃어버린 딸인 것처럼 위장해서 그 집에 들어가서는, 그 집에 있는 어떤 서류를 훔쳐내 온다는, 그런 계획인가 보군요."

"계속."

"끝인데요."

"흐음……. 네가 말할 때 팔이 울리는 게 재미있어. 계속해 봐."

하긴 뺨을 그렇게 붙이고 있으니까. 난 헛기침을 하고 나서 말했다.

"당신은 그걸 할 건가요?"

네리아는 고개를 가로저었다.

"어떻게 해? 그 후작에게 이미 내 나이가 10대가 아니라고 말했는데."

"하긴, 그렇군요."

"그런데 무슨 후작일까?"

"할슈타일 후작입니다."

네리아는 멈춰 서서는 날 바라보았다. 난 어깨를 으쓱였고, 그러자 네리아는 다시 걷기 시작하며 내 팔에 뺨을 붙였다. 계속하라는 의미 같은데. 난 설명해 주었다.

"그 마차에 있던 문장……, 어제 아침에 우리들을 찾아왔던 할슈타일 가문의 에포닌 아가씨를 호위하던 남자들의 검집에도 같은 문장이 있었어요."

"그러니? 확실해?"

"확실해요. 에포닌 아가씨도 후작님이라는 말을 했고."

네리아는 놀란 목소리로 말했다.

"와. 할슈타일 가문이면 드래곤 라자가 태어난다는 가문이잖아."

"드래곤 라자는 태어나지 않아요."

네리아는 뺨은 붙인 채 눈만 위로 올려 떠서 날 바라보았다. 이러고 걸으니 정말 힘들군.

"15년 전부터 드래곤 라자가 태어나지 않습니다. 드래곤 라자가 태어나기로 약속된 기한이 15년 전으로 끝났어요."

네리아는 의아한 표정을 지었고 그래서 난 드래곤 로드와 할슈타일 공의 300여 년 전의 약속에 대해 이야기해 주었다. 네리아는 가늘게 한숨을 쉬었다.

"너, 아는 게 많구나. 그럼 내가 후작을 만나지 않았다 해도 어차피 못하는 일이네."

"예?"

바람이 불었다. 네리아는 눈을 잠시 가렸다가 코먹은 목소리로 말했다.

"우우우. 추워."

난 바스타드를 벗어들고는 재킷을 벗어 네리아에게 주었다. 네리아는 까르르 웃더니 재킷을 받아들고는 트라이던트를 내게 건네었다. 흠, 아무래도 난 기사의 종자 타입인가 보군. 난 바스타드와 트라이던트를 한꺼번에 거머쥐었고 네리아는 내 재킷을 어깨에 둘렀다. 검은색 재킷이라 네리아의 검은색 옷에 잘 어울렸지만 크기에서는 좀 차이가 난다. 재킷이 아니라 코트 같은걸. 네리아는 다시 내 팔을 당기며 말했다.

"15년 전에 드래곤 라자의 혈통이 끝났다고?"

"예."

"그럼 뻔해. 그 집안에서 딸을 잃어버린 건 꽤 오래되었겠지?"

"아기였을 때 잃었다고 했죠."

"그 동안 안 찾다가 이렇게 많은 시간이 흐른 다음에 그 딸을 찾는 이유는 간단해."

"간단해요?"

"드래곤 라자가 필요하다는 말이지."

"드래곤 라자가……."

"10대 후반의 그 소녀는 혈통이 끊기기 전에 태어난 아이잖아.

드래곤 라자의 혈통이 남아 있을 가능성이 높지."

난 침을 뱉었다.

"젠장."

네리아는 내 어깨를 다독거리며 말했다.

"잃어버린 딸을 찾는 식의 애틋한 이야기는 아니지, 뭐. 아마 '다른 증거'라는 것은 드래곤 라자의 자질이 있느냐 없느냐겠지. 그러니 위장할 수가 없어."

갑자기 에포닌 아가씨가 했던 말이 생각난다. '후작님도 그 소식에는 관심이 없다.'

그 소식이란? 디트리히의 생사가 확실하지 않다는 소식이지. 그런데 칼의 말에 의하면 할슈타일 가문은 드래곤 라자가 꼭 필요한 가문이다. 드래곤 라자가 약속된다는 이유로 300년 동안 영화를 누려온 가문이니까. 그런 가문에서 소중한 드래곤 라자가 생사 불명이 되었는데 신경 쓰지 않는다…….

그 말은, 새로운 드래곤 라자를 찾을 수 있기 때문이겠지. 그 빨강머리 소녀.

그 잃어버린 딸은 양자도 아닌 확실한 할슈타일 가문의 사람이니까 훨씬 확률이 높겠지. 그러니 양자인 디트리히 정도는 없어도 그만. 특히 디트리히는 아직 어려서 혈통을 만들 수 있는 나이도 아니지만……, 제기랄! 그 잃어버린 딸은 10대 후반이라니까 자손을 생산할 수도 있겠지.

나는 다시 후작의 그 날카로운 얼굴을 떠올렸다. 젠장.

"빌어먹을 놈의 귀족 녀석……."

"갑자기 뭐니?"

"인간을 다루는 게 아니라 무슨 가축 다루는 것 같잖아요."

"무슨 말이니?"

난 네리아에게 차근차근 내 생각을 말해 주었다. 다 듣고 난 네리아는 한숨을 푸욱 쉬었다.

"그런 거니이……? 휴우. 정말 마음에 안 드는구나. 하지만, 그거 확실한 것은 아니지? 후치의 생각일 뿐이잖아."

"다른 추리가 가능하면 말해 봐요. 열심히 들을 테니까."

"난, 머리 나빠서 그런 것 못해. 그리고 그런 이야기 그만해."

난 한숨을 쉬며 밤하늘을 올려다보았다.

밤하늘의 모습은 헬턴트나 이곳이나 똑같군. 돌아가고 싶다. 이런 곳에 있고 싶지 않다. 젠장. 마음씨 좋은 우리 영주님이 다스리는 헬턴트로 돌아가고 싶다.

바람이 다시 불었다.

비교적 늦은 시간이라 거리엔 아무도 없었고 가로등만이 우울하게 10월의 밤하늘에 미명을 던지고 있었다. 땅에 그려지는 빛의 동그라미들이 아름다웠다.

이곳엔 밤바람에 흩날리는 낙엽도 없군.

"그런데 네리아는 정말 몇 살이지요?"

네리아는 배시시 웃었다.

"신사가 못 되시는군?"

"나이부터 말해 줘요. 그럼 그 다음부터 신사가 될 테니."

"호호호. 사실 몰라."

"예?"

네리아는 가로등에 비친 자기 그림자에게 손을 흔들어주고는 말했다.

"고아거든. 그래서 정확한 나이는 몰라."

"그럼……, 설마 진짜 내 나이보다 더 어릴 수도!"

네리아는 갑자기 앞으로 훌쩍 뛰어나갔다. 그러고는 가로등 아래에서 한바퀴 돌더니 날 올려다보면서 웃었다.

"그럴 것 같니?"

뭐라고 대답하지? 난 그녀를 처음 볼 때부터 나보다 연상으로 알고 있었다. 당연히 그렇게 느껴왔다. 분위기가 그랬다. 하지만 지금 떨어져 쌓이는 가로등 불빛 속에 펑퍼짐한 내 재킷을 걸치고 빙글 도는 그녀는…….

"에구! 당신은 여든 살 먹은 마녀야. 어서 가요, 춥다구."

"뭐야! 저게 죽고 싶어서, 어? 너 거기 안 서!"

우리는 인적 없는 바이서스 임펠의 밤거리에서 빛의 동그라미들을 징검다리처럼 밟아가며 달렸다. 네리아의 목소리는 짜랑짜랑 울렸고 내 발소리도 우렁우렁 울렸다. 볼에 부딪히는 바람은 무한한 속도감을 선사했다.

유니콘 인이 순식간에 눈앞에 나타났다. 네리아는 얼굴이 발갛게 되어 헐떡거렸고 나도 유니콘 인의 정문 앞에 주저앉고 말았다.

"푸하하하."

"뭐가, 헥, 우스워."

"그냥, 기분이 좋아요."

"기분이 좋아? 어, 그럼 이 소식 알려주기 싫네."

"무슨 소식인데요?"

"문이 잠겼어."

"어어어억!"

난 부리나케 몸을 일으켜 정문을 보았다. 그러고 보니 홀의 불빛은 꺼져 있었고 문을 밀어보니 확실히 잠겨 있었다. 난 순간적으로 조금만 밀면 문 정도야 간단히 부술 수 있다는 생각을 떠올렸다가 간신히 그 유혹을 억눌렀다. 네리아는 해죽 웃더니 내게 손을 내밀었다.

"내 트라이던트."

트라이던트를 네리아에게 건네주었다. 그러자 네리아는 여관 반대쪽으로 걸어가기 시작했다. 길 건너편까지 걸어간 네리아는 트라이던트를 거꾸로 들고 달려오기 시작했다.

탁! 트라이던트를 땅에 찍으며 네리아는 하늘로 솟아올랐다. 그녀는 그야말로 나이트호크. 한 마리 새가 날 듯이 그녀는 가볍게 2층 베란다에 올라섰다.

"오우! 멋있어요!"

"그러니? 고마워. 그럼 잘 자!"

"어? 어어어어! 문 안 열어줘요?"

"마녀가 어쩌고 한 벌이야. 호호호. 재킷도 없으니 조오금 춥겠다?"

"어! 그거 농담이라면 별로 재미없고 진담이라면 별로 달갑잖아요!"

"달가운 벌도 있니? 날이 새면 문 열릴 거야, 안녕!"

어어랏! 정말? 네리아는 정말 자기 방문을 열고 들어서더니 조용해졌다. 난 아래로 내려오는 발자국 소리가 나는지 귀를 기울여보았지만 아무 소리도 들리지 않았다. 네리아는 몸이 가벼우니까 발소리를 안 낼 수도 있겠지. 에, 지금쯤 문을 열고, 계단을 내려와서, 홀을 가로질러, 문 손잡이를 잡고, 지금, 연다!

안 열리네?

노, 농담이 아니다! 정말 날 여기서 재우려고? 어, 조금 버티면 열어주겠지? 약올리려는 거겠지? 난 팔을 감싸안고 벌벌 떨었다. 달려오느라 몸에 열이 올랐다가 식으니 무지 추웠다.

자, 지금 열겠지? 이 정도면 장난으로도 괜찮아. 웃으며 넘어가주지. 어, 장난이 아냐? 에이, 열어주겠지!

"카악! 네리아!"

고함을 지를 뻔했지만, 난 간신히 입을 다물었다. 지금 고함을 지르면 난 눈총 맞아 죽을 것이다. 우와, 이거 정말 체온이 뺏기는 감각이 온다?

에이! 네리아가 하면 나도 할 수 있다! 난 벌벌 떨면서 주위를 둘러보았다. 장대, 장대 없나? 하지만 한밤중의 도시의 거리에서 장대를 찾는 것은 우스운 일이라는 것을 깨닫게 되었다. 눈 딱 감고 문 부숴버린 다음 나는 모르는 일이라고 잡아뗄까?

아버지는 지금 얼마나 추우실까?

난 갑자기 처량맞은 기분이 들었다. 난 유니콘 인의 정문 기둥에 기대어 앉았다.

아버지는 고블린들의 동굴에 잡혀 계시겠지. 고블린들이 불을 잘 다루던가? 하지만, 그놈들이 오크 같다면 불을 잘 다루지 못하겠지. 설령 불을 잘 다룬다 해도 포로들에게 난방을 잘 해줄까? 그놈들이 따스한 마음씨를 가졌을까? 난 이루릴이 아니고, 따라서 놈들에게 호의적인 생각을 할 수가 없다. 놈들은 분명 아버지를 차가운 동굴 바닥에 가두어두었겠지.

그렇다면, 아버지는 회색 산맥의 어느 차가운 동굴 바닥에서 극도로 떨고 계시겠지.

뭘 드실까? 아버지는 지금 무얼 드실까? 카악! 빌어먹을! 『따사로움과 즐거움이 가득한 주방을 위한 요리 100선』이라고? 잘도 그런 책을 샀군.

“아버지……. 아버지…….”

삐이걱. 문 열리는 소리가 났다. 하지만 난 고개를 푹 숙이고 있었다. 귓가에 말소리가 들려온다.

“어머나? 후치, 너 우는 거니? 얘, 얘. 장난이었어. 이렇게 나 왔잖아?”

네리아인가 보다. 네리아는 내 어깨를 잡고 흔들더니 내 얼굴을 똑바로 들어올렸다. 하지만 난 네리아의 얼굴이 잘 보이지 않았다. 흐릿하다.

“너 정말 우는 거니? 어처구니없어서, 그런 일로?”

“……보고 싶어요.”

“응?”

“아버지가 보고 싶어요.”

네리아는 날 뚫어지게 바라보았다. 미안해요, 네리아. 나 몇 번씩이나 당신을 실망시키지요? 또 멍청한 모습 보였지요? 하지만 보고 싶은걸. 무슨 욕설이 날아올까?

욕설은 날아오지 않았다. 네리아는 날 살며시 안았다. 네리아는 가볍게 내 등을 쓸어주었고, 추위와 울음 때문에 덜덜 떨던 내 몸은 조금씩 진정하기 시작했다.

“울음 그쳐, 후치.”

난 숨을 몰아쉬며 울음을 멈추었다. 네리아는 낮게 말했다.

“들어가자, 후치.”

난 몸을 일으켰다. 네리아는 날 부축하듯이 안고는 2층의 우리 방까지 데려다주었다. 우리 방 앞에서, 네리아는 자신의 소매를 잡아당기더니 내 눈을 닦았다.

"이젠 됐어?"

"……예."

"들어가서 내 꿈이나 꿔. 조금 에로틱해도 용서해 줄게."

"……그건 어렵겠지요. 네리아라면."

네리아는 킬킬 웃었다. 나도 바보같이 웃어버렸다. 아마 내 얼굴 볼 만했을 거다. 눈물로 범벅이 되어 바보같이 웃고 있었으니. 하지만 네리아는 내 얼굴을 보고 웃지는 않았다. 대신 그녀는 어서 들어가라는 듯이 손짓했고, 난 문을 열었다.

"잘 자, 후치."

"잘 자요, 네리아."

방 안에 들어서자 그르렁거리며 코 고는 소리가 들려왔다.

난 갑자기 심술이 맹렬히 솟아오르는 것이 느껴졌다. 아니, 이 양반들은! 내가 돌아오지도 않았는데 팔자 좋게 잠들어 있어? 에라이, 인정머리없는 양반들아! 난 씩씩거리며 배낭을 뒤진 다음 잉크병을 꺼내었다.

그리고 잠들어 있는 칼, 샌슨, 길시언의 모습을 한 번 싸늘하게 훑어보았다.

"후후후. 차가운 밤의 숨결 속에서, 그대를 주시하는 복수자의 눈길이 더욱 활활 타오름을 알라."

난 잉크병에 손가락을 집어넣었다가 뺐다. 난 손가락에 묻은 잉크를 바라보며 말했다.

"복수의 검은 손길이로군……. 우후후후!"

내일 아침이 몹시 기대된다.

제6부

톱 메이지

……심연의 가장 밑바닥으로부터 끌어 올린 가장 강인한 철을 최고의 대장장이의 손길로 가공하여 만들어낸 검으로 편지 봉투를 자를 수도 있는 법. 부러진 낫의 끝 부분을 적당히 다듬고 나뭇조각을 하나 붙여 손잡이로 삼은 칼로도 나라를 구할 수 있는 법. 100마리의 드래곤들이 한자리에 모여서 공격해도 오두막 하나를 넘어뜨리지 못할 수도 있는 법. 한 명의 마법 수련자가 내뱉은 가벼운 주문으로 100개의 성채가 쓰러질 수도 있는 법. 이러한 법들을 가리켜 사람들은 무엇이라고 부르는가. 그것은 인생이라 부르는 법…….

「품위 있고 고상한 켄턴 시장 말레스 추발렉의 도움으로 출간된, 믿을 수 있는 바이서스의 시민으로서 켄턴 사집관으로 봉사한 현명한 돌로메네 압실링거가 바이서스의 국민들에게 고하는 신비롭고도 가치 있는 이야기」 돌로메네 지음, 770년, 제5권 172쪽.

1

언덕길을 올라 굽이굽이 돌아가는 길, 두 번째로 찾아드는 길이라 그런지 이젠 좀 느긋하게 주위를 둘러볼 여유가 생긴다. 하지만 언덕 위를 보자, 전에 찾아보았던 때와 똑같은 경외의 마음이 날 내리누른다.

멋진 작품이란 말이야, 저 건물은.

그랜드스톰. 정말 멋지다. 저 건물을 설계한 자는 틀림없이 지금 내가 서 있는 곳에서 저 언덕을 한 번쯤 바라보았을 것이다. 아니, 설마 한 번만 바라보았을까? 수십 번도 넘게 보았겠지. 그렇지 않고서야 어떻게 땅을 단단히 디딘 모습으로 하늘을 압도하는 저런 걸작을 만들어낼 수 있을까.

"휘유우."

"뭐야, 그건?"

"감탄의 의미. 정말 아름다운 건물이야."

샌슨은 동감의 의미인지 무슨 의미인지 모르겠지만 어쨌든 고개를 끄덕였다. 길시언은 언제나 그렇듯이 마치 황소 위에서 졸듯이 고개를 조금 숙인 채 왼손으론 칼자루를 쥐고 웅얼거리고 있다. 모르는 사람이 보면 취한 채 황소 탄다고 생각하기 딱 알맞은 모습이다.

칼은 한마디 해야겠다고 생각한 모양이다.

“흠, 어흠. 제군들. 우린 여러 가지 사실을 알고 있네만, 모든 것을 말할 필요는 없다네.”

네리아가 실쭉 웃으며 말했다.

“뭐죠, 칼 아저씨? 에델브로이의 하이 프리스트를 믿지 않으시나요?”

“아, 네리아 양. 그러니까 말입니다. 저희들은 국왕 전하와 최고위 각료들만이 알고 있어야 할 중대한 극비를 알고 있답니다.”

네리아의 눈이 커지는 소리가 들리는 것 같다. 네리아는 그야말로 번쩍거리는 눈빛으로 주위를 둘러보았다. 그녀의 눈이 내 얼굴에 고정되었다.

“후우웃치야아아아?”

어어어억! 저 닭살스러운 콧소리!

“천만에!”

“아무한테도 말하지 않을 테니까, 좀 들려줄래? 궁금해 죽겠어.”

칼은 한숨을 쉬며 말했다.

“네리아 양.”

“농담, 아저씨. 그런데 왜 그걸?”

“에델브로이의 교단의 세력은 대단합니다. 그리고 그 성직자들은 당연히 국경에 간섭되지 않고 자유자재로 오갈 수 있습니다. 간첩들이 이용하려면 가장 좋은 위장 수단이 됩니다.”

“아하?”

네리아는 고개를 끄덕였고 샌슨은 질문했다.

“저번에는 그런 말씀을 하지 않으셨잖습니까?”

“그때는 우리가 찾아간 것이었지. 그리고 우리가 수도에 온 지

얼마 되지도 않았을 때였고. 그러나 이번에는 다르지 않은가. 그랜드스톰에서 우릴 불러들인 것이야."

샌슨은 고개를 끄덕였다.

하긴 그렇다. 오늘 아침 갑자기 그랜드스톰에서 온 사자라면서 몇 명의 수련사가 우릴 찾아왔다. 수련사들은 얼굴에 잉크를 칠한 채 법석을 피우고 있는 우리 일행을 보며 얼빠진 얼굴이 되었고, 칼은 얼굴이 벌겋게 되었지만 샌슨은 역시 주위에 전혀 신경쓰지 않는 단호한 태도로 내 얼굴에 잉크를 발랐다. 존경스러운 전사야.

얼굴을 다 닦고 무례를 사과한 다음 수련사들의 이야기를 들었다. 복잡한 절차 다 빼고 말하자면 하이 프리스트께서 말씀하시길, 오후에 차나 한 잔 하고 싶은데 들러주지 않겠느냐는 말이다.

그런데 그것이 길시언이 아니라 우리에게 전해 온 말이었다. 그러니 의심을 안 할 수가 없지. 하지만 샌슨은 고지식하게 말했다.

"하지만 이건 하이 프리스트의 초대가 아닙니까?"

칼은 미소를 지었다가 다시 진지한 얼굴로 말했다.

"하이 프리스트를 의심하지는 않겠네. 세상이 너무 비참해져 보이는 일이니까. 하지만 난 그 비밀에 대해서는 나 자신도 의심할 생각이라고 말한다면 답이 되겠는가, 퍼시발 군?"

"예. 알겠습니다."

네리아는 칼의 말에 놀랐다는 듯이 눈을 커다랗게 떴다.

"후우웃치야아아아?"

"아아악! 그만!"

정문에는 수련사들과 몇몇 프리스트들이 이미 우릴 기다리고 있었다. 허, 확실히 '차나 한 잔'은 아닌 모양인데 그래? 프리스트들은 정중히 인사말을 꺼내었고 칼은 역시 능란하게 프리스트들의 인사말에 대꾸했고 우리는 뭐…… 날씨에 대해 조금 이야기했다.

수련사들은 역시 정중하게 우리의 말과 황소를 데려가려고 했고, 여기서 수련사들 세 명이 에보니 나이트호크에게 질질 끌려가며 에델브로이의 이름을 외치는 불상사가 조금 있었다. 정말 성격 골치 아픈 말이다. 결국 내가 몸을 날려 그놈을 땅바닥에 메다꽂아야 했다. 윽. 차 마시러 가면서 옷이 엉망이 되었군.

프리스트는 가슴을 쓸어내리며 말했다.

"따, 따라오시지요. 하이 프리스트께서 기다리고 계십니다."

수련사가 아니라 프리스트가 직접 우릴 안내했다. 갈수록 대접이 수상하다? 우리야 길시언 따라서 여기에 한번 들른 것뿐인데 무슨 귀빈이 될 수 있나? 아, 굳이 따지자면 우리가 칼라일 영지에서 에델린과 함께 행동했다는 것이 있기는 하지만.

궁성 임펠리아와 맞먹을 정도로, 아니 그보다 더 심한 길을 따라 걸어가자니 어지러울 지경이었다(최소한 임펠리아에는 구름다리나 허공에서 갈라지는 계단 등은 없었으니까.).

"응?"

샌슨이 이상한 소리를 내었다. 앞을 보니 복도 한편에 서서 프리스트와 무슨 이야기를 나누고 있는 남자 두 명이 보였다. 신전에서 평상복을 입고 있어서 눈길을 끌었다. 하나는 조금 젊은 남자였고 나머지 하나는 등에 롱소드를 메고 있었다. 어디서 본 사람인데?

"휴리첼 공?"

칼이 먼저 말을 걸었다. 그러자 프리스트와 담소하고 있던 그 남자도 고개를 돌려 우리를 보았다.

"아, 헬턴트 영지의……."

넥슨 휴리첼이었다. 그리고 등 뒤의 그 남자는 그날 아침에도 보았던 그 마부 같은 남자였다. 넥슨은 우리들을 바라보면서 물었다.

"여긴 어쩐 일이십니까?"

"아, 하이 프리스트의 초대를 받았습니다."

"그러십니까?"

넥슨은 의아한 표정을 지었다. 아마 우리같이 방금 수도에 올라온 자들이 그랜드스톰의 하이 프리스트의 초대를 받는 것이 이상하다는 눈치인 모양이다. 흠, 그건 나도 이상해. 그러나 넥슨은 다른 말 없이 점잖게 말했다.

"아, 참. 할슈타일 가문의 에포닌 아가씨가 당신들의 소식을 묻길래 가르쳐줬습니다. 만나셨습니까?"

에포닌의 이야기가 나오자 곧 칼의 얼굴빛이 어두워졌다. 젠장. 또 생각나는군.

"예, 만났습니다."

넥슨은 칼의 얼굴빛이 이상해지는 것을 보자 다시 의아한 표정을 지었다. 그러나 여전히 별다른 질문은 하지 않았다.

"좋은 시간 가지시길 바랍니다. 바람 속에 흩날리는 코스모스를."

"폭풍을 잠재우는 꽃잎의 영광을."

칼이 대답하자 넥슨은 고개를 꾸벅하고는 이야기를 나누던 프리스트와도 인사를 나누고 떠나갔다. 그 뒤의 남자는 여전히 한 마디도 하지 않은 채 넥슨의 뒤를 따라갔다. 칼은 그 뒷모습을 잠깐 보다가 말했다.

"흠. 에델브로이의 재가 프리스트였지."

"그렇지요. 그래서 여기에 들른 모양이군요."

넥슨 휴리첼과 헤어지고 나서 역시 한참 동안 프리스트들의 안내를 받아 걸어갔다. 그러자 언젠가 안내되었던 그 후원이 나타났다. 그리고 후원에는 전에 보았을 때부터 그대로 앉아 있었던 것이 아닌가 싶을 정도로 똑같은 모습으로 하이 프리스트가 앉아 있었다.

하이 프리스트는 일어나며 미소지었다.

"바람 속에 흩날리는 코스모스를. 어서들 오시오."

길시언은 정중히 목례하면서 말했다.

"폭풍을 잠재우는 꽃잎의 영광을. 초대해 주셔서 감사합니다."

우리는…… 그냥 따라서 목례했다. 하이 프리스트의 눈길이 이동하다가 잠시 네리아에게 멈추었다. 하이 프리스트는 고개를 갸웃거렸다.

"이 숙녀분은 전에 못 뵈었던 분이시군?"

네리아는 고개를 까딱하면서 말했다.

"네리아예요. 이분들 동행입니다."

하이 프리스트는 잠시 네리아를 이채로운 눈빛으로 바라보다가 말했다.

"네리아 양, 혹시 실례가 되지 않는다면 나이를 좀 묻고 싶은데."

네리아의 눈이 반짝했다고 느껴졌다. 그건 내 느낌뿐일지도 모르지만. 허어, 하이 프리스트도 그 일에 대해서 알고 있다는 말인가? 네리아는 간단히 말했다.

"음, 10대는 넘었고 30대는 아직 되지 않았다고 말씀드리지요."

하이 프리스트는 고개를 끄덕이더니 말했다.

"미안하오. 아가씨와 비슷한 사람을 알고 있어서 무례를 범했소. 자! 귀한 손님뿐만 아니라 아름다운 손님까지 맞이하게 되어 더욱 기쁘군. 앉으시지요."

우리는 테이블 주위에 몰려 앉았다. 잠시 후 수련사들이 쟁반과 다기들을 들고 왔고 조그만 램프와 주전자도 옮겨졌다. 하이 프리스트는 손수 램프에 불을 붙이고 물을 끓였다.

"그래, 길시언. 그 귀여운 마법검은 어떻게 되었나?"

"……."

"길시언?"

"……예? 아, 뭐라고 하셨습니까?"

"아니, 됐네. 대답한 것이나 마찬가지야."

하이 프리스트는 점잖게 고개를 끄덕이며 차를 따라서 찻잔을 돌리기 시작했다. 칼은 역시 능란하게 차 맛을 칭찬했고 하이 프리스트는 적당한 겸양을 표시했다. 두 어르신들이 하도 절묘하게 말을 주고받는 통에 난 차 맛도 제대로 느낄 수 없었다.

그러고 나서 하이 프리스트는 날씨 이야기도 하지 않고 바로 본론에 들어갔다.

"칼 선생과 일행들은 수도에 보석을 구하러 오셨지요?"

칼이 정말 존경스러운걸? 놀란 얼굴이 된 나와 샌슨과는 달리 칼은 얼굴에 있는 미소를 지우지 않은 채 가볍게 대답했다.

“그걸 물으시는 하이 프리스트의 의도를 짐작하지 못하겠습니다만.”

“내 의도에 따라 대답이 바뀐다는 말이오?”

“대답이 필요없지 않겠습니까?”

하이 프리스트는 손가락을 깍지 껴 무릎에 올려놓으며 말했다.

“이미 빛의 탑에 들르신 것으로 알고 있소. 그렇다면 당신들이 수도에 보석이 동이 났다는 것은 알고 계실 줄로 믿소만.”

칼은 대답하지 않고 그저 그윽한 미소만 지었다. 와, 나라면 벌써 몇 마디는 대답했을 텐데 칼은 그저 부드러운 미소로 하이 프리스트의 말이 이어지기만을 기다렸다. 그래서 하이 프리스트는 조금 주춤하다가 말했다.

“여러분들이 그렇게 귀금속에 대해 물어보고 다닌 통에 나 또한 그 소식을 알게 된 거지.”

칼은 고개를 끄덕였다. 하이 프리스트는 말했다.

“어떻소들? 내가 도움이 될 수 있을지도 모르겠는데.”

“감사합니다만 이미 마련해 주시기로 약속한 분이 계십니다.”

“국왕이? 글쎄. 닐시언 국왕이라 해도 없는 물건을 만들어낼 수야 없지 않겠소?”

“그랜드스톰은 없는 물건을 만들어낼 수 있다는 말씀이십니까?”

“허허. 그건 신만이 가능한 일이고, 동시에 신이 가장 싫어하는 일이지.”

칼은 묵묵히 하이 프리스트를 바라보았다.

“언외언을 읽어낼 정도로 지각 있지 못한 미욱한 촌부올시다. 하이 프리스트의 말씀은…….”

"그 이유를 설명해 줄 수 있다는 말이오."

칼은 고개를 갸웃거렸다.

"보석이 품절된 이유를 말입니까?"

"그렇소. 하지만 내가 아니지."

하이 프리스트는 그렇게 말하며 고개를 돌렸다. 우리들도 덩달아 고개를 돌렸다. 이곳 후원과 본관(본관인가? 글쎄. 좌우간 제일 큰 구조물) 3층을 잇고 있는 구름다리에서 두 사람이 걸어오고 있었다. 칼은 눈을 찌푸렸지만 눈이 좋은 샌슨은 그들을 알아보았다.

"어어?"

역광이라서 나도 잘 보이지 않았다. 어쨌든 걸어오고 있는 사람들은 아버지와 아들인지, 어쨌든 키가 크고 작은 두 사람…… 그런데 아들 쪽이 수염이 더 많군 그래?

"엑셀핸드?"

"어어? 아프나이델?"

나와 샌슨이 차례대로 말했다.

키가 작은 쪽은 탄탄한 몸집에 떡 벌어진 어깨를 가진 그 드워프, 엑셀핸드였다. 그리고 그 옆에 서 있어서인지 빈약해 보일 정도로 껑충해 보이는 남자는 아프나이델이었다. 엑셀핸드가 먼저 손을 휘저었다.

"여, 오래간만이군. 그래, 요즘도 말과 함께 후치에 타고 다니시나?"

샌슨의 얼굴이 붉으락푸르락해졌다. 아프나이델 역시 미소를 지으며 우릴 둘러보다가 의아한 얼굴로 말했다.

"반갑습니다. 그 엘프분은 어디 가셨습니까?"

칼은 놀란 얼굴로 두 사람을 바라보았다가 하이 프리스트를 바라보았다. 하이 프리스트는 빙긋이 웃었다.

"길시언 바이서스입니다. 이분들과 동행하고 있습……"

"바이서스! 전하십니까?"

아프나이델은 기겁했고 엑셀핸드도 놀란 표정을 지었다. 엑셀핸드는 뚱한 얼굴로 길시언을 바라보며 말했다.

"자네가 그 난봉꾼 왕자인가?"

으윽. 드워프니까 인간의 왕자에 대해 경의를 표할 필요는 없겠지만, 아무래도 그것보다는 저게 원래 엑셀핸드의 성격인 것 같다. 길시언은 고개를 끄덕였고 아프나이델은 당황한 얼굴로 길시언을 바라보았다. 어쨌든 길시언을 마지막으로 우리는 서로간의 소개를 끝내었다. 나는 먼저 엑셀핸드에게 질문했다.

"언제 오셨어요?"

"어제."

"흐음. 레너스 시에서 헤어졌던 것을 생각하면 퍽 빨리 오셨군요?"

우리는 그 뒤에 칼라일 영지에서 역시 사흘을 지체했고 수도에서도 그 정도의 기간을 보냈다. 그러니 엑셀핸드가 걸어왔다는 것을 감안하면 대단히 빠른 것이다. 그러나 엑셀핸드는 투덜거리며 말했다.

"사실 자네들 탈옥시킨 것이 들켜버렸어. 그 칠칠치 못한 하플링놈! 돈 셀 때 외에는 흐리멍덩한 눈을 해가지고! 젠장. 그래서 시청에 불려가고 여러 가지 조회를 받다보니 늦어졌지. 안 그랬으면 훨씬 일찌감치 도착했을 텐데."

엑셀핸드는 수도에 늦게 도착한 이유를 이렇게 설명했다. 내 생각엔 저 짧은 다리로 꿋꿋하게 걸어오느라 늦어진 것 같은데 말이야. 칼은 황급히 사과했다.

"이런, 죄송합니다."

"뭐가 죄송해? 나 하고 싶은 대로 하다가 당한 일인데. 신경쓸 필요 없네!"

"아니, 그래도……."

"됐다니까! 그리고 시청에서도 나 때문이 아니라 그 듀칸 녀석 때문에 날 닦달한 거야. 자네들 탈옥건은…… 자네들 아주 깔끔하게 처리하고 떠났더군? 시청에서 날 붙잡아 놓고 닦달한 것은 듀칸의 그 열쇠 때문이었어. 시청에서는 큰일 아닌가."

"아하. 그랬군요. 그래도 결과적으로 저희들 때문에……."

"아냐, 됐네. 덕분에 좋은 구경도 했지."

"좋은 구경이오?"

엑셀핸드는 껄껄 웃으면서 말했다.

"생각할수록 말이야, 정말 교활한 수법이었어. 자네들이 시청에 넘겨버린 투기장 말이야."

칼은 미소를 지었다.

"아, 네."

"그런데 말도 마. 원 참. 실리키안이라는 그 작자는 인간성은 어땠는지 모르겠지만 경영 능력은 괜찮았던 모양이야. 그런데 자네들 덕분에 그 투기장이 시 소유가 된 다음 레너스 시는 경영난에 허덕이게 되었지."

"그렇습니까? 그것 참. 도박장이나 다름없는 그런 곳이 경영난에 허덕인다는 것은 믿기 어렵군요."

"그게 말이야, 원 참. 사상 최악의 승률이 터져버렸어. 내가 거기 잡혀 있느라 그 과정을 잘 볼 수 있었지. 그리고 그게 내가 말한 좋은 구경이고."

"사상 최악의 승률이요?"

"어디서 갑자기 나타난 신인 두 명이 사상 최악의 승률에서 이겨버렸단 말이야. 기가 막혀서. 그 두 신인은 겁도 없이 전투 상대로 트롤을 지명했거든. 승률이 얼마였는지 아나? 자그마치 300대 1이었다고! 그런데 이겨버렸어. 시청 금고가 텅텅 비게 될 뻔했지. 어쨌든 완전 적자 경영에 허덕이게 되었어."

"허, 놀랍군요."

"그래서 시청에서는 실리키안을 고문으로 받아들였어. 옛날처럼 포악한 짓은 못하게 되었지만 실리키안은 투기장 경영도 열심히 하고 시청 재산도 불려주며 간신히 체면 차릴 정도로 벌어들이게는 되었어. 성격도 괜찮아졌고. 내 생각엔 잘된 결말인 것 같아. 간수도 못할 큰 재산을 받아들인 레너스 시에서만 좀 고생을 했다뿐이지만, 지금은 경영이 정상으로 돌아간 것 같아."

"그것 참 잘됐군요. 그 두 남자는……."

"뭐, 엄청난 거금을 만지게 되었으니 그 남자들도 행운의 바람을 탄 사람에 속하고. 원 참. 지금도 기억나는군. 늑대 발톱 목걸이를 걸친 완전 야만인 같은 놈…… 뭔가?"

엑셀핸드는 신나서 말을 하다가 내 표정을 보고 의아해했다. 난 기가 막힌 심정으로 물었다.

"느, 늑대 발톱 목걸이? 혹시 팔치온을 좀 이상하게 쓰지 않았어요? 얼굴에는 보조개가 있고."

"어랏?"

"나머지 하나는 혹시 핼버드를……."

"자네 아는 사람들인가?"

"알다뿐이겠어요?"

내 한숨에 샌슨은 껄껄 웃었고 칼은 미소를 지었다.

우리가 레너스 시에서 했던 일을 모르는 길시언과 네리아는 엑셀핸드의 이야기를 열심히 들으며 감탄했다. 그 다음엔 내가 칼라일 영지의 이야기를 해주었고 샌슨과 칼을 제외한 모든 사람들이 넋을 잃고 우리 이야기를 들었다. 중간중간에 칼의 눈짓을 받아가며, 난 그 이야기에서 자이펀의 이름이 나오지 않도록 그저 알 수 없는 저주에 걸린 마을의 이야기로 바꿀 수 있었다.

"그 남자들은 발러를 잡겠다고 설칠 정도로 배짱 있는 사람들이지요. 거기로 간다는 말을 듣기는 들었는데 정말 갔군요. 허참."

"발러를 잡는다고? 그 친구들 돌았구먼! 하긴 그 정도로 돌았으니 그런 지명을 할 수도 있었고 레너스 시청을 파탄 지경으로 몰아넣을 수도 있었겠지. 푸하하!"

하이 프리스트는 인자한 표정을 지으며 꾹꾹 눌러참고 있었다. 뭐, 누가 봐도 알 수 있었다. 그는 자주 대화에 끼어들 틈을 노리는 모습을 보여주었지만 엑셀핸드는 이야기하는 것을, 특히 입을 큼지막하게 벌리고 큰소리로 웃으면서 이야기하는 것을 퍽이나 좋아하는 성격이었다. 하이 프리스트는 옆에서 보기에 좀 안쓰러울 정도로 조바심을 내고 있었지만 엑셀핸드는 영 눈치가 안좋았다. 가장 존귀하시다 보니 눈치도 가장 좋지 않은 모양이군. 눈치 볼 일이 없어서 그럴 테지?

그래서 보다못한 칼이 점잖게 이야기의 주도권을 하이 프리스트께 돌려주려고 했다.

"이거 참 반가운 손님들이로군요. 하이 프리스트께서는 이분들을 소개시켜 주시려고 우릴 부르셨습니까? 감사한 일이로군요."

하이 프리스트가 미소를 지으며 대답하려는 순간이었다.

"파하하! 모루와 망치의 불꽃의 정수를 기억하는 이들은 세상 어느 곳에 있어도 드워프의 우정이 함께하는 거라네. 더욱이 자네들은 오크, Cxakro, Dmeiin! 그 추악한 생물에 대항하여 나와 함께 섰던 사람들, 어떻게 우리가 헤어질 수 있다는 말인가. 이 만남은 예정되어 있었던 것이라네. 핫하하!"

하이 프리스트는 그만 웃어버렸다. 그리고 칼은 곤혹스럽게 웃으며 재시도에 들어갔다.

"그런데 하이 프리스트, 아까 이분들이 오기 전에 하셨던 말씀은……."

하이 프리스트는 재빨리 말했다.

"엑셀핸드. 드워프들의 노커여."

"흠, 왜 그러시나, 그랜드스톰의 다락귀신?"

다, 다락귀신? 확실하군. 엑셀핸드의 원래 성격이다. 하이 프리스트는 빙긋이 웃었다.

"신선한 느낌의 호칭이오. 고매하신 드워프의 노커가 인간들의 수도까지 그 짤막한 다리로 걸어오신 이유를 좀 들려줬으면 하는데, 어떻겠소? 난 여기 이분들에게 수도에서 보석이 바닥난 이유를 알려주겠다고 약속했소만."

엑셀핸드는 마땅찮다는 표정으로 턱수염을 쓸면서 말했다.

"저놈의 다락귀신은 해가 가면 갈수록 징그러워지는군. 에이, 백 년 묵은 너구리 같은 신의 지팡이 녀석. 이놈아! 드워프를 초

대해서 이야기를 듣고 싶다면 맥주라도 한 잔 내어오는 것이 어떠냐?"

"미안하오만 그랜드스톰에는 맥주가 없소. 곡식의 무가치한 사용이라고 종규에 제조가 금지되어 있거든."

"이 멀건 찻물은 무가치하지 않고?"

"찻잎은 곡식이 아니지 않소? 기호품이지."

나는 얼떨떨한 표정으로 가장 고귀한 드워프와 가장 고귀한 에델브로이의 성직자의 독설 공방(엄밀하게 말하자면 독설을 사용하는 것은 엑셀핸드뿐이었지만)을 바라보았다. 하이 프리스트는 상대가 무슨 말을 하든 별로 신경 쓰지 않는다는 듯한 태도였고 그래서 엑셀핸드는 별로 재미가 없다는 듯한 태도였다. 결국 엑셀핸드는 헛기침을 몇 번 하더니 말했다.

"에흠, 험. 그러니까 말할 테니 잘들 들어보게."

우리는 대륙 어디엘 가도 이만한 청중을 얻으시기는 어려울 거라고 외치는 듯한 진지한 얼굴로 들을 준비를 갖추었다.

"세상에서 보석을 가장 탐내는 자는 누구인가?"

엉뚱하다면 엉뚱한 엑셀핸드의 질문에 우리는 의아한 표정을 지었다. 샌슨이 조심스럽게 말했다.

"뭐라 해도 드워프들이 보석을 가장 사랑하지 않겠습니까?"

"퍼헐헐헐, 점잖게 말해 줘서 고맙네만 세상에는 드워프들과 쌍벽을 이룰 만큼 보석을 좋아하는 놈이 하나 더 있지."

칼이 말했다.

"드래곤 말씀이십니까?"

"그렇지."

"드래곤을 거론하시는 이유가 무엇입니까?"

"드래곤 때문에 수도에 보석과 귀금속이 동이 나 버렸으니까."

써늘한 기분이 드는 이유가 뭘까?

"3개월 전쯤일까. 갈색 산맥의 광산에서 갑자기 이상한 소문이 퍼지기 시작했다네."

엑셀핸드는 침착한 어조로 설명하기 시작했다.

"갱도 어디선가 멀리서 쿵쿵거리는 소리가 들려온다더군. 잘들 알겠지만 드워프들은 지하에서 움직이는 것들에 대해서는 확실하게 맞출 수 있다네. 우리는 지하에서라면 100큐빗 이상 거리에서 기침하는 소리만 듣고도 오크인지 코볼드인지 구분해 낼 수 있지. 그런데 그 소리를 들은 드워프들은 도통 무슨 소리인지 모르겠다는 거야."

엑셀핸드는 턱수염을 쓸었다.

"멀리서 들려오지만 거대한 소리였다더군. 소문이 하도 무성해져서, 알겠지만 드워프들은 성격이 원래 헛소문을 거의 받아들이지 않도록 되어먹었거든, 그런데도 소문이 무성하더란 말이야. 그래서 내가 갈색 산맥으로 출발하게 되었다네. 그리고 도중에 자네들을 만났었지."

"아, 그런 것이었군요."

"젠장, 그러다가 재수가 사나워서 레너스 시에서 지체하게 되었지. 이 친구가 아니었다면 아직 거기서 썩고 있었을지도 몰라."

그렇게 말하면서 엑셀핸드는 아프나이델을 가리켰다. 아프나이델은 황급히 고개를 저었다.

"아뇨, 저, 제가 뭐 한 일이 있다고……."

"겸손은 징그러워. 관둬."

"아니, 겸손이라니요. 이런. 제가 말씀드리죠."

그렇게 말하다가 아프나이델은 우리들을 한 번 훑어보았다.

"세 분들은 저를 사기꾼으로 아실 겁니다. 그러니까, 저, 제 말을 믿으시긴 어렵겠지요. 하지만…… 선입관을 버리고 들어주셨으면 가, 감사하겠습니다. 그리고 지금부터 말씀드릴 것은 엑셀핸드 님도 함께 겪으신 일이니까……."

허어, 이 남자, 예전에 비해 태도가 상당히 좋아졌군. 칼은 고개를 끄덕이며 말했다.

"우린 인간에게 하나의 면만 있다고 믿는 바보는 아니오. 말씀하십시오."

아프나이델은 안도의 표정을 짓더니 말했다.

아프나이델은 그날 밤 실리키안 남작의 저택을 빠져나왔다. 하지만 그냥 털레털레 어딘가로 떠날 수는 없었다. 여행이라는 것이 하고 싶다고 그냥 발 가는 대로 출발하면 되는 문제가 아니니까. 그래서 그는 며칠 동안 레너스 시에 체류하면서 거취를 고민했다.

그러다가 그는 칼이 말한 것을 받아들일 결심을 했다. 그는 결국 마법사였으니까. 그런데 그때 레너스 시청에서 그에게 협조 요청이 날아들었다.

"여행 준비를 갖추고 있다가 우연히 레너스 시청에서 고초를 겪으시던 엑셀핸드를 뵙게 되었습니다. 시청에서는 여러분의 탈옥을 조사하다가, 결국 듀칸 버터핑거라는 그 하플링은 놓쳤지만 엑셀핸드 님을 체포할 수 있었습니다. 하지만 엑셀핸드 님은 그 하플링에 대한 증언을 완강히 거부하신 바람에 억류당하고 있었던 것입니다. 시청에서는 절 불러서 그 하플링의 소재를 알아내어 달라고 부탁하더군요."

아프나이델은 잠깐 말을 끊더니 얼굴을 붉히며 말했다.

"그때까지도 레너스 시청에서는…… 절 대마법사로 알고 있었기 때문입니다."

칼은 미소를 지으며 계속하라는 시늉을 했다.

아프나이델은 솔직하게 말할 결심을 했다. 그는 대마법사도 아니며 대륙 어디에 숨어 있는 사람이든 간단히 찾아낼 만한 마력을 가지고 있지는 않다는 사실을. 이미 새출발하기로 마음먹었는데 다시 과오를 저지를 수야 없기 때문이다. 그런데 엑셀핸드와의 면담에서 그는 엑셀핸드의 귓속말을 듣게 되었다.

엑셀핸드는 하플링 듀칸 버터핑거의 소재를 알려주고 싶은 생각도 없었지만 바쁜 일정 때문에 계속 시청에 억류당하고 있을 수도 없었다. 그래서 그는 아프나이델을 이용하기로 마음먹고는 아프나이델에게 듀칸 버터핑거를 만날 수 있는 방법을 알려주었다.

"엑셀핸드 님이 가르쳐주셔서 저는 그 하플링을 찾았고 그에게서 열쇠를 받아다가 시청에 가져다주었습니다. 시청에서 원하는 것은 그 열쇠였으므로 거기서는 만족했습니다. 따라서 하플링 듀칸 버터핑거도 안전해지고, 시청에서도 원하는 열쇠를 찾았으니 만족하고, 또한 엑셀핸드 님도 풀려날 수 있었지요."

그때 엑셀핸드가 갑자기 웃기 시작했다.

"푸하하하! 카리스 누멘의 수염에 맹세코 그놈은 틀림없이 복사본을 만들어두었을 거야! 하하하하!"

하이 프리스트는 질린 표정으로 엑셀핸드를 바라보았고 엑셀핸드는 간신히 웃음을 멈추었다. 아프나이델은 말했다.

"전 스승님을 찾기 위해 수도로 올 결심을 하고 있었죠. 그래서 엑셀핸드 님과 동행하게 되었습니다."

엑셀핸드는 자신의 곤란한 처지를 타파해 준 대가로 아프나이델에게 동행을 요청했던 모양이다. 아프나이델로서는 빈약한 자신의 마법만 믿고 수도까지의 여행을 결심하는 것이 어려웠던 차에 퍽 달가운 제안이었다. 그래서 둘은 함께 출발했다.

여행 도중 몬스터를 만나거나 산적을 만나는 등의 위험이 몇 번 있었지만 엑셀핸드는 아프나이델을 훌륭히 지켜내었고 아프나이델도 빈약한 마법이나마 열심히 엑셀핸드를 도왔다. 엑셀핸드는 아프나이델이 자신의 마법이 별것 아닌 것처럼 말할 때마다 고개를 가로저었다.

"에이, 여보게! 자네가 해준 그런 일을 스스로 깎아내리지는 말아!"

"아닙니다. 엑셀핸드, 그러니까……."

"됐어! 아무리 내가 마법에 무지해도 그건 알아! 자넨 훌륭한 마법사였어."

칼은 빙긋 웃었다. 아무래도 엑셀핸드는 아프나이델이 퍽 마음에 든 모양인데. 흠. 우리야 저 마법사에게 좋지 않은 인상만 남아 있었지만 엑셀핸드의 태도로 보건대 아프나이델은 엑셀핸드를 만날 때는 완전히 다른 사람으로 바뀌어 있었던 모양이군.

어쨌든 둘은 서로를 도와가며 무사히 갈색 산맥에 도착했다.

아프나이델은 잔잔하게 말했다.

"그리고 엑셀핸드 님 덕분에 갈색 산맥의 드워프들의 광산을 구경할 수도 있었습니다. 대단히 진귀한 경험이었습니다만, 그 이상한 소리 때문에 드워프들의 광산을 구경했던 감동도 잊혀지는군요."

거기서부터 엑셀핸드가 말하기 시작했다.

"흠. 이 친구는 스스로 보잘것없는 마법사라고 말하지만 그래도 이미 마법사 아닌가. 나야 마법에 대해서 잘 모르지만 마법사가 되려면 보통 이상의 학식을 쌓아야 된다는 것쯤은 안다네."

아프나이델은 얼굴을 붉혔다. 엑셀핸드는 말했다.

"그래서 조사에 합류시켰다네. 갈색 산맥에 도착한 다음 나와 이 친구, 그리고 몇몇 늙다리 드워프들을 모아서 그 이상음이 들려온다는 갱도로 들어가 보았지. 꽤나 오랜 시간을 기다려야 했다네. 차츰 헛소문이 아닌가 생각할 무렵, 그 소리가 들려오더군."

그는 우리를 쓰윽 훑어보았다.

"드래곤이었다네."

사람들의 얼굴이 창백해졌다.

"틀림없었지. 수면기에서 깨어나는 드래곤의 소리. 나 같은 해묵은 광부나 간신히 알아차릴 수 있는 희귀한 소리지. 내 몇 번 듣지는 못했지만 무엇에 걸고든 맹세할 수 있어! 그 소리는 수면기에서 깨어난 드래곤의 웨이크닝 사운드, 그러니까 활동기에 들어가기 전, 온몸으로 혈액을 돌리기 위해 행하는 특수한 움직임에서 나는 소리였다네. 나와 함께 그 소리를 들었던 드워프들의 얼굴이 모두 창백해졌지. 푸…… 내 생전 그렇게 새하얀 드워프의 얼굴은 처음 보았지."

샌슨의 침 삼키는 소리가 엄청나게 크게 들렸다. 난 잠시 백옥 같은 얼굴을 한 드워프를 상상해 보다가 찻잔을 뒤집을 뻔했다. 엑셀핸드의 심각한 얼굴을 보며 웃음을 참아야 되다니, 그거 정말 예삿일이 아니었다.

아프나이델도 그때를 생각하고 있는 것인지 얼굴이 하얗게 되었다. 흠, 어둡고 밀폐된 지하의 갱도에 서서 멀리서 울려퍼지는 드래곤의 소리를 들었단 말이지? 그거 무서웠겠는걸. 엑셀핸드는 계속 말했다.

"소리가 들려오는 갱도는 폐쇄되었다네. 그리고 그 인접 갱도들도 모조리 폐쇄되었고. 곧장 갈색 산맥의 드워프들을 모아서 대책 회의에 들어갔지만, 솔직히 무슨 대책이 있을 수 있겠는가. 헛 참! 믿을 수 있겠나? 드래곤의 레어를 찾아서 아직 활동에 들어가지 않은 그놈을 죽이자는 목소리가 가장 높았다네."

드워프답군. 하지만 엑셀핸드는 탐탁잖다는 듯이 말했다.

"요새 젊은 드워프들은 도대체 드래곤을 제대로 구경도 못해봐서 말이야. 늙은이들은 모두 반대했고 내가 가장 크게 반대했지. 왜냐하면 그 웨이크닝 사운드로 미루어볼 때 보통 어마어마한 놈이 아닐 거라는 판단이 되더라구."

칼은 숨죽인 어투로 물었다.

"보통 어마어마하지 않다면……?"

"모르겠어. 하지만 아무래도 거의 신비나 전설, 기상 천외? 이건 좀 이상하군. 어쨌든 뭐 그런 수식어를 앞에 달아야 되는 급인 것 같아."

2

기상 천외급이라. 흠. 길시언의 얼굴이 창백해지는 것이 이채로웠다. 프림 블레이드의 수다를 듣고 있느라 정신이 없었던 길시언마저도 이 말에 귀가 번쩍 뜨이는 모양이다.

칼은 질린 표정으로 말했다.

"그럼 아인델프 님의 말씀으로는 엄청난 드래곤이 활동기에 들어간다는 말입니까? 얼마 후에……?"

"그런 어려운 것은 나한테 묻지 마. 난 늙다리 광부일 뿐이야. 여기 마법사가 계시니 그분한테 여쭤봐."

아프나이델은 조심스럽게 말했다.

"제가 읽은 바로는, 웨이크닝은 드래곤의 나이에 비례한다고 합니다. 엄밀하게 말하면 드래곤의 크기에 비례하는 것입니다만 드래곤은 나이와 크기가 거의 완벽한 비례를 이루며 평생토록 성장하는 생물이니까 나이든 크기든 같습니다. 그 드래곤의 나이를 알 수 있다면 정확한 웨이크닝 기간을 추측할 수 있습니다. 엑셀핸드 님은 보통 이상으로 엄청난 드래곤이라고 했으니 나이도 대단히 많을 것입니다."

아프나이델은 잠시 숨을 고르고 말했다.

"장년 정도의 연령의 드래곤은 대개 3차 웨이크닝까지 있습니다만, 그 드래곤이 보통 드래곤이 아니라면 최소 4차 웨이크닝까지 있을 테지요. 그렇다면 기간은 약 4개월이 소모될 것입니다."

칼은 대경실색했다.

"그, 그럼 3개월 전부터 들려왔다고 했으니 남은 기간은 1개월? 한 달 후에 그런 엄청난 드래곤이 활동기에 들어가게 된다는 말씀입니까?"

엑셀핸드는 침중하게 말했다.

"그러니 광산을 몽땅 폐쇄하고 급히 상경한 거야."

드워프들이 광산을 폐쇄했으니까 수도에 보석이 동이 나 버린 모양이군. 어지러운 대화 분위기 속에서 나는 간신히 그거 하나 깨달을 수 있었다. 칼은 허겁지겁 말했다.

"그, 그럼 아인델프 님의 복안은?"

"복안? 복안이라. 뭐, 첫 번째. 그 드래곤이 선한 드래곤이기만을 바란다. 이건 좀 소극적이지?"

"선한 드래곤일 가능성은 적습니다."

뜻밖에도, 대답한 것은 샌슨이었다.

사람들은 놀라서 샌슨을 바라보았다. 아니, 샌슨이 미쳤나? 갑자기 무슨 말을 하는 거지? 내가 샌슨이 아침에 먹었던 메뉴를 돌이켜보고 있는 동안 칼이 먼저 샌슨에게 질문했다.

"무슨 말인가, 퍼시발 군?"

샌슨은 뒤통수를 긁적거리더니 말했다.

"아, 제가 가진 왕실 지리원 편찬 지리서에는 갈색 산맥에 이그누스 드래곤 크라드메서가 수면기에 들어가 있다고 되어 있던데요? 어, 드래곤에 대해 잘 알지는 못하지만 이그누스 드래곤은 선한 드래곤이 아니지 않습니까? 뭐, 악한 드래곤도 아니지만."

"뭐야!"

엑셀핸드의 비명 같은 고함소리, 그리고 하이 프리스트의 미소가 뒤따랐다.

"정확하오. 정말들 지혜로운 분들이시군. 갈색 산맥의 드래곤이라면 틀림없이 크라드메서일 거요."

엑셀핸드는 턱수염을 잡아당기며 말했다.

"멋지군! 이거 정말 멋지군! 기록하기를 좋아하는 인간에게 축복 있기를 바라네. 크라드메서, 이그누스 드래곤이라고? 겨우 놈의 정체를 알게 되었어, 고맙네, 샌슨. 허헛! 인간의 수도까지 오는 동안 내내 수염을 쥐어뜯으며 고민했던 것인데, 원 참! 자네는 듣자마자 알아차리는가?"

"저야 뭐, 책에 적혀 있기에……."

칼은 하이 프리스트에게 질문했다.

"크라드메서에 대해 아십니까?"

하이 프리스트는 길시언을 바라보았다.

"길시언. 자네가 말하지? 자넨 그때 도성에 있었지 않았는가? 난 그때 북부 대로 순례중이었고 처음부터 제대로 보지는 못했거든."

길시언은 고개를 끄덕이고는 기다란 말을 하기 전, 반드시 해야 하는 일을 했다.

"지금 상당히 중요한 회담중이라는 것은 짐작하겠지? 점잖은 숙녀답게 굴어라."

엑셀핸드와 아프나이델은 검을 향해 이렇게 말하는 길시언을 아주 괴상하다는 눈길로 바라보았다. 길시언은 담담하게 설명했다.

"크라드메서는 좀 독특한 드래곤입니다. 아니, 아주 희귀한 드래곤이라고 해야 할까요. 이그누스 드래곤이라는 것이 원래 희귀한 종류이긴 합니다. 레드 드래곤과 비슷하게 생겼지만 그 성격은 천양지차입니다. 레드 드래곤이 오로지 탐욕과 폭력의 가치만을 추종하는 데 비해 이그누스 드래곤은 조화를 제일 중요하게 여기는 유피넬의 추종자입니다."

유피넬의 추종자라고? 길시언은 고개를 가로저으며 말했다.

"하지만 그는 엘프와는 다른 형태로 유피넬의 법칙을 추종합니다. 엘프는 완벽한 조화를 구가하지만 이그누스 드래곤은 그렇지 못합니다. 그는 세상을 선의 힘과 악의 힘의 투쟁장으로 파악합니다. 엘프는 완벽한 조화 속에 있기 때문에 그런 관념이 없습니다만. 어쨌든, 이그누스 드래곤은 항상 세상의 흐름을 바라보고 선의 힘과 악의 힘을 저울질합니다. 그리고 악의 힘이 지나치게 강해지면 그는 악의 근원을 철저하게 공격합니다. 하지만 같은 이유로, 선의 힘이 지나치게 강해지면 그는 악의 대변인이 되어 악을 실천합니다."

"예에에……?"

나는 놀라서 무의식중에 되물었다. 그럼, 샌슨이 말한 이야기는 그런 뜻인가? 이그누스 드래곤은 선한 드래곤도, 악한 드래곤도 아니라는 말이 그것이었나? 길시언은 고개를 끄덕이며 말했다.

"그는 보통의 경우 활동하지 않습니다. 깊은 산중의 그의 레어에서 자신을 관조하고 조용히 살아가는 것을 좋아합니다. 그래서 언뜻 보기엔 소극적이고 내성적인 드래곤이라는 오해도 할 수 있습니다. 하지만 균형을 위해서라면 그는 분연히 일어납니다. 이때의 이그누스 드래곤의 힘은 저 강한 레드 드래곤이나 골드 드래곤마저 목숨의 위험을 느낄 정도라고 합니다. 그는 철저히, 돌이길 수 없이 선의 힘이든 악의 힘이든 파괴해 버립니다."

"우우와……!"

네리아의 탄성이었다. 샌슨과 나, 네리아를 제외하고는 모두들 잘 안다는 듯한 얼굴이었다. 사람은! 책을 읽어야 한다! 길시언은 조용히 말했다.

"크라드메서, 그는 그런 독특한 이그누스 드래곤입니다. 게다가 그는 할슈타일 가문 이외의 인물을 드래곤 라자로 받아들였다는 점에서도 독특합니다."

"할슈타일 가문이 아니라고요?"

"예. 할슈타일 가문의 드래곤 라자들이 모조리 나서보았지만 받아들여지지 않았습니다. 그런데 전혀 생각지도 못한 인물이 크라드메서에게 받아들여졌습니다. 그 드래곤 라자는 카뮤 휴리첼로서 휴리첼 가문의 인물이었습니다."

"어어랏? 휴리첼?"

길시언은 고개를 끄덕였다.

"휴리첼 가문은 무문의 명가였습니다. 그런 가문에서 드래곤 라자가 태어난다는 것은 놀라운 일입니다. 드래곤 라자는 무골과는 관계가 적다고 알려져 있지요. 그러나 카뮤 휴리첼은 크라드메서의 드래곤 라자가 되었습니다. 아, 그는 지금 아무르타트에게 붙잡혀 있는 로넨 휴리첼의 동생입니다."

"그럼, 아까 보았던 그 넥슨 휴리첼은?"

"그 조카가 되지요."

하이 프리스트가 끼어들었다.

"이미 그를 만났소?"

"아. 예. 들어오던 길에 만났습니다."

"음, 그렇군."

칼과 하이 프리스트가 정겹게 이야기를 나누었지만 나는 길시언의 말에서 이해되지 않는 부분이 있었다.

"잠깐만요. 그게 씻을 수 없는 불명예인가요? 무문에서 드래곤 라자가 태어났다는 것이?"

넥슨 휴리첼은 자기 아버지가 '명예롭게 전사했느냐?'고 물어왔었다. 길시언은 그 가문에 씻을 수 없는 불명예가 있기 때문에 그렇게 말할 수도 있다고 했다. 하지만 드래곤 라자를 배출했다는 것이 씻을 수 없는 불명예란 말인가?

길시언은 고개를 가로저었다.

"그렇지 않아. 휴리첼 가문의 불명예는, 그 카뮤가 수치스럽게 죽었고 그 때문에 크라드메서가 발광하게 되어 미드 그레이드를 쑥밭으로 만들었다는 데 있지."

"수치스럽게 죽다니요?"

길시언은 뒤통수를 긁적거렸다.

"밀통을 하다가 여자의 남편에게 칼 맞아 죽었거든."

으으으. 유피넬이여.

사람들은 대부분 기가 막힌다는 표정을 지었다. 특히 엑셀핸드는 노골적으로 불쾌한 표정을 지었다.

"도대체 인간들은 성욕이 왜 그리 왕성한가? 나 원 참. 그 성욕 때문에 번영하긴 하겠지. 하지만 동시에 이 따위 사건도 일어나게 되는군. 도대체 그 왕성한 성욕이 축복인지 저주인지 모르겠군!"

엑셀핸드의 노골적인 말에도 불구하고 홍일점이었던 네리아는 별로 표정의 변화가 없어서 주위의 남자들을 놀라게 만들었다.

길시언은 엑셀핸드의 악담이 더 이어지지 않도록 황급히 말했다.
"그렇긴 합니다. 어쨌든 카뮤 휴리첼이 죽자마자 드래곤 라자를 잃은 크라드메서는 폭주하게 되었고 13개 도시를 생존자 하나 남겨두지 않고 파괴시켜 버렸습니다."

"히이익?"

네리아의 감탄 소리. 길시언은 말했다.

"게다가 행동 주기가 완전히 엉망이 되어버려 노스 그레이드의 도시를 파괴하기도 하고 그날로 날아가 이스트 그레이드의 도시를 파괴하기도 했습니다. 한마디로 닥치는 대로 파괴한 것이지요. 하지만 크라드메서는 주로 미드 그레이드 지방을 공격했습니다. 카뮤 휴리첼이 미드 그레이드에 살았기 때문이 아닌가 합니다만…… 어쨌든 사상 최대의 방어선이 펼쳐지긴 했습니다. 하지만 미쳐버린 이그누스 드래곤을 어떻게 막을 수 있겠습니까. 매일같이 들려오는 것은 파괴된 도시의 비보와 무너진 군대의 패전 소식이었습니다. 아바마마는 피난 준비를 하셔야 했습니다. 바이서스 임펠 300년의 역사가 무너지는 순간이었습니다."

길시언은 한숨을 쉬었다. 다른 사람들도 덩달아 한숨을 쉬었다.

"그러나 그때 아샤스의 가호인지, 어쨌든 크라드메서가 수면기에 들어가게 되었다고 합니다. 학자들은 크라드메서가 지나치게 활동을 많이 하여 수면기에 들어가게 되었다는 설을 펴기는 합니다만 정확한 것은 아무도 모릅니다. 그날이 기억나는군요. 아바마마는 피난을 위해 마차에 오르고 계셨지요. 그때 전령이 달려와 고했습니다. 크라드메서가 갑자기 갈색 산맥 방향으로 날아가 버렸다는 것입니다. 기뻐하신 아바마마는 다음에 태어날 자식을 아샤스에 바치겠다는 맹세를 하셨습니다. 그래서 내 누이가 아샤스의 재가 프리스트가 된 것입니다."

아아. 그런가? 길시언은 말했다.

"갈색 산맥을 향해 날아가는 크라드메서를 본 사람들 중에 어떤 자는 크라드메서가 눈물을 흘리며 날아가는 것을 보았다고도 합니다만, 그건 알 수 없는 일입니다. 어쨌든 그것이 약 20여 년 전의 일이로군요."

하이 프리스트는 고개를 끄덕였다. 그러나 칼은 창백한 얼굴이 되었다.

"잘 알겠습니다. 그럼 정말 큰일이군요."

엑셀핸드는 고개를 갸웃거렸다.

"큰일?"

"옛날 크라드메서가 바이서스를 완전히 파괴하지 못한 것은 수면기에 들어갔기 때문입니다. 이제 다시 활동기에 들어가게 되는 크라드메서는, 다음 수면기까지 얼마나 남았는지는 모르겠습니다만 아마 바이서스 전체를 파괴하기엔 충분한 시간을 가지지 않겠습니까."

"젠장."

엑셀핸드도 창백한 얼굴이 되었다. 칼은 말했다.

"아인델프 님은 아까 첫 번째라고 하셨습니다. 두 번째는?"

"뭐? 두 번째? 아, 그거. 두 번째는 가능성이 조금 높아. 그러니까 드래곤 라자를 찾아서 그놈에게 고삐를 채워버린다는 거야."

칼은 실망한 표정이 되었다.

"드래곤 라자를 찾을 수 있을까요?"

"왜 못 찾아? 옛날에도 드래곤 라자가 있었다며?"

"하지만 찾기 어려웠다고 했습니다. 그렇잖습니까?"

칼의 질문에 길시언은 고개를 끄덕였다. 엑셀핸드는 머리를 긁적였다. 그때 조용히 있던 아프나이델이 주저하듯이 말했다.

"저, 제가 아는 바로는 그 어떤 드래곤이든 반드시 드래곤 라자가 있을 수 있습니다."

우리들은 아프나이델을 바라보았다. 아프나이델은 겸연쩍은 표정으로 말했다.

"에, 그것은 유피넬의, 유피넬의 법칙입니다. 저울대 양쪽에는 반드시 같은 추가 있어야 합니다. 이 점은 하이 프리스트께서 확인해 주실 겁니다."

하이 프리스트는 고개를 끄덕였다.

"만물은 완전할 수 없고 따라서 그 불완전한 면을 채워주는 또 다른 불완전한 짝이 있는 법이오. 비록 헬카네스의 법칙에 따라 그 짝이 제대로 만나지는 것이 어렵다 하더라도, 그 짝이 있다는 점에는 변함이 없소."

아프나이델은 침착하게 하이 프리스트의 말을 듣고 나서 말했다.

"예. 바로 그것이 관건입니다. 헬카네스의 법칙. 예. 그렇습니다. 그것 때문에 드래곤 라자와 드래곤이 서로 만나지 못하게 되는 경우도 있을 수 있습니다. 헬카네스의 법칙에 따라 시공간의 장벽이 생깁니다. 장벽, 그렇지요. 너무 멀리 떨어져서 서로 만나지 못하는 경우도 있겠고, 혹은 시기가 달라서 만나지 못할 수도 있습니다. 에, 후자의 경우라면 드래곤 라자가 이미 죽고 나서 드래곤이 활동에 들어간다든지 하는 경우겠지요. 헬카네스는 그런 식으로 유피넬의 법칙을 깨뜨리지 않으면서 깨뜨리지요."

하이 프리스트는 말했다.

“그것은 헬카네스의 은총이라 해야 정확하겠지요. 완벽한 획일성 때문에 세상이 경직되는 것을 막아주는 은총이 아니겠소.”

아프나이델은 하이 프리스트의 말에 약한 미소를 지었다. 에델브로이는 헬카네스의 하위신이니까 에델브로이의 하이 프리스트가 그렇게 말씀하시는 것에 뭐라 반박하는 것은 무례한 일이겠지. 하지만 칼은 안타까운 표정으로 말했다.

“그렇다면, 그 짝이 있어도 만날 수 없다면 소용이 없지 않겠습니까?”

아프나이델은 고개를 끄덕였다.

“그렇습니다. 그것은, 에, 그것은 인간의 손이 닿지 않는 곳의 문제니까요. 사실 우리들 중 누구도 그 짝이 누구인지는 알 수가 없습니다. 심지어 그 둘, 그러니까 드래곤과 드래곤 라자 당사자들도 과연 자기들이 스스로 적합한 짝인지는 확신할 수 없습니다. 뭐, 부부들도 서로가 서로의 이상적인 배필인지는 알 수가 없다고 하지 않겠습니까?”

난 기가 막힌 표정으로 아프나이델을 바라보았다.

그렇다면 그게 무슨 법칙이야! 우리가 알지도 못하고 제대로 이루어지는지 파악할 수도 없는 그런 형이상학적인 법칙이라면 난 수십 개도 더 만들겠다! 후치의 법칙 하나: 사람은 누구나 원래 선하다. 그럴듯하지? 하지만 원래 선한지 아닌지는 알 수가 없지.

엑셀핸드가 말했다.

“고맙네, 아프나이델. 어쨌든, 자! 이해가 되었는가? 내가 말한 두 번째 방법이라는 것이 완전히 가능성이 없는 이야기는 아니란 말이야."

도대체 이 가장 존귀하신 드워프는 지금까지 나눈 말을 듣기는 한 건가? 칼은 힘겨운 표정으로 말했다.

"그렇다면 드래곤 라자의 자질을 가진 사람들을 모조리 그곳으로 끌고가야 합니까?"

"좋은 방법이지 않은가?"

그때 하이 프리스트가 말했다.

"이제 내가 여러분들을 불러들인 이유를 설명해야 되겠군요."

우리들은 모두 하이 프리스트를 바라보았다.

하이 프리스트는 먼저 나직한 기도를 올렸다. 말하기에 앞서 기도를 올리는 이유가 뭘까? 하이 프리스트는 기도를 마치고는 말하기 시작했다.

"조금 전 할슈타일 가문이 언급되었습니다."

하이 프리스트는 헛기침을 조금 한 다음 말했다.

"흠, 여러분들 모두 조금씩은 아실 것이오. 할슈타일 가문은 드래곤 라자의 혈통이 약속되는 가문이지. 하지만 그 약속은 15년 전에 끝났고, 따라서 그 가문은 세인들의 신망을 잃어가고 있소. 하지만 300년 이상 영화를 누려온 가문답게 아직 그 세력은 막강하오. 그래서 그들은 야심찬 계획을 세운 다음 실천할 수도 있었지. 바로 드래곤 라자의 혈통을 만들어낸다는 계획."

길시언과 샌슨은 기겁했다. 하지만 칼은 그 정도는 벌써 저 멀고 먼 헬턴트의 자기 집에 앉아서 파악해 내었던 사람이고 나 또한 칼에게 이미 그 말을 들었으니 별로 놀라지 않았다. 흠, 그러고 보니 칼은 존경받을 만해. 네리아도 내게 들었던 이야기라 별로 놀라지 않았다.

하지만 길시언은 경악을 감출 수 없다는 투로 말했다.

"그, 그게 무슨 뜻입니까? 혈통을 만들다니오?"

하이 프리스트는 침중한 표정을 지었고, 그래서 내가 먼저 말했다.

"무슨 뜻이냐고요? 드래곤 라자의 자질을 가진 아이들을 끌어모아 서로 교배시킨다는 추악한 이야기죠."

내 말에 길시언의 얼굴이 허옇게 되었다. 하이 프리스트도 놀란 얼굴로 말했다.

"어라? 후치 군, 어떻게 그걸 알고 있었지?"

"칼이 말해 줬어요."

주위 사람들의 놀란 시선이 칼에게 집중되었고 칼은 겸연쩍은 표정이 되었다. 칼은 대충 자신의 추리를 이야기해 주었다. 하이 프리스트는 고개를 가로저으며 말했다.

"허! 놀랍군. 어쨌든 정확한 예견이오. 할슈타일 가문에서는 드래곤 라자의 자질을 가진 아이들을 양자, 양녀로 끌어모으고 있소. 겉으로는 빈민 아동 구제나 고아원 운용 등 사회 사업을 펼치는 것으로 위장하고 있지만 눈 가리고 아웅하는 수작이지."

"고이약한! ……죄송합니다."

길시언은 씹어뱉듯이 말했다. 하이 프리스트는 말했다.

"아니. 괜찮네. 그런데 말이오. 할슈타일 가문이 아닌 다른 집안 아이들의 드래곤 라자의 자질은 퍽 약하지. 그것이 핏줄의 힘인지 드래곤 로드의 약속의 힘인지는 모르겠지만, 어쨌든 지금까지는 할슈타일 가문 출신의 드래곤 라자만큼의 자질을 가진 아이들은 발견되지 않았소. 조금 전 크라드메서에 대한 이야기에서도 밝혀졌듯이 할슈타일 가문 이외의 인물이 우수한 드래곤 라자의 자질을 가지는 것은 퍽이나 드문 일이지. 지금 지골레이드와 함께하고 있는 돌맨만 하더라도 드래곤 라자의 자질로만 따지자면 역사상 최약이라는 평가도 받고 있소."

돌맨이 누구지? 그런데 칼은 처연한 얼굴로 물었다.

"그 할슈타일 공은……?"

하이 프리스트는 고개를 갸웃거렸다.

"할슈타일 공?"

"디트리히 할슈타일 말입니다."

난 고개를 푹 숙였다. 그 꼬마 이야기만 나오면 정말 죄책감 때문에 몸 둘 바를 모르겠다.

"아, 디트리히 그 아이. 흠, 그 아이도 자질 면으로는 대단치 않았소. 하지만 희한하게도 그 아이와 캇셀프라임의 관계는 대단히 친밀했소. 많은 이들이 그 아이와 캇셀프라임을 유피넬이 정한 짝이라고 믿을 만큼 그 아이와 캇셀프라임의 관계는 돈독했소. 그 아이와 캇셀프라임은 마치 카뮤 휴리첼과 크라드메서의 관계의 재현 같았거든. 그 아이에 비해 보면 돌맨과 지골레이드는 오히려 원수 관계처럼 보일 정도였소."

"그랬군요."

"어쨌든 여러분들은 이제 이해하셨을 거요. 할슈타일 적통의 아이가 아니라면 드래곤 라자의 자질은 약하다. 하지만 15년 전부터 할슈타일 가문에서는 드래곤 라자가 태어나질 않는다. 이해하셨겠지들?"

사람들은 고개를 끄덕였다. 하이 프리스트는 말했다.

"그런데 말이오. 최근 할슈타일 가문에서는 붉은 머리의 10대 후반의 소녀를 찾고 있소."

이번에는 네리아와 나를 제외한 다른 사람들이 모두 의아한 표정을 지었다. 칼은 의아스러운 얼굴로 네리아를 보더니 말했다.

"저희들도 그런 사람들을 만났습니다. 여기 계신 네리아 양에게 나이를 묻던데…… 아까 하이 프리스트께서도 네리아 양의 나이를 물으셨지요?"

하이 프리스트는 고개를 끄덕였다.

"알아본 바로는, 아무래도 옛날 언젠가 할슈타일 가문의 아이가 하나 있었던 모양이오. 그런데 불가사의한 사건들로 인해서 할슈타일가에서는 그 아이를 잃게 되었소. 단서는 붉은 머리에 여자아이, 두 가지만 남아 있지."

사람들은 의아한 표정을 지었지만 난 참지 못하고 그냥 말해버렸다.

"물론 그 소녀는 드래곤 로드의 약속의 기한 이전에 태어난 아이니까 드래곤 라자의 자질이 있을 가능성이 퍽 높겠군요? 게다가 아까 말씀하신 바에 따르면 그 아이는 적통의 후계자. 따라서 현재 대륙 최고의 자질을 가진 드래곤 라자일 수도 있겠군요. 맞지요?"

주위가 고요해졌다. 그리고 하이 프리스트는 다시 놀란 얼굴로 날 바라보았다.

"놀라운 지혜로군! 정확하네."

샌슨은 기막히다는 표정으로 날 바라보았다. 뭐, 빙긋이 웃고 있는 네리아를 제외한 다른 모든 이들이 놀라서 날 바라보았다. 하이 프리스트는 말했다.

"굉장한 소년이군. 그럼 조금 더 추리를 해보겠나? 왜 이렇게 많은 세월이 지나서 그 아이를 찾는 것일까?"

"뭐, 간단히 생각하자면 양자나 양녀로 들인 아이들이 드래곤 라자의 자질이 너무 약해서 그 아이를 찾는 것 아닐까요? 게다가 그 아이는 현재 나이가 10대 후반, 따라서 아이를 낳을 수도 있겠지요. 칵! 그 할슈타일 가문의 뜻대로 혈통을 만드는 데는 최고로 도움이 되겠지요."

길시언의 얼굴이 분노로 덜덜 떨리고 있었지만 그래도 샌슨만큼은 아니었다. 샌슨은 목을 울렁거리고 있었다. 한바탕 욕설을 내뱉고 싶지만 자리가 자리인지라 그렇게 못한다는 표정이었다. 칼의 표정도 만만치 않았고 아프나이델은 얼굴이 퍼렇게 되어 있었다.

하이 프리스트는 씁쓸하게 말했다.

"기분 나쁜 말이지만 조리 있는 말이기도 하네. 지혜로운 소년. 흐음. 그런 의미도 있겠지. 하지만 난 조금 다르게 생각하거든?"

"어떻게 생각하십니까?"

하이 프리스트는 한숨을 쉬고 말했다.

"조금 전, 우리는 크라드메서가 활동기에 들어간다는 말을 듣지 않았는가?"

"설마!"

칼은 고함치느라 기어코 찻잔을 뒤엎었다.

우리는 모두 의아해서 칼을 바라보았다. 칼이 왜 저렇게 놀라시지? 칼은 기막힌 표정이 되었고 네리아가 황급히 손수건을 꺼내어 탁자를 닦았다. 그러자 칼도 정신을 차리고 말했다.

"아, 미안합니다. 그런데…… 300년. 300년 동안의 기간이라

해도, 그게 가능합니까?"

하이 프리스트는 번쩍이는 눈빛으로 칼을 보면서 말했다.

"당신 정말 놀랍군. 흐흠. 대답을 하자면, 가능하니까 그런 것 아니겠소?"

칼과 하이 프리스트를 제외한 사람들은 동시에 불편함을 느꼈다. 대화의 진행을 따라가기 어렵다. 그래서 내가 나섰다.

"고마워요. 칼."

"응? 무슨 말인가, 네드발 군?"

"이제부터 설명해 주실 것 아니에요? 미리 감사해 두죠."

칼은 힘빠진 미소를 지었다. 하이 프리스트는 턱을 괴면서 말했다.

"나도 감사해 두지. 한번 설명해 보시겠소?"

"할슈타일 가문은 300년 동안이나 드래곤과 함께해 온 가문입니다."

"좋은 시작이오. 계속하시오."

"그러니, 그들은 드래곤에 대한 일이라면 어느 누구보다도 잘 알고 있을 겁니다. 수십 년 간 말을 다루어온 마부는 눈 감고 말발굽 소리만 들어도 그 말의 색깔을 맞춘다고 하던가요? 하물며 300년 동안 드래곤과 동고동락해 온 가문이라면...... 어쩌면 그들은 드래곤의 활동 주기에 대해 어느 누구보다도 잘 알고 있을 수 있겠지요."

"그러니까?"

"그들은 크라드메서의 웨이크닝을 짐작했을 수도 있다 이겁니다."

"옳거니."

하이 프리스트는 아주 기쁜 듯이 맞장구를 쳤지만 다른 사람들은 별로 기뻐하고 싶지 않은 말이었다. 칼은 내키지 않는 어투로 말했다.

"그런데…… 하필이면 이 사상 최대의 드래곤이 깨어나는 시기에 드래곤 라자의 혈통이 단절됩니다. 그래서 그들은 드래곤 라자의 혈통을 만들어보려고 애썼겠지요. 하지만 적통의 후계자가 아닌 자는 드래곤 라자의 자질이 약하다고 하셨습니다."

"좋아, 좋아. 계속하시오."

"그래서 할슈타일 가문에서는 잊혀졌던 한 아이를 찾는 것입니다. 그 아이는 조금 전 네드발 군이 말했다시피 적통의 후계자. 어쩌면 대륙 전체에서 가장 강한 드래곤 라자일 수 있을 테니까."

"그리고, 그 아이를 찾아서?"

"크라드메서는 할슈타일 가문에 귀속될 수 있겠지요. 적어도 그 가문에서 자유자재로 쓸 수 있는 힘이 될 것입니다. 크라드메서를 수하로 부릴 수 있다면, 글쎄요. 자선 사업이나 사회 봉사에 도움이 될까요?"

"생각하기 어렵겠지. 허허."

하이 프리스트는 퍽이나 만족스러운 어투였다.

샌슨은 자신의 입 크기를 자랑하고 있었다. 엑셀핸드는 자신의 턱수염을 몹시 아프게 잡아당기고 있었는데 아무리 봐도 아픔을 느끼지 못하는 모양이다. 네리아는 크게 심호흡을 하고 있었고 아프나이델은 이마를 짚고 있었다. 길시언은 끝없이 '고약한, 고약한!'을 반복하고 있었다.

하이 프리스트는 빠르게 설명했다.

"현재 할슈타일 가문의 우두머리인 할슈타일 후작은 자신의 가문의 영광을 다시 되살리기 위해 여념이 없소. 드래곤 라자의 자질을 가진 아이들을 끌어모으는 것을 보아도 충분히 알 수 있지. 300년. 결코 짧은 기간이 아니오. 그런 기간 동안 영화를 누려오다가 갑자기 그 영화를 잃게 되면 마치 억울하다는 느낌이 드는 것이 인간인 모양이오."

엑셀핸드는 못마땅하다는 듯이 고개를 가로저었다. 억울하다라. 나는 다시 후작의 얼굴을 떠올렸다.

하이 프리스트는 계속 말했다.

"나 또한 칼이 말한 대로 생각했소. 그렇다면 이것은 예삿일이 아니오."

칼은 조심스러운 어투로 물었다.

"저희들에게 무엇을 원하십니까?"

"그랜드스톰의 이름으로, 아니 에델브로이의 이름으로 부탁하오."

하이 프리스트는 짤막하게 말했다.

"그 소녀를 찾아주시오."

새 지저귀는 소리가 들려왔다.

새들은 그랜드스톰의 현아한 지붕 장식들이 신에 대한 찬미임을 아는지 모르는지 무례하게도 자신들의 지친 날개를 쉬는 장소로 사용하고 있었다. 아마도 새들은 인자하신 에델브로이가 용서해 주실 거라고 믿고 있나 보지?

칼은 굳은 얼굴로 하이 프리스트를 바라보고 있었다. 하이 프리스트는 담담하게 설명했다.

"난 어제 엑셀핸드에게서 갈색 산맥에 드래곤이 깨어난다는 말을 들었소. 그리고 한참 동안 추측해 보고 서적과 기록을 마구 뒤져본 끝에, 그 드래곤이 크라드메서일 것이라고 짐작했었소. 흠, 여러분들은 당장 알아차린 일인데 말이오. 껄껄껄."

그러자 엑셀핸드는 당장 눈을 커다랗게 떴다.

"뭐라고? 다락귀신 네놈은 그 드래곤이 뭔지 짐작했단 말이냐?"

"그렇소, 노커여."

"그럼 어제 왜 말하지 않았어?"

"노커여. 온갖 서류를 뒤져 본 이후에야 알아차렸다고 하지 않았소? 그리고 어제 당신은 피곤해하지 않았습니까? 여독이 풀리지 않은 것으로 보였기에 깨우지 않았던 것입니다. 그래서 오늘 이분들을 불러들여 한꺼번에 모인 자리에서 말하리라고 생각했소. 불쾌하시다면 사죄하지요."

엑셀핸드는 두툼한 아랫입술을 위로 불쑥 올리더니 볼멘 목소리로 말했다.

"흠. 알았어. 계속하게."

하이 프리스트는 빙긋이 웃고 나서 말했다.

"고맙소, 노커. 그리고 그 이야기 외에 난 요즘 할슈타일 가문에서 찾고 있는 소녀의 이야기도 알고 있었소. 이런 이야기들을 조합해 볼 때 간단히 결론이 나왔소. 그 소녀를 찾으면 그 크라드메서를 조절할 수 있다. 조금 전에 후치 군도 명쾌하게 이야기해 준 바니 모두들 이해하실 줄로 믿겠소."

모두들 묵묵히 고개를 끄덕였다. 하이 프리스트는 말했다.

"난 할슈타일 후작을 도와주고 싶은 생각은 없소. 그의 가문의 영화에 내가 관심 가질 까닭은 없기 때문이지. 하지만 지금 그

알 수 없는 소녀는 바이서스를 위기에서 구할 수 있는 희망이오. 드래곤 라자를 잃어 폭주해 버렸던 크라드메서가 아직껏 그 광폭함을 그대로 가지고 있다면 이 바이서스에 어떤 해악을 끼칠지는 차마 언급할 수도 없소."

우리는 깊은 한숨을 쉬었다.

"따라서 그 드래곤을 억누르기 위해서는 그 소녀가 꼭 필요하오. 물론 그 소녀가 아니라도 다른 드래곤 라자가 있을지 모르지만 그것은 알 수 없는 일이오. 따라서 최선책은 그 소녀를 찾아내는 일이오. 그 소녀는 가장 확실하고 가장 강력한 드래곤 라자일 수 있으니까."

칼은 말했다.

"무슨 말씀인지 알겠습니다."

하이 프리스트는 미소를 지었다.

"난 어젯저녁 이런 고민을 하고 있었소. 그 소녀는 찾아야 하오. 그런데 난 성직자라 누구를 추적하거나 하는 데는 전혀 소질이 없는 사람이지. 이런 노구를 이끌고 대륙 이곳 저곳을 돌아다니며 그 소녀를 찾아낼 수는 없다는 말이오."

"노구? 허헛."

엑셀핸드는 피식 웃었고 하이 프리스트도 미소를 지었다.

"노커여. 당신이 보기엔 내가 어려 보이지만 인간으로서는 늙은이라오."

"알았어, 알았어."

"이해해 줘서 고맙소. 그런데 그런 고민을 하고 있다 보니 여러분들이 생각나더군."

하이 프리스트는 우리들을 똑바로 바라보았다.

"생각해 보니, 여러분들은 바로 이런 상황이 일어날 것을 짐작이나 했다는 듯이 수도로 찾아오시었소. 게다가 여러분들은 저 먼 웨스트 그레이드에서 이곳까지 힘들이지 않고 달려온 인물들이오. 그리고 당신들은 도착하자마자 널시언 국왕을 놀라게 했소."

칼은 놀란 표정을 지었다. 하이 프리스트는 빙긋이 웃으며 말했다.

"여러분들이 무슨 말을 했는지는 모르겠지만, 당신들을 호위하기 위해 40여 명의 임펠리아 수비 대원들이 집합했다가 당신들의 거부로 그대로 해산되었다는 소문은 간단히 들을 수 있는 것이었소. 그걸로 미루어보아 여러분들은 국왕에게 대단히 솔깃한 어떤 제안이나 조언을 했다고 보는데, 내 짐작이 맞소?"

칼은 조금 불편한 표정을 지었고 하이 프리스트는 재빨리 말했다.

"아, 꼭 대답할 필요는 없소. 난 국왕의 권한을 침해하고 싶은 생각은 없으니까. 그런데 여러분들은 곧장 수도에 귀금속이 품절을 일으켰다는 것도 알아차렸소."

하이 프리스트는 두 팔을 조금 벌리면서 말했다.

"그리고 조금 전의 대화에서, 여러분들은 여러 차례 나를 놀라게 함으로써 나의 결심을 굳혔소."

"그 결심이란, 저희들에게 그 소녀의 추적을 부탁하자는 말씀이십니까?"

"그렇소."

"그 말씀은…… 할슈타일 가문과 별개로 그랜드스톰에서 그 소녀를 찾고 싶다는 것입니까?"

하이 프리스트는 고개를 끄덕였다.

"그렇소."

"차라리 그 가문을 돕는 것이 낫지 않겠습니까?"

하이 프리스트는 칼의 얼굴을 바라보며 말했다.

"보시오. 난 그 가문을 직접적으로 돕고 싶은 생각은 없소. 그 가문의 영광은 이제 충분하고, 그 대가의 추가 유피넬의 저울대에 올라갈 준비를 하고 있다고 믿으니까. 하지만 크라드메서의 드래곤 라자는 찾아야 하오. 그렇지 않으면 바이서스가 위험해지니까. 그런 고충 끝에 낸 타개책이 여러분들로 하여금 소녀를 찾게 하자는 것이오."

"그 말씀은?"

하이 프리스트는 싱긋 웃었다.

"결국, 관건은 그거 아니오? 할슈타일 가문에서 그 소녀를 찾으려 드는 것도 바로 그 이유고. 이그누스 드래곤을 자유자재로 다룰 수 있게 될 때 생길 수 있는 힘."

하이 프리스트는 힘이라는 말을 강하게 발음했다. 사람들 모두가 번쩍거리는 눈으로 하이 프리스트를 바라보았다. 하이 프리스트는 그 얼굴들을 모조리 둘러보며 말했다.

"따라서 그 소녀를 찾는 자는 전무후무한 힘의 소유자가 될 수 있소. 적어도 당분간은 더 이상 강력한 드래곤 라자가 출현할 가능성이 적은 지금에 와서는 말이오. 그런데 여러분들은 그랜드스톰의 일원이 아닐 뿐더러 할슈타일 가문의 일원도 아니오. 적어도 현재로선 누구의 세력에도 포함되지 않는 사람들이지."

"그 말씀의 의미를 모르겠습니다만."

칼은 어눌한 듯하면서도 강하게 질문했다. 하이 프리스트는 말했다.

“난 여러분들이 그 소녀를 찾아주기를 바라오. 그리고 그 소녀를 드래곤 라자로서 크라드메서에게 데려다주길 바라오. 그걸로 끝이오.”

“끝이라고요?”

“끝이오. 그렇게 된다면 크라드메서는 인간과 더불어 이야기할 수 있게 될 것이고, 무차별적인 파괴 행위도 하지 않겠지.”

“그랜드스톰에는 어떤 이득이 있습니까?”

“바이서스에 사는 모든 사람들과 더불어 평화와 안정을 얻게 되는 거겠지.”

하이 프리스트의 담담한 대답에 네리아는 눈을 반짝거렸다. 샌슨은 감동적인 표정으로 고개를 끄덕였다. 그러나 칼은 여전히 회의에 찬 표정으로 질문했다.

“저희가 아니라 할슈타일 가문이 그 소녀를 찾는다면?”

“그래도 평화와 안정은 있을 것이오. 그리고 덧붙여 그들로서는 가문의 영화를 증대시키겠지. 하지만 그들은 찾지 못할 것이오. 그 소녀를 찾는 것은 당신들이 될 테니까.”

“어떻게 그것이 가능하다고 생각하십니까? 저흰 그 소녀에 대해 아는 바가 전혀 없습니다.”

하이 프리스트는 고개를 끄덕였다.

“맞소. 하지만 지금 그 소녀에 대해 제대로 알고 있는 사람은 어차피 아무도 없소.”

“마법사에게 부탁하시면?”

칼은 말을 하다가 아프나이델을 바라보았다. 아프나이델은 고개를 가로저었다.

“아, 저, 제가 보잘것없는 마법사이긴 하지만 에, 그래도, 그래도 마나가 어떻게 움직이는지에 대해서는 알고 있습니다. 그리고 칼 님의 질문은 마법의 기초 지식만 있으면 충분히, 얼마든지 대답해 드릴 수 있는 것이지요. 한마디로 말하자면, 불가능합니다. 마법사는 마나를, 마나를 힘으로서 사용하는 것이지 의지로서 사용하는 것이 아닙니다. 마나는 넌인텔릭입니다. 예, 넌인텔릭입니다. 힘은 언제나 의지와 함께 하는 것이며 마법사가 자신의 의지를 굳건히할 수 없다면, 그렇다면 마나는 사용될 수 없습니다.”

“그건……?”

“그러니까, 저, 이런 것입니다. 아무리 빠른 말이라도 태우지 않은 사람을 이동시킬 수는 없습니다. 말을 이용해 어딘가로 가고 싶다면 말에 타야 합니다. 그렇지요?”

“그렇군요.”

“그리고 기수는, 기수는 말에게 지시를 해야 됩니다. 당연히 승마술은 알아야겠지요. 즉, 힘을 이용하기 위해서는 항상 최소한의 지식은, 기본적인 지식은 있어야 한다는 말입니다.”

아프나이델은 이 말을 하고는 잠시 말을 끊었다. 아마 퍽 중요한 말을 했나 보다. 샌슨과 나는 진지한 얼굴에 감명 깊은 표정을 지으려 애썼다. 아프나이델은 두 호흡쯤 후에 다시 말했다.

“마찬가지로 마법으로 누군가를 찾으려면, 당연히 그 누군가에 대해 최소한의 지식이라도 알고 있어야 됩니다. 그 누군가가 다른 누군가와 구별되는 특징, 그를 형성하는 특징을 알아야 합니다. 보통은 얼굴이면 충분합니다만, 빨강머리와 10대 후반, 그런 특징만으로 어디에 있는지도 알 수 없는 사람을 찾을 수는 없습니다."

하긴 그렇군. 빨강머리에 10대 후반이면 제미니도 포함되겠는걸? 그러나 칼은 집요한 표정으로 아프나이델에게 질문했다.

"위시를 사용한다면?"

아프나이델은 고개를 가로저었다.

"그건…… 어렵습니다. 아무리 위시 주문이라 하더라도 기본 원칙은 깨뜨리지 못합니다. 물론 저는 그런 고급의 마법을 사용할 수는 없지만, 이런 점을 생각해 보십시오. 위시 주문이 그렇게 뭐든지 가능하다면 예전에 세상은 파멸하지 않았겠습니까?"

"무슨 말씀이오?"

"에, 이런 농담이 있지요. 정신병자가 될 수 있는 가능성이 가장 큰 직종이 무엇입니까?"

칼은 한숨을 쉬며 대답했다.

"고위 마법사지요."

"고위 마법사는 위시 주문을 사용할 수 있으며, 또한 미친 마법사들도 많지요. 그렇다면 미친 마법사가 위시 주문으로 세상을 끝내려 할 수도 있었겠지요. 하지만 그것이 불가능하니까 아직껏 세상이 안전한 것 아니겠습니까? 워낙 놀라운 마법이라 위시라는 이름이 붙긴 했지만 그런 황당한 소원까지 이루어지진 않습니다."

하이 프리스트는 아프나이델의 말에 고개를 끄덕이며 말했다.

"따라서 마법사들에게 부탁한다 해도 그 소녀를 찾을 수는 없소. 그렇다면, 누구도 그 소녀를 찾을 확률이 높지 않다면 그 말은 동시에 누구에게도 똑같은 정도의 확률이 있다는 말이 아니겠소?"

칼은 끝까지 버티겠다는 식으로 말했다.

“글쎄요. 달아나는 귀중품을 쫓으려면 레인저에게, 달아나지 않는 귀중품을 쫓으려면 도둑에게라는 말이 있습니다.”

네리아는 그 말에 샐쭉 웃었고 칼은 조용히 말을 이었다.

“그 소녀를 찾을 확률이 똑같다면 문제는 찾는 이의 능력이겠지요. 보다 능숙한 인물에게 맡기는 것이 낫지 않겠습니까?”

“지금 난 전설이 될 만한, 최소한 노래로 남을 만한 업적을 이룬 사람들과 한 테이블에 앉아 있소. 그 정도면 충분하지 않겠습니까?”

“노래라고 하셨습니까?”

“저 먼 웨스트 그레이드에서 이곳까지 달려온 세 남자. 그 여행에서 그들이 겪은 모험은 듣는 것만으로도 가슴속을 경이로 가득 차게 만드는군. 누군가 불가능을 가능하게 만들어야 될 필요가 있다면, 난 그에게 당신들을 소개하고 싶은데.”

“저희들이 불가능을 가능하게 한 것은 아닙니다. 저희들은 항상 훌륭하신 분들의 도움을 받았기에 이곳에 올 수 있었습니다.”

하이 프리스트는 칼의 얼굴을 똑바로 바라보았다.

“대륙의 사활이 걸린 문제요. 거절하지 마시오.”

나와 샌슨도 칼을 바라보았다. 칼은 곤혹스러운 표정이었다.

“차라리 국왕 전하께 말씀드리는 것이 낫지 않겠습니까? 왕명으로 각 영지나 도시의 시장들에게 붉은 머리의 소녀를 찾으라는 공고를 하면 되지 않겠습니까?”

칼은 끈질기군. 좋아요, 칼. 끝까지 버팁시다. 그러나 하이 프리스트도 꽤나 끈질긴 모양이다. 그는 고개를 가로저었다.

“그건 안 되오.”

"예?"

"이유는 간단하오. 왕명으로 그 소녀를 찾으면 결국 공식적으로 찾는다는 말이 되지요. 그럼 할슈타일 가문에서 이의를 제기할 것이오. 그 소녀는 자기 가문의 후계자라고 주장하면서 말이오."

샌슨은 고개를 갸웃거리며 어렵게 질문했다.

"전 잘 모르겠습니다만, 그러면 안 됩니까? 결국 소녀의 가정을 찾아주는 일이 되지 않습니까? 그러면 그 소녀도 행복한 일이고, 크라드메서도 진정시킬 수 있는 일인 것 같은데요?"

칼이 그 말에 고개를 끄덕였다.

"퍼시발 군의 말이 맞습니다. 바로 그 점. 왜 할슈타일 가문에서 그 소녀를 찾으면 안 되는지를 먼저 확실히해 두지 않으면, 저희들로서는 하이 프리스트의 말씀을 이해하기가 어려울 것 같습니다."

하이 프리스트는 얼굴을 찡그렸다.

3

나는 칼의 말을 듣고서야 아까부터 회담이 자꾸 빙빙 도는 이유를 깨달았다. 하이 프리스트가 상호 모순적인 말을 하고 있는 것이다.

하이 프리스트는 크라드메서를 진정시키기 위해서는 그 소녀를 찾아야 한다고 말했다. 하지만 그 소녀가 할슈타일 가문에 의해 발견되는 것은 안 된다고 말한다. 그리고 그 이유를 말하지 않고 있다. 몇 번에 걸쳐 칼이 질문하고 지금은 샌슨도 그 질문을 하고 있다.

왜 할슈타일 가문에서 그 소녀를 찾아내면 안 되는가?

어차피 그 소녀는 할슈타일 후작의 딸이지 않는가. 그 소녀를 찾게 되면 할슈타일 가문에서는 더욱 강한 힘을 얻게 되겠지만, 그렇다고 그저 남 잘되는 거 못 봐준다는 식으로 거부할 수는 없잖아. 게다가 성직자가 그런 식의 심술을 부린다는 것은 우스운 일인데.

하이 프리스트는 깊은 한숨을 쉬었다.

"말하지 않을 수 없군."

갑자기 하이 프리스트는 칼의 얼굴을 똑바로 바라보았다. 잠시 후, 칼은 움찔했다.

"예? 아니, 이것은? 아, 예. 말씀하십시오."

칼은 긴장된 표정으로 하이 프리스트를 바라보았고 하이 프리스트도 여전히 칼을 똑바로 바라보았다. 지금 뭐하는 거지? 두 사람은 서로를 묵묵히 응시하고 있었다. 엑셀핸드가 의아스런 표정으로 말했다.

"지금 뭐하는 거야? 이봐, 눈싸움 하나?"

그러자 아프나이델이 엑셀핸드를 말리며 말했다.

"지금 하이 프리스트께서는 메시지 주문을 사용하여 다른 사람들에게는 들리지 않도록 칼 님에게 말씀하시는 겁니다."

"뭐야? 거 참 무례한 다락귀신이군!"

"중요한 말씀이라서 그러시겠죠."

다른 사람들도 그제야 알아보고 모두 고개를 끄덕였다. 하이 프리스트는 뭔가 길게 이야기를 하는 모양이었고 칼은 자주 얼굴 표정을 바꾸는 것을 봐서 이야기 내용이 심상치 않았다.

한참 후에 칼은 말했다.

"그렇습니까. 알겠습니다. 할슈타일 가문에서는 그 소녀를 찾으면 안 되는군요."

뭐라고?

"이해하신다니 고맙소."

잠깐, 여기 이해하지 못한 사람 하나 있어! 설마, 칼. 그 소녀를 찾는 일을 맡겠다는 식으로 말씀하시지는 않겠지요? 칼은 말했다.

"할슈타일 가문에서 그 소녀를 찾으면 안 되니, 결국 다른 누군가가 찾아야 되는군요. 크라드메서는 진정시켜야 되고……."

뭐야? 설마? 난 더 이상 참을 수 없어졌다. 이건 안 돼. 난 얼굴이 벌겋게 된 채로 말했다.

"무례를 용서하신다면, 저도 한마디 하고 싶어요."

사람들이 일제히 나를 바라보았다. 우와, 허, 이거 장난이 아닌데? 늙은 성직자, 늙은 드워프, 전사가 둘(모두 이마에 '순종 전사임을 보증함.'이라고 써놓은 것처럼 생긴)에다가 마법사와 도둑이 각각 하나, 그리고 독서가 한 명까지 날 바라보고 있었다.

독서가는 늙은 성직자를 바라보았고 늙은 성직자는 말했다.

"말해 보게, 후치 군."

"좋아요. 그럼 말씀드리죠. 전 반대입니다."

"어? 야, 후치……."

샌슨이 놀라서 말했지만 하이 프리스트는 손을 들었다.

"이유를 말해 보겠나?"

난 어금니를 꽉 물었다가 빠르게 말했다.

"우린 할 일이 있습니다. 크라드메서의 드래곤 라자를 찾는 것은 다른 사람이라도 할 수 있다고 봐요. 아니, 인간 추적에 대해서라면 전문가들이 많을 겁니다. 하지만 아무르타트에게 몸값을 가져다주고 우리 영주님과 병사들을 되찾아오는 일은 우리의 일이며, 대신 해줄 사람은 없어요. 자기 생각만 하는 놈이라고 꾸짖으셔도 할말은 없어요. 하지만 안 되는 것은 안 되는 겁니다."

얼마나 빠르게 말했는지 내가 말해 놓고도 뭐라고 말했는지 모르겠다. 하이 프리스트는 얼굴을 찡그렸지만 칼은 깊은 한숨을 쉬고 말했다.

"고맙네, 네드발 군. 하지만 바로 그것, 우리의 일 때문에 내가 고민하는 거라네."

"무슨 말이죠?"

"우리 일은 뭐지?"

"몸값을 마련하는 거…… 아!"

그랜드스톰에는 내가 들어갈 만한 커다란 쥐구멍이 있을까? 인자하신 에델브로이라면 날 위해서 그런 것을 준비해 뒀을 것 같은데 말이야. 샌슨은 얼떨떨한 표정이 되었고 칼은 말했다.

"수도에 보석이 떨어진 것은 결국 크라드메서가 활동기에 들어가기 때문이지. 한 달 후, 크라드메서가 활동을 개시할 때까지 크라드메서의 드래곤 라자가 될 수 있는 소녀를 찾아내지 못하면 앞으로도 영영 보석 구경하기는 힘들게 될 걸세."

아아아! 쥐구멍, 쥐구멍! 네리아는 입을 크게 벌렸다가 황급히 손으로 가렸다. 엑셀핸드는 씨익 웃으며 말했다.

"문제의 요점을 파악한 것 같군."

하이 프리스트도 미소를 지었다. 칼은 왼쪽 관자놀이를 엄지손가락으로 꾹 누르고 있었다. 그리고 샌슨은 흥분하기 시작했다.

"그, 그렇군요! 크라드메서를 진정시키지 못한다면 보석은 구할 수 없다? 그럼 찾아야 합니다! 그 소녀를 찾아내어야 합니다!"

칼은 결심을 굳힌 표정이 되었다.

"퍼시발 군. 우리 여유 일자가 한 달이었지?"

"예! 그렇습니다."

칼은 하이 프리스트의 얼굴을 똑바로 바라보면서 말했다.

"저희들이 할 수 있는지는 모르겠습니다만, 저희들로서도 간절한 일인 만큼 모자란 재주지만 그 소녀를 찾아보겠습니다."

"당신들은 반드시 해낼 거요."

칼은 고개를 가로저었지만 하이 프리스트는 기쁜 표정으로 말했다.

"유피넬이 저울을 만들고, 헬카네스는 추를 만들지. 유피넬은 우리들에게 닥친 시련을 막기 위해 당신들을 이곳으로 출발시켰고, 헬카네스는 당신들이 안전하게 수도에 도착할 수 있도록 돌보았을 것이오."

칼은 희미하게 미소지었다.

"예…… 저희들의 여행에는 정말 많은 행운이 있었습니다."

하이 프리스트는 손을 강하게 휘저으며 말했다.

"그것이오! 매처럼 날카로운 눈과 하루에 세 개의 산을 넘는 다리를 가진 레인저라 하더라도 그 소녀를 찾아낼 수는 없을 것이오. 그 소녀를 찾는 자는 유피넬의 저울대를 위해 헬카네스가 마련한 추, 바로 당신들이오."

하이 프리스트는 확신에 차서 말했다. 흠. 신의 뜻이라고 생각해 버리면 간단한 일이지. 하지만, 젠장. 언젠가 칼이 말한 바 있지만 우리가 신의 뜻을 알 수 있나? 어쩌면 신은 그 소녀를 찾을 수 있는 레인저를 벌써 준비해 놓았고 우리는 그 소녀를 찾지 못한 채 좌절하는 역할일지도 모르지. 하, 하, 하.

어라? 그러고 보니 정말 그럴 수도 있겠군. 우리가 레인저냐, 뭐냐? 어떻게 붉은 머리와 10대 후반이라는 단서만 가지고 이 넓은 대륙에서 한 소녀를 찾아내지? 차라리 신이 우리에게 그 소녀를 찾는 역할을 맡긴 거라고 생각해 버리는 게 낫겠군. 에구! 머리 아파! 난 신학은 절대로 가까이하지 않을 테다.

"확실히 해 두고 싶은 것이 있습니다."

칼은 하이 프리스트에게 말했다. 하이 프리스트는 고개를 갸웃하며 칼을 바라보았다.

"아까도 말씀하셨다시피 할슈타일 후작이 그 소녀를 찾는 것은, 결국 크라드메서의 드래곤 라자를 획득하는 것은 엄청난 힘이 되기 때문일 것입니다."

하이 프리스트는 씁쓸하게 미소지었다.

"그렇소. 그리고 아마 당신은, 내가 그랜드스톰의 힘으로 그 드래곤 라자를 원할지도 모른다고 생각할 수 있으시겠지."

엑셀핸드는 의아한 표정으로 하이 프리스트를 바라보았다. 그러나 칼은 고개를 끄덕이며 말했다.

"그렇게 생각하지 않을 수가 없습니다."

"옳은 말이오."

그러자 엑셀핸드는 더 못 참겠다는 듯이 칼에게 말했다.

"이거 봐! 성직자를 못 믿겠다는 거야?"

칼은 난처한 표정을 지었다. 하이 프리스트가 칼을 구원했다.

"노커여, 당신은 드워프고 저 칼은 인간이오. 드워프보다야 인간이 인간을 더 잘 이해하지 않겠소? 더욱이 저토록 현명한 인간이라면 말이오."

"뭔 소리야? 다락귀신 네놈은 성직자잖아? 신의 지팡이 노릇하는 놈이 드래곤을 부려서 대륙을 결딴내겠다는 거야 뭐야?"

"인간은…… 원래 유피넬과 헬카네스 양자의 관심을 받는 생물이오."

"나 원 참. 이해를 못하겠구만 그래. 젠장. 그럼 도대체 인간은 어떻게 산다는 거야? 성직자도 못 믿는다면 누굴 믿고 살지? 부모, 자식이나 남편, 아내도 서로 못 믿겠구먼, 그래."

칼은 얼굴을 붉혔고 하이 프리스트는 희미한 미소를 지었다. 하이 프리스트는 칼에게 말했다.

"칼. 신께 맹세하겠소. 성직자가 신께 맹세한 것을 어기면 어떻게 되는 줄은 알고 있을 것이오."

칼은 감동한 눈길로 하이 프리스트를 바라보았다. 하이 프리스트는 고개를 끄덕였다.

"나는 신의 지팡이고, 따라서 신의 걸음을 보좌하오. 지팡이가 그 쥔 자를 인도하지는 않소. 난 크라드메서의 드래곤 라자를 찾는 것으로 우리 교단의 위세를 높이고 싶은 생각은 없소. 난 평화를 원하오. 아까도 말했듯이 당신들이 그 소녀를 찾거든, 자의로 그 소녀를 크라드메서에게 데려가시오. 그걸로 끝이오."

"믿겠습니다."

간단하네? 허어, 참. 어떻게 저렇게 간단히 믿을 수 있는 거지? 뭐, 칼이 결정한 일이니 정확한 판단이겠지. 하이 프리스트는 이제 길시언을 바라보았다.

"자네는 어쩌겠는가?"

"무슨 말씀이십니까?"

"모험가의 생활, 어차피 내일의 계획은 없겠지. 좋은 일에 동참해 보고 싶지 않은가?"

길시언은 히죽 웃으며 말했다.

"그랜드스톰의 고용입니까? 얼마 내시겠습니까?"

네리아의 눈이 번쩍번쩍. 저건 도대체 무슨 말이야? 하이 프리스트는 피식 웃으며 말했다.

"에델브로이 신전에서 영구적으로 공짜 치료에 힐링 포션 무료."

"좋군요. 껄껄."

길시언은 껄껄 웃었지만 갑자기 찢어지는 고함소리가 들려와서 그 웃음소리는 묻히고 말았다.

"나이트호크 하나 필요 없으세요오?!"

아이고 맙소사. 나와 샌슨은 동시에 이마를 짚었다. 이 유피넬도 탄복할 우리들의 조화로운 행동을 보던 하이 프리스트는 고개를 갸웃거리다가 네리아에게 질문했다.

"소개해 줄 만한 사람이 있소?"

"예. 머리도 너무너무 좋고 용모도 아름답고 몸매도 끝내주며 날카로운 손가락들 사이에서는 항상 매서운 바람이 일어나는, 100년쯤 지나면 전설의 인물로 불려질 나이트호크가 우리 사는 현재에 하나 있어요."

"우우, 후치. 등 좀 두드려줘."

"내가 더 급해. 나부터 좀……."

하이 프리스트는 우리들의 반응에서 그 전설적인 나이트호크가 누군지 알아차린 모양이다.

"아가씨 직업이 그거요?"

"그 음산할 수도 있는 직업에 저의 매력으로 밝은 분위기를 더하고 있지요."

"샌슨…… 남길 말은……."

"나, 나한테 남기지 마…… 나도 죽을 거야……."

네리아의 앙증맞은 주먹이 우리 둘을 좀 난타한 다음, 하이 프리스트는 일행의 선택은 칼의 마음대로라고 말했다. 네리아는 칼에게 귀여운 표정을 짓기 위해 애썼고, 그래서 칼은 속이 좀 불편하다는 얼굴로 말했다.

"막막한 일이 아닐 수 없습니다. 그랜드스톰에서 제시하는 일이니만큼 정보가 더 있을 거라고 생각되는데요."

"그렇게 생각하오?"

"가능성이 있으니까 부탁하는 것이겠지요. 그리고 그 가능성은 아마 보다 많은 정보에 기인할 테고."

하이 프리스트는 고개를 숙이는 시늉을 하고는 말했다.

"있소. 하지만 그 정보는 할슈타일 가문 외에는 나밖에 모르는 일이오. 비밀을 지켜주시오."

"알겠습니다."

"좋소. 그럼."

하이 프리스트는 로브 자락 속에 손을 집어넣어 종이들을 꺼내었다. 그는 그것을 칼에게 건네주었다.

"당신만 읽어보시오. 그러나 당신이 반드시 필요하다고 생각된다면 그 정보를 다른 누군가에게 말하는 것은 상관하지 않겠소."

"이것이 추적에 도움이 되는 그 정보입니까?"

"도움이 될 것으로 생각되오."

"알겠습니다."

하이 프리스트는 고개를 돌려 말했다.

"여기 계신 여러분들은 지금 이 대륙에 불어닥칠지도 모르는 재앙에 대해 알고 있는 사람들이오. 가급적 입을 조심해 주길 바라오. 바이서스는 현재 전쟁중이며 그것만으로도 민심은 흉흉하오. 모두들 지혜로운 분들이니 잘들 아실 것이오."

모두들 입을 조심하겠다고 말했다. 하이 프리스트는 아프나이델에게 말했다.

"노커 님과 칼 일행은 어떻게든 그 드래곤 라자를 찾아야 되는 이유가 있소. 다른 분들, 길시언과 네리아 양, 그리고 아프나이델 씨는 어쩌시겠소? 별 계획이 없다면 칼 일행을 도와주셨으면 하오. 그랜드스톰에서는 물심양면으로 지원할 것이며 만족할 만한 보상도 있을 것이오."

네리아는 진한 콧소리를 내었다.

"카아아알 아저씨이이잉?"

칼은 난처하게 웃으며 대답했다.

"도와주신다면 좋겠지요. 네리아 양은 밤의 세계의 정보를 취급하실 수 있으실 테니까."

"키스해 줄까요?"

"아니! 그건 됐소."

아프나이델은 조금 더듬거리며 말했다.

"칼. 전 당신들에게 갚을 빚이 있습니다. 좋은 기분으로 허락하실 수는 없겠지만, 저도 여러분들께 도움이 되고 싶습니다. 그리고…… 제 욕심의 문제도 있습니다. 전 스승을 찾아왔지만, 여러분들처럼 우수한 모험가들을 따라다니며 제 자질을 키워보는 것도 좋을 것입니다. 허락해 주십시오."

"우린 별로 우수한 모험가는 아니오. 그리고 나야 별로 거부하고 싶은 생각은 없소."

엑셀핸드는 간단히 말했다.

"난, 그 드래곤 라자를 찾아야 될 이유가 크지. 함께해도 될까?"

"당연합니다."

칼은 무조건 선선히 웃으며 허락했다. 에구, 사람이 너무 좋아. 뭐 여기 있는 사람들은 나 빼고 모두 한가락하는 사람들이니 상관없겠지만.

그런데 그때까지 길시언은 입을 열지 않았다. 칼과 하이 프리스트는 길시언을 바라보았고, 그러자 길시언은 내키지 않는 얼굴로 말했다.

"난 모험가며, 모험과 보상이 있는 곳이라면 어디든 찾아갑니다. 하지만, 동료의 문제. 어렵군요. 칼. 아실 겁니다. 제가 함부로 동료를 고를 수 없다는 것을."

하이 프리스트와 엑셀핸드, 그리고 아프나이델은 의아한 얼굴이 되었지만 우리 일행들은 고개를 끄덕였다. 길시언은 누군지도 모를 암살자에게 추적당하는 사람이다. 그 작자는 길시언이 왕권에 위험이 된다는 이유만으로 그를 없애려 하고 있다. 그리고 길시언은 그 암살자들과의 충돌 과정에서 우리에게까지 해가 올 것이 두려워 함께하지 못한다고 말하는 것이다.

칼은 부드러운 목소리로 말했다.

"수도에서라면 괜찮지 않겠습니까?"

"그렇긴 합니다만, 그 소녀가 수도에 있는지 알 수가 없습니다."

"그럼 수도에서는 도와주시겠군요."

길시언은 묵묵히 칼을 바라보았고, 칼은 미소로 길시언을 바라보았다. 길시언은 피식 웃어버렸다.

"모험가의 생활이 길었습니다만, 그 동안은 동료도 없는 좀 이상한 모험가였죠. 이제 슬슬 동료를 맞이해도 좋을 것 같습니다. 미력하지만, 도움이 되도록 하겠습니다."

칼은 환한 얼굴이 되어 말했다.

"전하께서 함께하신다면 더없이 기쁠 것입니다."

"전하가 아닙니다! 길시언, 길시언입니다!"

"아, 예……."

하이 프리스트가 마지막으로 말했다.

"한 달 후 크라드메서가 활동기에 들어가기 때문에 추적의 기간은 한 달로 정해집니다. 그래서 여러분들은 더 힘들겠지요. 이 어려운 여정에 오로지 행운만이 함께할 거라는 식의 약속은 드릴 수 없소. 하지만 그랜드스톰이 줄 수 있는 정보는 모두 드렸고, 추가로 필요한 것이 있다면 무엇이든 돕겠소. 일행의 지휘는 칼이 맡으실 것이고, 칼의 판단에 따라 모두들 움직여 주시오."

칼은 한숨을 쉬고 말했다.

"알겠습니다."

"그대들에게 에델브로이의 축복이 함께하길."

난 잠시 하이 프리스트를 바라보았다. 하이 프리스트는 내 시선을 알아차리지 못했다.

결국 우리는 하이 프리스트가 모아놓은 대로 팀을 구성하게 되었다. 그 목적은 어떤 소녀의 추적. 사실 어떤 소녀의 추적이라면 여행자나 상인에게 의뢰하는 것이 나을 텐데. 하이 프리스트는 크라드메서가 웨이크닝에 들어갔다는 소식과 우리의 도착이 동시에 일어났다는 것만으로 이 팀을 구성했다.

그것 참……. 그것이 에델브로이의 가르침인가? 수단은 사건의 옆에 있다는?

너무 엄청난 이야기를 연속으로 들어버려서 머리가 꽤 아픈데.

우리는 모두 그랜드스톰의 거대한 회의실 하나에 모여 있었다. 하이 프리스트는 이 방을 마음대로 쓰라고 했으며 그 외에도 식사나 잠자리가 필요하다면 얼마든지 제공하겠다고 했다. 우와!

여관비 굳었다! 그러나 칼은 정중하게 여기서는 회의만 가질 것이며 숙식은 여관에서 하겠다고 말했다. 에이.

까마득한 천장에다 멋진 베란다에는 계단이 달려 다른 건물의 베란다로 이어져 있었고 아름다운 창문들에는 평범한 태양빛마저도 아름다운 찬양으로 빛나게 만드는 색유리들이 끼워져 있었다. 근사한 장소였고, 근사한 장소에 들어올 때마다 그러하듯이 샌슨과 나는 좀 불편했다. 엑셀핸드는 자랑스러운 표정으로 말했다.

"이 신전은 드워프의 손으로 만들어졌지."

"아, 그렇습니까? 하긴 이런 건물을 만들려면……."

아프나이델은 적절하게 대답했고 그래서 엑셀핸드는 씨익 웃었다. 모두가 자리에 모여앉게 되자, 난 먼저 조금 전 궁금하게 여겼던 것을 질문했다.

칼은 내 질문에 놀란 표정으로 말했다.

"어떻게 알았는가? 사건을 해결할 열쇠는 항상 사건의 바로 곁에 있다는 것이 헬카네스의 법칙 중 하나일세."

아프나이델이 그 말을 보충했다.

"정확하게 말하자면 사건의 열쇠는 유피넬이 만들고 헬카네스는 그것을 숨긴다는 말이지요. 그리고 숨기는 장소는 항상 사건의 바로 옆. 왜냐하면 그곳이 가장 찾기가 어려우니까."

"그럼 하이 프리스트는 똑똑한 사람, 재주 있는 사람보다는 우리가 바로 이때 나타났다는 이유만으로 우리가 그 일을 해낼 수 있다고 믿는 것이군요?"

내 질문에 칼은 고개를 끄덕였다.

"그런 생각도 있으시겠지. 허허. 이거 실망시켜 드리면 어쩌나?"

그러자 엑셀핸드가 말했다.

"실망은 무슨! 아직 시도하지 않은 일이라면 결과를 미리 걱정할 필요는 없네."

"지당하신 말씀입니다. 그럼 어디 하이 프리스트가 주신 문건을 한번 읽어보는 것으로 시작할까요?"

"그거? 자네가 읽게. 그 다락귀신 놈은 자네만 읽으라고 했잖은가."

칼은 조금 생각하는 눈치더니 고개를 끄덕이며 그 문서를 들여다보기 시작했다. 우리는 모두 물러나 그곳에 시선을 보내지 않으려 했고 네리아는 칼의 어깨 뒤로 살며시 다가가다가 샌슨의 고함소리를 듣고는 입술을 삐죽거리며 물러났다.

칼은 심각한 표정으로 문서를 읽어 내려갔다. 문서는 대략 열 장 정도 되는 것 같았다. 그 동안 우리는 베란다로 나가서 신전의 건물을 구경했다. 위에서 내려다보니 더욱 머리 아픈 구조였다. 아무래도 수련사들은 반드시 '에델브로이여, 길을 열어주소서!' 라고 외칠 것 같은데 말이야. 왜 그런 고함소리가 들리지 않는 것이지?

엑셀핸드는 다른 사람은 팔을 얹는 난간에다가 혼자 턱을 올려놓고는 말했다(불쌍해라…….).

"그런데 말이야. 여보게, 드래곤 라자는 다른 사람과 특별히 다른 뭔가가 있는가?"

베란다에 모여 있던 사람은 나와 길시언, 아프나이델, 그리고 엑셀핸드였다. 네리아는 호시탐탐 칼이 읽는 문서를 훔쳐보려고 애쓰고 있었고 샌슨은 네리아를 막기 위해 나오지 않았다. 어쨌든 나는 엑셀핸드의 질문에 대해 깊은 생각에 잠겼다. 길시언이 대답할까, 아프나이델이 대답할까?

길시언이 입을 열었다. 오!

"잘 모르겠는데요?"

……싱거운 왕자님. 아프나이델이 대답했다.

"그런 것은 없다고 알고 있습니다. 아니, 있기는 하지만 그것은 드래곤이나 다른 드래곤 라자만이 알아볼 수 있습니다. 인간은 알아보지 못합니다."

"드래곤과 드래곤 라자만이 알아본다고? 어떻게?"

"그야 저로서는 알 수 없지요. 하지만 옛글에 보면 그런 대목이 나오지 않습니까?"

"난 글 좋아하지 않아. 노래라면 몰라도. 말해 보게."

"예. 그러니까 드래곤이 드래곤 라자를 알아보고는 '귀하는 드래곤 라자의 운명을 가지고 있군. 날 선택하겠는가?' 라고 말하지요. 그럼 드래곤 라자도 말합니다. '당신을 선택하겠다. 당신은 날 선택하겠는가?' 또는 이런 대목도 많지 않습니까? 드래곤 라자가 어느날 어떤 소년을 보고서는 '드래곤 라자의 자질을 가졌군. 내가 널 돌봐주마.'. 뭐 그렇게 말하는 것 말입니다."

"그래? 뭐, 드워프는 확실하고, 엘프도 알아보지 못하는가?"

아프나이델은 고개를 갸웃거렸다.

"엘프 말씀입니까? 글쎄요. 유피넬의 어린 자식인 엘프라면 그럴 수도 있을 것 같습니다만 저는 잘 모르겠습니다."

그러자 엑셀핸드는 날 바라보았다.

"그 이루릴은, 델하파의 항구로 갔다고?"

"예."

"뭐하러?"

"말하지 않았는데요."

"그래? 흐음. 그 엘프 아가씨가 있다면 확실히 알 수 있을 텐데."

"2주 후면 돌아올 거예요."

"그런가?"

그때 안에서 칼의 말이 들려왔다.

"들어들 오십시오. 다 읽었습니다."

안으로 들어가자 칼은 서류들을 탁탁 추슬러 모으고 있었고 네리아는 볼이 부어 있었고 샌슨은 득의양양한 표정이었다. 헷. 우리는 중앙의 테이블에 몰려 앉았고 칼은 말했다.

"이 서류의 내용을 공개하지 말라고 하신 것은 이 서류가 할슈타일 가문의 개인적인 비밀을 담고 있어서입니다. 알려지면 할슈타일 가문의 수치가 되겠지요."

"그런가? 그럼 됐네. 말하지 말게."

엑셀핸드는 간단히 대답했다. 우아아앙! 듣고 싶은데! 칼은 고개를 가로저으며 말했다.

"그런데 아무래도 몇 가지는 알려드리는 것이 좋겠습니다. 그래야 이해가 될 듯합니다. 다만 다른 곳에 가셔서 이 내용을 말씀하시지는 마십시오. 귀족가에 있어 명예라는 것은 대단히 중요한 일이니까요."

네리아는 히죽 웃었다. 사람들이 모두 고개를 끄덕이며 말하지 않겠다는 표정을 짓자 칼은 천천히 말했다.

"되도록 요약해서 말씀드리겠습니다. 그러니까 지금의 할슈타일 후작이 훨씬 젊었던 시절, 그는 간혹 집안의 하녀를 침대로 끌어들였던 모양입니다. 좋은 일은 아닙니다만 귀족가에서는 그

다지 낯선 일도 아닙니다."

엑셀핸드는 콧방귀를 뀌었다. 칼은 설명했다.

"하지만 할슈타일 후작은 그저 재미나 보려고 그랬던 것은 아닌가 봅니다. 당시는 드래곤 로드의 약속의 기한이 얼마 남지 않았던 시절이었기 때문에 할슈타일 후작은 조금이라도 일찍 자손을 봐두고 싶었던 모양입니다. 몇 년이 지나버리면 다시는 드래곤 라자가 태어나지 않을 테니까요. 그런데 본처에게서는 자손이 태어나지 않았고, 그래서 할슈타일 후작은 다급했던 모양입니다. 그래서 집안의 하녀들을 건드리기 시작한 것이죠."

네리아는 이맛살을 찌푸리며 말했다.

"정말……, 동물 같아."

"그렇게 볼 수도 있겠지요."

아이고, 얼굴 붉어진다. 망할. 난 다시 그 후작의 얼굴을 떠올렸다. 흠. 그 양반, 젊었던 시절에는 그랬단 말이지? 칼은 말했다.

"그런데 하녀들에게서도 자손이 태어나지 않았지요. 그래서 후작은 자신에게 문제가 있는 줄 알고 거의 포기하게 되었습니다. 그러고는 드래곤 라자의 자질을 가진 아이들을 끌어모은다는 그 계획을 세우게 된 것이죠."

"흠, 그런데요?"

"그런데 최근 할슈타일 가문에 이상한 여자가 찾아왔던 모양입니다. 아주 낡은 옷을 입은 병색이 완연한 여자였지요. 그 여자는 할슈타일 저택 앞에 쓰러졌고, 후작가에서는 거지인 줄 알고 신경 쓰지 않았습니다. 그런데 그중 한 하인이 그 여자를 알아보았습니다. 과거에 그 저택에 있었던 하녀였답니다."

우리는 긴장된 표정으로 칼을 바라보았다.

"후작가에서는 그 하녀를 안으로 옮겨서는 왜 돌아왔냐고 물었지요. 그 하녀는 후작을 불러달라고 말했답니다. 하지만 어림도 없는 일이지요. 고작 옛날에 그 저택에 있었다는 이유만으로 후작을 만나고 싶어한다니, 하인들은 어처구니가 없다는 반응을 보였던 모양입니다. 그런데 이 하녀가 놀랄 만한 말을 했습니다. 자신이 후작의 아기를 가졌었다는 말이지요."

"휘이?"

샌슨이 희한한 감탄사를 내뱉었다. 흠. 칼은 고개를 끄덕이며 말했다.

"할슈타일 후작은 놀라서 그 여자에게 달려왔고 여자가 병색이 완연한 것을 보고는 치료하려고 애썼던 모양입니다. 하지만 여자는 이미 위독한 상태였지요. 어쨌든 후작은 그 여자의 임종을 지켰는데, 아마 그때 왜 그 사실을 알리지 않았느냐, 혹은 아기는 살아 있느냐는 식의 질문을 했을 거라고 추측됩니다만 정확하게 무슨 이야기를 나누었는지는 알 수가 없군요. 후작과 그 여자 단둘이서 나눈 이야기이기 때문에 아무도 모른답니다. 그런데 그 여자가 죽고 나서 후작은 갑자기 붉은 머리의 10대 후반의 고아 소녀를 찾으라고 명령했답니다."

"그게 그 여자가 남긴 유언인가 보군요."

아프나이델의 질문에 칼은 고개를 끄덕였다.

"그런 모양입니다."

"하지만, 그것만 가지고서는 알 수가 없지 않습니까? 단지 붉은 머리의 10대 후반의 소녀라고 한다면……."

"그리고, 드래곤 라자의 자질을 가지고 있는."

네리아의 말이었다. 아프나이델은 네리아를 바라보았다.

"아마 그렇게 찾는 것이겠죠. 붉은 머리의 10대 소녀를 먼저 찾은 다음, 드래곤 라자의 자질을 가지고 있는지 알아보는 거 아닐까요?"

아, 저 이야기. 바로 어제 네리아와 나눈 이야기로군. 엑셀핸드는 고개를 끄덕였다.

"그렇군. 조금 전 아프나이델 자네도 드래곤 라자는 드래곤 라자를 알아본다고 했지?"

"그렇군요. 그런 방법으로 찾겠군요. 그렇다면 그 소녀가 수도에 있다는 말입니까?"

칼은 고개를 가로저었다.

"그렇지는 않은 것 같소. 후작은 바이서스 곳곳에 사람을 보내어 붉은 머리의 10대 소녀인 고아가 있는지 알아보게 한 모양이오."

아프나이델은 어이없는 표정을 지었다.

"그럼 너무 막막하군요. 그 죽은 하녀가 정확하게 어디에 그 소녀가 있는지는 말하지 않은 모양이군요?"

"그런 것 같습니다. 후작은 친분 관계가 있는 상인들에게 부탁하거나 의뢰하여 바이서스 곳곳에서 붉은 머리의 소녀를 찾아보라고 명령했던 모양입니다. 어떻게 보면 무식한 방법입니다만, 생각해 보니 붉은 머리, 10대 후반, 고아, 이 세 가지 조건을 만족시키는 아이가 그렇게나 많을 것 같지는 않습니다."

"못 돼도 백 단위까지는 올라갈 텐데?"

"그럴까요?"

칼은 미소를 지었다. 엑셀핸드는 눈살을 찌푸리더니 말했다.

"말해 보게."

"이 문서를 작성한 자가 누군지는 모르겠지만 수학을 퍽 좋아하는 모양입니다. 인상적인 부분이 있어 읽어드리고 싶군요."

칼은 문서를 뒤적거리더니 한 부분을 찾아내고는, 헛기침을 좀 한 다음 말했다.

"흠, 들어보십시오. '바이서스의 인구는 약 35만 명 가량이다. 여기서 소거법으로 그 조건에 들어맞는 사람을 찾아내 보면, 먼저 여자이므로 인구의 반인 17만 명으로 줄어들게 된다. 다음 10대 후반. 15세에서 20세까지의 소녀로 가정하고, 전체 인구 중 이 나이의 비율을 보면 대략 15퍼센트 정도 된다.' 허, 이 수치는 다시 조사해 봐야겠군요. 정확한 건지. 어쨌든 17만 명의 15퍼센트니까 2만 5500명이 된답니다."

"그렇군요. 그리고 빨강머리? 그건 어떻게 하지요."

아프나이델의 질문에 칼은 미소를 지으며 말했다.

"머리카락 빛깔이라는 것이, 희귀한 색깔도 있고 흔한 색깔도 있어서 이 부분에서는 좀 고민을 했나 봅니다. 그래서 이 문서의 작성자는 하루 종일 대로에 서서 지나가는 사람의 숫자와 그중 붉은 머리의 사람의 숫자를 세어보았나 봅니다."

나는 그만 웃어버렸다. 내가 보아도 말이 안 되는 말이다.

"하핫! 그게 말이나 돼요?"

"응? 왜 그러는가, 네드발 군?"

"그 말은 결국 대로에 돌아다니는 사람들만 가지고 조사를 했다는 말이잖아요. 여자들은 대로에 잘 돌아다니지 않아요. 그런데 필요한 확률은 여자들 중에 붉은 머리가 얼마나 되는지 하는 거잖아요?"

사람들이 모두 놀란 표정을 지었다. 샌슨이 말했다.

"남자나 여자나, 뭐 머리 빛깔의 비율은 똑같지 않을까?"

"에이, 말도 안 돼. 그럼 남자와 여자의 키나 몸무게 비율도 똑같아야 되게? 게다가 그런 식으로 조사하면 백발 할머니나 할아버지는 어떻게 하지? 필요한 비율은 10대 후반 소녀 중에서의 붉은 머리 소녀의 비율인데. 한 가지 더. 지방마다 머리 빛깔에 조금씩 차이가 날 수도 있잖아?"

칼은 고개를 끄덕였다.

"그렇군. 하지만 일단은 이 조건을 따라가 보세나. 여자와 남자의 머리 빛깔 비율이 다르다 해도 극심하게 다를 것 같지는 않으니까. 그리고 이 작성자도 백발머리는 뺐겠지. 지방마다 다르다는 말은 일리가 있네만 바이서스 임펠은 나라 중앙에 있는 도시이고 많은 인구가 사는 곳이니 어느 정도 신뢰할 수 있는 수치라고 볼 수도 있겠지."

"흐으음…… 그래서 얼마래요?"

"이 작성자가 세어보길, 대로에 돌아다니는 사람 중 붉은 머리카락을 가진 사람의 비율은 4퍼센트 정도라는데?"

네리아가 붉은 머리를 찰랑거리며 말했다.

"4퍼센트? 그렇게 적나?"

"그런가 봅니다. 그런 식으로 계산해서 2만 5500명 중 붉은 머리의 비율을 계산해 보면 1020명 정도가 나온답니다."

엑셀핸드는 숫자가 계속 나오자 머리가 아프다는 시늉을 했다.

"원 참, 그놈의 숫자 놀음. 그럼 끝났는가? 바이서스 내부에는 그런 조건에 맞아드는 소녀가 천 명쯤 된다, 이 말인가?"

"아니, 한 가지 더 있습니다. 고아라는 겁니다."

엑셀핸드는 머릿가죽을 매우 험악하게 긁적였다.

"고아 비율은 어떻게 계산해?"

"이것은 왕실 학술원에서 조사한 자료를 이용했나 봅니다. 요즘은 전쟁 때문에 고아 발생률이 높다고 하는군요. 하지만 요즘 자료를 이용할 수야 없습니다. 찾는 아이는 10대 후반……, 따라서 10년 정도 전의 기록을 사용해서 알아본 결과 고아의 비율은 200명에 세 명 꼴이랍니다."

엑셀핸드는 그만 답답하다는 듯이 가슴을 쾅쾅 쳤다.

"아프나이델!"

"1.5퍼센트라는 말입니다."

"그래? 그럼? 1020명이라고? 그중에서는?"

"열다섯 명에서 열여섯 명 정도 됩니다."

엑셀핸드는 그 굵직한 눈썹을 크게 꿈뻑거렸다.

"그것밖에 안 돼?"

어랏, 정말 그것밖에 안 되나? 이 넓은 나라 안에 그 조건에 맞는 사람이 고작 그거야? 사람들은 모두 의아스런 표정을 지었고 난 네리아를 바라보았다.

"헤에, 그럼 네리아도 이 대륙에 열다섯 명밖에 없는 사람들 중에 하나네요? 나이가 조금 틀리지만."

"무슨 소리! 신비에 속하는 매혹적인 얼굴과 거의 범죄에 속할 만큼 아름다운 몸매, 그리고 우아한 거동, 상냥한 마음씨, 그런 조건은 계산하지 않았잖아? 그런 조건까지 따진다면 확률이 더 떨어질걸?"

"새, 샌슨! 나, 남길 말은……."

"나 죽었어. 사인(死因)은 기가 막혀서. 그러니 말 걸지 마."

네리아에 의해 잠시 동안 우리들의 목숨이 위험해지는 급박한 순간이 지나고 나서 길시언은 말했다.

"그럼 간단하군. 대륙을 이 잡듯이 뒤져서 그런 소녀를 열다섯 명 정도만 찾아보면 된다, 이거군요?"

길시언의 말에 칼은 고개를 끄덕였다.

"물론 이 계산은 순수하게 탁상 공론이니만큼 실제와는 많이 다를 겁니다. 하지만 그렇더라도 수백 명의 소녀를 찾을 일은 없을 것 같군요. 한결 편하게 되었습니다."

아프나이델은 고개를 가로저었다.

"아무리 그렇다 해도, 바이서스를 그냥 돌아다니며 그런 소녀를 찾아야 된다는 말씀이십니까? 기일이 얼마나 걸릴지 알 수가 없습니다. 더군다나 여유 기간은 한 달입니다."

칼은 고개를 끄덕였다. 누가 말만 하면 고개를 끄덕이시는군.

"하긴…… 우리는 웨스트 그레이드에서 미드 그레이드까지 오는 데만도 한 달 가까이 걸렸지. 더군다나 그것은 그냥 달린 것. 만일 마을이나 도시마다 조건에 맞는 모든 소녀를 찾아보려고 한다면…… 그건 너무 어렵겠군."

사람들은 모두 취향대로 골치 아프다는 표정을 지었다. 엑셀핸드가 가장 다이내믹한 모습을 보여주었고 칼이 가장 점잖았지만 어쨌든 모두 골치 아픈 표정이었다. 그때 신비에 속하는 매혹적인 얼굴과 거의 범죄에 속할 만큼 아름다운 몸매, 그리고 우아한 거동, 상냥한 마음씨를 가졌다고 주장하는 사람이 말했다.

"거꾸로 하죠?"

"무슨 말이오, 네리아 양?"

네리아는 손가락을 까딱거리며 말했다.

"그 소녀의 과거의 조건 말고 현재의 조건으로 찾아봐요. 10대 후반의 소녀, 그리고 고아죠? 만일 살아 있다면 무슨 일을 하고 있을까요? 세상에서 고아 소녀가 할 수 있는 일이 퍽 적어요. 내 경험상으로."

칼은 고개를 끄덕였다.

"무슨 말인지 알겠소. 그렇다 해도 뾰족한 방법이 있겠소? 의견이 있다면 들려주시오."

"일단은 새 모이를 던지죠. 상회, 조합 등에다 물어보는 방법도 좋고요."

"새 모이를 던진다고요?"

4

"왜 하필 나예요!"

"넌 얼굴이 익었잖아. 불필요한 의심을 받지 않아."

"사실대로 말해 봐요."

"사실대로? 할 수 없군. 넌 누가 봐도 위험해 보이지 않아. 그 점에서 샌슨, 길시언, 엑셀핸드가 빠지고, 그 다음 남는 것은 칼과 아프나이델인데, 에이. 칼이나 아프나이델은 그런 곳에 데려다놓으면 이상해. 말 시장에 잘못 끌려나온 황소 같을걸?"

"그 말에 찬성해야 된다는 것이 슬프군요. 하지만 혼자 가면 안 돼요?"

"어머나? 여자를 그런 곳에 혼자 보내시려고?"

"으커어억!"

그리하야, 나는 네리아에게 이끌려 또다시 그 고약한 장소를 찾아가게 되었다. 망할.

다행히 이번에는 낮이라 머리 아프게 만드는 여인네들은 나와 있지 않았지만 밤의 장막이 가리고 있던 지저분한 것들이 그대로 보이는 것은 어쩔 수 없었다. 건물 곳곳에 쌓여 있는 뽀얀 먼지, 부서져내리는 지붕 끄트머리, 곳곳에 널려 있는 쓰레기들과 으슥한 곳이면 어김없이 쌓여 있는 토사물과 배설물들. 지린 냄새와 함께 자욱한 먼지들이 코를 간질였다.

나는 코를 씰룩거리며 말했다.

“낮에 찾아가도 상관없어요?”

“상관없어. 수도에서 연중 무휴인 사람들을 찾으라면 소방대원과 수도 경비 대원, 그리고 도둑뿐이야.”

“소방대원?”

“소방서, 불 나면 끄는 곳. 주로 마법사의 제자들로 구성되어 있어.”

“그래요? 마법으로 불을 끄나 보지요?”

“응. 훈련 기간 동안 대민 봉사 차원에서 빛의 탑으로부터 파견 근무를 나가는 거지. 뭐, 빛의 탑과 시청의 계약으로 이루어지는 거야.”

“흐흠.”

그것 참 볼 만하겠군. 어디서 불이나 안 나나? 응? 내가 이 무슨 망발을.

저번에 한 번 찾아왔던 장소지만 낮에 오니까 하나도 모르겠다. 난 그저 네리아만 열심히 따라갔다. 네리아는 쉽게 쉽게 찾아갔다. 뭐? 여자 혼자 이런 곳에 오면 안 된다고?

“으응. 사실 혼자서 들어오는 것이 쉬운 일은 아니야.”

“나이트호크가 도둑을 무서워해요?”

“무섭지. 안 무서울 수가 없어.”

네리아는 그렇게 말하며 쾌활하게 걸어갔다. 그래서 정말 믿기가 어려웠다.

저번에 왔던 그 주점을 간신히 알아볼 수 있었다. 건물들 사이에 묻힌 듯이 처박혀 있는 주점의 모습이 기억에 되살아났다. 문은 닫혀 있었지만 네리아는 신경 쓰지 않고 문을 두드렸다.

"누구야? 영업 시간 아냐!"

"까불지 마! 들어올 때부터 감시하고 있었으면서. 문 열어!"

응? 우리가 이 골목에 들어설 때 이미 이곳으로 연락이 갔을 거라는 말인가? 그거 참 몸조심해야 되는 장소가 맞군. 문이 열렸다.

문이 열렸을 뿐 아무도 나오지 않았다. 그저 컴컴한 내부의 암흑만이 보였다. 네리아는 나에게 천천히 따라 들어오라고 입모양으로 말하고는 들어섰다. 나는 속으로 다섯을 세고 따라 들어갔다.

처음에는 아무것도 보이지 않았다. 하지만 잠시 후 어둠에 눈이 익숙해지고 나자 홀 안에 늘어서 있는 테이블들과 테이블에 올라가 있는 의자들의 모습이 보였다. 무슨 밀림 속에 들어온 기분이 들었다. 홀에는 창문이 없었고 그래서 열린 문틈으로 들어오는 미약한 빛이 간신히 어둠을 희석시키고 있었다.

"문 닫고 기대고 서."

나는 저번처럼 문 닫고 거기에 기대어 섰다. 아마 퇴로를 확보해 둔다, 뭐 그런 이유가 있겠지. 눈을 찌푸리며 바라보니 늘어선 테이블 중 하나에 남자 두 명이 앉아 있었다. 그들은 그 테이블에서만 의자를 내려서 앉아 있었다. 바텐더와 문댄서였다.

네리아는 척척 걸어가서는 옆에 의자 하나를 내려서 남자들의 맞은편에 앉았다. 문 쪽에 서 있자니 문댄서의 표정은 거의 알아보기 힘들었지만 그의 입가에서 빨갛게 불타고 있는 파이프와 홀을 휘감아도는 연기의 모습은 보였다.

문댄서가 말했다.

"어쩌겠어?"

"안 돼."

"빌어먹을, 장난치나?"

"그 후작과 이미 만나버렸거든."

"만났다고?"

"그래. 할슈타일 후작. 이미 만났었어."

"젠장. 알았어."

"의뢰가 있어."

"돈."

"외상으로 해줘."

"웃기네."

"넌 내가 슬로드 관뚜껑 덮은 값도 지불하지 않았어."

"부탁한 적 없어."

"슬로드의 얼굴을 봐서, 한 번만."

문댄서는 다시 파이프를 피우기 시작했고 보다 짙은 연기가 홀을 감싸고 돌았다. 잠시 후 그는 말했다.

"뭐야?"

"네가 부탁한 바로 그거야. 빨강머리 10대 소녀를 찾는 거. 수확이 있어?"

"없어. 젠장, 너만큼 하는 여자를 찾기가 쉽진 않아."

"아니, 정말 빨강머리 소녀를 찾아본 적은 없어?"

"찾아봤지. 없어."

"좋아. 그럼 고용주가 누군지 말해 주겠어? 그 대신 후작가에서 그 소녀를 찾는 이유를 말해 주지."

"이유? 딸을 찾는 데 무슨 이유."

그 말에 네리아는 콧소리를 내며 웃었다.

"흥흥흥, 문댄서, 넌 그 짓 그만두는 게 좋겠어."

문댄서는 턱수염을 만지며 씁쓸하게 말했다.

"천만에. 나만한 남자는 없지. 가만히 있어도 누군가 찾아와서 정보를 주는 사람은 드물지."

"좋아. 할슈타일 가문에서는 크라드메서의 웨이크닝에 대비해서 그 소녀를 찾는 거야."

"크라드메서가 뭐지?"

"네 차례. 고용주는?"

"넥슨 휴리첼. 휴리첼 가문의 청년."

난 잠깐 놀라서 입을 열 뻔했다. 넥슨 휴리첼이라고? 그 청년의 이름이 갑자기 왜 나오는 거지? 난 간신히 입을 다물었다. 네리아는 평이한 어조로 말했다.

"노리는 서류는?"

"네 차례."

"크라드메서는 언젠가 미드 그레이드를 끝장낼 뻔했던 이그누스 드래곤이야."

바텐더가 움찔했다. 문댄서는 바텐더를 바라보았고 바텐더는 문댄서에게 귓속말을 했다. 그러자 문댄서는 파이프를 깊이 빨아들였다.

"장난이 아니군."

"서류는?"

"나도 몰라. 그냥 파란 표지의 책이야."

"좋아. 그럼 넌 내게 빚졌어."

"제길. 알뜰하시군."

"나 같은 마누라 만나야 너도 편할걸."

문댄서는 피식 웃었다.

"같이 뛸 생각 없어?"

"난 담배 피우는 남자는 싫어. 빚 갚을 생각이나 해."

"뭐야?"

"빨강머리 10대 후반의 소녀를 발견하면 즉시 내게 연락해 줘."

문댄서는 팔짱을 끼고 생각에 잠기는 눈치였다. 한참 후 문댄서는 말했다.

"그 소녀는 드래곤 라자겠군?"

"할슈타일 가문의 인물이니까."

"그렇다면, 그 소녀는 이그누스 드래곤의 드래곤 라자도 될 수 있겠군? 굉장한 일인데."

"굉장한 일? 굉장하지. 하지만 허튼 생각은 하지 마."

"무슨 말이지?"

"그 소녀를 찾지 못하면 미드 그레이드는 다시 쑥대밭이 된다는 말. 어쩌면 바이서스가 날아갈지도 모르지."

문댄서의 파이프가 조금 흔들렸다. 바텐더의 숨 들이키는 소리가 들려왔다.

"……그래서 찾는 거야?"

"응."

"바이서스의 위기를 구하기 위해서? 흠. 장사 안 되는 일에 끼어들었군. 네리아. 너 요즘 정말 이상해지는데."

"무슨 소리? 장사 안 되다니. 세상이 평화로워야 나이트호크도 평화로운 거야."

"알았어. 찾아보고 연락하지."

"고마워. 밖의 녀석들 치워줘."

네리아는 그렇게 말하고 일어났다. 이런, 또 밖에 누가 있나?

정말이었다. 밖에 나와보니 그때의 그 남자들이 여전히 무심한 표정으로 건물 벽에 기대어 조는 듯이 앉아 있었다. 그들은 우리를 쳐다보지도 않았고 네리아 역시 그들을 바라보지도 않고 걸어가 버렸다. 정말 마음 놓을 수 없는 장소로군. 난 후다닥 네리아를 따라갔다.

"너무 이야기를 많이 한 것이 아닐까요?"

"걱정 마. 도둑들은 믿어도 돼. 응? 까르르. 해놓고 보니 정말 웃기는 말이네."

"정말 웃겨요."

"내가 걱정하는 사람들은 상인들에게 찾아가기로 한 길시언과 아프나이델이야. 에구. 그 왕자님은 평소에도 말을 제대로 못하는데 정보를 캐내는 일은 제대로 하려나?"

"아프나이델이 마법사니까……. 뭐 믿어보시죠. 아니, 그것보다 칼과 샌슨, 엑셀핸드가 걱정이에요."

"흠. 하긴, 그러고 보니 문제다. 칼 아저씨는, 흐응. 사람이 좋아서 위험하고 샌슨은? 샌슨이니까 위험하지. 엑셀핸드는 드워프니까 말도 못하겠고."

우리는 그렇게 다른 사람들의 흉을 보면서 낄낄거리며 유니콘 인으로 돌아왔다. 각자의 정보 수집이 끝나면 그곳으로 모이기로 약속되어 있었다.

유니콘 인에 도착하니 이미 홀에 칼, 샌슨, 엑셀핸드가 앉아 있었다. 모두들 맥주잔을 앞에 놓고 앉아 있었다. 무슨 일인지 모르겠지만 칼과 엑셀핸드는 껄껄거리고 있었고 샌슨은 고개를 푹 숙이고 있었다. 칼은 우리들이 들어온 것을 보며 웃음을 멈추고 말했다.

"어서들 오게. 갔던 일은?"

"그쪽부터."

"모험가 길드 쪽에서 사람들을 붙잡고 물어보았지. 퍼시발 군이 아주 능숙하더군. 자기 동생을 찾고 있다면서 모험가들에게 인정으로 호소하던데?"

"칼! 그 이야기는 이제 그만!"

나와 네리아는 놀란 표정으로 샌슨을 바라보았다. 허어? 샌슨이? 샌슨은 쑥스럽다는 표정을 지었다. 제발, 그런 표정 짓지 마. 쑥스러워하는 오거는 악몽 중에서도 최악이야.

엑셀핸드는 껄껄거리며 말했다.

"정말 보여주고 싶군! 눈 뜨고 못 봐주겠던데? 눈물을 쏟을 듯한 표정으로 모험가들과 길드원들을 붙잡고 물어보는 그 꼴이라니. '하늘 아래 하나뿐인 혈육이어요. 제발, 어느 분이시든 빨강머리의 소녀를 아시는 분 없으신가요? 제발 좀 알려주시어요…….'."

"엑셀핸드!"

샌슨은 얼굴이 벌겋게 되어 외쳤고 네리아는 숨 넘어갈 듯이 웃었다.

"흐어, 허, 우헷헤헤헷! 틀림없이 무, 무서워서, 아니, 보고이, 있기가 역겨워서 마, 말해 줬을 거야. 까르르륵!"

"뭐야? 이거 왜 이래? 모두들 날 동정해서 친절하게 말해 줬다고!"

나는 그 장면을 상상해 보지는 않기로 했다. 사람은 밤에 좋은 꿈을 꿔야 된다.

샌슨이 그런 거북한 장면까지 연출하면서 물어보았지만 소득은 없었던 모양이었다. 붉은 머리의 10대 소녀라는 것이 이렇게 희귀한 것인 줄은 몰랐다는 것이 엑셀핸드의 평이었다.

"괴상하다고 말할 정도야."

"그래요? 그거 신기하네. 이쪽에서도 전혀 없어요."

"그것 참. 그럼 아프나이델과 길시언을 기다려야 되는군."

샌슨의 말에 네리아는 눈을 깜빡여 보이면서 말했다.

"그런데 말이야, 흐음. 칼 아저씨라면 알아차리실까? 재미있는 정보가 있어요."

"말씀해 보시오."

"그러니까 말이죠. 저번에 봤던 그 문댄서 기억하시죠?"

"그런데?"

네리아는 조금 전 문댄서에게 들었던 이야기를 줄줄 들려줬다. 도둑은 믿을 수 있다고 말한 사람이 있는데 말이야, 그게 누구던가? 어쨌든 네리아는 문댄서가 네리아를 그 소녀로 위장시켜 할슈타일 저택에 침투시킬 계획이었으며, 그렇게 침투하는 목적은 어떤 책이며, 그 책을 원하는 자가 넥슨 휴리첼이라고 말해 주었다.

"넥슨 휴리첼? 휴리첼 가문의 그 젊은이 말이오?"

"예. 자, 생각해 보세요. 그리고 그 동안 나는 맥주!"

"어, 나도 맥주!"

나의 황급한 주문에 칼은 히죽 웃더니 곧 턱을 괴고 생각에 빠졌다. 맥주가 도착했고 네리아와 나는 맥주를 홀짝거리기 시작했다.

칼은 이내 말했다.

"그 정도만 가지고 뭘 추측하기는 어렵구료. 그런데 넥슨 휴리첼이라면 카뮤 휴리첼의 조카가 되는 사람 아니오? 그리고 카뮤 휴리첼은 바로 크라드메서의 드래곤 라자였던 사람이고."

"그렇죠. 그리고 자기 아버지가 명예롭게 전사했냐고 물었던 사람."

나의 악의가 좀 담긴 대답에 칼은 고개를 끄덕였다. 칼은 머리를 긁적거렸다.

"그건 좀더 생각해 봐야 할 문제인 것 같소. 넥슨 휴리첼 씨가 할슈타일 가문에 있는 책을 노리는 이유가 뭔지, 그 책이 뭔지, 지금 당장으로서야 아무런 추리가 되지 않는데."

"그 책, 가져다 드릴까요?"

네리아의 말에 칼은 놀란 표정을 지었다가 곧 얼굴을 찌푸렸다.

"훔친다는 말이오?"

"담장 위로 날갯짓을 한 차례 하는 거죠."

"그런 불법적인 일까지 고려하고 싶지는 않소. 그게 정말 중요한 일인지 아직 확신이 서는 것도 아니고."

"좋아요, 뭐. 하지만 이거 하나 알아두세요. 지금 위험한 것은 바이서스 전체가 될 수도 있다는 거. 내가 함부로 이런 말을 하는 것은 아니거든요."

네리아의 조금 날카로운 목소리에 칼은 고개를 끄덕였다.

"알겠소. 그리고 그 사실은 명심하고 있소."

아프나이델은 고개를 가로저으며 들어왔고 길시언은 머리끝까지 화가 난 채로 들어섰다. 나는 의아해서 질문했다.

"왜 그렇게 얼굴이 안 좋죠?"

길시언의 패악스러운 대답이 돌아왔다.

"젠장. 말도 하기 싫어! 내 이놈의 검을 당장!"

길시언은 프림 블레이드를 씹어먹겠다는 식의 표정을 지어보였다. 아프나이델은 의자에 앉더니 곧 킬킬거리기 시작했고, 그러자 길시언은 아프나이델에게도 똑같은 시선을 보내었다. 오우, 안 돼. 아프나이델을 씹어드시겠다니. 아프나이델은 웃음을 참으며 겸연쩍게 말했다.

"참 곤란하시겠습니다. 그 검."

"됐소! 나 대장간에 다녀오겠습니다!"

"아니, 참으시죠. 어차피 귀금속이 없어 대장간에서도 마법검을 손질할 수는 없을 겁니다."

아프나이델의 말에 길시언은 울화통이 터진다는 표정을 지으며 테이블에 앉았다. 그 앉는 자세가 몹시 강맹하여 주인장 리테들은 의자의 생사를 우려하는 표정이 되었다.

아프나이델은 되도록 길시언의 심사를 건드리지 않기 위해 차분히 설명했다.

"저희들은 상인들을 찾아가 물어보았습니다. 상거래 도중에 붉은 머리의 소녀를 본 적은 없냐고요. 그러던 도중에 어떤 상인이 왜 찾냐고 물어오더군요. 그래서 길시언께서는 그 소녀가 자기 어머니라고 대답했습니다."

"푸흐허아하하핫!"

길시언이 이를 북북 갈고 있었지만 엑셀핸드는 거기에 신경 쓰지 않고 웃어젖혔다. 물론 네리아와 샌슨도 크게 웃었다. 아프나이델은 치밀어 올라오는 웃음을 아래로 끌어내리려 애쓰면서 점잖게 말했다.

"그래서 어처구니가 없어진 상인이 그게 말이 되냐고 묻자 길시언은 요즘 아이들은 조숙하다고 대답하시더군요. 상인은 이상한 눈초리로 쳐다보며 두 번 다시 저희들과 이야기를 하지 않으려고 하더군요."

"우하하, 힉, 히꾹, 아아악! 나, 나 죽어, 히꾹, 수, 숨이 우하하! 마, 막힌다아아……."

네리아는 웃음과 딸꾹질과 비명을 동시에 꺼내어놓았다. 길시언은 이를 박박 갈았고 아프나이델은 길시언의 눈치를 보면서 계속 이야기했다.

"그리고 그 다음 상인에게 들렀을 때는 그 소녀가 자신의 첫여자라고 말씀하셨습니다만……."

콰당! 기어코 샌슨은 뒤로 넘어지고 말았다. 샌슨은 미친 듯이 웃느라 두 번이나 테이블을 헛짚으면서 간신히 일어나 앉았다. 아프나이델은 침착하게 말했다.

"그래서 상인이 괴이한 표정으로 쳐다보면서 언제 그랬냐고 묻자 10년 전이라고 대답을 해서 그 상인은 우리를 아주 괴상한 놈들이라는 식으로 쳐다보며……."

"그아악! 아프나이델! 이제 계속하시오!"

"예에?"

"아, 아니! 그만하시오옷!"

어쨌든 길시언이 그런 수모를 당한 보답인지, 어쨌든 아프나이델은 소득을 가지고 돌아왔다.

"소득이 있었다고요?"

칼은 반가운 표정으로 물었다. 아프나이델은 말했다.

"예. 저 먼 웨스트 그레이드의 어느 영지에서 그런 소녀를 봤다는 이야기를 들었습니다. 영지의 이름은 정확히 기억하지 못하지만 소녀의 이름은 제이미인지 젬인지 그랬……, 왜 그러십니까?"

"그건, 별로 대단한 소득이 못 되는 것 같소."

칼은 힘 빠진 표정으로 대답했고 나와 샌슨도 어깨를 축 늘어뜨렸다. 아이고 머리야. 제미니가 이렇게 유명했었나? 세상이 정말 좁군. 칼은 우리 고향에 제미니라는 소녀가 살며 그 소녀가 붉은 머리인 것은 확실하다는 이야기와, 나의 악착 같은 방해에도 불구하고 그 소녀가 여기 있는 후치 네드발의 레이디라는 이야기까지 몽땅 해버렸다.

아프나이델은 피식피식 웃으며 물었다.

"그 소녀는 고아가 아닌가 보군요?"

"부모 모두 내가 아는 사람들이오."

"그래요. 허, 이거 참. 붉은 머리의 소녀가 이렇게 드문 것인지는 몰랐군요."

아프나이델은 한숨을 쉬었다. 정말이다. 붉은 머리 소녀가 이렇게 희귀한 것인가? 칼은 맥주잔을 만지작거리다가 말했다.

"뭐, 우리는 오늘 처음 시작한 것이니 아직 수확을 기대할 만한 단계는 아닌 것 같소. 지금까지의 방법이 확실히 잘못되었다는 증거는 아직 나오지 않았고, 따라서 계속 여행을 많이 다니는 사람들을 찾아다니며 물어보도록 합시다. 그래서 붉은 머리의 소녀를 보았다는 이야기가 들리면 즉각 출발하도록 하지요."

모두들 칼의 의견에 찬성했다.

저녁 식사를 끝내고 모두들 내일의 조사를 위해 일찌감치 잠자리에 들기로 했다. 엑셀핸드와 아프나이델도 우리와 함께 행동하기로 했기 때문에 그들은 유니콘 인에 방을 마련했다. 주인장 리테들은 마법사로 보이는 청년과 드워프가 같은 방을 쓰겠다고 말하니까 매우 괴이하다는 눈초리로 바라보았지만 괴이하다는 이유만으로 방을 내어주기를 거부하지는 않았다.

칼은 하이 프리스트가 준 서류를 검토하다가 엑셀핸드와 아프나이델이 자기 방으로 올라가는 모습을 보며 말했다.

"난 인간이 항상 이해하기 어렵다네."

"무슨 말씀이시죠?"

"인간은 유피넬과 헬카네스 양자로부터 관심을 받는 존재란 말은 항상 들어맞는다는 말이야."

"모호한 말씀이네요."

"닐시언 국왕 말일세. 길시언 전하 대신 그가 왕위에 오르게 되었을 때 기뻐한 사람이 많았다 할 정도로 온화하고 학자풍인 사람이었지. 길시언 전하도 그에 대해 좋은 기억만 가지고 있었지. 그런데 이제는…… 아니, 관두세. 그런데 아프나이델 말이야. 저 젊은이, 우리도 아는 한때의 과오를 깨끗이 잊고 새사람이 되지 않았는가."

"칼. 우리는 겨우 하루 동안 그를 봤어요."

모두들 방으로 올라가고 남은 것은 나와 칼뿐이었다. 칼은 미소를 지으며 말했다.

"드워프를 속일 수 있는 악인은 없다네."

"엑셀핸드 말씀이신가요?"

"그렇지."

"전 모르겠어요. 그런데 그보다 묻고 싶은 것이 있어요."

"뭔가, 네드발 군?"

바로 이 질문 때문에 나는 방으로 올라가지 않고 계속해서 칼 옆에서 얼씬거리고 있었지. 나는 단도직입적으로 질문했다.

"아버지가 그 딸을 찾으면 안 되는 이유를 말씀해 보세요."

칼은 잠시 의아한 표정을 지었다가 곧 고개를 끄덕였다.

"할슈타일 후작이 그 딸을 찾으면 안 되는 이유 말인가?"

"예."

칼은 빙긋 웃더니 커피를 주문하고는 서류를 다시 들여다보며 말했다.

"하이 프리스트가 내게 은밀히 말하는 모습을 보지 않았나."

"알면 안 되는 이유라도 말해 주세요."

칼은 서류에서 고개를 들어 날 바라보았다. 언제 보아도 평범한 저 얼굴. 저 얼굴 뒤에선 어떤 생각들이 움직이고 있을까. 나는 칼의 얼굴을 똑바로 쳐다보며 말했다.

"이유가 될 만한 것이 없어요. 아버지가 그 딸을 찾는 것을 누가, 왜 말린단 말이죠? 비록 할슈타일 후작이 딸에 대한 애정 때문에 그 딸을 찾는 것은 아니라 할지는 몰라도, 그 어머니는 분명 마지막 순간에 할슈타일 후작에게 부탁했어요. 뭐, 이건 내 추측이지만, 그 죽은 하녀라는 여자가 할슈타일 저택을 찾아갔다는 말은, 결국 그 딸을 아버지에게 부탁하기 위해서가 아닐까요?"

"좋은 추측일세."

칼은 미소를 지었다. 난 답답한 마음에 질문했다.

"말씀을 그렇게 끊지 마시고 좀 들려주세요."

"글쎄…… 들려주기가 어렵군. 내가 알고 있는 그 이유가, 그러니까 하이 프리스트가 내게 들려준 그 이유는 나 스스로도 믿을 수 없는 이유라네. 그러니 확신을 갖고 자네에게 들려줄 수가 없어. 물론 하이 프리스트의 말을 믿지 않는 것은 아니지만."

"그럼 내게 말해 봐요. 내가 정확히 판단해 줄게요. 믿을 수 있는 건지 없는 건지."

칼은 싱긋 웃었다.

"안 되겠네. 네드발 군."

"절대로 안 되나요?"

"그래. 이 일은 어쩌면 너무나 불확실한 근거에 기인하고 있어."

"예?"

"자네와 내가 관여할 일이 아니야. 난 그 소녀를 찾고, 그리고 내가 알고 있는 그 이유를 들려준 다음 그 소녀에게 결정하도록 맡기고 싶네. 그 이유라는 것이 얼마나 정확한 것인지, 과연 납득할 수 있는 것인지는 그 소녀에게 판단하게 하고 싶네. 어쩌면 그 소녀는 그런 이유는 말도 안 된다고 할지도 모르지. 나도 믿고 싶지 않은 이유니까. 하지만, 그렇게 해야겠네."

"그런가요? 흠. 알겠어요."

아무래도 칼은 그 이유를 들려주지 않을 모양이군. 할 수 없지. 칼의 판단이니까. 난 칼에게 인사를 하고 2층으로 올라갔다. 올라가다가, 잠시 계단 층계에 서서 홀을 내려다보았다.

칼은 흐트러짐 없는 표정으로 그 서류를 들여다보고 있었다.

2층 층계를 다 올라가 우리 방으로 들어섰다. 샌슨은 언제나와 마찬가지로 침대 위에 곯아떨어져 있었다. 그리고 길시언은 갑옷은 벗어놓았으면서 침대 속에서 검집을 부여잡고 악몽을 꾸듯이 이를 갈고 있었다. 아마 꿈속에서 프림 블레이드에 시달리는 모양이다. 둘 다 자는 모습에선 왕자든 경비 대장이든 다를 바가 없다.

난 머리를 휘저으며 베란다로 나갔다.

오늘 하루 정말 요상한 일이 일어나버렸군. 어쩌다가 이런 일에 말려들었지?

"나왔니?"

옆쪽을 돌아보니 네리아가 자기 방의 베란다에 나와서 이쪽을 바라보고 있었다. 그러고 보니 네리아는 혼자서 자겠군. 아주 고요하고 좋겠는걸.

"안 잡니까?"

이번엔 반대쪽에서 목소리가 들려왔다. 고개를 돌려보니 아프나이델이 베란다에 나와 있었다. 흠, 세 개의 베란다에 나란히 여자, 소년, 청년이로군. 잠시 후 그 모습은 여자와 소년, 그리고 청년으로 바뀌었다. 네리아가 공중제비를 넘더니 내가 서 있던 베란다로 넘어온 것이다. 아프나이델은 가볍게 박수를 쳤다.

"멋있습니다."

나는 조금 전 칼이 하던 말이 생각났다.

"아프나이델, 당신 앞으로 뭘 할 생각이죠?"

아프나이델은 갑작스런 질문에 당황한 표정을 지었다가 말했다.

"나? 글쎄. 그 소녀를 찾는 것 말고 말이지?"

역시 마법사로군. 말이 잘 통해. 아프나이델은 팔짱을 끼었다가 나직하게 말했다.

"보다 수련을 쌓아야지. 그리고 소원이 있다면, 고금의 모든 마법을 다 익혀보는 것."

"그게 원래 소원이었어요?"

아프나이델은 희미하게 웃었다.

"미안해. 레너스 시에서의 그 일."

"괜찮아요. 지난 일인데."

네리아는 우리 둘의 대화를 잘 알아듣지는 못한 채 그저 베란다 난간에 등을 기대고 가만히 듣고 있었다. 밤바람이 불어 사위를 어지럽히고 있다. 아프나이델은 흐트러진 머리카락을 쓸어올리며 말했다.

"그것도, 변명하자면 나의 욕구 때문에 일어난 일이겠지."

"대마법사가 되고 싶다는?"

"그렇지. 그 소원을 이루기 너무 힘드니까 가짜로라도 그렇게 되어보고 싶었던 거지. 변명 치곤 받아들이기 힘든 변명이지?"

아프나이델은 몸을 돌려 베란다에 팔꿈치를 기대고 멀리 바이서스 임펠의 전경을 바라보며 내겐 옆얼굴만을 보여주었다. 그는 그런 자세로 말했다.

"그래서 시골로 내려가, 사이비 남작의 졸개로 들어가서 그 사이비 남작의 부하들과 촌사람들을 겁주면서 뿌듯한 느낌을 받으려 했던 거지."

"그렇게 비참하게 말씀하실 필요는 없어요."

"비참? 아니야. 비참하지 않아."

아프나이델은 먼곳을 지그시 바라보았다. 다시 바람이 불어 그의 머리카락이 앞으로 쏟아져 눈앞을 어지럽혔지만, 아프나이델은 신경 쓰지 않았다.

"비참하다는 것은 자신이 원하지 않는 상태를 계속 유지해 나가야 하는 거지. 하지만 난 나의 잘못을 깨닫게 되었고, 이젠 다른 길을 걷고 있어. 그러니 비참하지 않아. 모두 너희 일행 덕분이지."

난 잠시 반대쪽의 네리아를 바라보았다. 네리아는 여전히 난간에 등을 기대고 팔꿈치를 댄 자세로 턱을 치켜들고 밤하늘을 올려다보고 있었다. 난 다시 아프나이델을 바라보았다.

"그럼, 이제 다시 공부를 시작하겠다……?"

"그 전에, 먼저 너희 일행에게 진 빚은 갚아야 되겠지."

"그렇게 생각하실 필요는 없어요."

"아냐. 칼 씨에게 말했듯이, 이건 나 자신의 자기 단련이기도 하다. 솔직히 말하자면 난 그 소녀를 추적하는 일이 역경과 고난으로 가득 차 있으면 좋겠구나."

조용히 있던 네리아가 퉁기듯이 한마디 했다.

"무서운 말을 하시네?"

"미안합니다. 네리아 양."

"괜찮아요, 뭐. 욕심만이라면야 무슨 생각을 못해."

네리아는 가볍게 대답해 버리고는 아까와 똑같이 밤하늘만 바라보았다. 나는 아프나이델에게 질문했다.

"그런데 아프나이델, 그건 당신 이름입니까, 성입니까?"

"응? 그건 왜?"

"궁성 임펠리아에서 조나단 아프나이델이라는 수비 대장을 만났어요."

아프나이델은 여전히 움직이지 않고 등을 구부정하게 구부린 자세 그대로 앞만 바라보고 있었다. 그의 입이 열리는 것인지 잘 보이지도 않았다.

"희한하군. 내 이름이 흔할 것이라고는 생각하지 않았는데."

"관계 없는 사람이에요?"

"응."

"그렇군요. 아, 이름이 같아서 조금 놀랐기 때문에 묻는 거예요."

"응."

아프나이델은 그 자세 그대로 바이서스를 바라보았고, 네리아도 여전히 그 자세 그대로 하늘을 올려다보았다. 희한하군. 마법사가 몸을 구부려 대지를 바라보고, 도둑은 몸을 젖혀 하늘을 바라보고 있군.

가짜 전사는?

나는 그저 똑바로 서서 허공을 바라보았다. 생각 하나가 머리를 부여잡고 떠날 생각을 하지 않고 있다.

아버지가 그 딸을 찾으면 안 되는 이유가 뭘까?

다음날도 우리는 제각기 흩어졌다. 아프나이델과 길시언은 상인들을 만나러, 샌슨과 칼, 엑셀핸드는 모험가들을 만나러, 그리고 나는 또 네리아에게 귀를 잡힌 채로 도둑 길드라는 곳을 구경하게 되었다. 오우, 망할.

"도둑 길드요? 에비!"

"괜찮아, 괜찮아. 들어가는 사람 중에서 죽어서 나오는 것은 세 사람에 한 명뿐이야. 그런데 우리는 두 명이잖아."

"지금 그거 안심하라고 하는 말 맞아요?"

"아마 그런 것 같아."

네리아는 이런 식으로 날 겁주면서 도둑 길드로 끌고갔다. 수도의 거리들도 이젠 제법 눈에 익는 것 같군. 돌아다닌 지 얼마나 되었다고. 헤헷.

늦가을의 하늘은 묵직하게 대지를 내리누르고 있었지만 그래도 맑았다. 이미 겨울 옷을 입고 돌아다니는 사람들의 모습도 보였지만 아직까지는 사람들의 모습에 활기가 있었다. 조금 더 지나면 모두들 벌겋게 익은 코를 가리고 하얀 김을 몰아쉬며 돌아다녀야겠지.

그래도 이 도시에는 낙엽이 날리지 않아 살풍경한 가을 풍경이다. 흐음. 그래서 난 그 칙칙한 분위기를 조금이나마 희석시키고 있는 존재들을 구경했다. 난 그렇게 지나가던 아가씨 하나를 구경하다가 네리아에게 말했다.

"그런데 지금 우리 방법이 과연 제대로 된 걸까요?"

"더 이상의 다른 방법이 없잖아. 더 좋은 방법이 있으면 말해 봐."

"국왕님께 부탁해서 각 영지나 도시로 붉은 머리 소녀를 찾아봐 달라고 말하면?"

"그건 이미 나왔던 계획이고 안 된다고 하잖았어?"

"그건 나도 기억해요. 왕명으로 그 소녀를 찾는 것은 결국 공식적으로 찾는 것이 되고, 그렇게 된다면 그 소녀는 할슈타일 가문으로 가게 된다는 것 때문이었죠?"

네리아는 고개를 끄덕였다.

"그렇지."

"이상하지 않아요?"

"응?"

"그 소녀는 어차피 할슈타일 후작의 딸이잖아요. 왜 아버지가 그 딸을 찾으면 안 된다는 거지요?"

"어? 흠. 이상하네?"

좋아! 넘어온다, 넘어온다. 네리아는 귀찮다는 듯이 말했다.

"에이, 괜찮아. 수도에 사는 귀족들 사이에서는 더 골치 아픈 일도 많이 일어나. 하이 프리스트가 분명히 칼 아저씨에게 잘 설명했고, 칼 아저씨도 찬성한 일이잖아? 신경 쓸 거 없어."

윽. 넘어오다 말았다. 다시 한번!

"우리, 그거나 알아보면 어떨까요?"

"응? 무슨 말이니?"

"왜 할슈타일 후작이 자기 딸을 찾으면 안 되는가 하는 거. 궁금하지 않아요?"

"그거? 별로 궁금하구나?"

이게 무슨 뜻이지? 궁금하다는 거야, 그렇지 않다는 거야? 네리아는 턱을 긁다가 기지개를 쫙 펴면서 말했다.

"넌 그게 궁금하니?"

"궁금해요."

네리아는 실실 웃으며 내 얼굴을 곁눈질로 들여다보았다.

"너도 아버지가 그리우니까?"

"꼭 그런 것은 아니고."

"글쎄다. 하이 프리스트가 칼 아저씨에게 말할 때는 마법까지 써가면서 은밀하게 말했잖아? 동료들끼리니까 괜히 비밀 같은 거 물어보고 싶지는 않아."

으윽. 네리아는 호기심도 없나? 난 고개를 끄덕였다.

"흠, 좋아요. 뭐."

네리아의 뒤를 졸졸 따라가니 이번에는 대로에 있는 상점가였다. 곳곳에 별의별 상점이 다 있었다. 네리아는 거대한 포목점과 건초상을 지나 조그만 구두가게로 접어들었다.

구둣방? 흠, 희한한 장소네.

네리아가 문을 열고 들어섰다. 사방 벽으로는 가위니 가죽이니 미완성 구두니 하는 것들이 주렁주렁 걸려 있었다. 채광이 조금 좋은 곳에서는 허리가 굽은 노인네 하나가 앉은뱅이 의자에 앉아서는 두꺼운 손을 꿈지럭거리면서 바느질을 하고 있었다. 가죽 앞치마를 두르고 앉았는데 온몸에서 움직이는 것은 손가락뿐인 것 같았다. 게다가 그 손놀림마저도 그다지 빠르지 않았고 아주 느긋하게 구두를 만들고 있었다. 마치 구두 만드는 모습의 조각 같았다.

네리아가 그 앞에 서자 빛이 가려지게 되었다. 그러자 그 조각 같던 노인이 고개를 들었다. 머리는 벗겨지고 이빨도 시원치 않은 노인이었는데 목소리는 카랑카랑해서 신기했다.

"숙녀화는 안 만들어."

네리아는 별로 신경 쓰지도 않는 투로 벽에 걸린 구두 하나를 만지작거렸다. 노인은 눈살을 찌푸리며 네리아의 등을 바라보았다. 네리아는 등을 돌린 채로 말했다.

"요즘 유행은 어때요?"

노인은 투덜거리듯이 말했다.

"10년 전과 같지."

"10년 전의 유행은 어땠는데요?"

"20년 전과 같지."

"10년 후의 유행은 어떻게 될까요?"

"지금과 같지."

"들어가도 돼요?"

"들어가 봐."

"고마워요, 자크."

저 할아버지 이름이 자크인가? 네리아는 만지작거리던 구두를 아래로 당겼다. 뭐지? 그 구두에는 밧줄이 연결되어 있었고 네리아가 당기자 곧 구석진 곳에서 뭔가 덜컹! 하는 소리가 들렸다.

네리아는 나에게 손짓을 하고는 구석 벽 쪽으로 걸어갔다. 네리아가 벽을 밀자 벽은 문처럼 뒤로 밀려났다. 삐이걱. 허어. 신기하네. 난 바짝 긴장한 채로 그 안으로 들어갔다. 안으로 들어서니 기다란 수직 통로가 보였고 아래로 내려가는 나선 계단이 있었다. 난 발을 조심하면서 나선 계단을 밟아 내려갔다. 그것 참 신기하네. 구둣방 벽 뒤에 이런 지하실이 자리하고 있다니.

"여기가 길드예요?"

"그렇지."

"흠. 그럼 저 노인이 문지기예요?"

"응. 한마디라도 틀렸다면 내 구두도 저 벽에 걸리게 될걸? 자크는 사실 구두 만드는 데는 소질이 없어."

"헷? 그건 그렇고 아까 그 말 암호예요?"

"암호이긴 하지만 너 어디 가서 써먹을 생각은 하지 마. 사실 내용은 중요할 것이 없고 높낮이와 손동작이 더 중요하거든."

"그렇겠군요."

나선 계단을 다 내려가자 엄청나게 어두웠다. 지하인 데다가 조명이 없었으니까. 그러나 네리아는 별 주저하는 기색 없이 문을 찾아 두드렸다. 똑똑. 안에서 낮은 목소리가 들려왔다.

"누구야?"

네리아는 턱을 세운 채 말했다.

"네가 가장 사랑하는 여자. 네가 밤마다 꿈꾸는 여자."

"……들어와요. 네리아."

정말 못 말리겠군. 네리아는 문을 열었다. 갑자기 밝은 빛이 비쳐서 난 눈을 껌뻑였다. 별로 밝지는 않았지만 컴컴한 나선 계단을 따라 내려오느라 눈이 암순응되어 버린 모양이다.

안은 그야말로 너저분한 지하실이었다.

한쪽에는 뭔가 잡동사니들이 잔뜩 들어 있는 책장, 그리고 또 다른 문이 보였고 문 맞은편에는 책상과 의자가 있었다. 한쪽 벽에는 기다란 벤치가 놓여 있었는데 그 위에 한 남자가 잠들어 있는 것인지, 어쨌든 옆으로 누워 있었고 몇 개의 술병이 바닥에 구르고 있었다. 남자는 몸 위에 모포까지 두르고 있었다.

그리고 건장한 남자 하나가 책상 위에 앉은 채 우리를 기다리고 있었다.

남자는 손에 대거를 들고는 책상에 던졌다 뺐다 하면서 우리를 바라보았다. 탁, 탁. 무표정한 얼굴에 초점도 잘 맞지 않는 시선이어서 마주 보고 있기가 힘들었다. 그러나 네리아는 책상 위에 앉아 있는 남자에게는 시선도 보내지 않고 벤치에 누워 있는 남자에게 다가갔다.

그녀는 벤치에 누운 남자를 흔들면서 말했다.

"일어나요, 아빠!"

아빠? 아버지라고? 난 놀란 눈으로 네리아와 그 남자를 번갈아 쳐다보았다. 책상 위에 앉아 있던 남자가 피식 웃으며 말했다.

"세 병을 비웠어요. 앞으로 두 시간은 못 일어날걸?"

"내기할래? 내가 일어나게 한다면 어쩔래?"

"10셀."

"짠 놈. 좋아. 10셀이야."

그러더니 네리아는 벤치에 누워 있던 남자의 모포를 잡아당겨 버렸다. 그러자 남자는 데구르르 굴렀다. 얼핏 보기에도 술에 무진장 절어버린 중년 남자다. 턱수염에 술이 묻었다가 그대로 엉겨 엉망진창이 되어 있었고 머리는 거의 정수리까지 벗어져 있었다. 남자는 구르다가 그대로 멈춘 아주 역동적인 자세로 코를 골아대었다.

"푸우…… 크르릉…… 푸르릉……."

모포가 없어지니 코 고는 소리가 더욱 요란하게 들려왔다. 나는 어이가 없어서 일단은 항상 그랬듯이 문을 기대고 섰다. 네리아는 그 정도로 일어날 것은 예상치도 않았다는 듯이 당장 다음 작업에 들어갔다. 네리아는 척척 걸어가더니 벽에 걸려 있는 램프를 가져왔다. 책상에 앉아 있던 남자의 눈이 커졌다.

"맙소사, 어쩌려고요?"

"깨우려고."

네리아는 모포에서 털실 뭉치를 조금 뽑아내더니 남자의 신발을 벗겼다. 아, 맙소사. 뭘 생각하는지 알겠다. 네리아는 대단히 직접적이고 잔인한 방법을 계획하는 모양이다. 네리아는 취한 남자의 발가락 사이에 실뭉치를 꽂고는 불을 붙이고 후다닥 물러났다.

잠시 후, 술에 취한 남자는 무지무지한 속도로 일어났다.

"으아아악! 물! 물!"

그러면서 남자는 옆에 있는 병을 쥐어들었다. 안 돼! 그건 술병이야! 누가 말릴 새도 없이 남자는 술병을 발에 기울였다. 휴우, 다행이다. 술병이 몽땅 비어 있었던 것이다. 남자는 벤치에 앉아 미친 듯이 발을 털면서 눈물을 찔끔거렸고 네리아는 얼빠진 표정으로 말했다.

"다음부턴 술병을 치우고 해야겠군."

불침을 맞은 남자는 그 목소리에 네리아를 바라보았다.

"이런! 역시 너였군."

"오래간만이에요, 아빠."

"아빠, 아빠 하지 마! 총각 혼삿길 막을 일 있냐?"

초, 총각? 오, 맙소사. 네리아는 어깨를 으쓱이며 말했다.

"미안해요, 아빠."

남자는 불안한 눈으로 네리아를 바라보면서 말했다.

"네가 콧소리를 내면 난 무지 불안해. 이번엔 또 날 얼마나 벗겨먹으려고 왔냐?"

난 하마터면 '옳소!' 할 뻔했다. 네리아는 실실 웃으면서 말했다.

"성실한 나이트호크를 무슨 사기꾼 취급하지 마세요."

"사기꾼은 문댄서 같은 놈이고. 일단 거기 앉아라."

책상 위에 앉아 있던 남자가 의자를 두 개 가져왔다. 네리아는 내게 손짓했고 그래서 난 좀 불편한 심정으로 네리아와 나란히 앉아서 벤치의 남자를 마주보게 되었다. 벤치에 앉아 있던 중년 남자는 날 보면서 말했다.

"이 아인 누구냐?"

"동료예요."

"바람잡이로도 못 쓰겠고, 뭐에 쓰는데? 침대에서 쓰냐?"

그거 듣기 거북한 말이로군. 난 싸늘한 시선으로 중년 남자를 바라보았고 그러자 남자는 의아한 표정으로 날 마주보았다. 마치

'이놈 보게?' 하는 듯한 표정이었다. 네리아가 말했다.

"주책 좀 부리지 말아요, 아빠."

"원하는 게 뭐야? 아니, 그보다, 자크! 가서 물 좀 가져와라. 어흠."

중년 남자는 목이 칼칼하다는 표정을 지었고 그러자 대거를 가지고 놀던 그 남자는 책상 위에 있던 주전자에서 컵에 물을 따라 내밀었다. 저 청년의 이름도 자크인가? 그 청년 자크가 물컵을 내밀고 돌아가려 할 때 네리아는 자크에게 손을 내밀었다.

자크는 한숨을 쉬었다.

"알뜰한 네리아로군요."

그 남자는 고개를 가로저으며 주머니를 뒤져 10셀짜리 은화를 꺼내주었다. 네리아는 히죽 웃으며 은화를 공중에 튕겼다가 받아내어 바지 주머니에 집어넣었다.

저 위에 구두장이 노인도 자크였고, 이 남자도 자크고. 난 그런 생각을 하고 있다가 정면의 중년 남자를 바라보았다. 혹시 이 중년 남자도 자크 아닐까?

네리아가 말했다.

"부탁이 있어요, 자크."

내 생각이 맞군. 중년 자크는 턱수염을 긁적거렸으나 곳곳에서 손가락이 걸리자 포기해 버렸다.

"뭔데?"

"어떤 사람을 찾아요. 밤새들 사이에 좀 알아볼 수 있을까요?"

"뭘 찾는데?"

"붉은 머리 소녀."

"지금 당장 하나 가르쳐줄 수 있지."

"나 말고."

"왜 찾아?"

"묻지 말고."

중년 자크는 이번엔 턱수염을 꼬기 시작했다. 원래 잘 꼬여 있던 거라 아주 쉽게 엉망이 되었다.

"상인들하고 모험가들 사이에 그런 걸 묻고 다니는 사람이 있던데."

네리아는 빙긋 웃었다.

"그래요?"

"그래서 밤새들 몇 명이 그 사람들을 따라서 유니콘 인까지 따라갔었지."

나는 그만 놀라버렸다. 그럼 뭐야? 이 작자는 벌써 우리 일행을 다 알고 있다는 말인가? 네리아는 벌쭉 웃으면서 말했다.

"헤. 아빠는 모르는 게 없네?"

중년 자크도 히죽 웃었다.

"냄새가 난단 말이야. 큰 건이야?"

"아주 큰 건이죠."

"킥킥. 그럴 줄 알았어. 문댄서 놈들도 그런 여자아이를 찾고 있더라고."

"역시 아빠네!"

"아빠, 아빠 하지 말라니까!"

"헤에."

이상한 기분이 들기 시작하는데.

네리아는 겉으로 아주 기분 좋다는 듯이 히죽히죽 웃고 있었고 중년 자크 역시 호인처럼 웃고 있었다. 하지만 뭔가 팽팽한 긴장감 같은 것이 느껴졌다. 난 흘깃 뒤쪽을 보았다. 청년 자크는 여전히 책상에 앉아 무표정한 얼굴로 책상에다 대거를 꽂았다 뺐다 하고 있었다. 조금도 박자가 틀리지 않는 기계적인 동작이다.

네리아는 여전히 미소를 지은 채 말했다.

"어쩌시겠어요?"

"무슨 건수야? 좀 들려줘."

"이거 들으면 아빠 심장 터질 텐데. 너무 큰 건이라서."

"그럼 살살 말해."

"바이서스가 통째로 날아가는 건수예요."

중년 자크는 히죽이 웃었다. 그리고 청년 자크는 조금도 변함이 없이 대거를 던졌다 뺐다 하고 있었다. 이 사람들 왜 놀라지를 않는 거지?

"바이서스가 통째로 날아가? 그것 구미가 당기는데 그래."

"뭐죠, 아빠?"

"응?"

네리아는 계속 웃고 있었지만 자세히 보니 그녀의 손은 천천히 허리 쪽으로 움직이고 있었다. 나는 여차하면 의자에서 튕겨 일어날 준비를 했다.

"이상해, 자크. 뭘 숨기고 있지?"

네리아의 말투마저도 바뀌어버렸다. 중년 자크는 킬킬거렸다.

"별로 대단한 것은 아니고 말이야, 요즘 바이서스가 날아간다는 이야기를 너무 많이 듣게 되는데."

"무슨 뜻이지?"

네리아는 이제 쉭쉭거리듯이 말하고 있었다. 의자에서 일어나야 하나? 지금인가? 중년 자크는 말했다.

"소개하고 싶은 사람이 있어."

삐이걱. 한쪽 옆 벽에 달려 있던 문이 열렸다. 나는 그 소리를 듣자마자 의자에서 튕겨 일어났다. 그 순간 뭔가 섬뜩한 빛이 눈앞을 지나갔다. 퍽!

대거였다. 책상에 앉아 있던 청년 자크가 대거를 집어던졌다. 다행히 내가 의자에서 튕겨져 나오느라 빗나간 모양이다. 그리고 그 순간 네리아가 펄쩍 뛰어올랐다.

"도망가, 후치!"

네리아는 날아오르며 그대로 청년 자크에게 뛰어들었으나 청년 자크는 가볍게 피해 버렸다. 그러나 네리아는 책상을 밟고 다시 그를 걷어찼다. 청년 자크의 얼굴이 픽 돌아가는 순간, 나는 새로 나타난 자를 바라보았다.

넥슨 휴리첼이었다.

"이야아아압!"

누군가가 내 몸을 껴안았다. 뒤에서 중년 자크가 날 붙잡은 모양이다. 좋아, 기회다. 난 힘에서 밀리는 척하다가 그대로 뒤로 돌진했다.

"어억? 뭐, 뭐……."

쾅! 분명히 벤치와 중년 자크와 벽 중에 두 개는 박살났을 것이다. 어쩌면 전부 다. 난 그대로 바스타드를 뽑아들었다. 네리아는 옆에서 대거를 뽑아든 채 청년 자크를 상대하고 있었다.

넥슨 휴리첼은 잠시 네리아를 보다가 날 보았다. 그는 내가 바스타드를 뽑아든 것을 보고는 씁쓸한 표정을 짓더니 그 역시 롱소드를 뽑아들었다.

“구면이군. 그거 내려놔라.”

난 쌀쌀맞게 웃어주고는 그 대답을 몸으로 보여주었다. 난 오른발을 들었다가 힘껏 내리밟았다.

“으아아아아!”

중년 자크는 내게 다리를 밟히고는 기절할 듯한 비명을 질렀다. 넥슨은 고개를 가로저었다.

“어린 놈이……, 안 되겠군.”

순간 넥슨은 오른발을 크게 내딛으며 베어들어왔다. 감각적으로, 무조건 튀어나가는 나의 기술은,

“일자무시익!”

“크어억!”

넥슨은 팔목이 부러졌다는 표정을 지었다. 롱소드를 부러뜨리지 않은 것은 손목이 부드러워 그렇겠지. 그건 좀 있다 칭찬해 줄 테니까 삐지지 말라고. 제기랄, 내가 기선을 잡았을 때 끝낸다. 난 풋내기니까 반칙을 써도 용서해 줘!

“먹어랏!”

난 바닥에 구르고 있던 술병을 강하게 걷어찼다. 술병이 박살나며 도자기 조각들이 사방으로 튕겼다. 콰콰, 파아악! 넥슨은 당황한 표정으로 손목을 회수하며 뒤로 물러났다. 뒤로 물러나? 누구 맘대로. 난 기름젓기로 들어갔다.

“우와자자자잣!”

뭐야? 넥슨은 빙긋 웃으며 롱소드를 앞으로 내찔러 왔다. 해보겠다는 거냐? 그런데 넥슨의 롱소드가 마치 샌슨의 그것처럼 빠르게 움직인다는 느낌이 드는 순간, 이상하게 손목에 힘이 빠지며 내 바스타드는 전혀 엉뚱한 곳으로 튕겨나가고 말았다. 나는

허리가 끊어져라 뒤로 튕겼다. 내가 있던 장소에 바로 넥슨의 검이 찌르고 들어왔다. 우와! 죽을 뻔했어!

"크어억!"

순간 나와 넥슨 사이에 청년 자크가 쓰러졌다. 나와 넥슨은 둘 다 놀라서 뒤로 물러났고 네리아가 재빨리 내 쪽으로 뛰어들었다. 자세히 보니 청년 자크의 허벅지에 대거가 꽂혀 있었다. 청년 자크는 피가 벌컥벌컥 쏟아지는 허벅지를 움켜쥐고는 비명을 지르고 있었다.

네리아는 사나운 눈으로 넥슨을 바라보다가 내 쪽으로 손을 뻗었다. 난 순식간에 바스타드를 빼앗겼다.

"네, 네리아?"

"자식아! 튀라고 그랬잖아!"

"도망가게 하려고 데려왔어요?"

"넌 어쩌면 그렇게 날카로운 데가 있냐."

네리아는 헛소리를 하면서 바스타드를 빙빙 돌렸다. 우와? 저건 우리 고향에서 터커나 해리가 보여주던 그건데? 네리아는 허리를 부드럽게 돌리며 바스타드를 기상 천외하게 돌려대었고 넥슨은 그걸 보며 피식 웃었다.

"설익었어. 아가씨."

"뭐야?"

"차라리 저 소년에게 맡겨."

"알았어."

그 말 듣자마자 네리아는 몸을 돌리더니 내게 도로 바스타드를 돌려주었다. 뭔가 바보가 된 느낌이 드는데? 나는 얼떨떨한 기분에 바스타드를 받아들었고 네리아는 다시 몸을 돌려 넥슨을 바라보았다. 그 순간 네리아의 손이 빠르게 움직였다.

넥슨은 기겁하며 옆으로 움직였고 빗나간 대거는 벽에 부딪히며 날카로운 소리를 내었다. 탱! 넥슨은 이를 갈면서 롱소드를 앞에 곧추세웠다.

"성미 사나운 아가씨로군."

"책임지라고 안할 테니 고맙다고 그래."

"고마워."

네리아는 내게 등을 보인 채로 뒤로 훌쩍 뛰어 내 옆에 섰다. 정말 가벼운 몸이다. 그녀는 품에서 또 대거를 꺼내며 상냥한 어투로 말했다.

"나 물러날 테니 후치가 공격해. 저 자식 빈틈만 보이면 찌를 테니까 마구잡이로 공격해서 정신 못 차리게 만들어. 등만 보이면 던질게."

"그거…… 너무 솔직한 이야기군요."

"그게 내 매력이야."

넥슨은 골치 아프다는 표정을 지었다.

"이봐, 난 폭력에는 관심 없어."

"자기가 질 확률이 높을 때는 누구나 폭력에 관심 없어져."

네리아는 낭랑하게 대답했고 넥슨은 코를 씰룩거렸다. 거 참, 네리아. 정말 축복받을 입을 가지셨습니다, 그려? 넥슨은 두 손을 들어 보이고는 롱소드를 도로 꽂았다.

"좋아, 졌어."

"됐어! 후치, 저놈 빈손이야, 쳐!"

"농담이죠?"

"재밌잖아."

넥슨은 황당한 표정으로 우리들을 보다가 아예 의자를 하나 끌어와 자리에 앉아버렸다.

"이야기 좀 하지."

"조금 있다가. 후치. 저 청년 감시해. 코를 풀 때도 허락을 받아."

"들었죠?"

"알았다."

넥슨은 그렇게 말하고는 의자에 앉은 채로 팔짱을 끼었다. 나는 바스타드를 뽑아든 채 그의 뒤에 섰다. 엉뚱한 활극은 너무 빨리 끝나버렸다.

네리아는 곧 익숙한 동작으로 잡동사니들이 가득한 책장으로 걸어가서는 붕대와 약병들을 꺼내왔다. 그녀는 청년 자크와 중년 자크를 일으켜 벤치에 앉혔다. 네리아는 청년 자크의 허벅지를 붕대로 감싸주면서 말했다.

"넌 아직 안 된단 말이야. 섣불리 덤비지 마. 그러니까 다치잖아. 명성이 그렇게 쉽게 생기는 게 아니란다."

"졌어. 젠장. 누님을 찌르면 나도 깃발 좀 날릴 텐데."

"5년이나 10년쯤 후에 그런 시도를 해봐."

네리아는 상냥하게 말하고는 붕대 위를 찰싹 때렸다. 청년 자크는 자지러지는 비명을 질렀다.

중년 자크는 좀 심각했다. 내가 밟아버린 다리가 아무래도 부러진 모양이다. 중년 자크는 파리한 얼굴로 누워서 씩씩거렸다.

"젠장, 이 나이에 뼈 부러지면 잘 아물지도 않는데."

"내가 왜 이 아이 데리고 다니는지 알겠죠? 메롱."

네리아는 혀를 날름거리며 중년 자크를 약올렸다. 중년 자크는 신음소리를 터프하게 내었다. 청년 자크까지 힘을 합쳐서 잡동사니들 사이에서 부목으로 쓸 것을 가져와 중년 자크의 다리에 대고 묶어두었다.

"내일은 웬일로 신전에 다 가겠네?"

네리아는 계속해서 중년 자크를 약올렸다. 중년 자크는 파리한 얼굴로 말했다.

"으윽. 제기랄. 신전에 한 번 가면 한 달 동안 재수가 없는데."

"다리 안 고치면 한 달 동안 못 움직일걸?"

"으으으윽!"

중년 자크는 그런 한숨을 쉬며 날 잡아먹을 듯이 쏘아보았다. 헹, 쏘아봐서 어쩌겠다는 거야? 나는 씨익 웃으며 그 눈길을 받아내었고, 그러자 중년 자크는 어처구니없는 표정을 지었다.

"젠장. 정말 네가 데리고 다닐 만한 꼬마로군."

"난 눈이 높다니까."

네리아는 그렇게 말하고는 넥슨을 바라보았다. 넥슨은 네리아의 치료 과정을 묵묵히 바라보다가 말했다.

"당신과 자크, 둘이 잘 아는 사이인가?"

"잘 알지. 적어도 당신보다는 안 지가 더 오래되었을걸?"

"그래? 흠. 자크가 당신 칭찬을 많이 하더군."

"용모가 빼어나다고? 기술이 엄청나다고?"

"알뜰하다고."

난 웃음소리를 기침소리로 감추려 했지만 아무래도 내 기침소리는 웃음소리에 가까웠나 보다. 네리아는 볼이 불룩해져서 자크를 노려보았다. 넥슨은 손을 들어 보이며 말했다.

"난 에델브로이의 재가 프리스트야. 그를 좀 치료해 주고 싶은데."

"그래? 지금은 안 돼. 있다가 우리 가고 나면 해."

"치료는 빠를수록 좋은데."

"아픈 사람은 나 아냐. 그리고 응급 처치를 해뒀으니 바로 쓰러질 일도 없어. 누굴 뭘로 보는 거야? 난 트라이던트의 네리아야."

난 도저히 못 참고 한마디 해버렸다.

"알뜰한 네리아……."

"그만둬!"

넥슨은 히죽 웃더니 말했다.

"그럼, 이야기를 좀 할까?"

"해봐. 들어주지."

"내 이야기는 이거야. 들어와."

무슨 말이야? 바로 그때였다.

쾅! 엄청난 소리가 나며 우리가 들어왔던 문이 박살날 듯이 열렸다. 그러고는 뒤돌아 볼 틈도 없이 뒷머리에 강한 충격이 왔다.

"끄으윽……."

이게 뭐지? 난 정신이 가물거리는 느낌을 받았다. 쓰러지면서 보니 문에서 뛰어들어 날 후려쳤던 그 누군가가 이제 네리아에게 덤벼드는 모습이 보였다. 저건 누구지? 아, 안 돼. 네리아를 건드리지 마. 이, 이런…….

눈 앞이 캄캄해졌다.

"으아아악!"

쾅! 별이 보인다.

"꺄아아악!"

으윽! 뭐야? 퍽! 오, 맙소사. 내 배!

"그 발 못 치워요! 콜록콜록!"

네리아는 던져진 주제에 공중에서 몸을 뒤틀어 균형을 잡았다. 그러고는 내 배 위에 완벽한 동작으로 착지를 했다. 네리아는 서둘러 비켜주었고 난 드러누운 채 배를 쓰다듬으며 위를 보았다.

천장에는 하얀 사각형이 보였고 거기에 자크들과 넥슨의 얼굴이 보였다. 그리고 그 옆으로 마지막 남자, 우리 뒤에서 우리를 덮쳐 기절시킨 남자의 얼굴이 보였다. 망할, 바로 넥슨을 뒤따라 다니던 그 마부였다.

저 엄청난 친구는 넥슨의 말을 듣자마자 문을 부서져라 열어젖히면서 내가 돌아볼 틈도 없이 곧장 내 뒤통수를 후려친 모양이다. 그러고 나서 네리아도 어찌어찌 붙잡은 모양이다. 솜씨가 상당한 모양인데. 그러고는 우리를 이곳으로 집어던진 것이다. 여기는 우리들이 있던 방 아래의 또 다른 방인 모양인데 꽤 거대했다. 네리아는 분한 목소리로 말했다.

"젠장. 따로따로 들어올 줄은 몰랐다."

위에서 중년 자크의 낄낄거리는 목소리가 들려왔다.

"변명은 비석에나 새겨둬."

네리아는 도저히 참지 못하고 폭발해 버렸다.

"야이……."

야이, 다음부터 나온 네리아의 말은 몹시 험악했다. 난 귀를 막고 싶어졌다. 왠지 들었다간 수명이 짧아질 것 같은 그런 욕설들이었다. 기상 천외한 욕설도 있었고, 그 재치에 박수를 보내고 싶은 욕설이 있는가 하면, 어떻게 두 눈 똑바로 뜨고 저런 욕설을 하는가 싶은 욕설들도 있었다. 중년 자크는 히죽거리며 천장의 문을 닫아버렸다.

"머리 좀 식히라고."

네리아는 문이 닫히든 말든 신경 쓰지 않고 한참 동안 고래고래 욕설을 퍼붓다가 내가 질릴 때쯤 멈췄다.

"끝난 거예요?"

어두컴컴해서 아무것도 보이지 않았다. 네리아는 주위를 더듬거리기 시작한 모양이다.

"후치? 어디 있어?"

"여기 있어요."

곧 네리아의 손이 더듬거리며 나에게 다가왔다. 그녀는 나를 잠시 만지더니 곧 주위를 더듬거리기 시작했다.

"뭘 찾아요? 불?"

"응."

"감옥에 무슨 조명 장치가 있을까요?"

컴컴한 허공에 대고 말하려니 기분이 퍽 이상했다. 숨이 막히는 기분도 들었고. 네리아는 대답하지 않고 한참 동안 덜그럭거렸다. 덜그럭거려? 무슨 물건들이 있다는 말이네? 난 허리를 굽혀 바닥을 짚어보았다. 네리아가 말했다.

"목소리가 별로 안 울리는 것을 봐서는 제법 넓은 곳인데."

흠, 정말 그런데? 난 벽에 손을 짚은 채 움직였다. 뭔가 손에 만져지는 물건들이 있었지만 도통 뭔지 모르겠다. 아무리 만져봐도 무슨 지푸라기를 같은 것밖에 안 보이는데?

"지푸라기가 있는데, 됐어. 잠깐만."

네리아는 부스럭거리기 시작했다. 뭐하는 거지? 그런데 잠시 후 캄캄한 암흑 속에서 뭔가 불꽃이 팍 튀겼다. 동시에 치이익! 하는 마찰음도 들렸다. 그리고 조금 후, 주위가 환해지며 손에 지푸라기를 꼬아서 막대기처럼 만든 네리아의 모습이 보였다. 네리아는 그 지푸라기 막대를 횃불처럼 들고 있었다.

"부싯돌이 있었어요?"

"응. 여기 대거 손잡이가 발화 장치야. 어디 보자…… 일단 지푸라기 좀더 모아."

주위가 밝아지고 보니 우리가 있는 곳은 바닥에는 짚이 많이 깔려 있었고 주위는 꽤 넓은, 무슨 창고 같은 곳이었다. 나는 재빨리 지푸라기를 모아 꼬아대었고 잠시 후 꽤 굵은 막대를 만들 수 있었다. 네리아는 거기다 불을 옮겨붙이고는 말했다.

"창고 같은데? 잠깐, 이 옆에 건초상이 있었지?"

"아, 그럼 여긴 건초상의 지하 창고인가요?"

"그렇겠군. 아마 두 건물을 몽땅 쓰고 있나 보군. 에이, 젠장! 불조심하지 않으면 타죽겠군."

"짚은 별로 없군요. 괜찮겠어요."

네리아는 투덜거리며 주위의 벽들을 조사했다. 나도 주위를 조사해 보았다. 잠시 후, 원래 문으로 쓰였을 법한 장소가 발견되었다. 하지만 그곳은 문짝을 떼어내고 벽돌로 막아두었다. 그 외에 다른 출구는 하나뿐이었다.

"그럼 나갈 곳은 저 위의 트랩 도어뿐이네?"

나는 느긋해지기로 마음먹었다.

"그럼, 일단 불 끄죠. 볼 건 다 봤으니까."

네리아는 나를 물끄러미 바라보았다.

"태연하네?"

"좋잖아요. 이건 하나의 계기죠. 우리가 그 붉은 머리 소녀를 찾기 시작하자마자 이렇게 빨리 무슨 조짐을 발견하게 될 줄은 몰랐어요."

"에헤. 하긴 그렇네."

네리아는 불붙은 지푸라기를 흔들어 꺼버렸다. 음. 너무 캄캄한데? 네리아가 움직이는 소리가 들리더니 곧 네리아는 내 손을 쥐었다. 나는 네리아의 손을 마주 쥐어주었다. 나와 네리아는 서로 어깨를 마주대고 벽에 기대어 앉았다. 네리아는 내 어깨에 머리를 올려놓고는 말했다.

"넥슨은 왜 우리를 붙잡았을까?"

"자크가 아니고요?"

"자크는 멍청이야. 아마 넥슨의 의뢰로 그렇게 한 거겠지."

"그런데 진짜 아빠?"

"무슨. 그냥 그렇게 부르는 거야."

"그런 것 같더군요."

"그런데 넥슨은 왜 우리를 붙잡았을까?"

"내 생각을 듣고 싶은 거예요?"

"응."

"들려드리죠. 내 생각엔! ……모르겠어요."

"왜 모를까?"

네리아는 별로 궁금하지도 않다는 투로 그냥 계속해서 질문했다. 나도 캄캄한 암흑 속에 갇혀 있자니 뭐라도 말하고 싶어졌다. 좋아. 지금까지의 상황을 좀 정리해 보자. 이상한 장소에서 이상한 계기로 하게 되는군.

"으음. 좋아요. 먼저, 넥슨 휴리첼의 삼촌이 되는 카뮤 휴리첼은 크라드메서의 드래곤 라자였지요. 하지만 그가 수치스러운 죽음을 당한 후 크라드메서는 발광해 버렸죠. 아마 그것은 가문의 커다란 수치였겠죠."

"좋아. 계속해."

"아! 그렇군. 이제 알았어. 왜 백작쯤 되는 사람이 우리 영지에 파견 근무를 나왔는지."

"무슨 말이니?"

"넥슨 휴리첼의 아버지인 그, 이름이 뭐더라? 아, 로넨 휴리첼. 그렇지. 그 사람이 우리 영지에 왔어요. 아무르타트 정벌군에 포함될 캇셀프라임을 호위해서 왔죠. 그거군요. 아마 로넨 휴리첼은 가문의 명예를 되찾기 위해 웨스트 그레이드까지의 파견 근무를 나온 모양이군요."

"조오금 단정적이지만, 뭐 계속해 봐. 재미있네."

"예. 그날 아침의 질문. '아버지는 명예롭게 전사했느냐?'는 질문, 기억나죠?"

"흠, 맞아떨어진다. 가문의 명예란 말이지?"

"그리고 그는 에델브로이의 재가 프리스트니까, 어쩌면 그랜드스톰의 정보를 알았을지도 모르지요. 그랜드스톰의 정보, 그러니까 할슈타일 후작이 크라드메서의 드래곤 라자인 붉은 머리 소녀를 찾고 있다는 정보."

"그럴 수도 있겠지."

"아니, 확실히 알았을 거예요. 문댄서의 말 기억나죠? 넥슨 휴리첼은 할슈타일 가문의 어떤 책을 노리고 있다. 누군가를 그 붉은 머리 소녀로 위장시켜 그 집안에 들여보내 책을 훔쳐오게 하려고 하고 있다."

"흐음. 그렇지."

"그러니까 분명히 넥슨은 할슈타일 가문에서 붉은 머리 소녀를 찾고 있다는 것을 알고 있었죠."

"옳지, 옳지, 잘한다! 그래서?"

"그래서! ……여전히 모르겠다는 거죠."

컴컴해서 아무것도 보이는 것이 없어서 그런지 네리아의 한숨 소리가 잘 들려왔다.

"에휴, 그럼 있다가 물어보자. 아마 취조를 하겠지."

"그렇겠군요."

"자자, 자!"

네리아는 그렇게 말하더니 곧 내게서 떨어져갔다. 잠시 후 뭔가 부스럭거리는 소리가 들려왔다. 아마 네리아는 지푸라기 틈새로 들어가버린 모양이다. 난 차가운 돌벽에 머리를 기대고 생각에 잠겼다.

넥슨 휴리첼. 갑자기 이상한 사람이 끼어드는데.

그건 그렇고 골치 아프게 되었군. 우리는 도둑 길드로 오는 참이라 행선지를 정확하게 말하지 않았다. 우리 일행들은 우리가 돌아가지 않으면 걱정하겠지만 우리를 찾을 방법이 없을 것이다. 결국 우리 재주로 여기서 빠져나가야 되는군.

하지만 빠져나가는 것은 천천히 생각하자. 아무래도 넥슨 휴리첼은 뭔가 많은 정보가 나올 만한 사람이다. 아까도 말했듯이, 아까는 네리아를 안심시키려고 말한 거지만, 그래도 이것은 분명히 기회다.

난 벽에 머리를 기댄 채 소르르 잠이 들었다. 컴컴하니까 잠자기에 딱 좋다.

"뒤에서 말하지 마."

무슨 말이야? 이런, 내가 눈을 떴는지 감았는지 모르겠군. 잠시 균형이 잡히지 않아 앉은 채로 그대로 옆으로 넘어갈 뻔하다가 간신히 땅을 짚었다.

"뒤에서 말하지 마! 날 욕하지 마!"

"뭐, 뭐야? 네리아?"

난 정신을 차리며 허공을 바라보았다. 여전히 캄캄한 것이 아무것도 보이지 않는다.

"죽일 거야…… 죽여버릴 거야!"

"네리아!"

네리아가 있는 쪽이 어디더라? 이런, 방향 감각도 살아나지 않는데? 난 일단 소리가 들려오는 쪽을 향해 허둥지둥 기어갔다. 차가운 지하실에 앉아 있어서 그런지 무릎이 땅에 부딪히니까 엄청나게 아팠다. 와, 빛이 보인다! 윽, 눈에 불꽃 튀는 거군. 망할. 벽 쪽으로 기어갔어. 난 눈물을 찔끔거리며 허둥지둥 방향을 바꿔서 기어갔다. 잠시 후 짚더미가 만져졌다. 어디 보자, 네리아는 분명히 짚더미 속에 들어가서 잠들었지?

"죽일 거야!"

귀가 떨어져나가는 줄 알았다. 우와, 정신 없어. 네리아의 고함소리가 갑자기 귀 바로 옆에서 들려온 것이다. 난 놀라서 무턱대고 손을 내밀었다. 뭔가 부드러운 것이 만져졌다. 네리아의 어깨인 것 같았다.

난 네리아의 어깨를 붙잡고 흔들었다.

"네리아, 네리아!"

네리아의 찢어지는 비명소리가 들려왔다.

"저리 가! 안 돼, 다가오지 마! 저리 가! 안 돼!"

네리아의 손이 마구 휘저어지면서 나는 몇 번이나 가슴, 턱, 뺨을 두드려맞게 되었다. 다행히 어두워서 타격은 그렇게 정확하지 않았다. 나는 고함을 질렀다.

"네리아앗!"

"누구야……, 제발…… 날 건드리지 마……. 으흑."

뭐야, 이건? 우는 건가? 네리아의 손이 밑으로 내려가고 주먹질은 멎었다.

"네리아, 나예요! 후치라고요!"

"안 돼……, 제발……. 으흐흑."

잠시 아무 소리도 들리지 않고 끅끅거리는 소리만이 들려왔다. 울음을 삼키는 소리였다. 이게 도대체 뭐람. 난 조금 더 손을 뻗쳐 네리아의 팔이 있을 만한 곳을 찾았다. 그런데 손이 닿은 곳은 무언가 말랑거리며 축축한 곳이었다. 네리아의 입술?

"……후치니?"

윽. 맞군. 말소리가 나올 때 느껴지는 뜨거운 입김이 손가락에 닿았다. 갑자기 뭔가가 뻗어오더니 내 손을 옆으로 치웠다. 네리아의 손인가 보다.

"네리아, 괜찮아요? 예? 나예요."

"후치구나……. 여긴 어디지?"

"어디기는요. 도둑 길드의 지하 감옥이죠."

"그것 말고. 여기가 어디지?"

이게 무슨 소리야? 그것 말고? 그것 말고라니, 그럼 다른 뭔가

가 더 있나? 네리아는 다시 흐느끼듯이 질문했다.

"여긴 사람이 있어?"

"두 명 있는데요."

네리아는 갑자기 악에 받힌 목소리가 되었다.

"사람 말이야! 사람! 아무것도 없어! 캄캄해! 목소리뿐이야! 뒤에서 말하지 마! 내 눈에 보이지 않잖아!"

난 어떻게 말해야 되는지 모르겠다. 젠장.

"난 당신 앞에 있어요."

"보이지 않아……, 보이지 않는다구."

"손을 이리 줘요."

네리아는 움직이지 않았다. 그래서 난 네리아의 손이 있을 만한 장소를 더듬었다. 조금 후, 작은 손이 만져졌다. 난 그 손을 들어 내 볼에 가져왔다. 네리아의 손을 내 볼에 가져다 누르면서 말했다.

"만져지죠?"

"……응."

"죽은 자도 아니에요. 따뜻하고, 맥박이 뛰고 있지요?"

"……으응."

"말할 때 내 볼의 움직임이 느껴지죠?"

"……으응."

"난 당신 앞에 있지요?"

"……응."

난 네리아의 손을 놓았지만 네리아는 손을 내리지 않았다. 네리아는 양손을 올려 내 뺨을 쓰다듬었다. 난 그녀가 하는 대로 내버려두었다. 잠시 후, 네리아는 손을 내리면서 일어나 앉는 눈치였다.

"내가 나잇값을 못하는구나. 고마워, 후치."

"좋지 않은 꿈을 꾸었나 보군요. 아마 허기져서 그럴 거예요. 으……, 괜히 먹는 이야기 꺼냈다. 뱃속 사정으로 봐서 꽤 오래 지났나 본데요."

"그런 것 같아. 크응!"

네리아는 코를 크게 훌쩍였다. 그러고는 목소리를 짐짓 바꾸더니 활발하게 외쳤다.

"야! 이 자식들아! 사람 굶겨 죽일 거야아아?"

응? 그건 절대로 안 되지!

"아무 자크나 머리 좀 내밀어 봐! 밥 좀 먹자!"

우리는 기세 좋게 천장을 향해 고함을 질러대었다. 잠시 후 천장에 사각형의 빛이 생겼다. 그리고 목소리가 들려왔다.

"올라와. 단, 허튼 짓은 하지 말고. 한 번에 하나씩."

넥슨의 목소리였다. 그리고 곧 위에서 밧줄 사다리가 떨어졌다.

"헤엣? 간단하네? 올라가서 얌전히 굴다가 다 박살내어 버릴까?"

네리아가 히죽 웃으며 말했다.

"설마, 무슨 대비를 하겠지."

"레이디 퍼스트."

네리아는 실실 웃으며 줄사다리를 타고 올라갔다. 그리고 나도 그 뒤를 따라 올라갔다. 바보 아냐? 그러고 보니 줄사다리는 한 번에 하나씩밖에 못 올라가는데.

위로 올라와 보니 역시 삼엄하게 준비되어 있었다. 칼 뽑아든 남자들이 자그마치 다섯 명이나 포위하고 있었다. 그중 두 명은 아까의 그 자크들이었고 하나는 우리 둘을 때려눕힌 그 마부였다. 나머지 둘은 새로 온 남자들이었다.

네리아는 이미 자크들에게 양쪽 팔목을 잡힌 채로 내게 빙긋 웃었다. 자크들이 손에 손에 대거를 들고 있는 모습이, 아무래도 네리아는 이미 무장 해제를 당한 모양이다. 그리고 다른 남자 하나가 내게 손을 내밀었다.

나는 별로 반항할 생각 없다는 듯이 바스타드를 내주었다. 넥슨은 고개를 가로저었다.

"이봐, 서툰 짓 하지 말라고 했잖아. 그 장갑 벗어."

"쳇. 아는 게 많아 좋겠군."

"아까 칼 부딪혀봤지. 검 한 번만 부딪혀봐도 상대의 기술과 힘을 파악해야 검사라고 하는 법이다."

"물론 그렇지. 그러니까 당신은 모를 줄 알았는데."

퍽! 옆에 있던 놈이 칼자루로 내 복부를 찍었다. 망할 녀석! 난 우욱 하면서 일어나 덤빌 태세를 취했지만, 아무래도 다섯 개의 반짝거리는 검날을 향해 돌진하기엔 내 앞날이 아직 창창한 걸.

"쌍, 맨손의 사람을 치고도 검사야?"

"재밌잖아."

넥슨은 유들거리며 그렇게 말했다. 지금의 저 얼굴은 그날 아침의 얼굴과는 너무도 다르다. 그날 아침, 칼의 질문에 얼굴을 붉히던 모습은 가짜란 말인가? 그 수심 어린 표정은 모두 꾸민 것이었고?

나는 OPG를 벗어주었다.

넥슨은 테이블을 가리키며 앉으라는 시늉을 했다. 네리아와 나는 주위를 한 번씩 노려보고는 자리에 털썩 주저앉았다. 넥슨은 우리 맞은편에 앉았고 나머지 다섯 명은 우리들 뒤에 둘러서는 모양이었다. 난 괜히 심사가 뒤틀려서 뒤에 서 있던 남자에게 손가락을 튕겨주었다.

"난 팬케이크, 스테이크는 미디엄, 입가심으로 맥주!"

네리아는 까르르 웃었고 남자는 어처구니없다는 표정으로 날 바라보더니 다시 칼자루로 날 찍을 태세를 취했다. 으악! 그만 찍어! 넥슨이 손을 들어 그를 저지했다.

"뭐 마실 거라도 가져다 줘라."

남자들 중 아까의 그 마부가 밖으로 나갔다. 저 작자는 정말 말이 없군. 그리고 넥슨은 손가락을 꺾으며 우리들을 바라보았다. 네리아는 귀를 파는 시늉을 하더니 말했다.

"당신 뭐 하는 작자야?"

"나는 여러 가지를 할 수 있는 사람이지."

네리아는 한숨을 크게 쉬더니 날 바라보았다.

"후치. 네가 말해 봐. 왠지 너와 잘 통할 것 같아."

"악담이라도 그건 좀 심하네."

난 고개를 조금 꺾은 다음에 넥슨을 바라보았다.

"여러 가지 중에서 제일 잘하는 게 뭔데? 이길 수 없는 상대는 부하 시켜 패기? 졸개들 끌어모아 둘러세우고 어깨에 힘주기?"

넥슨은 피식피식 웃었다. 흠, 이거 말로 어떻게 해볼 사람은 아니군. 샌슨과는 다른데? 그때 밖으로 나갔던 마부가 맥주잔을 들고 돌아왔다. 네리아와 내 앞에 맥주잔이 하나씩 놓이게 되자 나와 네리아는 서로 쳐다보게 되었다. 이거, 마셔도 되는 걸까? 넥슨은 그런 우리들을 바라보며 미소지었다.

"독은 없어."

네리아는 입술을 삐죽이며 말했다.

"있으면 있다고 말할 거야?"

"응."

"후치, 넌 조금 있어봐."

네리아는 그렇게 말하고는 조심스럽게 입을 대어 마셨다. 그녀는 혀를 내밀어 먼저 맛을 보고는 조금씩 입안에 흘려넣더니 잠시 자신의 상태를 관찰하는 듯했다. 그녀는 곧 심각한 표정으로 날 바라보았다.

"마시지 마."

"뭐? 그럼!"

"김이 빠졌어."

넥슨은 곧 폭소를 터뜨리기 시작했다.

"푸핫하하하!"

그는 우스워 견딜 수 없다는 듯이 이마를 짚으며 머리를 뒤로 젖혔다. 그렇게 천장을 바라보는 자세로 넥슨은 한참 동안 웃더니 말했다.

"이런 사람들은 정말 처음 보겠군. 하하하! 좋아. 아주 배짱들이 좋아."

"고마워. 대접 잘 받았으니 이만 돌아가도 될까?"

"어디로? 하늘로?"

넥슨은 싱글거리며 그렇게 대답했고 그래서 난 기분이 점점 더러워졌다. 이 친구가 원하는 것이 뭘까? 분명히 원하는 것이 있으니까 우릴 끄집어내어 말을 걸어오는 것이겠지.

"당신과 사교 관계를 논하고 싶은 생각 없으니까 원하는 거나 빨리 말해 봐.”

놀라워. 역시 네리아다. 내가 말하고 싶은 것을 귀신같이 질문하는데? 넥슨은 실실 웃으며 말했다.

“그쪽에서 그렇게 나온다면…… 그래도 난 신사다. 먼저 소개를 좀 하지. 그날 아침에 당신을 보기는 했지만 소개를 받지는 못했어.”

“그래? 난 숙녀다. 네리아. 트라이던트의 네리아.”

“그건 아까도 들었던 말인데. 일명 알뜰한 네리아라고도 하던 것 같던데?”

네리아는 콧방귀를 뀌었고 넥슨은 나에게 고개를 돌렸다.

“더 할말이 없나 보군. 좋아. 그리고 이쪽은?”

“후치 네드발. 일명 괴물 초장이. 오크의 재앙이자 가짜 남작 실리키안의 재앙이며, 팬케이크의 성자, 오거 일루전 슬레이어, 칼라일의 구원자, 레이디 제미니의 나이트. 그리고 헬턴트의 초장이 후보이며…….”

넥슨 씨가 점잖게 손을 들지만 않았다면 난 몇 마디고 더 지껄였을 것이다. 넥슨은 기분 좋게 웃으며 말했다.

“나는 넥슨 휴리첼. 휴리첼 가문의 장자, 에델브로이의 재가 프리스트, 바이서스 임펠의 길드 마스터.”

콧방귀를 뀌고 있던 숙녀께서 그 마지막 말에 눈을 번쩍 떴다.

“길드 마스터?”

네리아는 몸을 돌리며 중년 자크를 바라보았고 중년 자크는 그냥 빙긋이 웃고 있었다. 네리아는 고개를 가로저었다.

“어떻게 된 거야?”

중년 자크는 히죽 웃으며 말했다.

"들은 대로야."

"젠장, 밤의 신사도 갈 데까지 갔군. 뭐야, 귀족을 길드 마스터로 섬긴다고? 웃기네."

옆에서 사나이들이 험상궂은 표정으로 노려보아서 간신히 네리아의 목소리는 좀 수그러들었다. 어이없는 일인데? 도둑도 아닌 자가 도둑 길드의 마스터가 될 수 있나?

넥슨은 마치 내 생각을 읽었다는 듯이 말했다.

"이상하게 생각할 것은 없다. 전통적인 조직학의 응용일 뿐이야."

네리아는 미간을 찌푸렸다가 말했다.

"허수아비?"

"그렇지."

"맙소사. 바이서스 임펠의 길드 마스터가 허수아비였다니, 말도 안 돼."

"말이 돼. 시간과 노력의 문제야."

"어제 오늘의 일이 아니란 말이군?"

"그렇지."

네리아는 넥슨이 더 말하길 기다리는 눈치였으나 넥슨은 더 말하지 않았다. 그래서 내가 질문했다.

"원하는 게 뭐야?"

"단순한 복종."

"거절하면?"

"시시한 죽음."

시키는 대로 하지 않으면 죽이겠다라. 음. 골치 아픈 일이로군. 난 김이 빠졌다는 그 맥주를 들이키기 시작했다. 다행히 맛이 그렇게 나쁘지는 않았다. 하지만 내 머리에서는 점점 김이 빠지고 있다.

네리아는 손가락을 꼼지락거리며 말했다.

"좋아, 죽긴 싫어. 말해 봐. 뭘 복종하면 되지?"

"붉은 머리 소녀. 알고 있겠지? 하이 프리스트가 이미 이야기를 했을 테니까."

이 친구는 역시 그 소녀의 이야기를 알고 있었군. 네리아는 우울한 표정으로 넥슨을 바라보며 퉁명스럽게 말했다.

"첫. 난 빨간색이 싫어. 내가 빨강머리라서. 푸른 표지 책 이야기는 어때?"

처음으로 넥슨의 얼굴에서 긴장감이 떠올랐다. 넥슨은 날카로운 시선으로 네리아를 바라보았다. 하지만 네리아는 여전히 약간 힘 빠진 듯한 초점 없는 시선으로 넥슨을 마주보았다.

"할슈타일 저택에 있다는 그 푸른색 책. 맞지? 할슈타일 저택에서 찾는 붉은 머리 소녀로 위장하여 거기 잠입해서 그 책을 빼와라. 그거 아냐?"

"푸른 책에 대해 뭘 알고 있지?"

"표지가 푸르다는 것 외엔 몰라."

넥슨은 두 손을 가슴 앞에 모으고는 손끝을 모았다 벌렸다 하면서 네리아를 바라보았다.

"문댄서 녀석이 다 불었군."

네리아는 별말하지 않고 어깨를 으쓱거렸다. 넥슨은 고개를 끄덕이며 말했다.

"애초에 그 녀석에게 맡기는 것이 아니었어. 솜씨 좋은 녀석들이 부족하다 보니 어쩔 수 없었지만, 그건 차라리 안하는 것만

못한 일이었군. 그 문댄서 녀석에게 선물을 좀 보내야겠군."

선물이라. 그건 뭘 의미하는 것일까?

"이미 알고 있다면 간단하겠군. 그래. 하이 프리스트가 말해줬을 테니 너희들도 잘 알겠지. 크라드메서가 웨이크닝에 들어가게 되며, 따라서 할슈타일 가에서는 옛날에 잃었던 한 아이를 찾고 있다. 그 소녀만이 크라드메서의 드래곤 라자가 될 가능성이 높으니까."

나와 네리아는 동시에 고개를 끄덕였다. 우리의 그런 모습을 보면서 넥슨은 빙긋이 웃었다.

"그러니 당신이 그 붉은 머리의 소녀로 위장하여 할슈타일가에 들어가도록. 그러고는 내가 원하는 책을 가져다주면 된다."

"당신 의뢰는 거절. 안 되거든."

"안 된다고?"

네리아는 말했다.

"난 그 후작을 이미 만나버렸어. 그리고 내 나이가 10대가 아니라고도 말했어. 그런데 지금 다시 찾아가서 '사실은 저 10대예요.', 이렇게 말할 수는 없어."

넥슨은 눈살을 찌푸렸다.

"이미 만났다고?"

"응."

"이런 젠장……."

넥슨은 투덜거리더니 혼잣말하듯이 말했다.

"그럼 쓸모가 없군. 알았어."

뭐라고? 이런, 지금 무슨 말을 하는 거지? 넥슨은 갑자기 내 등 뒤로 눈짓을 했다. 뒤를 재빨리 돌아보자 롱소드를 뽑아들고 있는 그 마부의 모습이 보였다. 이런 제기랄! 그때 네리아가 말했다.

"원하는 것은 그 푸른 책이지?"

넥슨은 다시 눈짓을 했고 그러자 마부는 롱소드를 꽂아넣었다. 우, 우화! 10년 감수했다. 네리아는 우울한 얼굴로 말했다.

"그럼 어떻게든 그걸 가져다주면 되는 거 아냐?"

넥슨은 고개를 삐딱하게 기울여 네리아를 바라보았다.

"훔쳐오겠다는 식의 말은 안 되겠는데. 그게 가능했다면 벌써 했을걸. 도둑 길드에는 재주 좋은 자들이 많아. 하지만 할슈타일 저택에 잠입해서 그 책을 가져올 만한 자는 없었어."

"어쨌든, 가져다주면 되는 거 아냐?"

"그렇지."

"그럼 가져다줄 테니 살려줘."

"살고 싶어서 하는 말인가?"

네리아는 사나운 눈길로 넥슨을 바라보며 말했다.

"인질을 잡아둬. 우린 둘이야. 그러니까 하나가 나가서 그 책을 가져오면, 인질과 교환해. 이러면 되겠지?"

넥슨은 그 말을 생각해 보는 눈치였다.

"좋은 말이긴 한데, 그게 가능할 거라고 생각하나?"

"네가 걱정해 줄 필요는 없잖아? 원하는 것만 손에 넣으면 되는 거 아냐?"

"그건 그렇군."

"알아들으니 다행이군. 그럼 내가 인질이 될 테니 저 아이를 보내줘. 저 아이가 그 책을 가져다줄 거야."

나는 놀라서 네리아를 바라보았다. 그러나 네리아는 넥슨만을 바라보고 있을 뿐이다. 넥슨은 의아한 표정을 지었다.

"이상한걸? 네가 도둑이잖아. 그런데 저 꼬마를 보낸다고?"

"살고 싶어서 안달이 난 사람의 말이니까 묻지 말고 믿어."

"그렇다면 믿지."

난 더 못 참고 외쳤다.

"자, 잠깐만요! 네리아, 지금 무슨……."

"닥쳐!"

네리아는 내 말을 끊었다. 그러고는 갑자기 내 귀에 대고 귓속말로 말했다.

"멍청아. 달아날 수 있는 사람이 남아야지."

"네, 네리아?"

"입 닥치고 나가. 내 몸은 내가 빼낼 테니까."

그리고 잠깐 쉬었다가, 네리아는 갑자기 어조를 바꿔서 말했다.

"너희 일행을 만나고부터 트라이던트의 네리아, 정말 엉망진창이다. 휴우."

그리고 네리아는 그대로 내게서 떨어져버렸다. 난 어쩔 줄 모르고 네리아를 봤다가 넥슨을 봤다가 했다. 그러나 네리아는 차가운 태도로 넥슨에게 말했다.

"이 꼬마에게 가져와야 할 물건을 정확히 말해 줘."

5

기운 빠지는 귀가길이다. 젠장.

품속에는 넥슨이 대충 그려준 할슈타일 후작 저택의 지도가 들어 있다. 그럼, 이제 이 지도를 보고는 저택가에 침입해서 그 책을 빼와야 하나? 허 참. 기막히구먼. 내가 수도까지 올라와서 도둑질에 대해 염려해야 되게 되었다니.

걸음마저 이상해지는 기분이다. 내 다리가 이렇게 무거웠나? 말이 안 된다. 17년 동안 걸어다녔던 느낌을 그새 잊어먹었단 말이야? 제기랄. 늘상 끼고 있던 OPG가 없으니 기분이 여러 가지로 이상하다.

그런 발걸음을 더 무겁게 하고 있는 것은, 빌어먹을, 네리아가 인질로 잡혀 있다는 것이다.

괴상한 녀석! 왜 우리한테 시키는 거야!

참, 그 제안은 네리아가 한 거였지.

기운 빠진다. 정말 기운 빠진다. 정말…….

"으어어엇!"

최악이다. 내 다리에 내가 걸려 넘어지다니. 땅이 강하게 내 볼을 때렸고 쓸려버린 볼의 살갗은 까슬까슬하게 벗겨졌다. 제기랄. 제기랄.

"제기랄 것!"

"제 발에 제가 걸리고 누굴 욕하는 거야?"

지나가던 행인 하나가 나에게 던진 말이다. 젠장, 그러고 보니 땅에 쓰러진 내 모습을 많은 사람들이 쳐다보고 있었다. 뭐 볼 게 있다고 그렇게들 쳐다봐? 난 일어나서 몸을 털었다.

몸을 터는 손에 힘이 너무 없었다. 젠장, 내 힘이 이것밖에 안 되나? 난 있는 힘껏 내 몸을 쳤지만 아프지도 않았다. 대신 손바닥만 벌겋게 되었을 뿐이다. 난 악에 받쳐서 내 몸을 두드려대었다.

퍽, 퍽, 퍼벅!

주위에서는 웬 미친 놈이 땅에 쓰러지고는 그런 자신이 부끄러워 자해중이라는 듯이 바라보고 있었다. 보든지 말든지.

……아무래도 보든지 말든지로 넘어갈 문제가 아니군. 난 입술을 깨물고 다시 걷기 시작했다. 하지만 걸음걸이가 너무 맥빠진다. 허수아비가 걸어도 나보다는 잘 걷겠다.

허수아비?

갑자기 조금 전에 들었던 말이, 그러나 당황한 감정 때문에 거의 신경 쓰지 않았던 말이 떠올랐다.

'맙소사…… 바이서스 임펠의 길드 마스터가 허수아비였다니, 말도 안 돼.'

네리아의 말이었지. 무슨 뜻이지?

'나는 넥슨 휴리첼. 휴리첼 가문의 장자, 에델브로이의 재가 프리스트, 바이서스 임펠의 길드 마스터.'

넥슨은 그렇게 말했다. 분명히 바이서스 임펠의 길드 마스터. 길드 마스터인 자크가 그 자리에 있는데도 그렇게 말했으며 자크는 그 말에 아무런 불만이 없는 듯했다. 그렇다면, 역시 실제의 마스터는 넥슨이며 자크는 지금껏 허수아비 마스터였다는 말이 되는군.

나는 갑작스런 깊은 생각에 잠겨 심각한 얼굴로 걸었다. 볼 만했을 것이다. 볼에는 쓸린 자국이 가득하고 몸은 흙투성이가 된 소년이 심각한 표정으로 길을 걸어가고 있었으니까.

'이상하게 생각할 것은 없다. 전통적인 조직학의 응용일 뿐이야.'

넥슨의 말. 전통적인 조직학. 이게 뭘까? 난 뒤에 '학' 자가 붙으면 일단 삼엄한 경계 태세에 들어간다는 점이 문제로군. 젠장, '학' 자 붙은 것은 싫지만, 어디 보자. 전통적인 조직학이라. 그게 무슨 말일까? 아까의 상황과 연결해서 생각해 보면,

그렇군.

넥슨은 귀족이기 때문에 도둑 길드를 거느릴 수 없군. 그래서 자크를 대리인으로서 내세워 도둑 길드를 운영해 왔단 말이렷다? 그게 넥슨이 말한 전통 조직학의 응용이로군.

'어제 오늘의 일이 아니란 말이군?'

네리아의 말. 넥슨 휴리첼은 오랜 기간에 걸쳐…….

'말이 돼. 시간과 노력의 문제야.'

넥슨의 말. 엄청난 시간과 엄청난 노력을 기울여, 도둑 길드를 만들어내었다는 말이겠지. 귀족이면서도.

왜?

여기서 문제가 생기는데. 왜? 돈이 좋아서? 그건 바보 같은 말이다. 돈이 아무리 좋다고 하더라도 도둑 길드를 만들다니. 그런 엄청난 위험을 무릅쓰고? 웃기는 말이 된다. 도둑이 좋아서? 젠장, 그만해라, 후치 네드발! 자꾸 말이 안 되는 말만 하는군.

이거 장난이 아니게 돌아가는걸? 나는 걸음을 바삐 놀리기 시작했다. 아무래도 칼과 의논을 좀 해봐야겠다. 아니, 어차피 네리아를 구해 내려면 우리 일행과 의논을 해야 되긴 하지만, 내가 알아낸 사실이 의외로 굉장한 것인지도 모르겠다. 급하다. 그런데 걸음이 왜 이 모양이지?

내게 OPG를 돌려줘! 망할.

"안내해. 가서 다 때려눕히지."

샌슨의 말. 그리고 나는 길시언에게 손을 내밀었다.

"내놔요. 5셀."

"젠장. 이건 불공평해!"

길시언은 투덜거리면서도 왕자님답게 동전 5개를 내밀었고 샌슨은 얼떨떨한 표정이 되었다. 길시언과 함께 먼저 와 있던 아프나이델이 설명해 주었다.

"후치는 당신이 틀림없이 그렇게 말할 거라고 했고 길시언은 그 정도는 아닐 거라고 말했습니다. 그래서 두 사람은 내기를 했습니다."

그래서 샌슨은 결국 '그 정도'로 심한 녀석이 되어버렸다. 그러나 샌슨은 개의치 않는 표정으로 말했다.

"그래요? 야, 그럼 내게도 2셀쯤 내놔."

샌슨의 말에 그와 함께 돌아왔던 엑셀핸드와 칼의 얼굴이 괴상하게 바뀌었다.

"퍼시발 군."

"농담입니다. 젠장, 아닌 밤중에 홍두깨도 아니고, 이건 대체 무슨 말이야?"

우리는 모두 남자들의 방에 모여 있었다. 내가 유니콘 인에 도착해서 일행이 돌아오기를 초조히 기다린 끝에, 먼저 입에 거품을 문 길시언과 킬킬거리는 아프나이델이 돌아왔다. 그리고 조금 후 샌슨과 칼, 엑셀핸드도 돌아왔다. 그리고 나는 그들을 모조리 우리 방으로 끌고 올라와 사건의 전말을 이야기했다.

칼은 심각한 표정으로 테이블을 또각거리며 말했다.

"그러니까 우리가 그 책을 가져다줘야 네리아 양이 풀려난다, 그런 말이로군?"

"그래요."

"이상한 일에 말려들었군. 허허, 참."

엑셀핸드는 툴툴거리면서 말했다.

"그 나이트호크 아가씨는 자기가 빠져나올 수 있으니까 자넬 내보냈다고 했지?"

"말은 그렇게 했지만."

"그렇다고 손 놓고 기다릴 순 없지. 좋아. 머리를 맞대고 고민해 보자."

그러자 일행의 눈은 동시에 칼에게 집중되었다. 그것 참. 칼은 대단해. 그리고 역시 칼은 엄숙한 어조로 말을 시작했다.

"의아하군요. 넥슨 휴리첼이 사실은 바이서스 임펠의 마스터였다라. 그가 왜? 돈이 궁해서? 천만에. 돈이 궁하다고 그런 위험한 일을 하는 사람은 없지. 그렇다면?"

"심상치 않군요."

아프나이델의 대답이었다. 칼은 고개를 끄덕였다.

"그 책이 궁금해지는군요. 그자가 원하는 푸른 책을 본다면 그자의 목적도 짐작할 수 있겠지요."

"훔쳐내실 생각이십니까?"

길시언의 질문에 칼은 고개를 끄덕였다.

"그 책의 내용에 따라 넥슨의 정체가 보다 확실해질 것 같습니다. 그리고 네리아 양을 구출하기 위해서는 어차피 그 책이 필요합니다. '지금은 도의를 생각할 때가 아니다.' 이런 말은 제가 가장 싫어하는 말입니다만, 할 수 없군요."

길시언은 고개를 끄덕였다.

"난 돕겠습니다. 여러분의 중지를 알고 싶습니다만."

샌슨은 칼의 뜻대로 하겠다고 말했으며, 엑셀핸드는 도둑질에는 관심이 없지만 동료의 일이니까 어쩔 수 없다고 말했다. 아프나이델 역시 그 책이 궁금하다고 말하며 찬성했다. 그러자 길시언은 내게 질문했다.

"후치? 그 푸른 책에 대해서 차근차근 좀 들려다오. 들은 그대로."

넥슨은 바이서스 임펠의 길드 마스터였지만 그의 길드에 있는 그 누구도 할슈타일 저택에는 잠입할 수가 없었다. 그래서 누군가를 할슈타일 가문에서 찾고 있는 빨강머리 소녀로 위장시켜 들여보낸다는, 어쩌면 실현 가능성이 전무할지도 모르는 계획이 나왔던 것이다.

넥슨은 그 책의 내용에 대해서는 일절 말하지 않았다.

다만 그가 말해 준 것은 그 책은 할슈타일 후작의 서재 책장에 들어 있으며, 푸른 표지라서 다른 장부나 서류와는 구분하기 쉽다는 것뿐이다. 샌슨이 말했다.

"그럼 뭐야? 살금살금 후작의 저택에 들어간 다음, 그 서재에서 책을 가져오면 된다, 이거군?"

그런데 그 할슈타일 저택이라는 것이 걸작이다. 최소한 바이서스 임펠의 도둑 길드에 있는 그 누구도 엄두를 내지 못할 정도니까.

나는 넥슨이 준 종이를 꺼내어 보여주었다. 일행의 머리가 전부 테이블 위의 종이에 쏠렸다. 아니, 단 한 명. 엑셀핸드는 그렇게 하지 못했다. 엑셀핸드는 노한 목소리로 투덜거리다가 아예 테이블 위에 올라앉았다.

"잘 보세요. 후작의 저택은 어디의 담을 넘어가더라도 정원을 한참 가로지르지 않으면 본관에 닿을 수가 없어요. 무슨 말인지 알겠죠? 건물이 바로 바깥에 노출되는 부분은 한 군데도 없다는 말이죠. 그런데 밤마다 이 정원에는 페이스풀 하운드들이 소환된다더군요. 이름이 정확한지 모르겠어요."

아프나이델은 신음소리를 내면서 고개를 끄덕였다.

"끄응. 맞다. 그거 안 좋은 소식이군."

칼은 아프나이델을 바라보았고 아프나이델은 입술을 씹으며 말했다.

"푸우. 그건 클래스 4이상의 마법입니다. 전 사용할 수는 없습니다만 대략은 알고 있습니다. 페이스풀 하운드들은 다른 차원에서 마법사에 의해 호출되는 개들입니다. 이들은 우리 차원의 무기로는 절대로 칠 수 없습니다. 그러나 페이스풀 하운드 자체는 이쪽 차원의 생물을 얼마든지 공격할 수 있습니다. 게다가 이 개들은 아무리 어두워도 상대를 볼 수 있고, 심지어 투명 마법을 써도 그 마법적인 기운을 느끼고 짖어댑니다."

"못 때린다고요?"

샌슨이 아주 억울하다는 어투로 물었고 아프나이델은 고개를 끄덕였다. 샌슨은 자신의 검을 가리키면서 다시 질문했다.

"제 검은 은이 입혀져 있습니다. 은으로 된 무기는 대개 그런 유령 같은 놈들을 때릴 수 있는데요?"

"물론 언데드 계열이라면 타격이 가능합니다만 페이스풀 하운드는 언데드가 아닙니다. 말했다시피 다른 차원의 생물입니다. 그에 비한다면 언데드는 우리 차원의 생물입니다."

샌슨은 안타까운 표정을 지었고 아프나이델은 의아한 얼굴로 나에게 질문했다.

"그런 고급의 마법을 사용한다면 틀림없이 마법사가 있을 텐데, 거기에 대해서는 아무 말도 없나?"

"마법사는 없어요. 그 저택에 있는 모든 마법은 드래곤이 걸어준 거래요."

아프나이델은 탄식을 뱉었다.

"아, 드래곤이…… 그렇군."

"예. 그 가문은 300년이 넘게 드래곤 라자를 배출한 가문이죠. 그 동안 드래곤들이 그 저택에 무수한 마법을 걸어주었던 모양입니다. 그 저택은 이 도시에서 빛의 탑을 제외하면 가장 신비한 장소라는 말을 하던데요."

"후우. 좋아. 계속해 보게. 아니, 잠깐. 적어가면서 하지."

아프나이델은 잉크, 펜 등을 가져와서 넥슨이 준 그 지도의 정원 부분에다가 FH라고 적어놓았다. 나는 계속 설명했다.

"어쨌든 이 개들이 짖어대면 즉각 경비병들이 들이닥치게 됩니다. 여기, 별관에서 출동하게 된답니다. 예. 거기요. 이 경비병들의 숫자는 모두 30명인데, 모두 노련한 전사들이라고 하는군요. 그 사람들 역시 할슈타일 가문이 300년간 대대로 정성을 가지고 길러낸 전사들의 후예이기 때문에 매수당하거나 하는 일은 절대로 없다고 합니다."

아프나이델은 입맛이 쓰다는 표정으로 F-30이라고 썼다. 전사가 30명이라는 말이겠지. 샌슨은 이빨을 사리물었다.

"갈수록…… 더 있어?"

"아직 시작도 안했어."

"아이고!"

"본관은 3층 건물로 3층에 후작의 침실과 기타 중요한 방들이 있다고 해요. 각층을 연결하는 것은 중앙의 커다란 계단 하나인데, 예. 그거요. 커다랗죠? 본관 안에는 항상 하인들이 오가기 때문에 이 커다란 계단을 몰래 올라간다는 것은 엄두도 못 내요. 왜냐하면 후작 저택의 하인들은 3교대로 움직이거든."

"3교대. 허어!"

엑셀핸드는 기가 차다는 표정을 지었다.

"그래요. 8시간씩 교대로 움직이는 모양입니다. 그래서 하인이 움직이지 않는 시간이 없대요. 그리고 후작의 방은 3층이라고 했지요? 그런데 이게 정말 또 걸작이거든. 이 건물에는 1층과 2층을 연결하는 계단은 있지만 2층과 3층을 연결하는 계단은 없어요."

"뭐야? 그럼 후작은 어떻게 올라가는데?"

"2층 여기 중앙의 방에 주문이 걸려 있대요. 텔레포트 스펠을 영구화시켜 3층 중앙의 방에 연결시켜 둔 모양입니다. 예. 거기 그 방이오. 그래서 2층의 이 방에 들어가서 약속어를 외우면 3층의 방으로 휘익! 옮겨간대요. 끝내주죠? 그리고 물론, 텔레포트 스펠을 작동시키는 약속어는 후작 이외에는 아무도 몰라요. 3층은 후작만이 사용하는 층이랍니다."

"얼씨구, 잘한다. 3층에는 당연히 창문 같은 것은 하나도 없으렷다?"

엑셀핸드의 질문에 난 고개를 저었다.

"아니, 환기 문제도 있고 해서 창문은 큼직한 것들이 달려 있대요. 거의 베란다를 달아도 될 정도로 크다는데요. 그런데 이 창문이 역시 기가 막힌 물건이죠. 창문으로 올라가려면 벽을 타야 되는데, 도둑 길드가 알고 있는 어떤 벽타기꾼도 이 벽은 못 탄답니다. 왜냐하면 벽에는 그리스 주문이 영구화로 걸려 있거든요."

샌슨이 고개를 갸웃하다가 손가락을 튕겼다.

"그거! 이루릴이 쓰던 거, 그러니까 미끄러지게 하는 마법?"

"응."

아프나이델은 한숨을 쉬다가 다시 말했다.

"만일 날아 들어간다면?"

"창문은 평범한 형태지만 전부 알람 스펠이 걸려 있대요."

아프나이델은 다시 한숨을 쉬다가 주위 사람들을 위해 설명했다.

"알람 주문은 누군가 지나가게 되면 요란한 소리를 내게 되는 경계용의 주문입니다."

"안 들키고 지나갈 수는?"

"유령이 아닌 바에는 아무도 들키지 않을 수 없습니다. 인비저빌리티를 사용해도 들키는걸요."

샌슨은 으르렁거렸다.

"그걸로 끝이야?"

"여기까지가 도둑 길드에서 아는 거래. 3층 내부에는 들어가보지 못해서 어떤 마법이 더 걸려 있는지 알 수가 없다는데?"

사람들은 모두 기가 막히다는 표정을 지었다. 칼은 지그시 아프나이델이 기록해 둔 그 종이를 바라보고 있었고 다른 사람들도 모두 허탈한 표정으로 그 종이를 바라보았다. 샌슨이 말했다.

"젠장, 그냥 도둑 길드를 덮치는 것이 낫지 않겠습니까?"

칼은 고개를 가로저었다.

"네리아 양이 위험해질지도 모르고, 그리고 그 책이라는 것이 보통 관심을 끄는 것이 아닌걸."

"그 책이 왜죠?"

"적어도 넥슨 씨는 그 붉은 머리 소녀보다 그 책이 더 중요하다고 여기는 것처럼 행동한단 말이야. 그렇다면 그 책에 담긴 비밀이 대단한 거라는 것은 간단히 짐작되는데."

"하지만 들어갈 수가 없지 않습니까!"

"들어갈 수 없다라……, 그것 참. 어디 보세나. 아프나이델 씨. 이 마법들을 무효화시킬 수는 없습니까?"

아프나이델은 고개를 가로저었다.

"보지 않았으니 확신할 수는 없지만, 드래곤이 건 마법이라면 그건 이만저만 강한 것이 아닐 겁니다. 저 같은 풋내기 마법사가 덤벼볼 만한 것이 아니겠지요."

칼은 다시 진지한 표정으로 그 종이를 노려보았다. 그러자 주위의 사람들 역시 모두 당혹스러운 표정으로 다시 그 종이를 노려보게 되었다. 칼은 잠시 후 말했다.

"할슈타일 후작께는 미안하지만, 역시 그 책이 필요해."

샌슨은 칼을 바라보았다.

"필요하시다면?"

"훔쳐내야지……, 뭐."

"어떻게요?"

"온갖 노력을 기울여서."

맞아. 온갖 노력을 다해야 되겠지.

하늘에 무겁게 깔린 암회색의 구름은 겨울이 다가오고 있다는 것을 엄중히 경고하고 있는 듯했다. 어쩌면 며칠 내에 눈이 오게 될지도 모르겠군.

할슈타일 저택의 웅장한 모습이 눈앞에 보였다. 굉장하군. 지금 정문 앞에 서 있는데 본관은 너무 멀어서 잘 보이지 않을 정도다. 암회색의 하늘은 낮게 대지를 내리누르고 있으되 할슈타일 저택의 건물은 바로 그 하늘을 꿰뚫는 모습으로 저 앞에 서 있었다.

칼은 기운찬 동작으로 말에서 뛰어내렸다.

가관이다. 칼의 옷은 예절보다는 솔직함을 선호하는 사람이라면 누구나 누더기라고 불러줄 만한 것이다. 저 옷을 만들기 위해 오늘 아침 헌옷을 산 후 샌슨이 저 옷을 가지고 공놀이를 했다. 뭉쳐서 걷어차고 짓밟고 발로 비비고. 거기다가 엑셀핸드는 코를 풀었으며 길시언은 저 옷을 들고 잠깐 화장실에 다녀왔다. 무슨 짓을 했을까? 칼은 죽고 싶다는 얼굴로 저 옷을 입었다. 게다가 칼의 얼굴엔 재를 부드럽게 발라 멋진 화장을 하고 코를 씰룩거리고 있었으며 허리는 완전히 굽어버린 상태였으며 지금 당장이라도 입에서 침이 길게 떨어질 듯하다.

그리고 샌슨도 말에서 내렸다.

샌슨은 한결 낫다. 오늘 아침 여관의 마구간을 찾아간 샌슨은 옆에서 길시언이 열심히 '할 수 있소! 기운내시오, 샌슨! 오! 우리의 희망 샌슨! 헬턴트 사나이의 참멋을 보여주시오! 사나이는 외모보다는 행동으로 말하는 법!' 등등의 시시껄렁한 응원을 하는 가운데 씩씩하게 머리를 여물통에 집어넣고는 그대로 머리를 감아버렸다. 옆에서 보고 있던 말구종의 눈이 1큐빗은 튀어나올 뻔했다. 그 상태 그대로 식당에 들어서자 유니콘 인의 주인장 리테들은 샌슨을 살해하려고 들었고, 그래서 샌슨은 밖에서 식사를 해야 했다. 옷은 건드리지 못했지만(샌슨은 옷이 소중하다. 치수가 맞는 옷을 구하기 어렵기 때문에.), 대신 아주 파격적으로 입고 있다. 바지는 한쪽은 부츠 안으로, 다른 쪽은 부츠 바깥으로 나와 있고 혁대는 풀어버리고 대신 밧줄로 묶고 있다. 망토 하나를 아낌없이 엑셀핸드의 도끼에 건네주어 걸레로 만들어 두르고 있다.

하지만, 오, 빌어먹을. 그래도 둘은 나보다는 낫다. 난 아직 말에서 내리지도 못했다. 으윽. 엉덩이가 아파 죽겠다. 난 옆안장으로 말을 탄 경험이 없단 말이다.

내 표정을 보더니 샌슨은 폭발할 듯한 웃음을 간신히 참았다. 난 잡아먹을 듯이 샌슨을 노려보았고, 샌슨은 지나치게 정중한 동작으로 고개를 숙여 보이며 내게 말했다.

"원로에 수고가 많으셨습니다, 레이디 후칠리아. 이제 다 왔습니다."

오…… 맙소사. 후칠리아! 정말 이름 짓는 센스하고는!

그랬다. 난 가슴에 커다란 솜뭉치를 집어넣어 붕대로 단단히 둘러멘 다음 대단히 요염한 브라를 걸쳐매었다. 허리에는 거들을 입고 그 아래에 가터에 스타킹까지 걸치고 있다. 젠장, 다리에 털 난 것 깎다가 베인 상처가 아직까지도 쓰라리다. 그러고는 소박하지만 아름다운 흰색의 원피스를 입고 있는 것이다. 원피스! 맙소사. 우리 아버지가 지금 날 보면 날 절대로 당신의 아들로 인정하지 않으실 거다. 이게 칼이 말한 온갖 노력을 다한다는 말인가?

난, 맙소사, 여장을 하고 있다!

죽고 싶어라!

칼은 대문 앞에 섰고 곧 문지기가 달려나왔다. 문지기는 창살처럼 생긴 철문 틈 사이로 우리를 내다보며 말했다.

"누구십니……."

문지기는 말을 제대로 끝맺지도 못하고 곧 나를 바라본 채 넋이 빠져버렸다. 오, 안 돼. 매력이 넘친다는 것은 내가 감당해야 할 숙명이지만, 그렇다고 그런 징그러운 시선으로 보지 마! 젠장. 저 문지기는 아마 내 머리카락을 보고 놀라고 있는 것일 게다. 멋있지? 아프나이델이 온갖 고생을 다해서 만들어낸 걸작이지. 붉은 머리! 타오르는 불꽃처럼 요염 무쌍하고 도발적인 이 컬러, 뇌쇄적이지?

맙소사, 내가 원래 이런 면이 있었나? 난 다소곳이 문지기의 시선이 부끄럽다는 표정으로 아래를 바라보았다. 칼은 말했다.

"여보슈, 이 집안에서 빨강머리 계집애를 찾는다던데?"

저 거칠고 완전히 쉬어버린 목소리. 멋진 말투야……. 칼은 그야말로 어디 뒷골목에서 굴러다니다가 조금 전 기어나온 듯한 말투로 말했다. 문지기는 얼빠진 표정으로 칼을 바라보았고, 그러자 칼은 다시 말했다.

"맞소, 아니오? 그런 말이 들리기에 저 계집애를 노스 그레이드에서 여기까지 데려왔는데. 엉?"

"마, 맞습니다. 잠깐, 잠깐만 기다리십시오."

문지기는 곧 안으로 달려 들어갔고 잠시 후 다시 달려나와 철문을 열어주었다.

"들어오십시오."

칼은 곧 트레일의 말고삐를 붙잡은 채 걸어 들어갔고 샌슨은 한 손에는 슈팅스타를, 다른 손에는 제미니의 고삐를 쥔 채 칼의 뒤를 따랐다. 나? 물론 제미니 위에 옆안장을 한 채로 다소곳이, 요조 숙녀처럼, 고고하게 앉아 있었다. 망할.

기다란 정원을 가로지르는 동안 주위의 모습은 가을의 정서를 한껏 뽐내며 고즈넉하면서 장엄했다.

정원 양쪽에 서 있는 커다란 두 개의 분수대는 계절이 계절인지라 물이 나오지는 않고 있었다. 하지만 정원에는 거대한 나무들이 서 있었고 낙엽이 멋있게 깔려 있었다. 그러나 포석이 깔린 길에는 낙엽이 전혀 보이지 않았다. 낙엽들 사이로는 각양각색의 조각들이 서 있었는데 그 전체의 배치가 대단히 정교했다. 동상의 모습은 주로 드래곤의 모습이었다. 실제 드래곤만큼 거대하지는 않았지만 그 박력 어린 모습은 마치 지금 당장이라도 으르렁거리며 내게 달려들 것 같은 모습이었다. '여자도 아닌 것이!' 라고 외치며. 아우, 뒷덜미야.

본관 앞에 도착하니 곧 말구종과 다른 하인들이 달려나왔다. 말구종이 달려오자 샌슨은 나에게 징그러운 시선을 보내더니 곧 내 안장 옆에 한쪽 무릎을 꿇고는 두 손을 겹쳐 내밀었다. 어울린다, 어울려! 젠장. 난 조심스럽게 샌슨의 손을 밟고 아래로 내려왔다. 그러자 말구종은 우리 말들을 데리고 가버렸다. 그 떠나가는 속도가 엄청난 까닭은, 칼과 샌슨에게서 풍기는 향기 때문이겠지.

하인들은 우리를 안으로 모셨다. 으리으리한 건물이다. 건물 벽에 그리스 주문이 걸려 있다는 것이 사실인지 건물 벽은 먼지 한 톨 묻지 않은 모습으로 번쩍거리고 있었다. 본관 정문 위로는 거대한 드래곤 얼굴 모양의 부조가 걸려 있었다.

되도록 다소곳이 걸으려 애쓰면서(쉬운 일이 아니었다. 젠장. 구두가 너무 작단 말이다!) 안으로 들어서자 넓은 홀의 모습이 보였다. 홀 바닥에는 타일이 깔려 있었고 정면으로는 2층으로 올라가는 거대한 계단, 그리고 양쪽으로는 커다란 문들이 보였다. 천장을 본 순간 놀라버렸다.

천장에는 거대한 드래곤의 머리뼈로 만들어진 샹들리에가 걸려 있었다. 우와! 드래곤의 머리뼈! 역시 300년 이상 드래곤과 동고동락해 온 집안다운 모습이다. 난 입을 쩍 벌리지 않기 위해 무진 애를 썼으나 샌슨은 그냥 입을 쩍 벌려버렸다.

아마 집사로 짐작되는 인물이 나오더니 우리를 쳐다보았다. 희끗희끗한 반백의 머리를 멋있게 뒤로 넘긴 그럴듯한 중년 남자였다. 그 남자는 우리들에게서 풍겨나오는 그윽하달 수는 없는 향취에 찔끔하는 모습이었지만 침착하게 말했다.

"할슈타일 가의 사무를 보는 궤헤른입니다. 어서 오십시오."

칼은 정중하게 인사했다.

"아, 반갑수다. 나 칼이오."

집사 궤헤른은 조금 불쾌한 표정을 짓다가 다시 엄숙하게 말했다.

"그런데, 어떻게 저희 가문에서 붉은 머리 소녀를 찾는다는 이야기를 들으셨는지요?"

"뭐? 아, 조가 말해 줬소."

궤헤른은 칼의 대답이 너무 엉망이어서 조금 냉정을 잃은 모양이다.

"조가…… 누굽니까?"

"아, 내 친구요. 조, 멋쟁이 조. 그 녀석이 그러던데 할슈타일인가 하는 집안에서 빨강머리 계집애를 찾는다고 그러더라고."

"그 조라는 분은 그 말을 어디서 들었다고 합니까?"

"누구더라? 아, 그래. 메리에게서 들었다고 그러던데?"

"……메리는 누굽니까?"

"내가 알 게 뭐요. 조 녀석이 어디서 끼고 자던 작부겠지. 그 놈, 여자 후리는 솜씨가 비상하거든? 끝내준다고. 어느 여자든지 간에 녀석이 한 번 찍으면 그날로 치마끈 풀었다고 봐야 돼. 녀석 솜씨가 어떤가 하면……."

궤헤른 집사는 정중히 손을 들어 칼의 수다를 막았다. 맙소사, 칼. 정말 대단하십니다, 그려? 집사는 말했다.

"우선 이리로 드시지요."

궤헤른이 우릴 안내한 곳은 홀 옆에 있는 응접실이었다. 이거 안 좋네. 2층으로 갈 수 있다면 좋을 텐데 하필 1층이람. 그러나 칼은 별 내색도 하지 않고 씩씩하게 집사를 따라 들어갔다.

안내된 곳은 아름다운 장식이 가득한 화려한 응접실이었으나 칼은 과격하게 소파에 앉아버렸고 그러자 샌슨은 보다 더 과격하게 소파를 뭉개버릴 듯이 앉았다. 칼은 소파 위에서 엉덩이로 펄쩍펄쩍 뛰었다.

"허! 그거 푹신푹신하네!"

칼…… 오, 제발. 샌슨도 차마 그 동작은 따라하지 못했다. 그러나 칼은 거리낌없이 집사 궤헤른에게 수다를 떨었다. 벽에 있는 저것은 진짜 금붙이냐? 우와, 초상화 멋있네. 비싼 건가? 커튼 한번 우라지게 하얗네. 계집애 속옷보다도 더 하얗구먼. 헤이? 당신 속옷은 어때?

집사 궤헤른은 초인적인 자제력으로 참아내었다. 그는 칼이 차와 함께 나온 은제 찻숟가락을 소매에 감추려다가 떨어뜨리는 모습을 보면서까지 온화한 모습을 지켜내었다. 솔직히 박수를 쳐주고 싶은데? 칼은 머쓱한 표정으로 숟가락을 테이블 위에 올려놓았다.

"저 소녀의 내력은 어떻게 됩니까?"

궤헤른의 정중한 질문은 전혀 정중하지 않은 답변을 받았다.

"푸하! 내력? 내력은 무슨 얼어죽을. 거, 언제더라? 내가 소장수할 때. 야, 샌슨! 그거 기억나지? 참. 그때가 내가 깃발 날릴 때였지. 내가 소를 몰아서 노스 그레이드를 지나가면 쫘악! 술집의 아가씨들마다 모두 자지러졌다고! 치마를 뒤집으며 환호했지! 뭐라고? 아, 그래. 노스 그레이드의 윌라무트 마을에서 여기로 소를 끌고 왔을 때였지. 그게 얼마 전이더라? 어쨌든 여기 왔다가 저 계집애를 주웠지. 쬐끄만 게 시장 바닥에서 징징 짜고 있는 모습이 하도 보기 안쓰러워서 말이야. 그래서 우리 집에 데려다가 먹이고 입히고 키웠지."

칼의 저 멋진 거짓말은 집사 궤헤른을 몹시 감동시킨 모양이다. 궤헤른은 냄새 때문에 차마 가까이 다가오지는 못했지만 대단히 열성적인 태도로 질문했다.

“그게 정확히 언제쯤인지요.”

“몰라! 야! 후칠리아! 너 몇 살이야?”

나는 얌전히 대답했다.

“전 17세이어요.”

집사 궤헤른은 내 대답이 몹시 마음에 든 모양이다. 10대 후반, 붉은 머리, 고아 출신, 멋지게 맞아떨어졌을 것이다. 하하하.

“잠시만 기다리십시오.”

궤헤른은 찻숟가락이 몹시 염려된다는 표정으로 밖으로 나갔다. 칼은 그가 나가자마자 곧 엄숙한 표정을 지으며 말했다.

“퍼시발 군. 시간이 없으니 바로 행동으로.”

샌슨은 말없이 고개를 끄덕인 다음 곧 일어났다. 그는 응접실 문을 열고 나섰고, 곧 바깥에서 고함소리가 들려왔다.

“어이! 이봐! 어디서 싸면 돼?”

어울린다. 정말 무섭도록.

샌슨이 나가고 나자 우리는 그저 태평하게 천장과 주위 벽 장식, 태피스트리나 감상했다. 태피스트리의 무늬도 대개 드래곤의 모습들이 많았다. 내게 이름을 붙여도 좋다고 허락한다면 난 이 저택에 드래곤의 신전이라는 이름을 붙이겠어.

잠시 후 문이 열렸다. 샌슨인가 해서 보니 샌슨은 아니고 집사 궤헤른이었다. 그런데 집사 궤헤른 뒤쪽으로 다른 사람이 들어섰다. 난 순간 얼굴을 내리깔았지만 의심스럽게 보일까 싶어 눈을 올려떠 고개 숙인 채로 그를 훔쳐보았다.

할슈타일 후작이었다. 전에 보았을 때도 날카로운 얼굴이었지만 지금 정체를 숨긴 채로 만나게 되니 정말 그 시선으로 내가 오늘 아침에 먹은 메뉴를 짚어낼 정도로 보였다. 무서워.

칼은 멀뚱한 시선으로 후작을 바라보았다. 집사 궤헤른은 좀 일어나 줬으면 고맙겠다는 시선을 간절하게 보내었지만 칼은 전혀 알아차리지 못했다는 듯이 태평하게 말했다.

“난 칼이라는 사람인데, 댁은 뉘시오?”

후작은 싸늘한 얼굴로 칼을 마주보았고 집사 궤헤른은 부리나케 설명했다.

“할슈타일 후작이십니다. 일어나시오!”

그러자 칼은 미적거리며 일어났다. 후작은 칼을 한 번 쳐다보더니 곧 인상을 찡그리며 내게 고개를 돌렸다. 칼은 그게 불만스럽다는 듯이 느물거렸다.

“헤엣. 처녀의 향기가 더 마음에 드시오?”

맙소사, 칼. 정말이지…… 당신은…… 멋져! 궤헤른은 이 당돌한 말에 사색이 되었지만 후작은 별로 신경 쓰지도 않고 날 바라보았다.

“저 아이인가?”

궤헤른은 곧 머리를 조아렸다. 그러자 후작은 나에게 성큼성큼 걸어왔다. 우와, 최고의 위기 순간이다앗! 난 얼굴이 붉어질 만한 상상을 열심히 했지만 내 얼굴은 창백해진 모양이다. 후작은 물끄러미 날 보더니 말했다.

“얼굴을 들어보아라.”

주, 죽겠군. 난 얼굴을 조금 들어 후작을 바라보았다가 다시 후다닥 내렸다. 후작은 뚫어질 듯이 날 바라보고 있었던 것이다. 갑자기 후작은 손을 뻗더니 내 손을 쥐었다!

아, 안 돼! 젠장. 손을 만져보면……. 와, 우화, 다행이다. 그 동안 OPG를 계속 끼고 있어서 내 손은 햇빛을 별로 받지 못했고 그래서 하얗게 바뀌어 있었다. 그래도 소녀의 손이라기에는 너무 투박했지만. 난 손을 빼려고 꿈지럭거렸지만 그렇다고 너무 힘센 소녀라고 의심받을까봐 힘을 많이 주지도 못했다.

후작은 내 손을 쥔 채로 한참 서 있더니 다시 손을 놓았다. 그러더니 갑자기 손수건을 꺼내어 자신의 손을 닦기 시작했다. 뭐야, 이건? 사람 불쾌하게 만드는데? 난 후작의 발만 바라보며 이를 갈았다. 후작은 싸늘하게 궤헤른에게 말했다.

"내 집에서 냄새 나는 것들을 치워라."

"예?"

"두 번 말해야 되나."

그러고는 후작은 곧 몸을 돌려 밖으로 나가버렸다. 칼은 얼떨떨한 얼굴이 되어 쾅 소리가 나며 닫히는 문을 바라보고 있었다. 그러자 궤헤른은 말했다.

"자, 이만들 나가주시오. 또 다른 남자는 어디로 갔소?"

"이, 이봐! 뭐하는 거야? 저 먼 노스 그레이드에서 여기까지 왔다고! 그런데 이렇게 쫓아내는 거야?"

"누가 초청이라도 했소? 속히 나가주시오."

"제기랄! 누굴 놀리는 거야? 안 돼! 이렇게는 못 나가. 여비라도 줘야지! 내가 여기까지 어떻게 왔는데!"

"농담하지 마시고 나가시오!"

칼은 계속 억지를 부려대기 시작했고 그러자 궤헤른도 언성을 높이기 시작했다. 칼은 질세라 험악하고 야비한 말들을 마구 쏟아내기 시작했다. 그러자 궤헤른은 화를 내며 하인들을 불러들였다.

하인들은 우리를 붙잡아 곧 바깥으로 끌고 나왔다. 칼은 고래고래 고함과 비명을 질러대었고 그중 90퍼센트 이상은 욕설로 점철되었다. 홀 중간쯤 끌려갔을 때 샌슨이 털레털레 나타났다.

“어? 뭐야, 이건?”

샌슨은 얼빠진 목소리로 말하더니 하인들을 불러세우려 했다. 그러나 하인들은 샌슨을 보자마자 곧 그도 붙잡아 끌어내기 시작했다. 그러자 샌슨 역시 욕지거리를 뱉어내기 시작했다.

“장난치는 거야! 사람 여기까지 불러놓고!”

“누가 불렀어? 너희들이 찾아왔잖아!”

“빨강머리 계집애를 찾는다면서! 죽을 고생을 하며 데려다 줬잖아! 왜 이러는 거야! 젠장, 저만하면 침대에 눕혀놓고 봐도 괜찮잖아?”

“이놈이 뚫린 입이라고옷!”

“저 계집애도 저만하면 괜찮잖아! 엉덩이도 펑퍼짐하고 가슴도 빵빵하고! 게다가 원하는 대로 빨강머리잖아? 뭘 더 바라는 거야!”

새애앤스으은, 주우욱일 거야아아……! 하인들도 어이없다는 얼굴로 외쳤다.

“이 자식아! 우리 후작님이 어디 끼고 잘 계집 찾는다더냐!”

“뭔 오리발이야! 빨강머리가 좋아서 불렀잖아! 그래서 데려다 줬잖아!”

샌슨과 칼은 그야말로 노골적으로 후작이 여자를 원해서 찾는 줄 알았다는 식으로 퍼부어대었다. 잘들 논다. 아마 날 놀리기 위해 저러는 것일 테지. 그러나 후작이 딸을 찾고 있다는 것을 알고 있는 하인들로서는 어처구니가 없는 말일 것이다.

주먹다짐만 나오지 않았다뿐이지 거의 싸움에 가깝게 우리는 쫓겨났다. 말과 함께 바깥으로 쫓겨나고도 한참 동안 칼과 샌슨은 철문을 흔들면서 욕지거리를 퍼부어대었고 난 좀 멀찌감치 떨어져 고개만 숙이고 있었다.

칼과 샌슨은 내가 봐도 좀 너무했다 싶을 정도로 욕설을 퍼부어대고는 투덜거리며 물러나 말에 안장을 올렸다. 난 그 틈을 봐서 샌슨에게 살짝 다가서서 귓속말을 했다.

"돌아가면…… 샌슨, 각오해!"

샌슨은 들은 척도 하지 않고 싱글거렸다. 어디 두고 보자! 난 얌전히 말 위에 올라 옆안장을 하고 다소곳이 손을 모아쥐었다. 하지만 속이 부글거리는 것은 못 참겠는걸? 그러나 칼은 내 참담함에는 관심이 없는지 샌슨에게 묻는 듯한 시선을 보내었다. 그러자 샌슨은 고개를 짧게 끄덕였다. 좋아, 제대로 해뒀다는 말이렷다?

우리는 유니콘 인으로 돌아왔다.

"거, 네드발 군. 퍼시발 군의 목은 이제 그만 조르고……."

"그럼 다리를 꺾지요!"

"우어어억!"

내가 엎드린 샌슨의 등에 올라타서 다리를 꺾어대고 있는 모습을 보며 칼은 한숨을 쉬었다. 샌슨은 고래고래 비명을 지르며 방바닥을 두드려대었다.

"죽는 시늉 하지 마! OPG가 없으니 내가 꺾어봐야 얼마나 아프다고!"

"그럼 네가 누워봐라! 내가 꺾어줄 테니까! 아픈지 안 아픈지……."

"오거에게 자기 다리 맡기는 등신이 어디 있어!"

칼은 대단히 힘겨운 표정으로 우리를 말렸다.

"여보게들. 자네들이 계속 떠드니까 아프나이델 씨가 시작을 못하지 않는가."

난 씩씩거리며 샌슨의 다리를 놔주었고 샌슨은 껄껄 웃었다. 확실히 별로 아프지 않았던 모양이다.

"그런데 말이야. 언제 다시 그 모습을 볼 수 있을까? 음, 레이디 후칠리아. 고향에 돌아가서 한번 그런 모습으로 퍼레이드를 할 계획은……."

곧 나는 샌슨에게 날아들었고 우리 둘은 동시에 균형을 잃고 침대 뒤로 나가떨어져 버렸다. 꽥! 그러자 곧 엑셀핸드가 고함을 버럭 질렀다.

"이 시끄러운 친구들아, 좀 조용히 못하겠느냐!"

우리는 툴툴거리며 다시 침대 위로 올라가 오도카니 앉았다. 그러자 아프나이델은 한숨을 쉬며 마법 시전 준비를 갖추었다. 아프나이델은 초조한 표정으로 길시언을 바라보았고, 그러자 길시언은 고개를 끄덕였다.

"귀족가에서라면, 한 시간 후쯤이 식사 시간일 겁니다."

"후우…… 좋습니다. 그럼 시작해 보겠습니다. 대략 한 시간쯤 걸릴 것 같으니까요. 하지만, 해본 적이 없어서 정확하진 않을지도 모르겠습니다."

"해보지 않으셨다고요?"

"이루릴 양이 친절하게 가르쳐주셔서 패밀리어의 소환은 성공했습니다. 하지만 아직껏 패밀리어와 복합 커뮤니케이션은 시도해 보지 않았습니다."

칼은 웃으며 격려했다.

"소환도 성공했으니, 접촉도 당연히 성공할 것이오."

아프나이델은 긴장된 얼굴이었지만 역시 마법사답게 침착하고 능숙한 손놀림으로 준비를 갖추기 시작했다. 먼저 짐 속에서 쇠막대기들을 꺼내어 조립했다. 그러자 커다란 삼발이처럼 생긴 것이 우리 방 한가운데 서게 되었다. 그리고 아프나이델은 여관 주인에게 빌려온 솥을 그 위에 걸었다. 흠, 확실히 삼발이가 맞군.

샌슨은 한쪽 옆에 준비되어 있던 통에서 솥으로 숯을 쏟아부었다. 숯을 차곡차곡 쌓고 나자 아프나이델은 정성어린 손놀림으로 그 위에 향을 덮었다. 그리고 불을 붙였다.

숯은 바알간, 약간은 미약한 빛을 내면서 타올랐다. 그러자 아프나이델은 방 안의 초를 전부 끄도록 명령했다. 촛불이 다 꺼지고 나자 방 안에는 숯불에서 나오는 미약한 붉은 빛만이 남게 되었다.

사람들의 얼굴도 모두 불그스름하게 바뀌었다. 아프나이델은 기이하게 생긴 쇠막대기를 들어올리더니 숯불 위에 피어오르는 향의 연기를 가로로 젓기 시작했다. 그러고는 내가 모르는 기이한 시동어를 읊조리기 시작했다.

아프나이델의 주문은 길었다. 끊어질 듯 끊어질 듯 웅얼거리는 목소리는 그러나 절대로 끊어지지 않았다. 목소리의 고저에 따라 쇠막대기가 기이한 움직임을 보였고 가끔 아프나이델은 격정적인 동작으로 향을 집어 숯불에 팽개치듯 뿌렸다. 그때마다 불티가 날리며 연기가 자욱해졌다.

엑셀핸드의 드워프다운 얼굴이 검붉은 빛 속에서 더욱 드워프답게 보였다. 어둡고 침침한 불빛 속에 반짝거리는 그 작고 둥근 눈. 칼의 얼굴은 마치 깊은 고뇌에 싸인 인간의 모습처럼 보였다. 미명은 그의 얼굴에 그림자를 더욱 짙게 만들었다. 샌슨은 그저 입을 헤벌리고 있었으나 길시언은 입을 꾹 다문 채였다. 그는 프림 블레이드의 손잡이를 놓고 있었지만 프림 블레이드는 떠들지 않았다.

웅얼거리는 소리는 언제 멎었는지 모르게 멎었다.

소리가 멎었어? 난 아프나이델의 얼굴을 보았다. 순간 숨을 들이쉬었다.

아프나이델은 눈을 뒤집은 채 허공을 응시하고 있었다. 사람들은 불안한 얼굴로 그를 바라보았으나 마법에 대해 알고 있는 자는 아무도 없었기 때문에 그가 어떤 상태에 있는 것인지 알 수가 없었다. 실패인가? 뭔가 위험한 것인가?

갑자기 아프나이델의 입가가 위로 스르르 올라갔다.

"보인다!"

칼의 얼굴이 밝아졌다. 모두들 안도의 한숨을 쉬는 사이에 아프나이델은 계속 흐느끼듯이 웅얼거렸다.

"차가운 천장…… 살짝 내려가자. 그래. 문으로…… 살며시 밀어라……. 너무 긁지는 말고……. 발톱을 주의해. 딱딱한…… 주위를 보고…… 역시 식사 시간이군……."

저건 길시언의 주장이다. 아무리 하인들이 오간다 해도 절대로 식사 시간에는 오가지 않을 것이라는 주장. 귀족가니까 식사 시간에 소란스러운 발자국 소리를 내거나 하지는 않을 것이며, 물론, 하인들도 먹어야 되니까 돌아다니지 않을 것이라고 말했다. 그래서 길시언은 식사 시간에는 들키지 않고 움직일 수 있을 거라고 주장했다. 물론 사람처럼 큰 것은 들키겠지만, 지금 우리의 정보원은 사람이 아니니까.

"이건 계단이군……. 좋아. 살짝…… 그렇지."

아프나이델은 마치 날아오르듯이 허리를 슬쩍 올렸다. 아마 지금 그는 저택에 있는 그의 패밀리어와 완전히 혼연 일치가 되어 있는 모양이다. 아프나이델은 땅에 내려서는 것처럼 몸을 살짝 구부리기까지 했다.

"좋아……, 없군……. 됐어, 중앙의 방으로…… 그래……."

아프나이델은 마치 살금살금 걷듯이 앞으로 걸어가려고 했고 그래서 길시언이 기겁하면서 그를 붙잡아 간신히 숯불을 걷어차는 일은 일어나지 않았다. 길시언이 붙잡느라 아프나이델은 잠시 머리를 가로저었으나 다시 나직하게 말했다.

"놓칠 뻔했어. 옳지. 그래…… 당황하지 마라……. 그 방이다. 그래…… 짜릿한 기운이 느껴진다. 역시 마법이로군……. 영구화된 마법의 힘이야……. 밀어라. 응? 이런……, 좋아. 천장에 매달린다."

아프나이델은 위로 날아올라 천장에 매달릴 자세를 취해서 다시 한번 길시언을 놀라게 만들었다. 길시언의 부축을 받은 아프나이델은 머리를 휘저었다. 그의 눈이 다시 정상으로 돌아오며 아프나이델은 크게 심호흡을 하며 이마의 땀을 닦았다. 그는 주위를 둘러보더니 뿌듯한 미소와 함께 짧게 말했다.

"접속은 순조롭습니다."

"좋았소! 당신이 해낼 줄 알았습니다!"

칼은 크게 기뻐하며 박수를 쳤다. 다른 사람들도 모두 박수를 쳐주었고, 그러자 아프나이델은 겸연쩍은 모습으로 말했다.

"지금 그 박쥐는 그 방 앞의 천장에 매달려 있습니다. 방 안의 목소리는 충분히 들을 수 있을 겁니다. 박쥐의 청각도 괜찮은 편이거든요."

칼은 히죽 웃었다. 만족스럽다는 표정이다.

이루릴이 레너스 시에서 아프나이델에게 가르쳐준 주문, 패밀리어 부르기. 아프나이델은 이루릴 덕분에 그 주문을 자기 것으로 만들었다. 그가 선택한 패밀리어는 박쥐였다.

그리고 지금 아프나이델은 우리가 오늘 낮에 숨겨둔 그 박쥐와 완벽한 의사 소통을 성공시킨 것이다. 우리는 기쁜 표정으로 서로를 바라보았고 엑셀핸드는 손가락까지 꺾어가며 만족을 표시했다.

"저 친구는 역시 마법사라고! 하하하! 반드시 성공할 거라고 믿었다네."

"감사합니다. 하지만 아직 끝나지는 않았습니다. 후작이 식사를 마치고 3층으로 올라갈 것인지 확실하지 않습니다."

"그럼, 계속 그 박쥐와 접속하고 있어야 합니까?"

"그렇습니다. 하지만 한 번 성공했으니 이젠 자유자재로 할 수 있습니다. 이루릴에게 연락을 부탁할 수도……."

아프나이델은 말을 꺼내다가 흠칫했다. 나는 눈이 동그랗게 되어 물었다.

"박쥐 이름을 그걸로 지었어요?"

아프나이델의 얼굴이 빨갛게 되었다. 아프나이델은 주저하면서 말했다.

"아, 감사의 의미로…… 그렇게 지었어."

샌슨은 입을 쩍 벌리더니 다시 다물며 피식 웃었다.

"박쥐 이름으로는 좀 그렇군요."

"푸핫하하하! 오, 이런, 미안하네, 아프나이델, 하지만 박쥐에게 이루릴이라니……, 프허업!"

엑셀핸드는 배를 잡고 웃어대기 시작했고 그래서 아프나이델은 더욱 얼굴이 벌겋게 되었다.

우리는 팽팽한 긴장 상태에 놓여 있어서 몹시 허기가 졌다. 하지만 후작이 언제 그 방에 들어갈지 모르므로 우리는 허겁지겁 저녁 식사를 마치고 다시 방으로 올라왔다. 주인장 리테들은 우리의 식사 속도에 상당한 감동을 표명했다.

아프나이델은 침대 위에 누워서 눈을 감은 채 자신의 패밀리어 박쥐 이루릴과의 접속을 계속하고 있었다. 우리는 그에게 방해될까봐 숨도 제대로 못 쉬면서 지루하게 기다려야 했다.

샌슨이 나직하게 말했다.

"긴 밤이 될 것 같군."

모두들 고개를 끄덕였다. 그러자 길시언은 술병과 잔을 돌리기 시작했고 엑셀핸드는 파이프를 꺼내어 입에 물었다. 모두들 조용조용한 동작으로 술을 마시거나 파이프를 피우거나 혹은 샌슨처럼 주방장에게 얻어온 빵을 단조롭게 씹거나 하고 있었다.

우리도 조용히 있으려니 지루했지만 아프나이델도 퍽 힘들 것이다. 계속해서 박쥐와 접속하고 있어야 한다는 말은 한마디로 마법을 계속해서 쓰고 있어야 하는 것이다. 그래서 저렇게 누운 채로 기다리는 것이지만.

샌슨이 빵을 모조리 대충대충 먹어버리고(그는 달인이니까!), 술잔을 몇 번 비우고, 심심해진 나머지 내 코를 비틀려다가 나에게 손등을 물어뜯기고, 소리없이 비명을 좀 지르고, 칼의 눈총에 머쓱한 표정을 짓고, 테이블 아래로 내 다리를 걷어차려다가, 엑셀핸드의 무릎을 걷어차 도끼머리로 한 대 쥐어박히고, 다시 한 번 소리없는 비명을 질렀을 무렵이었다.

"올라오는군……."

아프나이델의 말이었다. 너무나 희미해서 평상시라면 거의 듣지 못했을 것이다. 하지만 우리 모두가 숨을 죽이고 기다리고 있었기 때문에 그 목소리는 잘 들렸다. 모두들 긴장한 표정으로 드러누워 있는 아프나이델을 바라보았다.

"후작인가 보군……. 밤색 머리에 희끗희끗한 새치, 맞습니까?"

"맞소."

칼이 대답했다.

"좋아……, 계단을 올라왔어. 후후. 사람들은 자기 집의 천장에 뭐가 매달려 있어도 모른단……, 으응. 좋아. 잠겨 있었군. 열쇠를 돌리고……, 그래. 들어가. 모두 조용히! 이제 시동어를……."

모두 조용히라는 말에 우리는 모두 숨을 멈출 정도로 긴장했다. 아프나이델 역시 몹시 긴장했는지 누운 채로 상체를 조금 떠올리기까지 했다. 그는 눈을 감은 채로 이를 악물었다.

아프나이델은 그렇게 상체를 조금 떠올린 자세로 주먹을 부르쥐고 긴장해 있었다. 잠시 후, 아프나이델은 다시 침대에 털썩 드러누웠고 네 명의 남자와 한 명의 드워프가 크게 호흡하는 소리에 천장이 들썩거릴 정도였다.

아프나이델은 느릿하고 힘없는 목소리로 명령했다.

"좋아…… 창문으로 날아가거라. 그래. 그대로 날아가라. 가서 쉬어라. 수고했다."

그리고 아프나이델은 눈을 뜨더니 몸을 일으켰다. 우리는 모두 그의 얼굴을 쳐다보았다. 아프나이델은 말했다.

"들었습니다."

"시동어는 뭡니까?"

아프나이델은 머리를 절절 흔들다가 말했다.

"원 참. 허탈해서 말할 기분도 안 나는군요……. 시동어는 '옮겨라.' 입니다."

모두들 얼빠진 표정으로 합창하듯이 말했다.

"옮겨라?"

"예. 어쩌면 마법을 건 드래곤들은 평범한 것이 생각하기 어렵다는, 그런 믿음을 가지고 있었나 보군요."

"그렇군요. 하하. 좋습니다. 그럼 시동어는 알았군요."

칼은 싱긋 웃으며 그 간단한 말을 종이 위에 적어두었다. 원 참. 그걸 잊어먹을까봐? 어쨌든 넥슨이 준 지도의 2층에는 '옮겨라.' 라는 말이 적히게 되었다.

"예? 한밤중이요?"

칼은 온화한 표정으로 말했다.

"그렇습니다. 아무래도 시간이 좀 많이 걸릴 듯합니다."

그랜드스톰의 프리스트는 놀란 표정을 지었다. 하지만 우리는 이미 하이 프리스트에 의해 임무를 받았고 모임이나 회의에 사용하라고 방까지 배정받았던 사람들이라 거절하지는 않았다.

"알겠습니다."

6

밤하늘엔 구름이 끼어 있어 달빛 하나 없이 칠흑 같은 밤이다. 요 며칠새 계속 구름이군. 아프나이델은 고개를 꺾으며 담을 올려다보았다. 나는 그에게 말을 걸었다.

"괜찮으세요?"

"응? 어, 괜찮다. 걱정 마."

아프나이델은 그렇게 대답했지만 그 어깨는 조금씩 떨리고 있었다. 추워서 떠는 것과는 전혀 다르다. 몹시 긴장하고 있는 것이다. 그는 자신이 타고 있는 앰뷸런트 제일의 목을 쓰다듬었다. 운차이가 없어지고 처치 곤란이던 앰뷸런트 제일은 오늘밤의 모험을 위해 아프나이델을 태우고 있었다.

담은 그렇게 높지도 않았고 게다가 이런 밤이라면 누구의 눈에도 들키지 않고 넘어갈 수는 있을 것이다. 하지만 문제는, 저 담 뒤쪽에는 다른 차원에서 왔다는 유령견들이 도사리고 있다는 것이다. 젠장. 그놈들은 투명한 물건도 볼 수가 있으니 어둠은 아무런 소용이 없다.

아프나이델은 심호흡을 한 번 하고는 엑셀핸드를 바라보았다.

"엑셀핸드 님. 조심하시기 바랍니다."

나도 엑셀핸드를 돌아보았다. 그러곤 곧 웃음을 터뜨릴 뻔했다.

엑셀핸드는 이루릴의 말 래셔널 셀렉션을 타고 있었다. 우하

하. 엑셀핸드는 절대로 말에는 탈 수 없다고 말했지만 오늘 밤의 계획에서 그를 말에 태우지 않을 수는 없었다. 엑셀핸드는 불평하고, 투덜거렸고, 자신의 신세를 좀 저주한 다음, 래셔널 셀렉션 위에 올라타 있었다. 래셔널 셀렉션을 고른 이유는 그 말이 가장 얌전할 뿐만 아니라 한때 엘프를 태웠던 말이기에 기수를 낙마시키지 않을 정도의 지혜와 배려가 있을지도 모른다……는 우리의 근거 없는 믿음 때문이다. 그러나 엑셀핸드는 그런 믿음은 전혀 따르지 않고 대신 자기만의 안전 장치를 구사했다. 그는 자신의 몸을 안장에 묶어버린 것이다.

그는 그렇게 말 위에 묶인 채로 당당하게 말했다.

"걱정 마! 자네나 조심하게. 마법사들은 항상 느리게 움직이다가 엉덩이에 칼 맞는다는 내 소견을 따라서는 안 된다구!"

아프나이델은 그 말에 피식 웃었다. 긴장이 조금 풀리는 모양이다.

엑셀핸드는 말을 마치자 곧 기운차게 담벼락을 따라 걸어가기 시작했다. 물론 기운찬 것은 래셔널 셀렉션이었고 엑셀핸드는 꽁꽁 묶여 있음에도 불구하고 조금씩 떨면서 걸어갔다. 그 다음, 길시언과 샌슨이 움직이기 시작했다. 그들 역시 우리에게 기운찬 손짓을 해보이고는 각자 멀어져갔다.

엑셀핸드는 건물의 동편, 샌슨은 서편, 그리고 길시언은 북쪽을 맡는다. 정문이 있는 남쪽에는 나와 칼, 그리고 아프나이델이 남았다. 한쪽 옆에 서 있던 칼은 고개를 끄덕였다.

"조심하시오, 아프나이델. 그리고 네드발 군, 자네도. OPG가 없는 이상 자네는 평범한 전사도 안 된다는 것을 명심해야 한다네. 웬만하면 자네에게 그 일을 맡기지 않았으면 했는데……."

"염려 마세요. 그래도 제가 제일 다리가 빠르잖아요. 그리고 목숨 날릴 자리는 따로 준비해 뒀으니 걱정 말아요."

"목숨 날릴 자리? 어떤 곳으로 생각하고 있는가?"

"대륙 최대의 미녀 백 명이 운집하여 내 옷깃이라도 만져보려고 애쓰는 혼란의 도가니 속에서 행복에 겨워 죽어갈 생각입니다."

"……자넨 영원히 살지도 모르겠군."

칼은 이런 대답을 한 다음 역시 자리를 잡기 시작했다. 그리고 나와 아프나이델은 각자 정문 옆에 서서 준비를 갖췄다. 아프나이델은 계속 호흡을 크게 하고 있었다. 겁이 나는가 보군. 하긴 나도 긴장이 되어 어깨가 결릴 지경이다. 나는 어깨 위로 손을 올려 오늘따라 무겁게 느껴지는 바스타드의 손잡이를 쥐어보았다. 설마 OPG가 없다고 검을 놓쳐버리는 꼴불견은 보이지 않겠지? 자, 할 수 있어!

시작은 엑셀핸드부터다.

"야호오!"

건물의 동편에서 굉장한 고함소리가 울려퍼졌다. 그러자 곧 저택에서 개 짖는 소리가 요란해졌다. 천지가 진동할 정도의 개소리였다(어째 말이 좀 이상하다.).

엑셀핸드는 그 커다란 목소리로 구슬픈 드워프의 노래를 부르기 시작했다.

나는 기억하지.
밤과 낮이 처음으로 갈릴 때
고개 숙여 바라본 호수 속에

하늘의 가장 깊은 노천광에
점점이 박혀 있는 보석들.
별이여, 아름다운 그대, 신비여.
내게 와서 빛나라!

나는 땅을 파네.
딱딱한 바위는 나의 침상이니
망치는 휘두르고, 정으로는 쪼고
주의 깊게 살펴보고, 세심하게 더듬어
대지의 품속에, 나의 별을 찾는다.
보석이여, 땅으로 내려온 별이여.
내게 와서 빛나라!

그들의 한없는 욕망이 올올이 서려 있기 때문인지, 엑셀핸드의 노래는 무겁고 강한 리듬을 가지고 있었지만 동시에 한없이 구슬프기도 했다. 그러나 할슈타일 저택의 그 유령견들에게는 그야말로 개소리였나 보다. 엑셀핸드가 '내게 와서 빛나라!' 라고 외칠 때마다 더 크게 짖어대고 있었다. 왈왈왈!

소란스러운 발자국 소리와 함께 드디어 정원에서 램프의 불빛이 움직이는 것이 보였다. 아마 그 30명의 전사들이 움직이는 모양이다. 불빛이 저택의 동쪽 담장 쪽으로 움직여가더니 곧 고함소리가 들려오기 시작했다.

"이 짜리몽땅한 광부 녀석이! 여기가 어디라고 고함을 지르는 게냐!"

"밤중에 무슨 짓이야! 네 녀석들 땅굴인 줄 알아!"

그런 여러 가지 욕설이 퍼부어지기 무섭게 곧 엑셀핸드의 노랫소리는 더욱 높아졌다. 대단해. 곧 전사들은 더 크게 고함을 지르기 시작했다. 바로 그 순간.

"으아아악! 유령 개다!"

멀리서 들려오는 처절한 고함소리. 저택의 서쪽이다. 그러자 곧 전사들은 기겁하며 외쳤다.

"침입자다!"

흐음. 샌슨의 고함소리 정말 끝내주네. 샌슨은 정원 안으로는 들어가지도 않은 채 저택 바깥에서 고함을 지르고 있는 것이다. 그러나 전사들은 침입자가 들어와서 페이스풀 하운드에게 공격당하는 줄 알고 놀라서 그쪽으로 달려갔다. 그 동안에도 샌슨의 고함소리는 그치지 않았다.

"으악! 살려줘! 유령 개다! 이런! 으악!"

"내게 와서 빛나라!"

저택의 동쪽과 서쪽에서 고함소리가 하늘을 찌를 듯하다. 페이스풀 하운드들은 온갖 보석의 이름을 대면서 무조건 자기에게 와서 빛나라고 외치는 엑셀핸드가 상당히 마음에 안 드는 모양이었다. 한편 전사들은 페이스풀 하운드들이 모조리 동쪽에 있는데도 서쪽에서 누군가가 유령견들에게 쫓기고 있다고 여기고는 그를 구해 주려는 목적은 절대로 아닌 걸음걸이로 달려가고 있었다. 그 순간 저 멀리 북쪽에서 길시언이 행동에 들어갔다.

"도둑이야!"

그러자 곧 전사들은 크게 당황했다.

"뭐, 뭐야! 이런, 저택 뒤에도 침입자다! 아니, 이건 양동 작전이야!"

바로 그 순간, 아프나이델과 나는 재빨리 철문을 기어오르기 시작했다.

얼마나 급하게 올라갔던지 바지가 걸려 찢어지는 소리가 들려온다. 투둑! 우리는 거의 굴러 떨어질 듯이 철문 뒤로 뛰어내린 다음 곧장 한 바퀴 구르고는 앞으로 달려갔다. 이야아아아압! 전사들이 이중의 양동 작전이라는 것을 알아차리는 것은 금방일 것이다. 그 짧은 시간 동안, 정문에서 본관까지 달려가야 한다.

아프나이델과 나는 그야말로 죽을 힘을 다해 달려갔다. 왼쪽에서는 개들의 울음소리가 요란하고 오른쪽에서는 전사들의 고함소리가 요란한 가운데, 우리는 다리가 빠져나갈 듯이 달려 간신히 본관 입구에 다다랐다. 자, 이제 내 차례다!

나는 달려가던 그 자세 그대로 땅을 박차면서 뒤로 돌았다. 다리가 뒤로 지지직하고 밀렸지만 어쨌든 몸은 돌렸다. 그러고는 잠시 심호흡을 하고는 목이 터져라 고함을 질렀다.

"이런, 빌어먹을! 잠겼잖아!"

"으아악! 본관이다앗!"

왼쪽에서 전사들의 기겁한 고함소리가 들려왔다. 나는 신경 쓰지 않고 곧장 앞으로 달려나가기 시작했다. 나는 속으로 웅얼거리기 시작했다.

"내 지친 영혼의 안식이여."

"누구냐! 섰거라!"

서란다고 서냐? 내가 돌았냐? 개들도 요란하게 짖어대기 시작했다. 젠장! "내게 와서 빛나라앗!" 엑셀핸드의 노랫소리가 거의 악쓰는 소리로 들릴 만큼 높아졌지만 개들은 이제 엑셀핸드에게 신경 쓰지 않는 모양이다. 개들의 고함소리가 점점 커졌다. 난 죽을 힘을 다해 달려갔다.

"나 지금 그대에게로 달려가노라."

"섰거라! 제기랄, 거기 서!"

정중하게 요청해 봐. 그러면 혹시 설 마음이 생길지도 몰라!

"월월월월!"

젠장, 너희들의 이빨에는 관심이 없어!

"아름다우신 나의 레이디."

정문이 눈에 들어오기 시작했다. 그러나 전사들의 발소리도 무서운 속도로 가까워졌다. 빌어먹을! 페이스풀 하운드들의 발소리는 들리지도 않는데 울음소리는 지척이다. 유령견이라서 발소리가 없나? 왼쪽 뒤에서 고함소리가 들려왔다.

"저기다! 잡아…… 으악!"

전사들의 당황한 외침이 들려왔다.

"뭐, 뭐야?"

"화살을, 으윽, 화살을 쏜다! 팔에 맞았어!"

칼이 한대 쏘아붙인 모양이다. 좋아, 그럼 일단 전사들은 좀 뒤처지겠고, 페이스풀 하운드들은? 그때 오른쪽 뒤에서 울부짖음이 들려왔다.

"크아아악!"

뭐야, 그새? 젠장, 물린다! 눈앞에 철창이다, 해보자!

"제미니잇!"

나는 몸을 날렸고 간신히, 그야말로 간신히 철창에 매달리는데 성공했다. 나는 거의 철창을 제대로 밟지도 않으면서 문 위로 기어올라갔다. 내 뒤에서 달려오던 유령견은 허공을 물었다가 그대로 속도를 줄이지 못한 채 철문을 들이박고 말았다. 깨갱! 얼씨구, 유령견 주제에 할 건 다 하네. 나는 굉장한 속도로 철문을 넘었고 곧 땅에 나동그라졌다. 땅을 구르는 내 귀에 말울음 소리가 들려왔다. 이힝힝힝!

칼이 트레일에 탄 채 제미니까지 끌고 왔다. 나는 한 바퀴 구르자마자 다시 뛰어 제미니의 안장을 붙잡았고 한 호흡도 하기 전에 올라탔다. 그러자 칼은 안쪽을 향해 들으라는 듯이 목청껏 외쳤다.

"실패다! 도망가자! 이랴!"

"제기랄! 실패라니! 어째서 실패를! 왜 실패를! 이런 실패가!"

나도 실패라는 말을 대단히 강조해 버린 다음 욕지거리를 좀 곁들이고는 굉장한 속도로 달려갔다. 등 뒤의 저택 쪽에서는 저 놈들을 잡아서 대단히 아프게 때려줘야 된다는 의미를 험악한 욕설로서 퍼부어대고 있었다. 그러나 우리는 뒤도 돌아보지 않고 열심히 달려갔다. 침입 시도는 이렇게 실패로 막을 내려야 하니까.

골목길을 달려가는 동안 곧 샌슨과 길시언이 합류했다. 잠시 후 질린 얼굴의 엑셀핸드가 나타났다. 우리 모두 엑셀핸드에게 대단히 훌륭한 승마술이라는 칭찬을 해주는 것을 꺼리지 않았다. 그는 질려서 멋대로 달아나버리지도 않고 정확하게 우리에게 합류했으니까. 하지만 엑셀핸드는 정신이 없어서 우리의 칭찬을 받아들일 여유가 없었다. 어쨌든 꽤나 멀리 떨어진 다음에, 추격자들이 없다는 것을 확인하고 나서, 칼은 숨을 돌리고 말했다.

"좋아. 전부들 괜찮은가?"

"예. 추적자는 없군요."

"그럼, 이제 아프나이델에게 달려 있군."

후우, 후우. 숨이 막힐 지경이군. 볼이 얼얼한데. 어쨌든 이젠 시작이다.

경비병들이 침입자들에 대한 보고를 하려면 본관 문이 열릴 것이다. 적어도 안에서 무슨 일이 일어난 것인지 알아보기 위해서라도 문을 열 것이다. 후우우. 그리고 보고가 이루어지며 조사에 따른 소란이 일어나는 동안, 인비저빌리티를 사용한 아프나이델은 열린 문을 통해 유유히 2층으로 올라갈 것이다. 우리의 작전은 사실 삼중의 양동 작전이었거든. 아프나이델은 이미 시동어를 알고 있으니 역시 유유히 3층까지 올라갈 것이다.

거기까지는 문제가 없다. 문제가 있다면 아프나이델은 3층에 대해서는 전혀 모른다는 것. 엑셀핸드는 묶여 있으면서도 래셔널 셀렉션의 안장을 꽈악 거머쥐고 고개를 돌려 뒤를 바라보았다.

"젠장. 그 친구, 수완이 좋은 녀석은 아니었는데."

칼은 안심시키려는 듯이 부드러운 목소리로 말했다.

"그는 자신이 있다고 말했습니다. 믿어보시죠."

"흠. 어차피 믿었으니 시작한 걸세. 그건 그렇고, 젠장. 엄청나게 높구먼. 이제 좀 말에서 내려도 되나?"

칼은 고개를 가로저었다.

"아직 추적자들이 없다고 확신할 수는 없습니다. 불편하시더라도 잠시 기다리시죠."

엑셀핸드는 투덜거리며 아래를 보지 않기 위해 고개를 들어 하늘만 쳐다보았다. 허, 수도까지 걸어오신 노커가 수도에서 말을 타게 되시는군. 난 숨을 몰아쉬다가 그 모습을 보며 웃음이 터져 나오려 했고, 결과적으로 딸꾹질에 시달리게 되었다. 딸꾹! 딸꾹!

"시간이 된 것 같습니다."

하늘을 보던 샌슨이 말했다. 칼은 의아한 표정으로 말했다.

"구름이 저런데, 별이 보이는가?"

"별을 본 건 아닙니다. 아까부터 속으로 노래를 부르고 있었습니다. 대충 다섯 번 불렀으니 시간이 맞을 겁니다."

"그런가? 재미있는 기술이구먼. 좋아. 그럼."

어두운 골목에 숨어서 동정을 살피던 우리들은 다시 살금살금 밖으로 나갔다. 할슈타일 저택 쪽은 그야말로 난장판이었다. 저택에는 모두 불이 켜져 있었고 정원에는 횃불들이 마구 오가고 있었다. 멀리서 그 모습을 보던 칼이 혀를 찼다.

"어허. 실패하고 달아난 것으로 여기지 않는 모양인데?"

그럼 작전 실패인데? 젠장, 그렇게 죽을 고생을 하며 달아난 이유는 우리가 실패했다고 여기게 만들기 위해서인데 저 사람들은 아직까지 소란을 떨고 있잖아. 몇몇은 문 밖에 나와서 이리저리 뛰어다니고 있었다. 도대체 뭐야?

그때였다.

"땡땡땡땡땡……!"

갑자기 건물의 3층 정면에서 굉장한 종소리가 들려왔다. 저택에서는 놀란 비명소리가 들려왔다. 뭐야, 이건?

"3층에 침입자다! 정면 창문이다!"

"어디야! 어느 곳이야?"

우리는 놀라서 서로를 쳐다보았다. 이런, 아프나이델이군! 길시언이 외쳤다.

"알람 주문! 그렇다면 창문으로?"

설마 아프나이델은 3층 창문을 열고 뛰어내릴 생각인가? 이런 제기랄, 지금 정원에는 많은 사람들이 있다. 3층에서 뛰어내려

살아난다 하더라도 도망갈 수는 없다! 샌슨은 돌격 준비를 갖추었고 그러자 래셔널 셀렉션 위에 묶여 있던 엑셀핸드는 카리스누멘께 자신의 영혼을 맡긴다는 식의 표정을 지었다. 샌슨은 외쳤다.

"뛰어듭시다! 그를 구해야……"

"뒤쪽으로!"

칼의 고함소리가 더 컸다. 우리는 놀라서 칼을 바라보았으나 칼은 이미 말을 달리기 시작했다.

"이랴, 에하!"

칼이 달려가는 방향은 저택 뒤쪽이었다. 우리도 영문을 모르고 달려갔다. 저택이 크긴 하지만 말로 달리니 순식간이었다. 순식간에 저택 뒤쪽에 도착하고 나자 칼은 빠르게 말했다.

"길시언, 샌슨! 담을 넘으시오, 엄호합니다!"

그렇게 말하면서 칼은 말을 담 옆에 붙이더니 안장 위에 서서 담 위로 올라섰다. 저렇게 날렵한 동작이라니. 길시언과 샌슨도 무슨 영문인지 몰라 얼떨떨해하면서도 일단 담장을 넘기 시작했다. 그때였다.

"로프 트릭!"

아프나이델의 목소리! 그리고 저택 3층의 뒤쪽 창문에서 던져진 밧줄이 허공에 서는 것이 보였다. 땡땡땡땡땡! 저건 레너스에서 보았지. 밧줄은 허공에 묶인 것처럼 꼿꼿이 섰다. 곧 3층 창문에서 시커먼 것이 뛰쳐나오는 것이 보였다.

허공으로 뛰쳐나온 것은 아프나이델이었다. 아프나이델은 죽을 힘을 다해 밧줄에 매달렸고 마법에 의해 꼿꼿이 곤두선 밧줄은 꼼짝도 하지 않았다. 그는 밧줄에 매달려 아래로 주르르 미끄러져 내렸다. 그의 로브가 크게 부풀어올랐다.

멀리 본관 앞쪽에서 외치는 소리가 아스라이 들려왔다.

"속았다! 뒤쪽이다!"

"뒤로! 뒤로 가라앗!"

길시언과 샌슨은 엄청난 속도로 달려가고 있었고 아프나이델도 떨어지는 속도와 다름없이 땅으로 내려왔다. 그는 곧장 우리 쪽으로 달려왔다.

그때였다. 드디어 저택을 돌아온 것인지 저택의 양쪽 모서리에서 횃불들이 나타나기 시작했다. 길시언과 샌슨은 아프나이델의 뒤에서 달려오고 있었다. 칼은 활을 당기기 시작했다. 탱탱탱!

"으악! 화살이다!"

칼은 저택의 벽을 맞추고 있었다. 어마어마한 속도로 저 커다란 저택을 집중 사격하고 있었다. 탱! 태댕, 탱탱! 저렇게 큰 건물이 과녁이니 아무렇게나 쏴도 되겠지. 창문 깨지는 소리도 들려왔다. 쨍그랑! 그리고 창문이 깨질 때마다 알람 주문이 발동되면서 요란한 종소리가 들려왔다. 땡땡땡땡땡!

횃불은 갑자기 낮아졌다. 아마 전사들은 어둠 속에서 날아오는 화살에 맞을까봐 재빨리 허리를 숙인, 혹은 땅에 엎드려버린 모양이다. 그 동안에도 아프나이델과 길시언, 샌슨은 계속 달려왔다. 엑셀핸드는 애가 타서 어쩔 줄을 몰라했지만 마침내 그들은 담장을 넘었다. 그리고 칼은 드디어 화살통을 완전히 비워버렸다. 화살 서른 개 정도를 순식간에 쏴버린 모양이다.

세 사람이 담을 넘어서자마자 우리는 각자를 말에 태우고는 곧 죽을 힘을 다해 달려가기 시작했다. 이번에는 확실히 추적자들이 있겠지. 길시언은 목청껏 지시했다.

"날 따라오시오!"

길시언은 바이서스 임펠의 복잡한 뒷골목 사이를 누비기 시작했다. 두두두두두. 한참 동안 정신없이 이리 꼬이고 저리 비틀어진 골목길을 누비다보니 어디가 어딘지도 모르겠다. 그런데 갑자기 길시언은 황소에서 내려서더니 우리에게 낮게 외쳤다.

"모두 말에서 내리시오."

우리도 일단 말에서 내렸다. 엑셀핸드만이 말에 묶여 있어서 빠르게 내리지 못했다. 어쨌든 다른 사람들이 다 내리고 나자 길시언은 느긋하게 황소를 끌면서 걸어가기 시작했다. 마치 산책이라도 가는 걸음걸이다.

"말발굽 소리를 낼 필요는 없습니다."

우리는 그렇게 조용히 걷다가 곧 으슥한 골목길로 들어섰다. 이곳에는 가로등도 없었다. 길시언은 아예 선더라이더를 세우더니 벽에 기대어 서버렸다.

"조용히 기다립시다."

"알겠습니다."

엑셀핸드는 살았다는 표정이 되더니 곧 밧줄을 풀고는 샌슨의 도움을 받아 간신히 품위를 지킬 정도의 모습으로 말에서 내렸다. 그러더니 그는 파이프를 꺼내어 물었다. 아프나이델은 벽을 짚고 헉헉거리고 있었지만 역시 달아날 자세가 아니었다. 나는 어이가 없어서 질문했다.

"추적을 당할지도 모르는데 그냥 기다린다고?"

"그렇지. 잠시 기다리면 저택의 하인들과 전사들은 성문까지 달려가 버리겠지."

성문으로? 아하. 그거군. 모두들 성 밖으로 도망갔을 거라고 생각하고는 죽어라고 성문으로 달려갈 테니 여기서 가만히 기다리면 된다는 말이로군. 역시 말에서 내린 칼은 아프나이델을 바라보았다.

"괜찮소, 아프나이델? 손은? 밧줄을 잡았는데."

"괜찮습니다. 후우, 후우. 손수건을 대고 밧줄을 잡았습니다."

"아, 그런가요?"

아프나이델은 숨을 몰아쉰 다음 차분하게 로브 자락 사이로 손을 집어넣었다. 다시 나온 그의 손에는 무슨 책 같은 것이 보였다. 캄캄해서 잘 보이지 않았지만 난 저 책의 표지가 무슨 색깔일지 장담할 수 있다.

"푸른 표지의 책입니다."

"성공하셨군요!"

샌슨은 크게 기뻐하며 아프나이델의 어깨를 두드렸다. 엑셀핸드는 손이 닿지 않아 그렇게는 못하고 대신 그의 손을 잡고 흔들며 기뻐했다. 아프나이델은 쑥스러운 듯이 웃었다.

"아, 그런데 궁금한 것이 있습니다. 내가 어떻게 뒤로 나올 줄 알았습니까? 제발 예측해 달라고 빌긴 했습니다만, 정말 길시언 씨와 샌슨 씨가 달려올 때는 내 눈을 믿지 못할 뻔했습니다."

그 말에 우리는 다시 칼을 바라보며 감탄의 표정을 지었다. 칼은 빙긋 웃으며 말했다.

"당신은 마법사잖소."

칼의 그 말에 엑셀핸드는 목청껏 웃었다. 기겁한 샌슨이 엑셀핸드의 입을 틀어막아 그는 간신히 웃음소리를 죽였다.

"크크크! 그래! 이 친구는 마법사라고! 그리고 칼 자네는? 허허, 마법사의 계략도 가볍게 알아차리는 괴물이구먼. 크크크!"

아프나이델 역시 고개를 끄덕였다. 그는 그 책을 칼에게 넘겨주었다. 칼은 컴컴한 골목길에서 그것을 읽을 수는 없는지라 그냥 말안장의 주머니 속에 넣어두었다.

할슈타일 저택의 사람들은 성문 경비병들에게 물어보고는 우리가 성 밖으로 나가지 않았다는 것을 알아차리게 될 것이다. 그러면 곧 여관들을 돌아다니며 우리들을 찾으려 할 것이다. 따라서 우리는 미리 짐을 챙겨서 나왔었다. 골목길에서 한 시간쯤 기다린 다음, 우리는 모두 흩어져서 움직이기 시작했다. 한 명씩, 혹은 두 명씩 짝을 지어 그랜드스톰으로 돌아왔다.

낮에 미리 약속을 해두었기 때문에 수련사들은 별말 없이 우리를 들여 보내주었다. 하이 프리스트에 의해 배정받은 우리 방으로 돌아오고 나자 우리는 그제야 깊은 피로감을 느꼈다.

하지만 아직 아무도 잠들지 않았다. 모두들 눈을 비벼가며 테이블 주위에 몰려앉았고, 칼은 아프나이델이 훔쳐내 온 그 책을 가져왔다. 칼은 피로한 목소리로 그 표지를 읽기 시작했다.

"『바이서스 임펠 여행객을 위한 가볼 만한 술집들』이라……."

모두들 어처구니가 없는 표정이 되었다. 샌슨은 얼빠진 목소리로 말했다.

"넥슨은 술 마시고 싶을 때 꺼내볼 책이 필요했나 보군요?"

그러나 아프나이델은 별로 놀라지 않았다. 그리고 칼도 단조롭게 웃으며 말했다.

"비밀이 있는 책이라면 표지는 가짜겠지. 어디 보세나."

칼은 표지를 넘겼다. 그의 얼굴에 당혹감이 떠올랐다. 그는 후다닥 책을 넘기기 시작했다. 칼은 빠른 속도로 맨 뒷페이지까지 읽었고, 그러고는 다시 뒤에서 앞쪽으로 빠르게 페이지를 넘겼다.

"어? 전부 술집 이름 맞는데?"

우리는 놀라서 모두 다 그 책을 한 번씩 보았다. 진짜였다. 각 페이지마다 맨 위에 주점의 이름이 적혀 있었고 그 주점의 주인이라든지 자랑할 만한 술의 이름이라든지 하는 것이 적혀 있었다. 나는 그중에서 스트레이트 헤븐의 이름과 함께 바이서스 임펠 최고의 수플레를 맛볼 수 있는 곳이라는 설명도 찾아낼 수 있었다. 우리는 모두 얼빠진 표정이 되었다.

그러나 그 책이 마지막으로 아프나이델의 손에 들어갔을 때, 아프나이델은 빙긋 웃었다.

"시크릿 페이지입니다. 놀라실 것 없습니다."

"예?"

"페이지들 중에 서류 몇 개를 끼워놓았습니다. 그리고 마법으로 그 서류를 다른 페이지와 똑같아 보이도록 한 것입니다."

"그렇습니까? 그럼 마법으로 풀어야 됩니까?"

"아뇨. 뭐가 있다는 것을 알고 있으면 찾는 방법은 간단합니다. 그냥 꼼꼼히 읽어서 앞뒤가 맞지 않는 페이지를 찾아내어도 됩니다만, 그건 시간이 걸리겠군요. 음, 엑셀핸드 님?"

"으응?"

"여기선 엑셀핸드 님의 손이 가장 정교하겠군요."

엑셀핸드는 자랑스러운 표정으로 고개를 끄덕였다. 하긴 드워프니까 손재주는 가장 정교하겠지. 아프나이델은 책을 엑셀핸드에게 내밀면서 말했다.

"눈을 감고 페이지를 만져보십시오. 읽으려고 하면 속게 됩니다. 그러니까 눈을 감고 감촉만으로 느낌이 다른 페이지가 있는지 살펴보십시오."

"그런가? 알았네."

엑셀핸드는 그 책을 받아들고는 눈을 턱 감고 한 페이지씩 넘기며 손으로 페이지를 쓰다듬었다. 누가 보면 드워프는 눈이 손에 달려 있다고 생각하게 될지도 모르는 광경이었다. 엑셀핸드는 자기의 감각에 자신이 있는지 그야말로 대충 스치듯이 한 페이지씩 만져보며 빠르게 넘겼다. 우리는 그가 너무 살짝 만져서 걱정이 되었다. 그러나 잠시 후, 엑셀핸드는 그중 하나를 접어버렸다. 저것인가? 엑셀핸드는 계속 페이지를 넘기다가 중간중간 페이지를 하나씩 접곤 했다. 빠른 속도로 책의 마지막 페이지까지 만져보고 엑셀핸드는 눈을 떴다.

"자네 말이 맞군. 접어놓은 것들은 느낌이 달라."

아프나이델은 씩 웃으며 말했다.

"역시 드워프다우십니다."

그 다음은 샌슨이 나이프를 꺼내어 책을 묶은 끈을 자르고 접어놓은 페이지를 뽑아내게 되었다. 놀라운 광경이었다. 책의 한 페이지였을 때는 그야말로 빼곡한 술집 이름의 나열이었던 종이들이 책 밖으로 빠져나오게 되자 곧 글자들이 완전히 바뀌어버렸다. 우리는 감탄하면서 그 광경을 보았다.

서류를 모두 뽑아내기도 전에 칼은 다급한 마음에 첫 페이지를 읽었다. 서류를 뽑아내는 샌슨을 제외하고는 모두들 숨죽여 칼을 바라보았다.

칼의 얼굴에 경악이 떠올랐다. 그는 얼빠진 얼굴로 말했다.

"이건…… 바이서스의 군단 편성과 군단장들에 대한 조사 보고서인데?"

"예에?"

모두들 크게 놀랐다. 길시언은 황급히 손을 내밀었고 칼은 그에게 서류를 넘겨주었다. 길시언은 눈이 빠져라 서류를 읽어 내려갔다.

"이럴 수가…… 이건 군 기밀인데!"

칼은 샌슨이 뽑아놓은 다음 종이들을 서둘러 읽어 내려갔다. 그는 기가 막히다는 표정을 지었다.

"얼씨구, 이건 군대의 보급 계획표 아닌가! 보급선과 중간 집결지가 다 표시되어 있어!"

우리는 완전한 당혹에 빠져버렸다. 모두들 앞다투어 서류들을 보았다. 모두다 군 기밀에 속하는 것들이었다. 바이서스 군대 보급 계획표, 인사표, 배치도, 기본 전술과 응용, 작전 단기 계획, 장기 계획! 길시언은 너무 기가 막히자 허탈하게 웃어버리면서 말했다.

"맙소사, 이것들을 보기 위해서라면 자이펀 군대에서는 뭐든 내놓겠는데?"

엑셀핸드를 제외한 사람들은 모두 얼빠진 얼굴이 되었다. 엑셀핸드는 바이서스의 군대 기밀에는 별로 관심이 없었나 보지만 우리는 숨죽여서 그것들을 읽었다.

그때 느닷없이 칼이 고함을 지르며 테이블 위에 온몸을 던지듯이 하면서 서류를 그러모았다.

"모두들! 읽지 마시오!"

칼이 너무나 험악하게 외쳐서 우리는 찔끔했다. 그러나 칼은 주저하지 않고 마치 빼앗듯이 우리 손에 들려져 있는 서류를 가져갔다. 너무 급하게 당긴 나머지 찢어질 뻔한 것도 있었다. 칼은 황급히 서류를 모으면서 말했다.

"이건, 이건 절대로 외부에 유출되어서는 안 되는 것들입니다!"

우리는 모두 기겁하면서 서류를 내던졌다. 그래서 칼은 한결 편하게 서류를 모을 수 있었다. 그렇게 모으면서도 그 스스로도 역시 절대로 보지 않으려 애쓰는 동작이었다. 그는 스스로에게 확신시키듯이 혼잣말 비슷하게 중얼거렸다.

"만일의 경우 우리 입에서 나갈지도 모르는 일이오. 절대, 절대 읽어서는 안 됩니다."

모두들 그 말에 찬성했다. 샌슨은 얼떨떨한 표정으로 말했다.

"그럼, 다시 끼워넣을까요?"

칼은 크게 심호흡한 후에 말했다.

"아니, 그건 안 되네. 이 서류가 왜 할슈타일 저택에 있는지, 그리고 왜 넥슨이 이 서류를 훔쳐내려고 하는지 알기 전까지는, 이건 누구에게도 줄 수 없네."

칼은 자기 손에 모여진 서류를 내려다보면서 크게 한숨을 쉬었다. 어떻게 해야 될지 모르겠다는 투다. 그러자 길시언이 말했다.

"태우십시오."

"예?"

"그 서류, 누구에게도 유출되어서는 안 됩니다. 태워버리십시오."

칼은 그게 합당한 말인지 잠시 고민하는 얼굴이 되었다. 그러나 길시언은 기다리지 않았다. 그는 곧 초를 자기 앞으로 끌고 오더니 칼에게 손을 내밀었다. 칼은 어쩔 줄 모르고 당황한 어투로 말했다.

"너무 성급한 판단이 아닐까요?"

길시언은 고개를 가로저었다.

"군대에서는 성급하고 자시고가 없습니다. 행동은 즉각이어야 합니다."

"아뇨. 안 되겠습니다. 이 서류는 국왕 전하께 제출해야 됩니다."

"전하께 말입니까?"

"예. 그리고 전하께서 할슈타일 후작을 불러 추궁하도록 해야겠습니다. 왜 할슈타일 후작이 이런 물건을 가지고 있는지를."

길시언은 고민하는 얼굴이 되었다.

"그럼, 내일 즉각입니다. 날이 밝는 대로 임펠리아에 가야 합니다. 이 서류가 우리 손에 오래 있으면 있을수록 위험합니다."

"당연한 말이십니다."

"네리아가 먼저예요."

칼의 말이 끝나자마자 내가 말했고 그러자 길시언은 놀란 표정을 지었다. 나는 급하게 말했다.

"네리아가 먼저예요. 넥슨이 진짜 도둑 길드의 마스터라면 우리가 궁성으로 향하는 것쯤은 간단히 알아차릴 거예요. 수도에 정보망이 쫙 깔려 있을 테니까. 그럼 우리가 서류를 빼돌리는 것도 짐작하겠죠. 그러면 네리아가 위험해져요."

그 말에 길시언은 얼굴을 찌푸렸다. 그는 갑자기 험악한 얼굴이 되었다.

"젠장. 이 서류들은 바이서스의 안보가 걸린……."

길시언은 말을 맺지 않았다. 우리는 모두 불편한 표정이 되었다. 잠시 후, 길시언은 한숨을 쉬며 말했다.

"후치. 네 말은 이 서류들을 넥슨에게 넘겨주자는 말이냐?"

"아뇨. 그런 말이 아니에요. 이 서류는 넘겨주면 안 되죠. 하지만 네리아를 먼저 구출해야 돼요. 네리아를 구한 다음에 이 서류를 전하께 드리도록 하죠."

"어떻게 네리아를?"

말문이 막힌다. 서류는 전하에게 갖다줘야 한다. 하지만 네리아를 구하기 전에는 가져다줄 수 없다. 그런데 네리아를 구하려면 서류는 넥슨에게 줘야 한다. 그러나 넥슨에게 주면 전하에게는 줄 수 없다. 뭐가 이래?

칼은 턱을 긁으며 이 복잡한 상황을 단순하게 만들어버렸다.

"넥슨이 원한 것은 푸른 책이니까. 책만 가져다주지. 술 마시고 싶을 때 이용할 수 있도록."

우와, 간단하시군. 길시언도 그 말에 고개를 끄덕였다. 그러나 아프나이델은 부정적인 표정이었다.

"서류가 빠진 것을 알면 가만 있지 않을 텐데요."

"그는 마법사가 아니지 않소."

"예. 하지만 어떻게 확인을 할 수는 있지 않겠습니까? 그 스스로도 책에 뭔가 있다는 것을 아니까 책을 노린 것 아니겠습니까. 그러니 확인할 수단은 갖춰두었을 텐데요."

"그렇겠군요. 음. 이젠 그걸 고민해 봐야겠군요. 아프나이델. 당신은 그거, 시크릿 페이지, 맞습니까? 예. 그것을 사용할 수 있습니까?"

"사용할 수는 있습니다만 기주를 하지는 않았습니다."

"그럼, 내일 아침에 기주를 하면 되겠군요?"

"예. 그렇습니다."

"좋습니다. 그럼 당신은 지금부터 푹 자두십시오. 내일 아침엔 그 마법을 기주해야 됩니다."

"그럼?"

"예. 가짜 서류를 만들겠습니다. 오랫동안 속일 수는 없지만 네리아 양을 구할 정도의 시간은 얻을 수 있을 것입니다."

"아. 그럼 되겠군요."

아프나이델도 찬성했다. 그러자 길시언은 그 자리에서 벌떡 일어섰다.

"좋습니다. 그럼 가짜 서류를 만드십시오. 저는 불침번을 서겠습니다. 이 서류가 우리 손에 있는 한, 설령 이곳이 그랜드스톰이라 해도 안심할 수는 없습니다."

그러자 샌슨도 고개를 끄덕였다.

"예. 교대로 서도록 하지요."

뒷정리에 들어섰다.

먼저 책을 다시 원상태로 만들어놓고 그 서류는 따로 모아 추렸다. 그러고는 그것을 누가 맡을 건지 잠시 고민하게 되었다. 아프나이델은 자기 배낭을 모조리 비우고 나서 서류를 배낭에 집어넣고는 배낭에 마법을 걸기 시작했다. 한참 동안 온갖 물건을 다 꺼내어 흔들고 뿌리고 중얼거리고 나서 아프나이델은 이마의 땀을 닦았다.

"웬만한 마법사가 아니라면 이제 이 배낭은 제 허락 없이는 열 수 없습니다."

그러자 길시언은 무겁게 고개를 끄덕이고는 아프나이델의 배낭의 용도를 쿠션으로 바꿔버렸다. 그는 그렇게 배낭을 아래에 깔고는 험상궂은 표정으로 프림 블레이드를 지팡이 삼아 짚고 당당한 자세로 앉았다. 마치 '날 죽이기 전에는 내 엉덩이 아래의 이 물건엔 손도 못 댄다!'고 외치는 듯한 표정이다. 칼은 말했다.

"네드발 군? 종이와 잉크, 펜을 꺼내게."

"알았어요."

칼은 곧 테이블에 앉았다. 길시언은 여전히 험악한 눈초리로 아무도 들어오지 않는 방문을 노려보고 있었고 아프나이델은 곧 침대로 갔다. 칼은 나와 샌슨에게도 종이를 내밀면서 말했다.

"자네들, 졸린가?"

샌슨은 허허 웃고 나서 말했다.

"괜찮습니다. 그런데 뭘 쓰면 됩니까?"

"언뜻 보기에 마치 군 기밀인 것처럼 보이게 쓰도록. 그렇게 할 수 있겠는가?"

"글쎄요. 군 기밀인 것처럼 쓰는 게 쉬운 일은……."

"아니, 그렇게까지 정확할 필요는 없네. 그저 언뜻 보기에 그렇게 보이도록 쓰면 된다 이 말이네. 자신이 없다면 아무 말이나 써도 좋네만 최소한 무슨 서류처럼은 보여야 하네. 마구 갈겨쓴 낙서만 아니면 되네."

"알겠습니다. 해보죠."

나와 샌슨도 곧 위조 서류 작업에 동참했다. 엑셀핸드는 글쓰기에는 관심이 없다고 하며 질색했지만 그렇다고 잠자리에 들 생각도 하지 않고 우리 옆에서 작업을 구경했다. 그리고 길시언은 여전히 그 엄청난 서류들을 자신의 굳건한 엉덩이로 지켜내겠다는 단호한 얼굴로 주저앉아 있었다. 허, 이런 날씨에 바닥에 앉아 있으면 힘들 텐데.

그러나 곧 우리도 머리가 아파지기 시작했다. 젠장. 도대체 무슨 말을 써야 하지?

난 샌슨을 흘깃 바라보았지만 샌슨은 보여주지 않으려는 듯이 팔로 감싸고 쓰고 있었다. 에엑! 관둬라. 안 본다, 안 봐! 그럼 어디. 난 칼을 슬쩍 보았다.

칼은 그야말로 펜이 날아갈 듯이 써대고 있었다.

'상기의 예에서 추측될 수 있는 결론은 다음과 같다. 전력의 배치에 대한 군단장 개개인의 차이는 대저 허즐릿의 저서에서 드러난 바와 같이 그 군단장이 아침 식사로 무엇을 먹었느냐에 따르는 것임은 의심할 바 없는 진리이다. 그러나 군단장이 아침 식사를 섭취할 때 사용한 수저의 형태에 대한 다원적이고 심오한 고찰이 동반되지 않은 결론은 자칫…….'

나는 자지러질 듯이 웃고 나서 곧 펜을 잉크에 적셨다. 좋아. 그런 식이라면. 나는 또박또박 정서로, 아주 공식 서류적인 냄새가 물씬 풍기는 글씨체로 써내려가기 시작했다.

'따라서 전략의 최우선적인 보루는 바로 헬턴트 영지 내에 소재한 사바인 언덕이 아닐 수 없다고 해야 마땅할 것임을 다시 한번 주장한다. 사바인 계곡에 산재해 있는 민트의 형태와 그 배치에 대한 최우선적인 고려가 선결 조건이라면, 그 이후 동반될 수 있는 조건은 바야흐로 민트 채집단이라는 암호명으로 암약하고 있는 비밀의 부대 헬턴트 경비대에 대한 완벽한 조사가 될 것이다. 헬턴트 경비대는, 흡사 인간으로 착각하기 쉬운 외모를 가졌으되 그 식사 형태나 음식물에 대한 무서우리만큼의 탐욕으로 미루어보아 의심의 여지없이 오거임이 분명한 전사 샌슨 퍼시발에 의해 지휘되는 공포의 부대로서…….'

"푸흐허아하하하!"

엑셀핸드가 웃어버리는 바람에 샌슨은 내 글을 보게 되었고 잠시 후 우리는 바닥에서 데굴데굴 구르며 서로 상대의 몸을 아껴주지 않고 그 관절을 꺾어주게 되었다. 그리고 칼의 헛기침 소리에 머쓱한 표정으로 몸을 털면서 일어나 다시 차분하게 글을 쓰게 되었다.

잠시 후 엑셀핸드는 샌슨의 글을 보고 마구 웃어버리게 되었고 샌슨의 글 내용을 보게 된 나는 비명을 올리게 되었다. '그날 밤 순진한 소녀 제미니에게 술을 먹이고 그녀를 숲으로 끌고 간 후치 네드발의 야비한…….'

"샌스으은!"

그리고 우리는 다시 한번 바닥에서 뒹굴게 되었고, 이 이상한 분위기에서 홀로 삼엄하고 무시무시한 분위기를 지키려 애쓰는 길시언의 모습은 참으로 안타까운 것이었다.

"괜찮습니까?"

아프나이델은 걱정스러운 표정으로 우리를 바라보았다. 샌슨과 나는 모두 녹초가 된 채로 테이블 위에 엎드려 있었고 칼은 완전히 부어버린 눈으로 신중하게 우리가 만들어낸 가짜 서류를 검토하고 있었다. 펜을 쥐었던 손가락이 떨어져나갈 듯이 아파왔다. 와! 늦은 가을밤의 매서운 추위 속에서 그렇게 정신 없이 글을 쓰고 나니 머리끝에서부터 발끝까지 저려온다.

"허어, 허어…… 어, 어어어어."

샌슨은 팔을 조금 움직이려다가 앓는 소리를 내었다. 난 움직일 힘도 없이 테이블에 뺨을 갖다댄 모습으로 길시언을 바라보았다.

길시언은 애써 참고 있지만 밤새도록 우리가 글을 써버리느라 아무도 그와 교대해 주지 않은 후유증으로 몹시 괴로워하는 표정이었다. 그는 아프나이델의 부축을 받으며 간신히 바닥에서 몸을 일으켰다. 놀라운 자제력으로 신음소리는 내지 않았고 근엄하고 진지한 표정도 그대로였으나 그의 다리는 볼품없이 떨리고 있었다. 그는 기절할 듯한 얼굴로 침대로 다가가서는 그대로 쓰러져 버렸다.

그러나 칼은 한결같은 얼굴로 서류를 검토하더니 그중에서 몇 개를 추려내었다.

"흠, 됐어."

그리고 칼은 그 가짜 서류를 엑셀핸드에게 주었고 엑셀핸드는 세심한 손놀림으로 책을 분해해서 그 가짜 서류를 끼워넣은 다음, 나이프로 밖으로 삐져나온 여백들을 정확하게 잘라내었다. 저 두껍고 짤막짤막한 손가락들이 어쩌면 저렇게 교묘하게 움직이는지. 엑셀핸드가 책을 붙잡고 조금 꿈지럭거리고 나자 이제 누구의 눈으로도 원래 종이와 끼워넣은 종이를 구별할 수 없게 되었다.

칼은 그 책을 아프나이델에게 건네었다.

"당신 차례입니다."

"알겠습니다."

아프나이델은 배낭에서 꺼내두었던 물건들 중에서 몇 개의 주머니와 몇 개의 약병들을 들고 오더니 곧 책에 가루를 뿌리고 물건을 위로 집어던지고 아래로 던져 깨며 난리를 피우기 시작했다. 그 동안 그의 얼굴에서는 끊임없이 땀이 흘러내렸고 그의 입술은 잠시도 쉬지 않으며 주문을 웅얼거렸다.

"시크릿 페이지!"

아프나이델은 격렬한 동작으로 책을 가리켰다. 그의 부들부들 떨리는 손끝이 책을 겨냥했지만 아무 일도 일어나지 않았다. 어라? 뭐야. 실패인가? 이런 어이없는. 그러나 아프나이델은 곧 손을 내리더니 이젠 편안한 동작으로 책을 뒤적거렸다. 그의 얼굴에서 만족한 웃음이 배어나왔다. 그는 칼에게 책을 내밀었다.

"찾아보시죠."

칼은 책을 뒤적거리기 시작하더니 곧 미소를 지었다. 퉁퉁 부은 눈으로 미소를 지으니 보기가 좀 그렇다.

"훌륭합니다."

칼은 그렇게 말하며 우리에게도 책을 내밀어주었다. 페이지를 좌르륵 넘겨보았지만 어제와 마찬가지로 여전히 술집 소개서처럼 보일 뿐이다. 칼은 몸을 일으키면서 말했다.

"됐군요. 그럼 도둑 길드로 출발…… 하고 싶지 않군요."

칼은 허리를 채 펴지도 못한 모습으로 엉거주춤하게 서 있었다. 일어난 것도 아니고 앉은 것도 아닌 자세로 고통스럽게 말하는 것이다. 침대에 누워 있던 길시언도 말했다.

"지금은…… 도저히 못 가겠군요."

"조금 쉬었다가 갑시다."

그리고 우리는 모두 제각기 쓰러져버렸다. 다섯 도적들은 에델브로이의 가호를 바라며 그렇게 잠들었다. 푹 자버린 아프나이델은 우리들을 지키고, 또한 그 서류를 지키게 되었다.

침대에 드러누운 채 보니 그는 빙긋빙긋 웃으며 그 푸른 책을 바라보고 있었다. 헤헷.

"자신의 솜씨가 자랑스러우세요?"

"응? 어, 안 자냐?"

"너무 피곤하니까 오히려 잠이 안 오는 것 같네요."

"아. 그래."

아프나이델은 겸연쩍은 모습으로 책을 다시 테이블 위에 올려놓았다. 나는 베개에 얼굴을 파묻으며 조금 불확실한 발음으로 말했다.

"당신 솜씨는 썩 훌륭해요. 아프나이델."

"뭐, 별것 아닌 마법이다. 시크릿 페이지 같은 거야 초급의 마법이지."

"초급이든 고급이든 필요한 순간에 도움이 되면 그게 최고죠."

"그런가? 고맙구나. 후치."

"흐음. 그거 괜찮네. 당신, 다음에 별명을 붙일 정도로 유명해지면 최고 마법사라고 정하는 것이 어때요? 대마법사는 솔직히 너무 많이 쓰잖아요."

"녀석. 미안하다, 그래. 그만 놀려라. 그건 젊은 날의 치기라는 낡은 말로밖에 설명이 안 되는 거였다."

"놀리는 것 아네요. 괜찮잖아요? 톱메이지 아프나이델. 어때요?"

"톱메이지? 어처구니가 없군."

내 말에 투덜거리기는 했지만 아프나이델은 싫은 표정이 아니었다. 나는 그의 미소를 보며 잠이 들었다. 어이구. OPG가 없으니 더 피곤한 것 같은 느낌마저 든다.

〈4권에서 계속〉

드래곤 라자 작업을 도와주신 분들

저작권 감수 | 김병수
세트 지도 작업 및 드래곤 문양 | 홍연주
독자편집자 | 이호, 박든든나름

드래곤 라자 3

1판 1쇄 펴냄 2008년 11월 26일
1판 28쇄 펴냄 2024년 7월 23일

지은이 | 이영도
발행인 | 박근섭
편집인 | 김준혁
펴낸곳 | 황금가지

출판등록 | 2009. 10. 8 (제2009-000273호)
주소 | 06027 서울 강남구 도산대로 1길 62 강남출판문화센터 5층
전화 | **영업부** 515-2000 **편집부** 3446-8774 **팩시밀리** 515-2007
홈페이지 | www.goldenbough.co.kr

도서 파본 등의 이유로 반송이 필요할 경우에는 구매처에서 교환하시고
출판사 교환이 필요할 경우에는 아래 주소로 반송 사유를 적어 도서와 함께 보내주세요.
06027 서울 강남구 도산대로 1길 62 강남출판문화센터 6층 민음인 마케팅부

ISBN 978-89-6017-260-9 04810 (3권)
ISBN 978-89-6017-270-8 04810 (세트)

㈜민음인은 민음사 출판 그룹의 자회사입니다.
황금가지는 ㈜민음인의 픽션 전문 출간 브랜드입니다.

사진 · 조선희

이영도

1972년에 태어났다. 두 살 때부터 마산에서 자라난 마산 토박이로 경남대학교 국어국문학과를 졸업했다.
1993년부터 본격적으로 소설을 쓰기 시작, 1997년 가을 컴퓨터 통신 하이텔에 판타지 장편소설 〈드래곤 라자〉를 연재했다. 일만 삼천여 매에 달하는 방대한 분량으로 이용자들의 폭발적인 부흥의 전기를 마련했다. 1년 후 내놓은 〈퓨처워커〉는 한층 심도 있는 주제와 새로운 구성으로 전작을 뛰어넘는 작품성을 인정받았다. 그 후 〈폴라리스 랩소디〉를 출간하며 완성된 작품 스타일을 보여주었는데, 이 작품은 기존의 반양장 형태의 서적 외에도 500부 한정으로 고급 양장본으로 제작되어 단숨에 매진될 정도로 많은 이의 관심을 불러모았다. 그 외에 〈이영도의 판타지 단편집〉이 있다.